AF307846

Delia Golz wurde 1995 geboren und lebt mit ihrem Ehemann und ihren zwei Katzen in der Nähe von Köln.Schon als Kind hat sie es geliebt, sich Geschichten auszudenken und eigene Welten zu erschaffen. 2020 hat sie sich ihren größten Traum erfüllt und ihr erstes Buch veröffentlicht.Sie ist gelernte Glasgraveurin, arbeitet jedoch mittlerweile hauptberuflich mit viel Freude als Tagesmutter.

DELIA GOLZ

Erstausgabe Januar 2024

Copyright © 2023 dp Verlag, ein Imprint der
dp DIGITAL PUBLISHERS GmbH
Made in Stuttgart with ♥
Alle Rechte vorbehalten

DARKWOOD ACADEMY

ISBN 978-3-98778-916-8
E-Book-ISBN 978-3-98778-802-4

Covergestaltung: Nadine Most
Umschlaggestaltung: ARTC.ore Design
Unter Verwendung von Abbildungen von
stock.adobe.com: © Summit Art Creations, © azure, © Rozaliya, ©
gomixer
Lektorat: Mona Dertinger
Satz: dp DIGITAL PUBLISHERS GmbH
Druck und Bindung: Books on Demand GmbH, Norderstedt

Prolog

Nervös laufe ich in meinem Zimmer auf und ab und werfe immer wieder einen prüfenden Blick in den Spiegel. Heute gehe ich auf die erste richtige Party meines sechzehnjährigen Lebens – wenn man von den langweiligen Monopoly-Abenden mit dem Literatur-Club absieht, bei denen stets eine Flasche billiger Whisky rumgereicht wurde.

Ich streiche den karierten Faltenrock sowie die schwarze Bluse glatt und frage mich zum wiederholten Mal, ob ich zu prüde angezogen bin für ein Lagerfeuer am See, zu dem meine halbe Schule erscheinen wird.

Doch noch ehe ich mich für ein anderes Outfit entscheiden kann, ertönt die Stimme meines Zwillingsbruders Jules, dessen Überredungskünste der einzige Grund sind, weshalb ich überhaupt auf diese Party gehe.

„Sharon, wir fahren jetzt los! Kommst du endlich?"

Resigniert seufzend wende ich mich von meinem Spiegelbild ab und gehe mir noch mal mit der Bürste durch mein kinnlanges schwarzes Haar, das wie immer etwas widerspenstig wirkt. Ich poltere die geschwungene Holztreppe hinunter und fahre dabei wie jedes Mal mit der Hand über die kunstvollen Schnitzereien im Geländer.

„Da bist du ja endlich", murrt Jules, der bereits an der Haustür wartet und in seiner figurbetonten dunklen Kleidung mal wieder umwerfend aussieht.

Wie so oft lässt sein Anblick ein leichtes Gefühl von Eifersucht in mir aufkochen und ich frage mich, wie wir beide Zwillinge sein können. Während er zu den Beliebten unserer Schule zählt und als Frauenschwarm gilt, gehöre ich zu den Außenseitern, die am liebsten unsichtbar bleiben. Obwohl wir uns die grünen Augen, das schwarze Haar und die blasse Haut teilen, könnten wir darüber hinaus kaum unterschiedlicher sein. Vermutlich hat Jules im Bauch unserer Mutter die gute Genetik für sich allein beansprucht, während ich mich mit dem Rest begnügen musste.

„Dad wartet schon im Auto", drängt mein Bruder und schlüpft in seine Sneaker, ehe er die schwere Eichentür aufreißt und in die laue Luft eines verheißungsvollen Augustabends tritt.

Ich schlüpfe in meine neuen *Dr. Martens* und möchte ihm gerade folgen, als meine Mutter wie aus dem Nichts hinter mir erscheint und mir beinahe schon anklagend meine Tablettendose hinhält.

„Du hast deine Medikamente nicht genommen. Denkst du, mir fällt das nicht auf?"

Mein Herz wird schwer, als ich die Dose an mich nehme. Laut meinem Arzt werden mir die Tabletten wegen einer angeborenen Stoffwechselerkrankung verschrieben. Auch Jules musste sie nehmen, bis er vor vier Jahren plötzlich damit aufhören durfte, ohne dass mir jemals der Grund dafür genannt wurde.

Mit einem gespielten Lächeln nehme ich eine Tablette, stecke sie mir in den Mund und tue so, als würde ich sie schlucken. Allerdings behalte ich sie in meiner Wange versteckt. Seit Jules die Tabletten absetzen durfte und nichts passiert ist, habe ich immer wieder mit dem Gedanken gespielt, es selbst heimlich auszuprobieren. Meine Mutter nickt zufrieden und gibt mir einen Abschiedskuss auf die Wange.

„Viel Spaß, Schatz. Und vergiss nicht: kein Alkohol! Der verträgt sich nicht mit deinem Medikament."

Ich kann nur schwer ein Augenverdrehen unterdrücken. Stattdessen winke ich zum Abschied und verschwinde dann so schnell ich kann durch die Tür. Erst als ich sie hinter mir ins Schloss fallen höre, spucke ich die Tablette, durch die sich mittlerweile ein furchtbar bitterer Geschmack in meinem Mund ausgebreitet hat, unauffällig in meine Hand. Ich weiß nicht, ob mein Vater mich vom Auto aus beobachtet, also gebe ich vor, mit der Hand über die sorgfältig gestutzten Büsche zu streichen, um das mittlerweile klebrig gewordene Dragee zwischen die Zweige fallen zu lassen. Dann laufe ich zu dem protzigen tiefschwarzen *Rolls Royce* meines Vaters und lasse mich auf den Rücksitz aus hellem Leder fallen. Jules neben mir schenkt mir keine Beachtung, sondern tippt auf seinem iPhone herum.

Während das Auto langsam über den knirschenden Kies fährt, werfe ich einen Blick zurück auf unser riesiges Anwesen. Als Kind fand ich es wunderbar, gemeinsam mit Jules in den unzähligen verwinkelten Gängen und Zimmern Fangen oder Verstecken zu spielen. Doch mittlerweile ist es mir eher unangenehm, wenn ich mal wieder gefragt werde, ob ich wirklich im Wingrave-Anwesen lebe und ob es dort tatsächlich spukt. Der einzige Geist, den ich je dort gesehen habe, war Jules, als er sich mit acht Jahren ein Laken übergeworfen hat und mich damit erschrecken wollte. Schade eigentlich, denn ich bin schon seit ich denken kann von allem fasziniert, was mit Horror zu tun hat – vielleicht wäre es genau mein Ding, in einem Spukhaus zu leben.

Mein Vater fängt an, über seine Jugendzeit zu reden, wobei aus dem Radio ein alter Song der Beatles schallt. Ich spiele Interesse vor, während sich meine Finger in meinen Rock krallen und ich die Bäume in der Dämmerung vorbeiziehen sehe.

Dann erscheint der See in meinem Sichtfeld und kurz darauf erkenne ich auch schon das Flackern des Lagerfeuers in der Ferne. Unwillkürlich halte ich die Luft an und versuche, mein wild pochendes Herz zu beruhigen. Vielleicht war es doch ein Fehler, die Tablette nicht zu nehmen, und das sind nun die ersten Entzugserscheinungen. Zumindest wäre mir das lieber, als mir einzugestehen, dass ich blanke Panik davor verspüre, mich auf dieser Party vor meiner halben Schule lächerlich zu machen.

Schau mal, da ist diese seltsame Sharon. Was hat sie da eigentlich an? Sie sieht aus wie eine alte Frau!

Die Stimme meines Vaters reißt mich aus meinen düsteren Gedanken: „So, hier lasse ich euch raus. Viel Spaß euch beiden."

„Danke, Dad", erwidert Jules, ehe er die Wagentür öffnet. „Ich rufe dich an, wenn du uns abholen kannst."

Ich bringe bloß ein heiseres „Bis dann" zustande, ehe ich aus dem Auto stolpere und froh bin, dass wir uns noch nicht in Sichtweite der Partygäste befinden. Jules seufzt und tritt neben mich, während der *Rolls Royce* langsam in der Dunkelheit verschwindet.

„Entspann dich, okay? Du kannst nicht viel falsch machen. Und ein paar deiner Freunde aus dem Literatur-Club sind auch da." Er schafft es tatsächlich, dass seine Worte ermutigend klingen. Also nicke ich mit einem gezwungenen Lächeln und gehe neben ihm her durch ein kleines Waldstück, das uns vom Strand trennt. Schon jetzt dringen dröhnende Bässe und das übermütige Lachen der Jugendlichen zu uns – ohne Zweifel ist bereits eine große Menge Alkohol geflossen.

Meine Nervosität steigert sich mit jedem Schritt, und als wir schließlich aus dem Waldstück heraustreten, würde ich am liebsten auf dem Absatz kehrtmachen. Doch da haben uns bereits die ersten Partygäste entdeckt.

„Da ist Jules!", ruft ein breitschultriger und hochgewachsener Junge, den ich vom Sehen kenne. Er stürmt auf uns zu und nimmt meinen Bruder überschwänglich in den Arm. Ich kann seinen Alkoholatem bis zu mir riechen.

„Und du bist ...?", wendet er sich an mich und betrachtet mich von oben bis unten. Fassungslos starre ich ihn an, denn er scheint nicht mal zu wissen, dass ich Jules' Zwillingsschwester bin. Sein Blick bleibt an meiner Bluse kleben und er prustet los. „Hast du deine Oma dabei, Jules?"

Das reicht mir und so stapfe ich allein zum Strand. Ich halte nach vertrauten Gesichtern Ausschau und habe dabei das Gefühl, von allen angestarrt zu werden. Mit einem unwohlen Kribbeln in der Magengrube registriere ich, dass die meisten Mädchen luftige Tops und Jeansshorts tragen.

Dann endlich entdecke ich Miles, Liza und Mara aus dem Literatur-Club. Sie sitzen an dem riesigen Lagerfeuer. Erleichtert schließe ich mich ihnen an. Sie wirken, als würden sie sich beinahe so unwohl fühlen wie ich.

„Hey Sharon", begrüßt Miles mich und reicht mir eine Bierflasche. „Damit lässt es sich besser ertragen, dass wir für unsere Mitschüler unsichtbar sind."

Ich nehme den Alkohol entgegen und leere die Flasche mit wenigen Schlucken beinahe vollständig.

„Was machen wir hier eigentlich?", seufze ich, als ein Paar neben uns anfängt wild herumzuknutschen.

„Spaß haben?", schlägt Liza mit einem gequälten Lächeln vor und greift nach einer halb leeren Rumflasche.

Schweigend reichen wir sie von einem zum anderen und nach einer Weile macht sich endlich eine angenehme Wärme in mir breit. Das Wummern der Bässe kommt mir sanfter vor und das laute Knistern des Feuers vermischt sich mit dem ausgelassenen Lachen und Kreischen der Partygäste. Verträumt blicke ich in die Flammen und strecke unwillkürlich die Hand danach aus.

„Pass auf!", ruft Miles und packt mein Handgelenk.

Ruckartig erwache ich aus meiner Trance und werfe ihm einen bösen Blick zu. „Kein Sorge, ich habe nicht vor, mich zu verbrennen."

Miles rückt seine Hornbrille zurecht und errötet leicht, als sein Blick zu meinen Beinen wandert. Erst jetzt merke ich, dass mein eigentlich knielanger Rock bis zur Mitte meiner Oberschenkel hochgerutscht ist. Schnell ziehe ich ihn wieder runter und erhebe mich ruckartig.

„Ich gehe ein bisschen spazieren", nuschele ich.

Meine Freunde zucken mit den Schultern und so entferne ich mich leicht schwankend vom Feuer. Mir ist heiß, meine Wangen glühen regelrecht. Ich gehe an den tanzenden Teenagern vorbei, bis meine Beine mich zum Seeufer tragen.

Als ich jedoch ein eng umschlungenes Paar entdecke, das auf einem umgekippten Baumstamm direkt am Wasser sitzt, halte ich inne. Mehrmals blinzle ich, bis ich mir sicher bin, dass meine Augen mich nicht täuschen. Es sind Jules und Jenny – das wohl furchtbarste Mädchen unseres Jahrgangs. Sie wechselt beinahe wöchentlich ihren Freund und lässt keine Gelegenheit aus, mich runterzumachen. Dabei ist sie sogar schon handgreiflich geworden – am liebsten würde ich dieses demütigende Erlebnis aus meinem Gedächtnis streichen. Und nun hat mein Bruder nichts Besseres zu tun, als mit ihr rumzumachen. Meine Kehle wird eng und ich möchte gerade herumwirbeln, als sich Jennys Kopf zu mir dreht. Sie streicht sich eine Strähne ihres blonden Haares hinters Ohr und ihre vollen Lippen verziehen sich zu einem triumphierenden Lächeln. Sie zieht Jules, der mich noch immer nicht bemerkt hat, auf die Beine, deutet in Richtung des Waldes und flüstert ihm etwas ins Ohr. Er nickt und geht auf die Bäume zu.

Nachdem Jenny ihm kurz hinterhergeschaut hat, kommt sie mit schwingenden Hüften in meine Richtung. Erst jetzt fällt mir auf, dass sie bloß knappe Hotpants und ein Bikinioberteil trägt. Ich möchte weglaufen, doch meine Füße sind wie festgewachsen.

„Hallo, kleine Sharon", säuselt Jenny und betrachtet mich mit schiefgelegtem Kopf und geschürzten Lippen.

„Hast du dich etwa am Kleiderschrank deiner Mutter
bedient?"

„Lass mich in Ruhe", presse ich hervor, schaffe es aber
noch immer nicht, mich von der Stelle zu rühren.

Jenny lächelt herablassend und beugt sich vor, bis ich
ihren Atem an meinem Ohr spüren kann. „Dein Bruder
kann gut küssen. Mal sehen, was er noch so draufhat."
Mit diesen Worten dreht sie sich um und folgt Jules, der
mittlerweile zwischen den Bäumen verschwunden ist.

Fassungslos blicke ich ihr hinterher.

Dann steigt blanke Wut in mir hoch – eine Wut, die
ich nicht von mir kenne und die das Blut in meinen Ohren rauschen lässt. Mein Gesicht wird heiß und ich
schließe die Augen, um mich zu beruhigen. Ich atme
mehrmals tief durch, während meine Finger unkontrolliert zucken und sich dann zu einer Faust ballen.
Erst als sich mein Herzschlag ein wenig beruhigt hat,
schlage ich meine Lider wieder auf. Ich blicke mich benommen um, atme einmal tief durch und versuche mir
einzureden, dass das eben eine völlig harmlose Situation war. Mein Bruder gibt sich ständig mit irgendwel-
chen Mädchen ab und verliert dann das Interesse.
Schon morgen wird Jenny wieder Geschichte sein, was
ist schon dabei?

Nachdem ich ein weiteres Mal tief durchgeatmet
habe, zwinge ich mich zu einem Lächeln und mache
mich dann auf den Weg zurück zum Lagerfeuer. Doch
als ich an den ersten Partygästen vorbeigehe, werde ich
plötzlich hart von der Seite angerempelt. Ich stolpere
und falle mit einem Ächzen der Länge nach hin. Ich
schmecke Erde und meine Finger haben sich in den
Schmutz gegraben. Mein Knie schmerzt, ich muss es

mir auf dem dreckigen Boden aufgeschürft haben. Als ich mich keuchend wieder aufzurappeln versuche, ist da niemand, der sich entschuldigt und mir auf die Beine hilft. Stattdessen etwa ein Dutzend Teenager, die sich um mich geschart haben und lachend auf mich zeigen. Ich blicke von einem hämischen Gesicht zum nächsten, ehe sich ein Schluchzen meine Kehle hochkämpft.

Und dann ist da mit einem Mal wieder dieser tiefe, alles andere verdrängende Zorn. Mein Atem wird schneller und unkontrollierter, das schallende Gelächter um mich herum immer lauter. Oder bin ich es, die es nur immer deutlicher wahrnimmt?

„Hört auf!", schreie ich und presse mir die Hände auf die Ohren.

Doch die Geräusche werden immer lauter, dringen erbarmungslos in meinen Kopf. Ich springe auf die Füße, öffne meinen Mund zu einem Schrei ... und dann löst sich die Welt plötzlich in ein einziges, glühendes Chaos auf. Meine Stimme wird immer lauter. Schriller. Bis sie mir selbst in den Ohren wehtut. Bis mir bewusst wird, dass es nicht nur mein eigener Schrei ist, der die laue Nacht durchschneidet. Ich reiße die Augen auf und blicke mich wie ein gehetztes Tier um, doch das Einzige, was ich sehe, ist ein Flammenmeer.

Das Letzte, was ich wahrnehme, ist eine überwältigende Kälte, die mich in eine tiefe Dunkelheit zieht.

KAPITEL 1

Ich lehne meine Stirn an die Scheibe des *Rolls Royce*, während die Landschaft der schottischen Highlands an mir vorbeizieht. Ich fühle mich völlig leer – nicht einmal Nervosität aufgrund des neuen Lebens, das vor mir liegt, regt sich in mir.

Irgendwann werden die Bäume lichter, bis sich die Straße schließlich am Meer entlangschlängelt. Ich setze mich das erste Mal seit Beginn der zweistündigen Fahrt auf und erlaube mir, diesen Anblick zu genießen. Ich war in meinem Leben selten am Meer und der Gedanke, für eine lange Zeit in unmittelbarer Nähe zu wohnen, kommt mir nun doch verlockend vor.

Seit der verhängnisvollen Nacht habe ich mich die meiste Zeit mit meinen Büchern in mein Zimmer zurückgezogen und keinen Gedanken an mein bevorstehendes neues Leben verschwendet. Ich habe die vielen Berichte über den verheerenden Brand und die unzähligen Toten ignoriert und auch die Fragen der Polizisten bloß wie in Trance beantwortet. Zum Glück konnten mir meine Eltern die meiste Zeit den Rücken freihalten. Außerdem war da noch Jules, der außer mir der einzige Überlebende war.

Ein Frösteln durchfährt meinen Körper und ich beschließe, meine Gedanken auf das zu richten, was vor mir liegt: die Darkwood Academy. Schon eine Woche nach jener Nacht habe ich diesen Namen zum ersten

Mal gehört, dem Ganzen jedoch zunächst nicht viel Bedeutung beigemessen. Bis mir meine Eltern vor einem Monat mitgeteilt haben, was längst feststand: Ich soll gemeinsam mit Jules mein bekanntes Leben verlassen und auf diese Schule gehen, von der ich noch nie zuvor etwas gehört habe. Selbst im Internet konnte ich kaum Informationen über sie finden. Angeblich sind schon meine Eltern auf die Darkwood Academy gegangen und haben sich dort kennengelernt. Es schockiert mich noch immer, wie wenig ich über ihr Leben weiß. Jules hingegen hat kein bisschen überrascht gewirkt. Ich bin mir sogar ziemlich sicher, dass er zufrieden gelächelt hat, als unsere Eltern uns alles erzählt haben: wie gut der Unterricht ist, wie komfortabel die Schlafräume sind und so weiter. Kein Wort darüber, weshalb wir plötzlich auf diese Schule wechseln sollen und was das alles mit dieser furchtbaren Nacht zu tun hat.

„Wir sind gleich da", sagt meine Mutter freudig lächelnd und streicht sich durch ihr blondes Haar.

Wie immer sieht sie makellos aus in ihrem maßgeschneiderten Etuikleid und mit dem dezent geschminkten Gesicht. Ebenso wie mein Vater in seinem Nadelstreifenanzug strahlt sie puren Reichtum aus, was mir schon jetzt Unbehagen bereitet. Ohne Zweifel werden mir unsere Mitschüler direkt bei unserer Ankunft einen Stempel aufdrücken, obwohl ich selbst kein bisschen wie ein Rich Kid aussehe.

Doch noch ehe ich mir weiter den Kopf darüber zerbrechen kann, biegen wir um eine Kurve und die Darkwood Academy erscheint in unserem Sichtfeld. Trotz meiner schlechten Laune bin ich sofort fasziniert von dem Anblick. Anders als das protzige Herrenhaus meiner Familie sieht dieses Anwesen völlig unsymmetrisch aus und irgendwie, als wäre es aus vielen unterschiedlichen Teilen, die nicht so recht zueinanderpassen, zusammengesetzt. Da gibt es Türmchen mit Spitzdächern, Erkern und Giebeln. Bei der mit Efeu bewachsene Fassade wechseln sich Stein, Fachwerk und dunkles Holz ab. Ohne Zweifel ist das Haus riesig, doch es wirkt trotzdem einladend, lebendig und auch ein bisschen chaotisch.

„Ich liebe es", platzt es aus mir heraus, woraufhin meine Eltern befreit auflachen.

„Du wirst es noch mehr mögen, wenn du es erst mal von innen siehst", sagt meine Mutter und verliert sich ihrer Miene nach zu urteilen in Erinnerungen.

Ich werfe einen Blick zu Jules. Er betrachtet das Anwesen mit nachdenklichem Gesichtsausdruck. Während wir über die lange Kieseinfahrt rollen und ein verschnörkeltes schmiedeeisernes Tor passieren, sagt er kein Wort.

Schließlich bleiben wir direkt vor dem Gebäude stehen, sodass ich es in seiner gesamten Pracht bewundern kann. Von Nahem sieht es sogar noch schöner aus. Überall gibt es wundervolle Details: Einige Balken sind mit kunstvollen Schnitzereien verziert und das Geländer der Veranda ist in einem satten Grün gestrichen.

Als ich das Auto verlasse und mich um die eigene Achse drehe, fällt mir allerdings auf, dass überhaupt keine Schüler draußen unterwegs sind oder es sich zum Lernen auf der Wiese neben dem kleinen See gemütlich gemacht haben. Genaugenommen wirkt das gesamte Gelände wie ausgestorben.

„Im Moment müsste noch Unterricht sein", erklärt mein Vater, als er mein verwirrtes Gesicht bemerkt. „Auf die Darkwood Academy gehen nur etwa fünfzig Schüler, dadurch wirkt sie nicht so belebt wie die Schulen, die du kennst."

„Nur fünfzig Schüler?", frage ich verwundert.

Wieder wird mir bewusst, wie wenig ich über diesen Ort weiß. Meine Mutter nickt bekräftigend, während sie etwas unbeholfen über den Kies auf mich zu stöckelt.

„Hier gibt es nur drei Jahrgänge. Hatten wir dir das nicht erzählt?"

Ich seufze und halte einen bissigen Kommentar zurück. Stattdessen wende ich mich wieder dem Haus zu und blicke daran hoch. Ich bewundere die Bleiverglasungen, die teilweise aus Buntglas bestehen, und bin mir sicher, dass es herrlich aussieht, wenn die Sonne hindurchfällt. Schade, dass heute so ein bedeckter Oktobertag ist.

Meine Aufmerksamkeit wird abgelenkt, als ich aus dem Augenwinkel eine Bewegung wahrnehme. Überrascht wende ich mich um: Eine grau getigerte Katze blinzelt mich träge an.

„Die Rektorin, Mrs McArren, hat eine Schwäche für Katzen", erklärt meine Mutter, als auch sie das Tier entdeckt. „Hier auf dem Gelände laufen sicherlich um die zwanzig von ihnen herum."

Ich kann nur schwer ein begeistertes Quietschen unterdrücken und gehe vorsichtig auf die Katze zu, um sie zu streicheln. Als ich mich hinhocke und meine Hand nach ihr ausstrecke, schnuppert sie mit halb geschlossenen Augen daran. Dann wendet sie sich jedoch um und verschwindet hinter dem Gebäude. Neugierig, was sich dort befinden könnte, folge ich ihr.

Als ich um eine Ecke biege, bleibe ich jedoch ruckartig stehen. Dort, an die Hauswand gelehnt, steht ein großer blonder Junge, der nur wenig älter als ich zu sein scheint, und raucht eine Zigarette. Sicherlich tut er das heimlich, und da ich mich nicht einmischen möchte, wende ich mich schnell wieder ab.

Noch ehe ich aus seiner Sichtweite verschwinden kann, ertönt jedoch seine Stimme: „Hey, kenne ich dich?"

Ich schließe für einen Moment die Augen, ehe ich mich wieder zu ihm umdrehe und ihn angespannt anlächle.

„Ich bin neu hier, mein Zwillingsbruder Jules und ich sind eben erst angekommen."

Der Junge nickt langsam und ich beiße mir nervös auf die Lippe. Erst jetzt bemerke ich wieder die getigerte Katze, die sich schnurrend an den Beinen des Fremden reibt. Seine graue Wollhose ist ein kleines Stück zu kurz und betont dadurch seinen leicht schlaksigen Körperbau. Da ich nicht beim Starren erwischt werden will, wende ich mich schnell wieder ab.

„Ich muss zurück", sage ich unbeholfen. „Meine Eltern warten bestimmt schon auf mich."

Der Junge nickt abermals wortlos und nimmt unbeeindruckt einen Zug von seiner Zigarette.

„Ich nehme an, man sieht sich", erwidert er dann und bückt sich, um die Katze zu streicheln.

Ein wenig zu hastig eile ich um das Gebäude herum, bis ich meine Eltern und Jules wieder sehen kann. Neben ihnen steht eine Frau, die ich auf um die sechzig schätze und bei der es sich vermutlich um die Rektorin handelt. Sie ist dürr und hochgewachsen und ihr graues Haar ist zu einem strengen Dutt zurückgebunden. Schon auf den ersten Blick bin ich mir sicher, dass mit ihr nicht zu spaßen ist.

„Ah, und da ist auch unsere Tochter Sharon", dröhnt die Stimme meines Vaters zu mir und er winkt mich ungeduldig zu sich.

Widerwillig laufe ich zu ihnen und reiche der Frau höflich die Hand.

„Ich bin Mrs McArren, die Rektorin der Darkwood Academy", stellt sie sich in herablassendem Ton vor.

Sie mustert mich von oben durch ihre kleine runde Brille, die ihr die Hakennase ein Stück heruntergerutscht ist. Sie wirkt wie das absolute Klischee einer strengen Rektorin – das macht auch ihre Liebe zu Katzen nicht wieder wett.

„Ich bringe euch nun zu euren Zimmern, und während ihr euch einrichtet, bespreche ich alles Wichtige mit euren Eltern", teilt sie uns mit und schenkt Jules dabei tatsächlich ein Lächeln. Also hat er es schon jetzt geschafft, der Liebling zu werden.

Unbeholfen ziehe ich meinen Lederkoffer über den Kies, als Mrs McArren uns bedeutet, ihr zu folgen.

Sobald ich in der Eingangshalle stehe, verfalle ich wieder in begeistertes Staunen. Der Boden besteht aus knarzenden Dielen und das Geländer der doppelten Holztreppe wirkt sogar noch aufwendiger als das in meinem Zuhause. Die Decke ragt weit über uns empor und wird von einem gigantischen Kronleuchter aus Kristallglas geschmückt.

„Die meisten Klassenzimmer befinden sich hier im Erdgeschoss, ebenso der Speisesaal", erklärt Mrs McArren und deutet auf die schweren doppelflügeligen Türen, die von der Eingangshalle wegführen.

„Oben befinden sich die Schlaf- und Aufenthaltsräume. Folgt mir."

Als ich ächzend meinen Koffer die Treppe hochhieve, kommt diese mir plötzlich nicht mehr ganz so prächtig vor wie gerade noch. Innerlich verfluche ich jede einzelne Stufe, während meine Eltern fröhlich plaudernd vor mir hergehen und gar nicht daran denken, mir zu helfen. Jules ist bereits mühelos oben angekommen. Als auch ich schnaufend die letzte Stufe bewältige, lächelt er mir neckisch zu.

„Vielleicht solltest du dich hier in einem Sport-Club anmelden."

„Haha", erwidere ich trocken und verpasse ihm einen spielerischen Fausthieb gegen den Oberarm.

„Zuerst führe ich euch zu dem Flügel mit den Mädchenschlafräumen", verkündet Mrs McArren und biegt nach rechts ab.

Allmählich breitet sich Nervosität in mir aus, denn mir wird zunehmend bewusst, dass ich mir mein Zimmer wohl mit einer oder mehreren Mitschülerinnen teilen muss. Je länger wir dem langen dunklen Gang folgen, desto mehr sehne ich mich in mein eigenes Zimmer zurück. Dort konnte ich mich jederzeit verkriechen, wenn ich wieder einmal genug von der Welt hatte.

An einer Tür am Ende des Ganges bleibt Mrs McArren schließlich stehen. Sie öffnet sie und bedeutet mir dann mit einer ungeduldigen Handbewegung einzutreten.

„Das ist von nun an dein Zimmer. Richte dich gerne so ein, wie du es magst."

Zögerlich gehe ich an meinen Eltern vorbei, die mich aufmunternd anlächeln, und betrete dann das Zimmer, das von nun an mein Zuhause sein wird.

„Wir sehen uns nach dem Abendessen noch mal, um uns richtig zu verabschieden", sagt meine Mutter fröhlich.

„Bis dahin", murmle ich abwesend und blicke mich dann neugierig um.

Innerhalb weniger Sekunden habe ich den ganzen Raum erfasst und seufze erleichtert, da ich zumindest im Moment noch allein bin. Allerdings gibt es drei Betten. Zum Glück handelt es sich um einen recht großen Raum, dessen Wand mit einer Holzvertäfelung verkleidet ist. Die Decke wird von schweren Holzbalken gestützt und auf der gegenüberliegenden Seite befindet sich ein Erker mit drei bleiverglasten Fenstern. Doch das Beste sind die breiten gepolsterten Fensterbänke, auf denen man sicherlich wunderbar lesen kann. Trotz der vielen Veränderungen, die mir tiefes Unbehagen bereiten, breitet sich ein Lächeln auf meinem Gesicht aus.

Ich ziehe meinen Koffer zu dem einzigen Bett, das noch frei zu sein scheint, und lasse mich darauf sinken. Nach kurzem Kramen finde ich meine abgegriffene Ausgabe von Stephen Kings *Es*, die ich sicherlich schon fünfmal verschlungen habe. Viele finden dieses Buch langatmig, doch ich liebe es. Kurz muss ich darüber schmunzeln, dass das Erste, was ich an diesem völlig neuen Ort mache, das Lesen dieses Buches ist. Doch vielleicht ist es genau das, was ich brauche: etwas Vertrautes, in das ich mich flüchten kann, um mich hier heimisch zu fühlen.

Es dauert nicht lange, bis ich völlig in der Welt des Horrors versunken bin und ich dabei die Zeit vergesse. Die Sonne wandert und allmählich bricht die Dämmerung an. Ich blinzle, als mir klar wird, dass ich mindestens zwei Stunden gelesen haben muss und es mittlerweile später Nachmittag ist.

Ich beschließe, nach Jules zu suchen, um mit ihm zusammen die Schule zu erkunden. Doch gerade, als ich meine Beine von der Bettkante schwinge, wird die Tür mit Wucht aufgestoßen. Sofort versteift sich mein ganzer Körper und ich wage es nicht, mich zu bewegen, fühle mich wie ein Kaninchen in der Falle. Ein komplett in Schwarz gekleidetes Mädchen betritt mit energischen Schritten den Raum und dreht sich dann mit verschränkten Armen zu mir um.

„Du bist also Sharon, die Neue", sagt sie finster und bestätigt damit meinen ersten Eindruck.

Sie hat lange, lila gefärbte Haare und ihre vollen Lippen sind mit einem dunkelroten Lippenstift geschminkt, was einen starken Kontrast zu ihrer blassen Haut bildet. Sie trägt eine derbe Lederjacke mit Nieten, eine schwarze Röhrenjeans und klobige Boots mit dicker Sohle. Alles in allem wirkt sie wie eine typische Schlägerbraut und es graut mir schon jetzt vor der Zeit, die wir zusammen verbringen müssen.

„Du scheinst nicht sehr gesprächig zu sein", murrt sie und kommt dann bedrohlich auf mich zu.

Meine Kehle wird eng und ich schlucke schwer. Gerade als ich über Flucht nachdenke, verzieht sich ihr Mund jedoch zu einem Lächeln und sie kichert überraschend mädchenhaft. Dann reicht sie mir ihre Hand, die ich zögerlich ergreife, und zieht mich auf die Beine.

„Ich bin Aideen", stellt sie sich vor und schließt mich dann überschwänglich in die Arme. Mein Körper ist noch immer völlig steif und ich begreife nicht, was hier gerade geschieht.

„Mach dir nichts draus, diesen Scherz erlaube ich mir mit allen, die ich neu kennenlerne", erklärt sie. „Die meisten reagieren so wie du. Aber ich bin mir sicher, dass wir gute Freundinnen werden."

Ich nicke schwach und sehe zu, wie sie sich lässig auf ihr Bett setzt. Erst jetzt wird mir klar, weshalb mir ihr Bett nicht sonderlich aufgefallen ist: Statt mit düsterer Deko und Death-Metal-Postern ist ihre Ecke mit Pflanzen und niedlichen Stofftieren geschmückt. Schon mal eine Sache, für die wir uns beide zu interessieren scheinen, denn ich habe eine Schwäche für Kakteen und Sukkulenten.

„Der Unterricht war heute so öde", plappert Aideen drauf los. „Sei froh, dass du noch nicht teilnehmen musstest. Aber morgen bleibst du sicherlich nicht mehr verschont."

Sie schält sich aus ihren Boots und zum Vorschein kommen zwei verschiedenfarbige, bunt geblümte Socken. Ich muss mir ein Lachen verkneifen und allmählich löst sich der Knoten in meiner Brust.

„Wer wohnt noch hier im Zimmer?", frage ich und blicke zu dem Bett, das noch viel nichtssagender aussieht als Aideens.

Es ist völlig makellos gemacht und nur an dem sauber gefalteten Schlafanzug sowie dem schlichten schwarzen Koffer kann man überhaupt erkennen, dass sich dort jemand niedergelassen hat.

„Oh, bloß Sabrina“, antwortet Aideen und verdreht die Augen. „Bei ihr trügt der Schein im Gegensatz zu mir nicht: Sie ist genauso langweilig, wie sie auf den ersten Blick wirkt. Ich bin so froh, dass ich mir nicht mehr allein mit ihr das Zimmer teilen muss.“

„Vielleicht bin ich ja auch nerviger, als du denkst“, sage ich und grinse sie an.

Seltsamerweise fällt es mir auf einmal total leicht, ein Gespräch mit ihr zu führen, obwohl ich sie doch gar nicht kenne.

Aideen lacht auf und mustert meine Kleidung. Sofort erröte ich und weiche ihrem Blick aus.

„Manche Menschen würden deine Klamotten wohl als altmodisch bezeichnen“, stellt sie fest. „Aber ich finde sie unglaublich cool. Irgendwie Vintage mit einer Prise Grunge. Du hast eindeutig Stil und das ist schon mal der erste Grund, weshalb ich dich nicht langweilig finde.“

Ich blicke sie sprachlos und überwältigt an. So etwas Nettes hat noch nie jemand über meine Kleidung gesagt.

„Oh … danke“, stammle ich und überlege, ob ich ihr auch ein Kompliment machen sollte.

Da öffnet sich jedoch erneut die Tür und Mrs McArren steht im Rahmen.

„Wie ich sehe, habt ihr euch schon angefreundet“, sagt sie und presst die Lippen seltsam zusammen. Ich bin mir nicht sicher, ob sie damit ein Lächeln andeuten möchte.

„Sharon, ich informiere dich nun über die ersten Regeln, die an dieser Schule gelten. Den Rest wirst du ein anderes Mal erfahren.“

Aideen seufzt kaum hörbar und setzt sich demonstrativ Kopfhörer auf, die an einen alten Discman gestöpselt sind. Ich blicke Mrs McArren erwartungsvoll an und gebe mir Mühe, interessiert auszusehen.

„Zunächst: Wir tragen hier keine Uniformen und haben auch keine allzu strenge Kleiderordnung. Allerdings sind grelle Farben untersagt, denn die stören das Auge.“

Von Aideens Bettseite ertönt ein Prusten, das sie schnell durch ein Husten zu übertönen versucht.

„Wie ich sehe, ist deine Musik nicht laut genug“, stellt Mrs McArren trocken fest, ehe sie sich wieder an mich wendet. „Die zweite Regel lautet: keine Handys. Wenn du jemanden kontaktieren möchtest, kannst du die Telefone auf den Fluren benutzen.“

Ich sehe sie verdutzt an, denn damit habe ich nicht gerechnet. Die Darkwood Academy kommt mir zwar ein wenig vor wie aus einer anderen Zeit, doch ein Handy-Verbot finde ich übertrieben. Dennoch verkneife ich mir jeden Protest und ziehe mein Smartphone hervor, um es auszuschalten.

„Nein, ich muss dich bitten, es mir zu geben“, unterbricht die Rektorin mich kühl und streckt die Hand aus.

Nun kann ich mich doch nicht mehr zurückhalten. „Aber ich …“

„Nein!" Ihre schneidende Stimme lässt mich zusammenzucken und schnell lege ich ihr das Handy in die ausgestreckte Hand. Sehnsuchtsvoll schaue ich dabei zu, wie sie es sich in die Tasche ihres Blazers steckt.

„Abendessen gibt es um 18 Uhr", sagt sie, als sei nichts passiert. „Aideen wird dich in den Speisesaal führen. Seid pünktlich." Mit diesen Worten rauscht sie davon.

Ich reibe mir mit der Hand übers Gesicht. „Ist sie immer so schrecklich?"

„Du hast ja keine Ahnung", antwortet Aideen trocken und nimmt die Kopfhörer ab. „Aber ich hab schon eine Idee, wie ich dich aufmuntern kann", fügt sie hinzu und ihre dunklen Augen glitzern freudig auf.

Sie zieht sich flauschige rosa Hausschuhe an, während ich noch immer meine schwarz-weißen Oxfordschuhe trage.

Neugierig folge ich ihr dann aus unserem Zimmer und lasse mich durch mehrere verwinkelte Gänge führen. Innerhalb kürzester Zeit habe ich bereits die Orientierung verloren. Ständig bücke ich mich voller Entzückung, denn immer häufiger läuft uns eine Katze über den Weg.

„Stimmt es, dass Mrs McArren um die zwanzig Katzen besitzt?", frage ich begeistert.

Aideen lacht auf, als hätte ich einen Witz gemacht, den ich selbst nicht verstehe.

„Die Zahl hat vielleicht vor vielen Jahren gestimmt. Mittlerweile sind es bestimmt mindestens dreißig. Mrs McArren rettet sie aus Tierheimen, was ich eigentlich gut finde, aber mittlerweile übertreibt sie wirklich."

Mein Herz beginnt vor Glück zu hüpfen.

„Natürlich müssen wir Schüler die Katzen versorgen“, fährt Aideen fort und wirkt dabei alles andere als glücklich. „Du hast keine Ahnung, wie viele Klos täglich gesäubert werden müssen. Ich bin für jede Katze dankbar, die ihr Geschäft draußen verrichtet.“

Schließlich bleibt sie vor einer Tür stehen, in die zu meiner Verwunderung eine Katzenklappe eingelassen ist. Aideen stößt die Tür auf und deutet mit einer präsentierenden Handbewegung in den Gang dahinter.

„Das“, sagt sie mit dramatischer Stimme, „ist der Katzenflügel.“

Ich spüre, wie meine Augen sich weiten und trete ehrfurchtsvoll ein. Die Türen zu den Zimmern sind alle offen, und was ich erblicke, gleicht für mich einem Paradies auf Erden.

„Das ist ... traumhaft“, hauche ich und betrete einen Raum, dessen Wände mit unzähligen Klettermöglichkeiten bedeckt sind.

Ich streichle eine schwarze Katze, die träge gähnt und dann schnurrend die Augen schließt. Mir treten Tränen in die Augen, so überwältigt bin ich. So habe ich mir den ersten Tag auf der Darkwood Academy definitiv nicht vorgestellt. Geduldig begleitet mich Aideen bei meinem Rundgang, was ich ihr hoch anrechne. Ich sehe ihr an, dass sie meine Liebe zu Katzen nicht gerade teilt.

„Es wird Zeit, zum Abendessen zu gehen“, sagt sie jedoch irgendwann bei einem Blick auf ihre schwarze Armbanduhr. Erst jetzt wird mir bewusst, dass ich mein Handy nicht mehr habe, das mir normalerweise die Uhrzeit anzeigt.

„Wird die gesamte Schule dort sein?", frage ich nervös, obwohl die Antwort auf der Hand liegt.

„Mach dir keine Sorgen", sagt Aideen fröhlich und hakt sich bei mir ein. „Die Schüler hier sind wirklich nett. Die meisten jedenfalls."

„Na wunderbar", murmle ich und lasse mich widerstrebend mitziehen.

Wenigstens werde ich Jules wieder treffen und mich mit ihm austauschen können. Er hat vermutlich bereits das gesamte Gelände erkundet, was ich von mir nicht gerade behaupten kann.

Auf dem Weg in den Speisesaal begegnen wir vielen Mitschülern, die mich freundlich grüßen. Ich schenke allen ein Lächeln und entspanne mich allmählich wieder. Wir scheinen eine bunt gemischte Gruppe zu sein, was mich unendlich erleichtert. Ich entdecke ein Pärchen mit türkis gefärbten Haaren, das sicherlich regelmäßig Ärger wegen der Kleiderordnung bekommt, drei Freundinnen im Gothic-Stil und einen Jungen mit kunstvoll geschminkten Augen. Allerdings begegne ich auch ein paar Jugendlichen, die eher der Norm meiner alten Schule entsprechen: Markenkleidung, überheblicher Blick und perfekt gestylt. Immerhin schenken die mir keine Aufmerksamkeit. Vermutlich bin ich hier nicht mehr so auffällig wie in meinem alten Leben. Unsichtbar zu sein ist mir eindeutig lieber, als verspottet zu werden.

Als wir den Speisesaal betreten, merke ich sofort, dass das Wort „Saal" übertrieben ist. Vielmehr handelt es sich um mehrere zusammenhängende, aber verwinkelte Räume mit vertäfelten Wänden und dicken roten Teppichböden. Überall verteilt stehen Vierertische, die ebenso antik wirken wie die meisten Möbel in diesem Gebäude. Es gibt sogar einen großen Kamin mit einem knisternden Feuer.

„Jeder hat hier seinen zugewiesenen Platz", erklärt Aideen und führt mich zu einem Tisch, der zu meiner Freude in der Nähe des Kamins steht. „Da Mrs McArren mir schon vor deiner Ankunft aufgetragen hat, mich um dich zu kümmern, sitzt du natürlich neben mir. Oh, und Sabrina wirst du auch gleich kennenlernen." Den letzten Satz sagt sie mit deutlich weniger Begeisterung.

Ich betrachte neugierig die beiden anderen Mädchen, die an unserem Tisch sitzen, und weiß sofort, wer von ihnen Sabrina sein muss. Während die eine tiefschwarze Haare mit schneeweißen Strähnen hat und unzählige Piercings trägt, scheint die andere das genaue Gegenteil von ihr zu sein. Sie hat gelocktes braunes Haar und ihr pausbäckiges Gesicht wirkt so brav, dass wohl selbst ich neben ihr wie eine Rebellin aussehe. Ein hochgeschlossenes graues Wollkleid und graue Schnürschuhe vervollständigen ihr Gesamtbild. Ich weiß am besten, dass man Menschen nicht nach ihrem Äußeren beurteilen sollte, und beschließe darum zu versuchen, mich mit ihr anzufreunden.

„Hallo, ich bin Sharon", stelle ich mich vor, während ich mich zu den beiden setze.

„Hi", erwidert das schwarz-weiß-haarige Mädchen freudig und reicht mir die Hand. „Mein Name ist Madeline. Ich bin Aideens Freundin. *Feste* Freundin."

Um ihre Worte zu unterstreichen, beugt sie sich über den Tisch und gibt meiner Zimmergenossin einen zärtlichen Kuss. „Freut mich, dich kennenzulernen", sage ich. „Und du musst Sabrina sein."

Das Mädchen nickt knapp und lächelt verkniffen. „So ist es. Wir teilen uns ein Zimmer."

Ich lächle ebenfalls, weil ich nicht weiß, was ich darauf antworten soll. Madeline beginnt ein Gespräch über den Kunstunterricht, in dem wohl gerade die Zeit des Barock durchgenommen wird.

„Diese Epoche ist so aufregend", sagt sie und ihre klaren blauen Augen leuchten aufgeregt. „Ich wünschte, ich hätte in dieser Zeit gelebt."

Aideen rümpft die Nase und tätschelt ihrer Freundin die Hand. „Wusstest du, dass die Menschen im Barock unheimlich gestunken haben und immer Döschen mit Blut bei sich trugen, damit die Flöhe da rein krabbeln?"

„Iiiih!", ruft Madeline entsetzt und schüttelt sich.

Ich kann ein Lachen nicht zurückhalten und ernte dafür tatsächlich einen bösen Blick von Sabrina. Als Aideen es bemerkt, zieht sie vielsagend die Augenbrauen hoch, doch verkneift sich einen weiteren Kommentar.

Plötzlich verspüre ich ein Kribbeln im Nacken, und als ich mich instinktiv umdrehe, kann ich es nicht fassen. Dort, im Eingang zum Speisesaal, steht Jules. Und er ist nicht allein. Er wird von vier Jungs flankiert – und einer von ihnen ist der Blonde, dem ich bei unserer Ankunft begegnet bin.

Kapitel 2

Der Blick des Jungen scheint instinktiv meinen zu finden und seine Lippen verziehen sich zu einem schiefen Lächeln, von dem ich nicht weiß, ob es eher erfreut oder spöttisch aussieht.

Noch ehe ich weiter darüber nachdenken kann, stößt mir Aideen den Ellenbogen in die Rippen. „Ist das dein Bruder? Er ist echt heiß."

„Hey!", protestiert Madeline empört, doch Aideen zuckt bloß mit den Schultern.

„Ja, das ist mein Bruder Jules", murmle ich und registriere schlecht gelaunt, dass er die Aufmerksamkeit aller Anwesenden auf sich zieht. Natürlich.

„Er scheint schon jetzt der Anführer zu sein", bemerkt Sabrina mit gerunzelter Stirn. Sie sieht mich misstrauisch, vielleicht sogar ängstlich an.

„Hey Sharon", sagt Jules beiläufig, als er und seine Gruppe an uns vorbeigehen.

Ich blicke ihm verdutzt hinterher – er behandelt mich, als würden wir uns bloß flüchtig kennen. Als wäre ich nicht seine Schwester, mit der er schon zusammen im Bauch unserer Mutter herangewachsen ist. Ich schüttle den Kopf und versuche, mich wieder auf das Gespräch der anderen zu konzentrieren, in dem es darum geht, wer heute Katzenklodienst hat.

Nach einer Weile kommen mehrere Frauen in Dienstbotenuniformen in den Speisesaal, die Servierwagen vor sich herschieben.

„Wir bekommen das Essen an die Tische gebracht?", frage ich überrascht. „Was für eine Schule ist das hier?"

Ich muss an die grell beleuchtete Mensa meiner alten Schule denken, wo man mit Tabletts in langen Schlangen darauf warten musste, dass einem eine widerliche Pampe auf den Teller geklatscht wurde.

„Ein guter Service, nicht wahr?", fragt Aideen grinsend. „Ich bin auch erst seit zwei Monaten hier, aber daran hab ich mich gern gewöhnt."

Schließlich kommt eine junge Frau an unseren Tisch und stellt jeder von uns einen Teller hin.

„Für Sie haben wir leider noch keinen Essensplan", wendet sie sich mit einem starken osteuropäischen Akzent an mich. „Darum haben wir Ihnen einfach von allem etwas gegeben."

Es dauert einen Moment, bis ich meine Sprache wiedergefunden habe. „Danke", stammle ich, völlig überrumpelt von dieser höflichen Anrede.

Als die Frau wieder weg ist, stibitzt Aideen mir eine Kartoffelecke vom Teller.

„Ich hätte mich doch nicht für das Cordon Bleu entscheiden sollen", sagt sie mit vollem Mund, ehe wir alle in ein genussvolles Schweigen fallen.

Ich probiere ein Stück gebratenen Lachs und schließe die Augen. Dieses Essen ist nicht einmal ansatzweise mit dem aus der Mensa meiner alten Schule vergleichbar. Ich möchte gar nicht erst darüber nachdenken, wie viel Schulgeld meine Eltern für Jules und mich bezahlen.

Nachdenklich wandert mein Blick zu den anderen Tischen, die ich von meinem Platz aus sehen kann. Durch den verwinkelten Grundriss befinden sich nur schätzungsweise ein Drittel meiner Mitschüler in meinem Blickfeld. Ich versuche, mir jedes Gesicht einzuprägen, was leider nicht gerade zu meinen Stärken zählt.

Meine Augen bleiben an einem stämmigen Jungen hängen. Er hat lockiges braunes Haar und trägt eine große runde Brille – was mir an ihm besonders auffällt, ist seine abweisende Ausstrahlung. Er sitzt als Einziger an einem Einzeltisch ganz am Rand des Geschehens und scheint sich nicht im Entferntesten für seine Mitschüler zu interessieren. Er wirkt aber auch nicht wie ein Teenager, der gemobbt wird und sich deshalb in sich zurückzieht, sondern vielmehr, als wären wir es seiner Meinung nach nicht wert, von ihm beachtet zu werden. Auch wenn es natürlich ein Trugschluss und er ein netter Kerl sein könnte, stört mich das.

„Wer ist das?", flüstere ich Aideen zu und deute mit einer knappen Kopfbewegung auf den Einzelgänger.

Sie wirft ihm einen abschätzigen Blick zu, der meinen ersten Eindruck zu bestätigen scheint. „Das ist Finn Graham. Er will mit niemandem was zu tun haben, also versuch gar nicht erst, ihn näher kennenzulernen."

Ich betrachte Finn noch einen Moment, ehe ich zustimmend nicke. „Vermutlich hast du recht."

Bisher war ich eigentlich ein Mensch, der sich stets an die anderen Außenseiter gehalten hat, ganz egal, welche Eigenheiten sie hatten. Doch auch ohne je ein Wort mit Finn gewechselt zu haben, weiß ich, dass ich mir mit ihm keine Mühe zu geben brauche.

***

33

Die erste Nacht in meinem neuen Leben schlafe ich unruhig und verworrene Alpträumen suchen mich heim. Immer wieder schrecke ich hoch und schnappe nach Luft. Ich bilde mir ein, dass die Schatten meiner Träume mir bis in die Wachwelt gefolgt sind.

Erst bei Anbruch der Morgendämmerung falle ich endlich in einen tiefen Schlaf, aus dem ich jedoch viel zu früh von einem Gong gerissen werde. Völlig gerädert setze ich mich auf und reibe mir die Augen. Voller Grauen wird mir bewusst, dass heute mein erster Schultag ansteht. Aideen dreht sich murrend auf die Seite und zieht sich die Bettdecke über den Kopf, während Sabrina folgsam aufsteht und ihr Bett macht.

Ich starre noch eine Weile teilnahmslos an die Wand, ehe ich mich dazu aufraffen kann, das einladend warme Bett zu verlassen.

„Du kannst die Dusche benutzen, ich erledige das immer abends", erklärt Sabrina, während sie noch immer damit beschäftigt ist, ihre Decke zu glätten. „Bis Aideen so weit ist, kann es noch etwas dauern. Der Unterricht beginnt in einer Stunde, bis dahin wird uns zwischenzeitlich das Frühstück gebracht."

Ich kann kaum fassen, was sie gesagt hat. „Das Frühstück wird uns aufs Zimmer gebracht?"

Sabrina nickt bloß und widmet sich dann ihrem Kleiderschrank. Ich erhasche einen Blick auf erdfarbene und graue Kleider sowie graue Strumpfhosen – es scheint nicht so, als würde sie je etwas anderes tragen. Aideen beginnt währenddessen wieder zu schnarchen und macht nicht gerade den Eindruck, als würde sie in der nächsten Zeit wach werden.

Ich betrete unser Badezimmer, das mich abermals beeindruckt. Die Decke wird von Stuck und einem kleinen Kronleuchter geschmückt, dessen geschliffener Kristall die Morgensonne einfängt und Regenbogen an die getäfelten Wände wirft. Der Boden besteht aus weißem Marmor und ist so makellos, dass ich keinen Zweifel daran habe, dass er jeden Tag von einer Putzkraft gepflegt wird. Zudem verfügt der Raum über eine moderne Dusche sowie eine Badewanne mit goldenen Löwenfüßen. Zwar bin ich Luxus von zu Hause gewöhnt, aber gerade in einer Schule sehe ich ihn nicht als selbstverständlich an.

Nachdem ich geduscht, meine kinnlangen Haare glattgeföhnt und mich dezent geschminkt habe, fühle ich mich gleich viel wacher und bereit für den Unterricht. Bei einem Blick auf meine Armbanduhr, die ich am Vorabend bei der Verabschiedung von meinen Eltern geschenkt bekommen habe, stelle ich fest, dass ich nur noch eine Viertelstunde habe, um zu frühstücken und mich anzuziehen.

Plötzlich kommt Aideen ins Badezimmer gestolpert und bei ihrem Anblick kann ich ein Lachen schwer zurückhalten. Ihre lilafarbenen Haare stehen in alle Richtungen ab und unter ihren Augen haben sich vom Kajal des Vortages schwarze Ringe gebildet.

„Raus hier, ich muss mich beeilen", nuschelt sie und schiebt mich etwas unsanft durch die Tür.

„Ein Morgenmuffel, was?", sage ich belustigt zu Sabrina, die bloß mit den Schultern zuckt.

Erst jetzt bemerke ich den Servierwagen in der Mitte des Zimmers und meine Laune steigt sofort. Für jeden von uns steht ein Teller mit dampfendem Rührei, Toast und einer kleinen Schüssel mit Müsli bereit. Außerdem drei kunstvoll bemalte Porzellantassen mit Schwarztee. Ich setze mich an meinen Eichenholzschreibtisch und mache mich hungrig über das Frühstück her. Dabei behalte ich stets die Uhr im Blick.

Erst als ich auch die letzten Krümel vom Teller gepickt habe, eile ich zum Kleiderschrank. Ich entscheide mich für eine karierte Stoffhose, einen braunen Strickcardigan und eine schwarze ärmellose Bluse. Als der Gong ertönt, zucke ich zusammen.

„Wir haben nun zehn Minuten Zeit, um zu unserem Unterricht zu erscheinen", erklärt Sabrina und verzieht dann das Gesicht. „Zuerst ist Sport an der Reihe."

Ich stöhne gequält auf und verabschiede mich gedanklich von einem entspannten Morgen.

„Ich warte noch auf Aideen", sage ich, auch wenn ich mir nicht sicher bin, ob das eine gute Idee ist.

„Wie du willst", antwortet Sabrina bloß knapp und verlässt dann das Zimmer. Nervös gehe ich zur Badtür und klopfe. „Bist du gleich fertig?", frage ich vorsichtig.

„Mach mir keinen Stress!", bekomme ich sogleich als Antwort.

Ich seufze und beschließe, doch schon vorzugehen, auch wenn ich keine Ahnung habe, wie ich zum Sportunterricht komme. So schwer sollte die Turnhalle jedoch nicht zu finden sein – zumindest hoffe ich das. Ich habe keine Ahnung, wie weitläufig das Schulgelände ist.

Schnell muss ich feststellen, dass allein der Weg nach draußen eine Herausforderung darstellt. Einmal lande ich sogar in einem Raum, der mit abgedeckten Möbeln vollgestellt ist, und wundere mich, wie viele Zimmer in diesem Anwesen wohl nicht genutzt werden. Schließlich finde ich endlich die Eingangshalle und laufe nach draußen, denn ich bin mir sicher, dass ich es sonst nicht mehr rechtzeitig zum Unterricht schaffe. Ich bleibe auf der Kieseinfahrt stehen, um mich zu orientieren, und zucke zusammen, als erneut ein Gong ertönt, der wohl den Unterrichtsbeginn ankündigt.

„Nein, nein, nein …", hauche ich.

Das kann doch nicht wahr sein. Was für einen Eindruck wird es machen, wenn ich direkt am ersten Tag zu spät komme?

Nachdem ich mich hektisch umgeblickt habe, entdecke ich einen Weg, der in Richtung des Waldes führt, der ebenfalls zum Schulgelände gehört. Vielleicht liegt die Turnhalle irgendwo zwischen den Bäumen versteckt.

Entschlossen folge ich dem Weg, bis ich vollständig in den Wald eintauche. Je weiter ich komme, desto mehr zweifle ich daran, dass ich hier richtig bin. Hier sind nirgendwo andere Schüler. Als sich eine Elster laut zeternd aus dem Gebüsch neben mir stürzt und auf einem Ast über mir landet, schrecke ich zusammen. Ich lege mir die Hand aufs Herz und beschließe, kurz durchzuatmen und erst mal wieder einen klaren Kopf zu kriegen.

Dann horche ich jedoch auf, denn ich glaube plötzlich Stimmen zu hören. Ich spitze die Ohren, habe das Gefühl, dass sie eher aus der Richtung kamen, von wo zuvor die Elster weggeflogen ist.

Und dann höre ich es wieder: zwei Stimmen, die aufgebracht klingen. Erst bei genauerem Hinschauen entdecke ich einen schmalen Trampelpfad, der das Unterholz teilt. Obwohl ich bezweifle, dass er zur Turnhalle führt, schlucke ich meine Bedenken hinunter. Meine Neugierde hat eindeutig die Oberhand gewonnen.

Je weiter ich ins Unterholz vorstoße, desto schwieriger komme ich vorwärts. Dornen krallen sich an meiner Wollhose und dem Strickcardigan fest und schnell werden meine Oxford-Schuhe vom Schlamm besudelt. Doch gerade, als ich es in Erwägung ziehe, aufzugeben, gelange ich an eine kleine Lichtung, auf der ein Schuppen steht. Mittlerweile höre ich keine Stimmen mehr, doch ich bin mir sicher, dass sich in der kleinen Hütte Menschen aufhalten. Während ich heranschleiche, wird mir bewusst, wie unangebracht mein Verhalten ist. Was ist, wenn sich dort ein Pärchen trifft, um sonst was zu tun? Trotzdem sagt mir mein Gefühl, dass ich nachschauen sollte. Also gebe ich dem nach und ducke mich neben der Tür, die nur angelehnt ist.

Und dann vernehme ich tatsächlich aus dem Inneren der Hütte die Stimmen. Diesmal sind sie deutlich leiser und eindringlicher, als würde es um etwas streng Geheimes gehen.

„Ich kann das nicht mehr", höre ich einen Jungen flüstern. „Das wird mir alles zu viel. Was ist, wenn es jemand herausfindet?"

„Du musst es für dich behalten", antwortet eine dunklere männliche Stimme. „Wenn jemand herausfindet, was du getan hast, wird es schlecht für dich enden."

Der Junge stößt verzweifelt die Luft aus. „Es war keine Absicht. Vielleicht wird man mir ja glauben. Ich wollte ihn nicht umbringen."

Ich schlage mir die Hand vor den Mund, um kein Geräusch von mir zu geben. Mein Herzschlag beschleunigt sich und ich muss mich darauf konzentrieren, meinen Atem zu beruhigen.

„Und was willst du der Polizei sagen?", fragt der Mann etwas lauter, beinahe schon herausfordernd. „Wie willst du ihnen erklären, was passiert ist?"

Daraufhin schweigt der Junge. In der Stille wächst meine Panik, ein Geräusch zu machen. Wenn ich das, was ich höre, richtig verstehe, ist tatsächlich ein Mord geschehen. Ich sollte auf der Stelle abhauen, doch meine Füße sind wie festgewachsen. Und zudem ist da noch die Gewissheit, dass ich herausfinden muss, wem die Stimmen gehören. Die des Jungen wäre durch das Flüstern schwer zu identifizieren, selbst wenn ich sie kennen würde. Bei dem Mann bin ich mir sicherer, dass ich sie wiedererkennen würde, wenn ich ihm je begegnen sollte.

Trotzdem sollte ich einen Blick auf die beiden werfen. Ich lege meinen Kopf in den Nacken und überlege, ob ich es wagen kann, durch das kleine Fenster über mir zu schauen. Doch gerade, als ich meinen ganzen Mut zusammennehmen will, ertönt wieder die Flüsterstimme des Jungen.

„Dann bitte ich Sie darum, sich darum zu kümmern, dass ihn niemand findet."

Der Mann schnaubt zynisch. „Nichts leichter als das. Und nun geh, ehe dich jemand vermisst."

Das ist mein Stichwort, so schnell wie möglich zu verschwinden. Panisch sprinte ich zum Wald, der sich zum Glück nicht allzu weit entfernt befindet. Ich wage es nicht, mich umzudrehen. Das Unterholz reißt unbarmherzig an meiner Kleidung, als ich mich den Pfad entlangkämpfe.

Erst als ich auf dem Hauptweg angelangt bin, erlaube ich mir, stehen zu bleiben und die Lage zu überblicken. Meine Augen huschen über das Gestrüpp, doch auch in der Ferne kann ich niemanden ausmachen.

„Sharon, wie siehst du den aus?", ertönt dann jedoch eine Stimme hinter mir.

Erschrocken drehe ich mich um und rechne schon damit, doch entdeckt worden zu sein. Doch vor mir steht bloß Aideen und mustert mich mit hochgezogenen Augenbrauen.

„Hast du dich verirrt? Wie kommst du auf die Idee, in dem Gestrüpp da nach dem Sportplatz zu suchen?"

Ich muss mehrmals durchatmen, ehe ich ihr antworten kann. „Ich ... bin einem Kaninchen gefolgt."

Aideen grinst und schüttelt bedauernd den Kopf. „Tja, Alice, leider scheint es so, als hättest du das Wunderland nicht gefunden."

Ich bringe ein Lachen zustande und wechsle dann das Thema. „Also ist die Turnhalle wirklich mitten im Wald?"

Aideen nickt und hakt sich bei mir ein. „Keine Turnhalle im eigentlichen Sinn. Eigentlich ist es bloß eine große Wiese, auf der wir bei beinahe jedem Wetter den Sportunterricht durchziehen müssen. Selbst bei Regen, wenn er nicht gerade zum Monsun wird."

Sie verzieht angewidert das Gesicht bei dem Gedanken.

„Letzten Monat hatten wir einmal das Glück, dass ein starkes Gewitter aufgezogen ist. Aber das wars auch schon mit Ausfällen. Vielleicht haben wir im Winter mehr Glück."

Ich genieße es, ihrer Stimme zu lauschen und so in die Normalität zurückzufinden. Es kommt mir mittlerweile beinahe so vor, als wäre alles, was gerade geschehen ist, meiner Fantasie entsprungen. Ich überlege verbissen, ob es sein könnte, dass ich etwas falsch verstanden habe – doch egal, wie ich es drehe und wende, ich komme immer wieder zum gleichen Schluss: Auf dem Gelände der Darkwood Academy scheint ein Mord stattgefunden zu haben.

Als sich der Wald nach einer Weile lichtet, taucht eine gigantische Wiese in unserem Sichtfeld auf. Daneben steht ein modernes kastenförmiges Gebäude, in dem sich vermutlich die Umkleidekabinen befinden.

„Ich habe keine Sportsachen dabei", fällt mir in diesem Moment ein und ich seufze resigniert. Noch schlimmer kann der Tag nicht werden. „Mach dir keine Sorgen", winkt Aideen jedoch ab. „Wir müssen alle Einheitskleidung tragen, also liegt deine wahrscheinlich schon in deinem Spind."

Ich atme erleichtert auf und die Tatsache, dass auf dem Platz, wo sich etwa fünfzehn Schüler versammelt haben, noch kein Lehrer zu sehen ist, hebt meine Laune noch weiter.

„Glück gehabt", sagt Aideen mit leuchtenden Augen. „Mr Glenn ist zu spät. So bekomme ich ausnahmsweise keinen Eintrag."

„Kommst du jeden Tag zu spät?", frage ich grinsend und muss an ihren chaotischen Morgen denken.

„Nicht immer", antwortet sie mit einem unschuldigen Blick. „Aber oft. *Sehr* oft."

Lachend gesellen wir uns zu den anderen und ich entdecke Madeline, die uns einen misstrauischen Blick zuwirft. Wahrscheinlich sind Aideen und ich für ihren Geschmack zu vertraut miteinander. Sie kommt hastig zu uns und drückt ihrer Freundin einen Kuss auf die Lippen.

„Ich begleite euch zur Umkleide. Es gibt so viel zu quatschen."

Ich bezweifle, dass seit dem Abendessen viel passiert ist, aber verkneife mir einen Kommentar. Während ich mir die strahlend weiße Sportkleidung anziehe, plappert Madeline bloß über ihre Zimmergenossin, die sich nachts wieder einmal zu ihrem Freund geschlichen hat.

„Ist hier auf der Schule schon mal etwas Schlimmes passiert?", platzt es irgendwann aus mir heraus. „So was wie ein Mord? Oder das mysteriöse Verschwinden von Schülern?"

Irgendetwas in der Stimme des Mannes hat mich befürchten lassen, dass er nicht zum ersten Mal eine Leiche verschwinden lässt.

Aideen und Madeline sehen mich mit einem seltsamen Gesichtsausdruck an.

„Wie kommst du denn darauf?", fragt Madeline, doch ihre Stimme hat einen nervösen Unterton angenommen.

„Nur so", lüge ich. „Also? Ist schon mal etwas passiert?"

Die beiden tauschen einen Blick, der mich noch weiter in meinem Verdacht bestärkt, dass ich richtig liege.

„Nun ja", beginnt Aideen zögerlich. „Hin und wieder reisen Schüler ohne Ankündigung ab, ohne dass jemand den Grund dafür kennt. Das kommt uns schon etwas seltsam vor. Aber wie zur Hölle kommst du auf *Mord?*"

„War nur so ein Gedanke", sage ich eine Spur zu schnell und wieder schauen mich die beiden an, als wäre ich verrückt geworden.

„Schnell, Mrs McArren kommt", zischt Madeline dann jedoch bei einem Blick nach draußen und beendet damit das Thema.

„Was will sie hier? Vertritt sie Mr Glenn?", fragt Aideen, doch ihre Freundin hebt bloß ratlos die Schultern.

Schnell traben wir in die Mitte des Rasens, wo unsere Mitschüler ebenso verwirrt zu sein scheinen wie wir.

Mrs McArren hat sichtlich Probleme damit, mit ihren hohen Schuhen über den leicht durchweichten Rasen zu uns zu gelangen, was uns einen Moment Zeit lässt, um den anderen bei ihren Spekulationen zuzuhören.

„Bestimmt ist Mr Glenn krank."

„Vielleicht hat er auch verschlafen – das wäre mir heute auch beinahe passiert."

„Wahrscheinlich macht ihm seine Katzenhaarallergie wieder zu schaffen."

Die Schüler verstummen, als die Rektorin uns schließlich erreicht.

„Ihr habt eine freie Doppelstunde", erklärt sie ohne Umschweife und blickt uns der Reihe nach streng an. „Ich hoffe, ihr nutzt die Zeit zum Lernen."

Als Jubel ausbricht, seufzt sie jedoch nachsichtig und wendet sich dann ab, als könnte sie es kaum erwarten, von hier wegzukommen.

„Wir nutzen die Zeit, um dir das Schulgelände endlich richtig zu zeigen", sagt Aideen mit einer Stimme, die keine Widerworte zulässt. Madeline ist davon augenscheinlich wenig begeistert.

„Ich kann das auch mit meinem Bruder machen", werfe ich ein und recke mich, um einen Blick auf ihn zu erhaschen.

Jules steht auf der anderen Seite der Gruppe bei zwei Jungs, die ich nicht kenne. Der Blonde ist jedenfalls nicht dabei.

„Es macht uns wirklich nichts aus", winkt Aideen ab und wirft Madeline einen finsteren Blick zu. Die presst als Antwort nur die schwarz geschminkten Lippen zusammen.

„Also gut, danke", gebe ich nach, denn Jules hat sich mittlerweile wieder aus dem Staub gemacht – ohne mich auch nur eines Blickes zu würdigen.

Ich muss bei Gelegenheit unbedingt mit ihm sprechen und mir sein abweisendes Verhalten erklären lassen. Unser Verhältnis war zwar schon in den letzten paar Jahren nicht mehr so innig wie früher, doch er hat mich nie so behandelt wie jetzt.

Sehnsüchtig blicke ich ihm hinterher und mit einem Mal habe ich Heimweh. Ich bin erst den zweiten Tag hier und doch ist schon so viel passiert, dass ich kaum darüber nachgedacht habe, wie weit entfernt mein altes Leben nun ist. Ohne dass ich es verhindern kann, bildet sich ein Kloß in meinem Hals und ich blicke schnell zu Boden, damit Aideen und Madeline meinen gequälten Gesichtsausdruck nicht bemerken. Sie führen mich in die entgegengesetzte Richtung zu der, aus der ich zuvor gekommen bin.

„Wir zeigen dir zuerst unseren Lieblingsplatz", verkündet Aideen fröhlich. „Da wird man nur selten von anderen Schülern oder Lehrern gestört. Man kann da wirklich *alles* machen, ohne erwischt zu werden."

Sie grinst mich vielsagend an und wirft ihrer Freundin dann einen anzüglichen Blick zu. Es kommt mir so vor, als ob Madeline leicht errötet.

Sie führen mich in den immer dichter werdenden Wald hinein, bis der Weg schließlich an einem plätschernden Bach entlangläuft.

„Wie riesig ist das Schulgelände denn bitte?", frage ich erstaunt. „Oder haben wir die Grenze schon überschritten, ohne dass es eine Markierung gab?"

Madeline schüttelt den Kopf. „Nein, das Gelände ist wirklich gigantisch. Aber dafür dürfen wir es unter der Woche nicht verlassen, nicht einmal in unserer Freizeit. Nur am Wochenende dürfen wir kleine Ausflüge unternehmen, aber hier gibt es in einem Umkreis von zehn Meilen ohnehin keine Ortschaft, die wir besuchen könnten."

Sie zuckt bedauernd mit den Schultern. „Nur an besonderen Tagen machen wir Ausflüge in die Zivilisation, aber das kommt nur selten vor."

„Und das Meer?", frage ich enttäuscht. „Es ist so nah und trotzdem dürfen wir nur am Wochenende hin?"

„Es gibt auf der Darkwood Academy den Natur-Club, der regelmäßig Zeit mit Paddeln, Angeln und dem Säubern des Strandes verbringt", antwortet Madeline wenig begeistert. „Aber damit kann ich nichts anfangen. Aideen und ich sind im Kunst- und Handarbeits-Club." Sie zeigt mir ihr Handgelenk, um das sie ein schwarzweißes geknüpftes Freundschaftsarmband trägt. „Die haben wir beim letzten Mal gemacht."

„Was gibt es noch für Clubs?", frage ich und reiße gedankenverloren das Blatt eines Strauches am Wegesrand ab.

„So viel Auswahl gibt es nicht", erklärt Aideen. „Schließlich sind wir weniger als fünfzig Schüler auf der Darkwood Academy. Es gibt noch den Sport-Club", sie macht ein würgendes Geräusch, „den Musik- und Theater-Club und den Literatur-Club."

Ich horche auf. Auch wenn ich gerne Zeit am Strand verbringen würde, werde ich mich definitiv für mein Hobby entscheiden: das Lesen.

„Ich habe schon am Inhalt deines Koffers gesehen, welchem du wohl beitreten wirst", sagt Aideen grinsend. „Du scheinst mehr Bücher als Kleidung mitgenommen zu haben. Welches Genre liest du am liebsten?"

Ich kicke verlegen ein Steinchen weg und hoffe, dass sie mich nicht direkt als Freak abstempeln.

„Am liebsten lese ich richtig blutige Horrorgeschichten", gebe ich zu. „Je brutaler, desto besser."

Aideen und Madeline lachen und meine Zimmergenossin boxt mir spielerisch gegen die Schulter.

„Das sieht man dir überhaupt nicht an. Du gefällst mir immer besser."

Ich stimme etwas beschämt in das Lachen ein und bin froh, nicht wie an meiner alten Schule für meinen Geschmack runtergemacht zu werden.

In der steckt sicherlich eine Serienkillerin. Stille Wasser sind tief.

Ich schlucke die Erinnerungen runter und will gerade ein neues Thema beginnen, als aus der Ferne ein Mann auf uns zukommt.

„Das ist Mr Glenn“, zischt Aideen verwirrt. „Was hat der hier zu suchen? Ist er doch nicht krank?“

Je näher wir ihm kommen, desto drängender wird das ungute Gefühl in meinem Inneren.

Unser Lehrer hat braunes, kurz geschorenes Haar, wirkt trainiert und scheint auch sonst der typische Sportlehrer zu sein. Er trägt Sportkleidung und eine Trillerpfeife um den Hals, so als hätte er nie vorgehabt, den Unterricht ausfallen zu lassen.

„Hallo, Mädchen“, sagt er mit einem breiten Lächeln, als er unseren Weg kreuzt. „Genießt ihr die Freistunden?“

Während meine Freundinnen eine höfliche Antwort geben, bringe ich kein einziges Wort heraus. Denn Mr Glenns Stimme ist ohne Zweifel die des Mannes aus der Scheune im Wald.

KAPITEL 3

Während des Unterrichts am nächsten Tag kann ich über nichts anderes nachdenken als Mr Glenn. Er ist es gewesen, den ich belauscht habe, da bin ich mir vollkommen sicher.

Ich verberge mein Gesicht in den Händen, während Mr McArren – der Mann von Mrs McArren – seinen trockenen Matheunterricht über binomische Formeln hält. Ich hatte dieses Thema längst auf meiner alten Schule und erlaube mir darum, ein bisschen in Gedanken zu versinken – auch wenn Mathe nicht gerade zu meinen Stärken zählt.

Als der Gong erklingt und der Unterricht damit beendet ist, packt mich jedoch neue Motivation, denn nun werde ich das erste Mal am Literatur-Club teilnehmen. Er wird in der Bibliothek stattfinden, die ich bisher noch nicht erkunden konnte, und ich bin unglaublich gespannt.

Ich schnappe mir meinen Rucksack aus dunkelbraunem Kunstleder und stolpere dabei beinahe über eine kleine weiße Katze, die es sich unbemerkt neben meinem Stuhl bequem gemacht hat. Noch eine Sache, die ich an der Darkwood Academy liebe: Die Katzen dürfen sogar beim Unterricht dabei sein. Ich nehme mir kurz Zeit, um sie unterm Kinn zu kraulen, ehe ich mich auf den Weg zur Bibliothek mache. Den habe ich mir genau von Aideen beschreiben lassen, sodass ich dieses Mal keine Schwierigkeiten habe, mich zurechtzufinden.

Schließlich gelange ich an eine angelehnte Flügeltür mit goldener Klinke in der Form eines Pfaus und halte aufgeregt inne. Wenn mich meine Hoffnungen nicht enttäuschen, wird dieser Literatur-Club noch viel besser als der meiner alten Schule. Dort haben wir in einer steril wirkenden Bibliothek mit Linoleumboden und kaltem Licht beisammengesessen und uns über Bücher unterhalten, die uns von einem Lehrer vorgegeben wurden.

Ich atme noch mal tief durch, ehe ich eintrete. Sofort überwältigt mich der Anblick. Der Raum ist zweistöckig und einige der Bücher in den hohen Regalen aus dunklem Holz erreicht man nur mit einer Leiter. In die Galerie des zweiten Stockes gelangt man über eine schmiedeeiserne Wendeltreppe mit verschnörkeltem Geländer. Die Decke, die sich hoch über mir erstreckt, ist kunstvoll mit einem Sternenhimmel bemalt. Ich bezweifle nicht, dass dafür echtes Blattgold verwendet wurde. Der Boden ist mit einem dicken weinroten Teppich ausgelegt, der meine Schritte dämpft. Ein entzücktes Geräusch entweicht mir. Das ist noch schöner als in meinen kühnsten Fantasien.

Ein Räuspern lässt mich herumfahren und reißt mich aus meiner Begeisterung. Vor mir steht niemand anderes als der blonde Junge, dem ich andauernd begegne.

„Gehörst du nun auch zum Literatur-Club?", fragt er träge und drückt sich an mir vorbei, ohne auf eine Antwort zu warten.

„Ähm … ja, du auch?", stammle ich, völlig aus dem Konzept gebracht.

Er hält als Antwort einen kleinen Stapel Bücher hoch und augenblicklich fühle ich mich unglaublich dumm. Als ich darauf nichts mehr erwidere, schiebt er sich an mir vorbei und geht zu einer Tür, die in einen Nebenraum führt. Auch wenn ich am liebsten umkehren oder im Boden versinken würde, folge ich ihm wie mechanisch.

„Elay, da bist du ja endlich", höre ich eine Mädchenstimme, noch ehe ich den Raum betrete.

Dann erscheint jedoch ein kleineres und sehr gemütliches Zimmer in meinem Blickfeld. An einer Wand befindet sich ein riesiger Kamin, der beinahe so hoch ist wie ich selbst, und überall stehen runde Tische mit Stühlen verteilt. An einem von ihnen sitzt eine Gruppe aus fünf Schülern, deren Blicke sich nun alle gleichzeitig auf mich richten.

„Du musst Sharon sein", meldet sich eine ältere Schülerin mit kurzen schwarzen Haaren und dunkler Haut zu Wort.

Sie lächelt freundlich und ist mir sofort sympathisch. Ihrer Ausstrahlung nach ist sie sicherlich die Leiterin des Literatur-Clubs. „Setz dich ruhig neben mich. Alisha, rückst du einen Stuhl weiter?"

Ein hübsches Mädchen mit welligen blonden Haaren und sommersprossigem Gesicht rümpft ihre Stupsnase und wirkt alles andere als begeistert. Sie protestiert jedoch nicht, sondern straft mich stattdessen mit Nichtachtung. Unsicher setze ich mich auf den freien Platz.

„Ich heiße Tracy und leite diesen Club", stellt sich meine Sitznachbarin vor. „Elay kennst du ja anscheinend schon. Die anderen vier sind Alisha, Martin, Rita und Mason."

Sie deutet nacheinander auf die Blonde, einen Jungen mit wirren roten Locken, ein Mädchen mit bunt gefärbten Haaren und einen Jungen, der so bleich wirkt, als hätte er noch nie die Sonne gesehen.

„Freut mich, euch kennenzulernen", wende ich die Floskel an, die mir am sichersten erscheint.

Ich bin unglaublich nervös und habe irgendwie den Verdacht, dass es an Elay liegt. Obwohl er mich keines Blickes würdigt, habe ich das Gefühl, dass er jede meiner Bewegungen verfolgt. Gleichzeitig fällt mir auf, dass Alisha ihn immer wieder anlächelt, was er eher lustlos erwidert.

Als Tracy eine Diskussion über die Harry-Potter-Bücher eröffnet, bin ich nur mit halbem Ohr dabei. Zum einen rieseln hier so viele wunderbare Eindrücke auf mich ein und zum anderen kann ich es nicht verhindern, dass meine Augen immer wieder zu Elay wandern.

Und dann fällt mir plötzlich etwas an ihm auf. Es ist eine goldene Kette mit einem Anhänger in Form eines verschnörkelten Schlüssels. In die Mitte der Reide ist ein blutroter Stein eingelassen – vermutlich ein Granat oder Rubin. Das Schmuckstück ist so kunstvoll geschmiedet, dass es sicherlich eine Menge Geld gekostet haben muss. Oder vielleicht ist es sogar ein Erbstück.

Plötzlich dreht sich Elay zu mir und runzelt die Stirn, als er meinen sicherlich alles andere als unauffälligen Blick auf seiner Kette bemerkt. Er packt den Anhänger und steckt ihn in den Ausschnitt seines braunen Strickpullovers. Ich wende mich ertappt ab, frage mich aber gleichzeitig, weshalb er das getan hat. Es hat gewirkt, als hätte dieser Schlüssel eine besondere Bedeutung für ihn und als wolle er nicht, dass ich mir darüber Gedanken mache.

***

In dieser Nacht werde ich von einem unheimlichen Gesang geweckt. Zunächst schleicht er sich in meine Träume und lässt sie immer wirrer werden, bis ich schweißgebadet aufschrecke.

Es dauert einen Moment, bis ich die Orientierung in dem vom Mondschein gefluteten Zimmer wiederfinde. Als mein Blick an einer Gestalt in langem Gewand hängenbleibt, die am Fenster steht, setzt mein Herzschlag für einen Takt aus.

„Aideen, bist du das?", frage ich mit schriller Stimme und zwinge mich, aus dem Bett zu steigen.

Beim Näherkommen bemerke ich, dass es sich tatsächlich um meine Freundin handelt. Vorsichtig berühre ich sie an der Schulter, doch sie zeigt keine Regung. Ihre Augen sind völlig leer und mir wird klar, dass sie schlafwandelt.

Ich weiche zurück, als sie den Mund öffnet und wieder mit ihrem schaurigen Gesang beginnt. Er geht mir durch Mark und Bein und beschwört alle möglichen negativen Gefühle in mir herauf. Ich schüttle den Kopf, um mich aus dieser seltsamen Trance zu reißen, und führe Aideen dann zu ihrem Bett. Dabei fällt mir auf, dass sich Sabrina unruhig in ihrem Bett hin und her wirft. Im Mondlicht glitzern sogar kleine Schweißperlen auf ihrer Stirn.

Als ich es geschafft habe, Aideen hinzulegen, lasse ich mich seufzend auf meine eigene Bettkante sinken. Mit einem Blick auf meine Armbanduhr stelle ich fest, dass es bereits vier Uhr morgens ist, und ich bin mir sicher, dass ich kein Auge mehr zumachen werde.

Normalerweise würde ich mir in so einer Situation eine Horrorgeschichte anhören, doch die Möglichkeit fällt aufgrund meines fehlenden Smartphones leider weg. Nicht einmal lesen kann ich ohne meine Handytaschenlampe – mir wird bewusster denn je, wie abhängig ich von diesem Gerät bin. Also kuschle ich mich in mein Bett und schaffe es irgendwann doch, wieder einzuschlafen.

***

Im Physikunterricht von Mrs McArren am nächsten Vormittag ist Sabrinas Platz leer. Im Kunstunterricht war sie noch anwesend, doch sah etwas kränklich aus. Ich werfe einen fragenden Blick zu Aideen, doch sie hat den Kopf auf ihre Schulbücher gebettet, das Gesicht verborgen hinter ihrem langen lilafarbenen Haar. Ich bin mir sogar sicher, dass ich sie leise schnarchen höre. Ich habe sie direkt nach dem Aufstehen auf ihr unheimliches Schlafwandeln angesprochen, doch sie hat mich sofort abgeblockt.

Sobald der Gong ertönt und die letzte Stunde vor dem Wochenende somit beendet ist, eile ich zu unserem Schlafraum. Obwohl es eigentlich keinen Grund zur Sorge gibt, hat sich ein ungutes Gefühl in mir festgesetzt. Ich weiß nicht, woher es kommt, doch es ist so drängend, dass ich es nicht ignorieren kann.

Sobald ich unser Zimmer betreten habe, schlägt mir der schale Geruch von Krankheit entgegen. Sabrina liegt in ihrem Bett, und als ich näher an sie heran trete, stelle ich besorgt fest, dass sie leichenblass ist und am ganzen Körper zittert. Beim Berühren ihrer Hand zucke ich zurück, denn sie ist eiskalt. Ich stupse Sabrina leicht an der Schulter an und zu meiner Erleichterung öffnet sie die Augen.

„Es geht mir nicht gut", presst sie hervor.

„Das sehe ich", erwidere ich wenig hilfreich.

Sicherlich hat Sabrina nur eine normale Erkältung und nichts, worüber man sich ernsthafte Sorgen machen müsste. Trotzdem macht sich eine seltsame Angst in mir breit, die sofort stärker wird, als meine Mitbewohnerin unkontrolliert zu husten beginnt und ich ganz klar Blutströpfchen auf ihrem weißen Laken erkennen kann. Ich starre auf die dunklen Flecken und bin mir sicher, dass ich inzwischen ebenso blass wie Sabrina bin.

„Ich sage Mrs McArren Bescheid", presse ich hervor und stolpere aus dem Zimmer.

Im Flur stütze ich mich an der Wand ab, um meine Panik in den Griff zu bekommen. Dann laufe ich so schnell ich kann zum Büro der Rektorin. Ich merke, dass ich auf dem richtigen Weg sein muss, als mir immer häufiger Katzen begegnen. Scheinbar schart Mrs McArren sie gerne um sich – immerhin eine Sache, in der wir uns ähneln.

Schließlich gelange ich an eine Tür, neben der auf einem goldenen Schild ihr Name sowie die Bezeichnung *Rektorin* stehen. Wie im Katzenflügel wurde auch hier eine Klappe angebracht.

Nachdem ich geklopft habe und ein gedämpftes „Herein" ertönt, betrete ich das Büro. Mit einem Mal fühle ich mich wie ein Eindringling und habe das Bedürfnis umzukehren.

Mrs McArren sitzt an ihrem riesigen Schreibtisch aus dunklem Holz und blickt mich mit mildem Interesse an. Ihre Brille ist ihr wie so oft die Nase heruntergerutscht und lässt sie noch strenger wirken, als sie es ohnehin schon tut. Ich schlucke und gebe mir dann einen Ruck, mich auf den Stuhl vor ihrem Schreibtisch zu setzen.

Erst nach wiederholtem Räuspern finde ich meine Stimme wieder.

„Sabrina ... sie ist krank.“

Die Rektorin zieht die Augenbrauen hoch und lächelt herablassend. „Das weiß ich bereits, schließlich hat sie heute nicht am Unterricht teilgenommen. Aus diesem Grund bist du hier?“

Ich rutsche auf dem Stuhl hin und her.

„Ich mache mir Sorgen um sie. Sie braucht dringend einen Arzt. Sie hat Blut gehustet!“

Mrs McArren faltet ihre Hände und mustert mich eine Weile, als würde sie den Wahrheitsgehalt meiner Worte abschätzen wollen.

„Das klingt wirklich dramatisch“, sagt sie trocken und der Sarkasmus in ihrer Stimme ist nicht zu überhören.

Fassungslos beuge ich mich vor. „Sabrina muss dringend untersucht werden! Wollen Sie das Risiko eingehen, dass die Krankheit einen schweren Verlauf nimmt?“

Mrs McArren lacht kurz auf, ehe ihr Gesicht wieder völlig ernst wird.

„Unsere Schulkrankenschwester wird sie untersuchen. Aber ich bin mir sicher, dass es sich um nichts Ernstes handelt. Und nun geh zu deinen Freunden und genieß das Wochenende." Sie macht eine wedelnde Handbewegung in Richtung der Tür.

Ich presse die Lippen zusammen und meine Finger krallen sich in die Armlehnen des Stuhls. Ich bin kurz davor, sie anzubrüllen, was überhaupt nicht zu mir passt. Kurz spüre ich ein seltsames Kribbeln auf meinen Handflächen und habe einen Moment den Geruch von Verbranntem in der Nase. Mrs McArren legt den Kopf schief und mit einem Mal flackert Interesse in ihrem Blick auf.

Aus irgendeinem Grund reißt mich das aus meinem zornigen Zustand und ich springe auf, um aus dem Büro zu stürmen. Hastig laufe ich durch die Flure, vorbei an meinen Mitschülern, die mir verwirrt hinterherblicken, und raus in den Wald. Meine Lunge brennt und meine schlechte Ausdauer macht sich bemerkbar, doch ich bleibe dennoch nicht stehen.

Erst als ich merke, dass ich einen Weg eingeschlagen habe, den ich nicht kenne, werde ich langsamer. Auch wenn mein hechelnder Atem die Stille durchbricht, wird mir klar, wie ruhig es hier ist und dass ich die Schule weit hinter mir gelassen haben muss. Neugierig folge ich dem Weg tiefer in den Wald und allmählich beruhige ich mich wieder.

Ich bleibe stehen, als zwischen den Bäumen eine Art Gewächshaus sichtbar wird. Beim Näherkommen erkenne ich begeistert, dass es sich um eine Orangerie im viktorianischen Stil handelt, in deren Innerem anscheinend Palmen wachsen. Ich trete näher heran, um durch das beschlagene Glas blicken zu können. Zu meiner Überraschung stehen drinnen etwa zwölf Schüler beisammen und führen ein hitziges Gespräch, das ich leider nicht verstehen kann.

Ich beschließe einfach hineinzugehen, denn es scheint mir nicht verboten. Schnell habe ich den Eingang gefunden, und sobald ich eingetreten bin, schlägt mir schwüle Luft entgegen. Bunte Schmetterlinge schwirren herum oder haben sich auf den exotisch wirkenden Blumen niedergelassen. Sogar Palmen mit Kokosnüssen sowie üppig behangene Bananenbäume gibt es hier.

Nun bin ich mir noch sicherer, dass diese Schule eine Menge Geld kosten muss, und frage mich, weshalb meine Eltern gerade sie ausgewählt haben. Der Unterricht erschien mir bisher nicht besonders, nur der Alltag ist deutlich luxuriöser gestaltet.

Als ich eine laute Stimme höre, erinnere ich mich wieder, weshalb ich hier bin, und schlendere in die Richtung, wo ich meine Mitschüler vermute. Diesmal gebe ich mir nicht die Mühe, sie zu belauschen, sondern lasse meine Anwesenheit wie einen Zufall aussehen.

Als ich jedoch um die Ecke trete, traue ich meinen Augen kaum. Denn unter den Jugendlichen mache ich sofort Jules und Elay aus. Auch Tracy ist dabei und es scheint, als wären sie alle sehr vertraut miteinander.

„Schnüffelst du mir hinterher?“, fragt Jules sofort feindselig, was mich zurückzucken lässt.

Ich will mich gerade verteidigen, als mein Blick auf einen Schlüssel um Jules’ Hals fällt. Wie von selbst huschen meine Augen zu den Hälsen der anderen. Tatsächlich! Mein Herz schlägt schneller, als ich auch bei ihnen dieses mysteriöse Schmuckstück entdecke.

„Du solltest gehen", zischt Jules und kommt mit langen Schritten auf mich zu.

Ehe ich reagieren kann, hat er mich grob am Arm gepackt und zerrt mich nach draußen.

„Du tust mir weh", protestiere ich und versuche mich loszureißen, doch der Griff meines Bruders wird dadurch bloß noch fester.

Zum ersten Mal in meinem Leben verspüre ich echte Angst vor meinem Zwilling, der zuvor noch nie grob zu mir gewesen ist. Ich habe ihn stets als meinen Beschützer gesehen und dieses Vertrauen wird nun von Grund auf erschüttert.

„Lass mich los!", rufe ich energischer und gegen meinen Willen treten mir Tränen in die Augen.

Jetzt endlich lockert Jules seinen Griff und ich schaffe es, mich loszureißen. Er blinzelt mehrmals, als würde er erst jetzt begreifen, was er getan hat. Er öffnet den Mund, um etwas zu sagen, aber ich wirbele bereits herum und stürme davon.

Weit komme ich allerdings nicht, denn als ich an einem moosbedeckten Felsen vorbeilaufe, bemerke ich im Augenwinkel eine Gestalt, die dagegen lehnt.

Zu meiner Überraschung ist es Finn, der Sonderling, der sich stets im Hintergrund hält. Er mustert mich mit hochgezogenen Augenbrauen und scheint abzuschätzen, weshalb ich so seltsam auf seine Anwesenheit reagiere.

„Stehst du immer allein im Wald rum?", frage ich, weil mir nichts Besseres einfällt.

Finn zuckt bloß gleichgültig mit den Schultern und vertieft sich wieder in ein Buch, das ich erst jetzt bemerke. Ich kann das Wort *Narnia* erkennen und sofort ist meine Neugierde geweckt.

„Liest du oft Fantasy? Weshalb bist du nicht im Literatur-Club?"

Langsam lässt Finn das Buch wieder sinken und sieht mich genervt an. „Ich bin in keinem Club und bin auch nicht interessiert. Ist schließlich keine Pflicht."

Ich zögere, weil ich darauf keine Antwort weiß. Nun ist es noch offensichtlicher, dass er nichts mit seinen Mitschülern zu tun haben will. Unwillkürlich wandert mein Blick zu seinem Hals – er trägt keine Kette.

Einer plötzlichen Eingebung folgend frage ich: „Weißt du, was unsere Mitschüler in der Orangerie machen? Und weshalb sie alle einen Schlüssel um den Hals tragen?"

Nun blickt Finn mich doch verblüfft an und in seinen Augen blitzt Interesse auf.

„Du bist ein neugieriger Mensch", stellt er fest. „Das gefällt mir."

Ohne dass ich es verhindern kann, spüre ich, wie ich erröte, und senke verlegen den Blick.

„Allerdings wirst du die Antwort selbst herausfinden müssen", fährt er fort, anscheinend ohne meine warmen Wangen zu bemerken. Er schlägt sein Buch zu, schultert seine Ledertasche und verschwindet, ohne zurückzublicken, im Wald.

Ich bleibe ratlos zurück, aber gleichzeitig wird meine Überzeugung immer stärker: In dieser Schule gibt es ein Geheimnis, das ich um jeden Preis ergründen muss.

KAPITEL 4

Am nächsten Tag scheint es Sabrina nicht besser zu gehen. Im Gegenteil: Ihr Atem geht mittlerweile rasselnd und ihre Augen sind blutunterlaufen.

Mein Blick wandert zu Aideen, die noch immer friedlich schnarcht, obwohl es bereits elf Uhr ist. In der Nacht habe ich sie wieder vor dem Fenster gefunden, ihre grausige Melodie summend.

Diesmal habe ich es zum Glück geschafft, wieder einzuschlafen, auch wenn meine Gedanken immer wieder um das rätselhafte Verhalten meiner Mitschüler gekreist sind – und um das meines eigenen Bruders. Ich habe das Gefühl, Jules nicht mehr zu kennen, und das macht mir große Angst.

Während ich noch in meine Grübeleien vertieft bin, greife ich nach der Tablettendose auf meinem Schreibtisch. Entsetzt muss ich jedoch feststellen, dass sie leer ist. Habe ich tatsächlich nicht bemerkt, dass ich meine Medizin aufgebraucht habe? Seit der furchtbaren Nacht am See habe ich nie wieder versucht sie abzusetzen, dementsprechend macht es mich nun umso nervöser, dass ich keinen Nachschub habe. Ich muss auf der Stelle meine Eltern anrufen und sie bitten, mir eine neue Dose bringen oder zuschicken zu lassen.

Nur mit meinem Pyjama bekleidet stürze ich auf den Flur und tippe mit zitternden Händen die Nummer meiner Mutter in das Telefon an der Wand. Als hätte sie nur auf meinen Anruf gewartet, geht sie sofort ran.

„Mum, ich habe ein Problem", sage ich, ohne sie zu Wort kommen zu lassen. „Meine Tabletten sind leer gegangen, ohne dass ich es gemerkt habe."

„Hallo Schatz", flötet meine Mutter, ohne auf meine Worte einzugehen. „Schön, auch mal von dir zu hören. Jules ruft jeden Tag an. Wie gefällt es dir auf der Darkwood Academy?"

Ich runzle die Stirn, denn ich bezweifle, dass Jules Heimweh oder Sehnsucht nach unseren Eltern verspürt. Kurz bringt mich der Gedanke aus dem Konzept und ich vergesse mein eigentliches Anliegen.

„Ähm … ich … ja, es ist sehr schön hier. Ich bin dem Literatur-Club beigetreten und der Unterricht ist okay. Das Essen ist auch echt super."

Meine Mutter lacht und mit einem Mal habe ich den Drang, sie zu umarmen und ihr von allem zu erzählen, was hier vorgeht.

„Hast du eine Ahnung, weshalb sich Jules mir gegenüber so seltsam verhält?", frage ich aber stattdessen.

Meine Mutter seufzt und ihre Fröhlichkeit ist plötzlich wie weggewischt. „Gib ihm ein wenig Zeit, um sich einzugewöhnen. Sicherlich geht ihm die Veränderung näher als er zugibt."

„Er hat hier schon viele Freunde gefunden und auch sonst scheint er sich gut eingelebt zu haben", gebe ich trocken zurück, doch meine Mutter geht nicht weiter auf das Thema ein.

„Deine Tabletten sind leer, sagst du? Ich werde gleich jemanden schicken, der dir Nachschub bringt. Mach dir keine Sorgen."

Ich nicke erleichtert, auch wenn sie das natürlich nicht sehen kann.

„Ich hab dich lieb", sage ich mit einem Kloß im Hals.

„Ich dich auch, Sharon", erwidert meine Mutter ungewöhnlich ernst und legt dann auf.

Ich halte den Hörer noch lange gegen das Ohr gedrückt und versuche meine Tränen niederzuringen. Fast bereue ich es, dass ich zu Hause angerufen habe, denn das hat mein erfolgreich unterdrücktes Heimweh aufleben lassen.

Ich schlurfe zurück in mein Zimmer. Aideen ist mittlerweile aufgewacht und belegt das Badezimmer. Also werde ich mich nicht mal mit einer heißen Dusche ablenken können. Darum schlüpfe ich mit einem Seufzen in meine moosgrüne Kordhose und den dunkelroten Kaschmirpullover, den mir meine Mutter vererbt hat.

„Hilf mir", höre ich plötzlich ein gequältes Krächzen aus Sabrinas Richtung.

Alarmiert eile ich zu ihr, nur um festzustellen, dass ich mit der Situation völlig überfordert bin.

„War die Schulkrankenschwester schon bei dir?", frage ich mit piepsiger Stimme.

Sabrina bringt zunächst nur ein Stöhnen zustande, ehe sie mir antwortet: „Ja … sie sagt, es wäre … nur eine Erkältung. Hat mir Medizin gegeben."

Das letzte Wort wird von einem heftigen Hustenanfall verschluckt, der mich zurückweichen lässt. Was, wenn diese Krankheit ansteckend ist? Ich schäme mich sogleich für den Gedanken, der sich vor meine Sorge um Sabrina schiebt, doch ich möchte auf keinen Fall so wie sie enden. Beim Anblick der neuen Blutsprenkel auf ihrer weißen Bettdecke wird mir schwindelig. Es sind deutlich mehr als beim letzten Mal.

Plötzlich wird mir klar, dass ich etwas unternehmen muss. Sabrina muss unbedingt ins Krankenhaus. Ich zweifle nicht mehr daran, dass sie in ernsthafter Gefahr schwebt.

Also stolpere ich zurück auf den Flur zum Telefon. Meine Finger zittern und ich brauche mehrere Versuche, um den Notruf zu wählen. Als ich es endlich klicken höre, atme ich auf.

„Was kann ich für Sie tun?", fragt eine freundliche Frauenstimme.

„Meine Freundin muss dringend ins Krankenhaus", stammle ich. „Ihr Name ist Sabrina Moretti und sie hustet Blut. Wir befinden uns in der Darkwood Academy."

„Ich verstehe", antwortet die Frau und klingt beinahe gelangweilt. „Wir schicken jemanden los."

Ohne ein weiteres Wort legt sie auf und ich lasse irritiert den Hörer sinken.

Plötzlich geht ein Frösteln durch meinen Körper und ich schlinge meine Arme um mich. Könnte das schon das erste Anzeichen einer Ansteckung sein?

Ich beschließe nicht mehr länger vor meinem Zimmer zu warten, sondern den goldenen Herbsttag für einen Spaziergang zu nutzen, um auf andere Gedanken zu kommen. Sabrina wird jetzt sicher gut versorgt werden.

Unterwegs gehe ich jedoch noch an Mrs McArrens Büro vorbei, um ihr von dem Notruf zu berichten.

„So eine drastische Maßnahme wäre wirklich nicht nötig gewesen", sagt sie kühl. „Aber ich werde mich darum kümmern."

Mit einer abermals wedelnden Handbewegung bedeutet sie mir ihr Büro zu verlassen, was ich nur zögerlich tue. Dennoch rede ich mir ein, dass ich alles in meiner Macht Stehende getan habe, um Sabrina zu helfen.

Als ich an die kühle Luft trete, bereue ich es sogleich, keine Jacke mitgenommen zu haben, doch alles im mir sträubt sich dagegen, in mein Zimmer zurückzukehren.

Also ignoriere ich die Kälte, die durch meinen Körper kriecht, und stapfe energisch durch das raschelnde Laub. Ich habe den Herbst schon immer geliebt und so fällt es mir leicht, meine düsteren Gedanken zu vertreiben. Mit einem Lächeln drehe ich mich im Kreis und bestaune die Blätter an den Bäumen, die in zahlreichen Orange- und Rottönen leuchten. Obwohl es erst Mittag ist, steht die Sonne bereits tief, doch die Strahlen sind noch stark genug, um mein Gesicht zu wärmen.

Mir fällt wieder ein, dass wir am Wochenende das Schulgelände verlassen dürfen, also schlage ich voller Vorfreude den Weg zum Meer ein. Bald schon höre ich das Rauschen der Wellen, was mich dazu bringt, dass ich meine Schritte unwillkürlich beschleunige. Auch wenn meine Oxford-Schuhe nicht besonders gut dafür geeignet sind, klettere ich über glitschige Felsen, zwischen denen sich durch die Ebbe kleine Teiche gebildet haben.

Dann endlich erreiche ich den Kiesstrand und habe eine uneingeschränkte Sicht auf das Meer. Ich trete bis dicht an das Wasser, breite meine Arme aus und genieße die kühlen Tropfen der Gischt, die mein Gesicht benetzen. Die Möwen kreischen und kreisen über dem Wasser und in der Ferne springt ein Fisch in die Luft.

All diese Eindrücke lassen auch den letzten Nebel in meinem Kopf verschwinden und ich vergesse für einen Moment all meine Sorgen.

Als ich mich jedoch umwende, um den Strand entlang zu spazieren, schlendert aus der Ferne eine Gestalt in meine Richtung. Sofort sinkt meine Laune wieder, denn ich möchte nicht gestört werden.

Als die Person jedoch näherkommt, erkenne ich blonde Haare und schlaksige lange Beine. Elay. Nach unserer letzten Unterhaltung habe ich wenig Lust, mit ihm zu reden, doch es wäre wohl auffällig, jetzt noch umzukehren.

Also bleibe ich bloß wie erstarrt stehen und warte auf das unvermeidliche Aufeinandertreffen. Elay hält wieder eine Zigarette in der Hand und ich rolle mit den Augen. Mittlerweile sollte doch jeder verstanden haben, wie schädlich und absolut unnötig diese Dinger sind.

„Du schon wieder", begrüßt er mich knapp und nimmt lässig einen Zug.

„Tu dir keinen Zwang an und geh ruhig weiter", kontere ich angesichts dieser unhöflichen Bemerkung.

Elay mustert mich von oben bis unten, macht aber keine Anstalten weiterzugehen. Allmählich wird mir unter seinem Blick unwohl und so wende ich mich schnell wieder dem Meer zu. Als ein kalter Wind durch meine Kleidung fährt, fröstle ich und schlinge die Arme um mich.

„Du frierst", stellt Elay fest.

„Ja, sehr aufmerksam", gebe ich sarkastisch zurück und flehe ihn in Gedanken an, endlich weiterzugehen.

Damit, dass sich plötzlich etwas Warmes um meine Schultern legt, hätte ich jedoch nicht gerechnet. Ungläubig blicke ich an mir herunter und dann zu Elay.

„Du hast mir deine Jacke gegeben?"

„Ja, sehr aufmerksam", wiederholt er meine Worte und lächelt.

„Danke", sage ich verlegen und muss mir eingestehen, dass mich seine Geste ehrlich rührt.

Zwar tut Elay weiterhin gleichgültig und zieht unbeirrt an seiner Zigarette, doch ich bin mir sicher, dass ihn die klirrende Luft ebenso wenig kaltlässt wie mich. Ich widerstehe dem Bedürfnis, die mit Lammfell gefütterte Jeansjacke enger um mich zu ziehen und mich hinein zu kuscheln.

„Was tust du hier allein am Strand?", frage ich, um die unangenehme Stille zu durchbrechen. „Du scheinst einen großen Freundeskreis zu haben. Meinen Bruder eingeschlossen."

Meine Stimme klingt bitterer als beabsichtigt.

„Er hat viel von dir erzählt", sagt Elay, ohne auf meine eigentliche Frage einzugehen.

Ich ziehe die Augenbrauen hoch, denn ich habe mittlerweile fast schon den Eindruck, dass Jules sich für mich schämt.

„Was erzählt er denn so?", frage ich und bin mit einem Mal besorgt, dass es nur Schlechtes ist.

Elay antwortet zunächst nicht, sondern schnappt sich einen flachen Stein, den er mühelos über das Wasser hüpfen lässt. Ich zähle vier Mal.

„Einiges über eure Kindheit, Familienausflüge und so weiter", erklärt Elay unbekümmert und schnipst seine mittlerweile abgebrannte Zigarette fort. „Und über den Unfall bei dieser Party."

Ich zucke zusammen, denn ich hätte nicht gedacht, dass Jules das Erlebte einfach so weitererzählt.

„Es war furchtbar", sage ich knapp, denn ich habe nicht das Bedürfnis, das Thema weiter zu vertiefen.

„Ich finde es eher seltsam", erwidert Elay und in seinem Blick liegt etwas Lauerndes.

„Es war einfach nur ein schrecklicher Unfall", erkläre ich und gehe unwillkürlich in Abwehrhaltung. In Elays viel zu große Jacke gehüllt mache ich wahrscheinlich einen eher lächerlichen Eindruck.

„Ein Feuer direkt am See, das einfach so um die siebzig Jugendliche ausschaltet? So schnell, dass es niemand mehr schafft, zu flüchten? Doch, das kommt mir sehr seltsam vor."

Als würden wir bloß über das Wetter reden, holt Elay mit einer lässigen Bewegung eine Schachtel aus seiner Jeans und zündet sich eine weitere Zigarette an.

„Was willst du damit andeuten?", frage ich mit zitternder Stimme.

Plötzlich wird mir abwechselnd heiß und kalt. Schnell schäle ich mich aus der Jacke und werfe sie Elay entgegen, der sie unbeeindruckt auffängt.

„Vielleicht solltest du dir einfach mehr Gedanken darüber machen, was um dich herum geschieht", antwortet er und schlüpft in das Kleidungsstück.

Ich starre ihn eine Weile bloß fassungslos an, ehe ich mich mit einem Kopfschütteln abwende und über den Kies davonstapfe. Ein Kloß hat sich in meinem Hals gebildet und in mir macht sich das Gefühl von Kontrollverlust breit.

Ich beschließe mich von nun an von Elay fernzuhalten.

***

Am Abend sitze ich in der Bibliothek auf einer weichen Lederchaiselongue und vertiefe mich gerade in *Der kosmische Schrecken* von H. P. Lovecraft. Horrorbücher waren für mich schon immer eine Flucht, wenn mir im wahren Leben alles zu viel wurde. Das Abendessen habe ich heute ausfallen lassen, da sich mein Magen ohnehin anfühlt, als wäre er mit Steinen gefüllt. Noch einen von Elays gleichgültigen und gleichzeitig bohrenden Blicken hätte ich zudem nicht ertragen.

Ich schaue auf, als sich die Tür der Bibliothek öffnet, und ich bete innerlich, dass es bloß ein Lehrer oder die Bibliothekarin ist.

Wer dann jedoch in mein Blickfeld tritt, ist jemand, den ich nicht erwartet hätte. Es ist ein Junge von etwa zehn Jahren, mit weißblonden Haaren und in einem Tweedanzug. Bei näherem Hinschauen erkenne ich sogar, dass er eine tannengrüne Fliege um den Hals trägt. Er wirkt absolut fehl am Platz in einer Schule, die nur von Teenagern besucht wird. Obwohl mir nicht nach Reden zumute ist, beschließe ich, ihn anzusprechen.

„Hallo, ich habe dich hier noch nie gesehen."

Der Junge schreckt zusammen und wirkt ertappt. Er rückt sich die Fliege zurecht, mustert mich schüchtern und scheint zu überlegen, ob er einfach flüchten soll. Ich kann mir ein Lächeln nicht verkneifen, denn er scheint mir recht ähnlich zu sein.

„Ich ... verlasse auch nicht oft mein Zimmer", stammelt er und schnappt sich ein Buch, das er sich wie einen Schutzschild gegen die Brust drückt.

68

„Du lebst hier? Bist du der Sohn von einer der Lehrkräfte?“

Er schüttelt den Kopf und blickt zu Boden. Es verstreicht so viel Zeit, dass ich schon nicht mehr mit einer Antwort rechne.

Dann erklärt er jedoch kaum hörbar: „Ich habe keine Eltern mehr, aber da ich besondere Begabungen habe, darf ich hier wohnen und gelegentlich am Unterricht teilnehmen. Zumindest dann, wenn es meine Krankheit zulässt.“

Ich nicke wissend, denn ich glaube nun, die Situation zu verstehen.

„Du bist also hochbegabt und hast einige Klassen übersprungen?“

Der Junge nickt mit einem Lächeln und scheint erleichtert zu sein, nichts mehr erklären zu müssen.

„Mein Name ist Henry“, stellt er sich vor und kommt einen Schritt auf mich zu. „Wenn du willst, können wir einfach zusammensitzen und lesen. Ich hoffe, du nimmst es mir nicht übel, dass ich kein Gespräch führen möchte.“

Nun hat er vollends meine Sympathie gewonnen und so deute ich auf einen Ohrensessel in meiner Nähe.

„Nichts lieber als das. Und mein Name ist Sharon.

***

Auch in dieser Nacht wache ich von Aideens grausigem Gesang auf. Dieses Mal erscheint er mir sogar noch eindringlicher und ich habe das Bedürfnis, mir die Hände auf die Ohren zu pressen. Ich fühle mich jedoch wie gelähmt, wie in einer Schlafparalyse.

Aideen wandert durch das Zimmer und bleibt irgendwann vor Sabrinas Bett stehen. Diese wirft sich unruhig hin und her und stöhnt im Schlaf.

Ich muss wieder daran denken, dass der Rettungsdienst laut Mrs McArren zwar hier war, aber wohl bloß bestätigt hat, dass es sich bei Sabrinas Krankheit um eine einfache Erkältung handelt. Ich kann das einfach nicht glauben.

Aideen beugt sich über Sabrinas Bett und sieht dabei aus wie eine dieser Horrorgestalten aus meinen Büchern. Ihr Gesang wird lauter und schriller, fährt mir bis ins Mark und verursacht eine furchtbare Übelkeit. Ich möchte sie anflehen aufzuhören, doch auch als ich es schaffe, den Mund zu öffnen, bringe ich keinen Laut hervor.

Und dann bricht der Gesang plötzlich ab, so abrupt, dass mir die Stille völlig unwirklich vorkommt. Das Blut rauscht in meinen Ohren und ansonsten ist alles, was ich höre, mein stoßweise kommender Atem.

Ich schrecke zusammen, als sich Aideen ruckartig umdreht und mich mit leeren Augen anblickt. In Gedanken sehe ich sie schon auf mich zustürzen wie ein Zombie, der sich an seinem Opfer laben will. Doch stattdessen wendet sie sich wieder ab und schlurft zurück zu ihrem Bett.

Noch lange liege ich da und starre an die Decke, bis mich die Müdigkeit endlich einholt. Mein letzter Gedanke ist, dass es sicherlich nur ein schrecklicher Alptraum war. Nur mein Unterbewusstsein nimmt wahr, dass es auf Sabrinas Bettseite das erste Mal seit Tagen wieder ruhig ist.

KAPITEL 5

Am Sonntagmorgen werde ich von Sonnenstrahlen geweckt, die sanft mein Gesicht kitzeln. Ich lächle und strecke mich mit noch geschlossenen Augen. Wie erwartet dringt Aideens lautes Schnarchen zu mir, während Sabrina keine Geräusche von sich gibt. Kein gequältes Stöhnen, kein Herumwälzen im Bett und kein Husten. Vielleicht konnte sie endlich wieder durchschlafen und ist auf dem Weg der Besserung.

Plötzlich fällt mir wieder die grauenhafte Situation von heute Nacht ein und ich bin nun umso überzeugter, dass es sich um einen Alptraum gehandelt haben muss. Ich gähne herzhaft, blinzle in die goldene Oktobersonne und schlüpfe dann in meine Hausschuhe. Mit einem Blick auf meine Armbanduhr stelle ich fest, dass es bereits halb elf ist, also wird sicherlich bald das Frühstück gebracht.

Gut gelaunt wasche ich mir das Gesicht, putze die Zähne und ziehe mir ein geblümtes Kleid an, das zu meiner Stimmung passt.

Dann tappe ich zurück in den Schlafraum und beschließe, meine beiden Mitbewohnerinnen zu wecken, damit sie nicht vom Frühstück überrascht werden. Auch wenn ich ein schlechtes Gewissen habe, Sabrinas friedlichen Schlaf zu stören, setze ich mich auf ihre Bettkante und berühre sanft ihre Schulter. Doch irgendetwas fühlt sich falsch an.

„Sabrina?", frage ich mit piepsiger Stimme und rüttle nun stärker an ihr. Keine Reaktion.

Allmählich werde ich panisch, schüttle ihren Körper so fest ich kann und gebe ihr sogar eine Ohrfeige. Ihr Gesicht ist kalt und völlig regungslos.

„Sabrina!", schreie ich voller Verzweiflung, versuche immer noch mit ganzer Kraft sie zu wecken, während mir Tränen die Wangen herunterlaufen. Das kann nicht wahr sein. Ich bin immer noch in einem Alptraum gefangen. Sabrina kann unmöglich tot sein.

„Wasnlos?", höre ich Aideen fragen, nehme es wie in Trance wahr. Das hier ist ein Traum, aus dem ich jeden Moment aufwachen werde.

Nur am Rande bekomme ich mit, wie Aideen neben mich tritt und dann einen entsetzten Laut ausstößt.

„Scheiße. Scheiße, scheiße, scheiße."

„Sie lebt doch, oder?", keuche ich und meine eigene Stimme hört sich weit entfernt an. „Sag mir, dass Sabrina lebt."

„Ich hole Mrs McArren", presst Aideen hervor und stürzt aus dem Zimmer.

Völlig erstarrt sitze ich einfach nur da und blicke auf Sabrinas Gesicht. Es wirkt so friedlich, als würde sie schlafen. Was sicher daran liegt, dass sie wirklich schläft und nicht tot ist. So muss es einfach sein!

Ich springe auf und ein hysterisches Lachen kommt über meine Lippen. Bestimmt ist Sabrina einfach unglaublich erschöpft von ihrer Krankheit und schläft so tief, dass sie sich nicht wecken lässt. Ganz sicher! Ich gehe im Zimmer auf und ab und immer wieder kämpft sich ein ersticktes Lachen meine Kehle hoch.

Plötzlich öffnet sich die Tür und ich blicke in Mrs McArrens besorgtes Gesicht.

„Sie schläft bloß", erkläre ich ihr und nicke überzeugt.

„Poppy, bring die Mädchen in die Krankenstation und gib ihnen etwas zur Beruhigung", befiehlt die Rektorin einer jungen Frau neben sich, die ich erst jetzt bemerke.

Sie trägt einen weißen Kittel, also ist sie wohl die Schulkrankenschwester. Sie kommt auf mich zu und berührt mich sanft an der Schulter, so wie ich es zuvor bei Sabrina getan habe.

„Es ist alles gut", sage ich abwehrend und trete einen Schritt zurück.

„Komm bitte mit. Ich mache euch eine heiße Schokolade", erwidert Poppy mit einer so fürsorglichen Stimme, dass ich mich nun doch von ihr wegführen lasse.

„Danke", murmle ich und fühle mich mit einem Mal völlig ausgelaugt.

Ich blicke zurück in das Zimmer. Mrs McArren fühlt Sabrinas Puls. Ihre Stirn hat sie dabei besorgt gerunzelt.

Schnell wende ich mich wieder ab und laufe beinahe gegen Aideen, die scheinbar vor der Tür gewartet hat. Sie kaut auf ihren Fingernägeln und ihre Augen huschen gehetzt umher. Sie scheint mich kaum wahrzunehmen, sondern ist tief in ihren Gedanken versunken. Ich hake mich kurzerhand bei ihr ein und führe sie hinter Poppy her, bei der keine Spur von Besorgnis zu erkennen ist. Also sind wir tatsächlich grundlos in Panik verfallen. Oder?

„Mach dir keine Sorgen", sage ich zu Aideen und seltsamerweise klingt meine Stimme noch immer schrill. Und noch immer fühle ich mich wie in Trance.

Plötzlich beginnt Aideens Körper zu beben. Sie kämpft mit den Tränen.

„Ich war es", schluchzt sie mit einer Verzweiflung, die mich tief im Herzen trifft. „Es ist meine Schuld, dass Sabrina gestorben ist."

„Was sagst du denn da?", frage ich, während sich mein Atem wieder beschleunigt. Meine Panik, die ich zuvor erfolgreich niedergerungen habe, kehrt mit voller Wucht zurück.

„Wir sind gleich da, Mädchen", fährt Poppy dazwischen und verhindert so eine Antwort von Aideen. Ein Teil von mir ist darüber erleichtert.

Schließlich öffnet die Krankenschwester eine Tür und schiebt uns hindurch. Wir befinden uns in einem sonnendurchfluteten Raum mit hellen Möbeln und einer goldenen Tapete mit floralem Muster. Er ist das Gegenteil von dem, was ich als Krankenzimmer erwartet hätte; statt steriler Farben herrschen warme und bunte Töne vor, die einem das Gefühl geben, dass man sich in einem gemütlichen Wohnzimmer aufhält.

„Setzt euch und dann können wir über alles reden", sagt Poppy und deutet auf drei Ohrensessel aus grauem Stoff.

Während wir es uns bequem machen, geht sie zu einer Küchenzeile und macht uns mit geübten Bewegungen heiße Schokolade. Endlich schaffe ich es, mich ein wenig zu entspannen, und auch Aideen wirkt weniger gehetzt als zuvor.

Schließlich reicht Poppy uns die dampfenden Tassen und nimmt vor uns Platz.

„Wir müssen darüber reden, was passiert ist", sagt sie, nachdem wir eine Weile schweigend an unseren Tassen genippt haben.

Der süße Geschmack breitet sich wohltuend in meinem Mund aus und ich bin mir sicher, dass sich nun alles als Missverständnis entpuppen wird.

„Sie ist tot, habe ich recht?", haucht Aideen jedoch und lässt meine Zuversicht wieder wanken.

Zu meinem Entsetzen nickt die Krankenschwester ernst. „Es gibt da etwas, was Sabrina euch vermutlich nicht erzählt hat. Sie litt an einer schweren Herzkrankheit, wegen der ich sie oft behandeln musste. Ich denke, dass nicht die Erkältung schuld an ihrem Tod war, sondern dieses chronische Leiden."

Ich stehe ruckartig auf und verschütte dabei beinahe meinen Kakao. „Das ergibt alles keinen Sinn. Ich habe so oft gesagt, dass sie dringend behandelt werden muss, doch niemand hat auf mich gehört. Ich habe sogar den Notdienst ange…"

Plötzlich stocke ich und kann Poppy nur mit offenem Mund anstarren. Meine Hände beginnen zu zittern und schnell stelle ich meine heiße Schokolade ab.

„Sie waren das am Telefon", keuche ich. „Ihr habt mir etwas vorgemacht. Der Notdienst war überhaupt nicht hier, um Sabrina zu untersuchen!"

Ich hoffe so sehr, dass ich mich irre, doch je länger ich darüber nachdenke, desto klarer wird mir alles.

Poppy legt den Kopf schief und lächelt mich an. „Du bist aufgebracht, das kann ich verstehen. Aber du irrst dich. Sabrina wurde untersucht, aber niemand konnte

einen plötzlichen Herzanfall in der Nacht vorhersehen.“

Ich schüttle den Kopf und gehe Schritt für Schritt
rückwärts, bis ich die Türklinke zu fassen kriege.
Aideen blickt währenddessen stumm in ihre Tasse und
scheint meinen Ausbruch gar nicht zu bemerken.

„Ich werde meinen Eltern alles erzählen“, drohe ich
mit schriller Stimme, ehe ich die Tür aufreiße und das
Krankenzimmer fluchtartig verlasse.

Zuerst laufe ich in Richtung meines Zimmers, bis mir
wieder einfällt, was dort passiert ist. Also drehe ich um,
haste in den Flügel, wo die Jungen ihre Zimmer haben.
Zum Glück befinden sich wie auch im Mädchenflügel
neben allen Türen Namensschilder, sodass ich Jules’
Zimmer leicht ausfindig machen kann.

Ich hämmere gegen die Tür, immer wieder, bis sie
endlich geöffnet wird. Zu meinem Glück ist es tatsächlich mein Bruder, der mich, ohne Fragen zu stellen, in
den Arm nimmt und mir sanft über den Rücken
streicht. Mit einem Mal ist er wieder mein Zwilling geworden, mit dem ich so eine enge Bindung habe.

Endlich lasse ich meinen Tränen freien Lauf. Mein
Körper wird von unkontrollierten Schluchzern geschüttelt, doch Jules lässt mich nicht los. Erst als ich
mich nach einer gefühlten Ewigkeit langsam beruhige,
führt er mich vorsichtig in sein Zimmer. Sofort schlägt
mir der Geruch nach Deo und benutzten Socken entgegen. Beim Anblick der Unordnung bringe ich tatsächlich ein Schmunzeln zustande. Zwar ist Jules ein sehr
ordentlicher Mensch, doch gegen das Chaos seines Zim-
merkameraden kommt er anscheinend nicht an.

Ein wenig verloren setze ich mich auf das Bett auf der ordentlichen Zimmerseite und verberge mein Gesicht in den Händen.

„Woher weißt du es?", frage ich mit rauer Stimme, denn Jules schien nicht überrascht gewesen zu sein, als ich gerade völlig aufgelöst vor seiner Tür aufgetaucht bin.

„Es hat sich schnell rumgesprochen", erklärt er mit leiser Stimme. „Die ganze Schule weiß Bescheid. Es ist wirklich furchtbar."

Ich blicke auf und formuliere dann die Worte, die mir schon die ganze Zeit im Kopf herumspuken. „Es ist nicht der erste Todesfall auf der Darkwood Academy, habe ich recht?"

Jules runzelt die Stirn und sieht mich an, als wäre ich verrückt geworden. „Wie kommst du darauf? Ich weiß nichts von anderen Todesfällen, obwohl ich mich eingehend über diese Schule informiert habe. Sind etwa irgendwelche Gerüchte im Umlauf?"

„Vergiss es", murmle ich und frage mich allmählich, ob ich wirklich durchdrehe und Gespenster sehe. Vielleicht hat mich der Vorfall in unserem Zuhause so durcheinandergebracht, dass ich düstere Geheimnisse sehe, wo keine sind.

„Die Krankenschwester glaubt, dass Sabrina an einer plötzlichen Herzattacke gestorben ist, die niemand vorhersehen konnte", wechsele ich das Thema. „Aber sie war so krank. Ich bin mir sicher, dass ihr Tod hätte verhindert werden können."

Mir treten wieder Tränen in die Augen und ich verziehe unglücklich das Gesicht. Jules setzt sich neben mich, um mir den Arm um die Schultern zu legen.

„Die Lehrer haben gewusst, was sie tun. Aber selbst wenn es Jemandes Schuld sein sollte: Deine war es nicht.“

Ich nicke und schlucke den Kloß in meinem Hals herunter. Seine Worte sind tröstend und erst jetzt wird mir bewusst, dass ich mich schuldig gefühlt habe. Auch wenn ich wohl die Einzige war, die sich um Sabrinas Gesundheitszustand gesorgt hat, hätte ich vielleicht mehr tun können. Doch das ist Unsinn.

„Du hast recht“, gebe ich zu und lächle meinen Bruder an.

Dabei fällt mein Blick unwillkürlich wieder auf die Schlüsselkette um seinen Hals. Als Jules es bemerkt, versteift er sich augenblicklich und steht wieder auf. Am liebsten würde ich ihn endlich auf dieses mysteriöse Schmuckstück ansprechen, doch im Moment würde ich es nicht ertragen, wenn unser Verhältnis wieder feindselig würde.

„Ich habe gestern mit Mum gesprochen“, durchbreche ich das unbehagliche Schweigen. „Meine Tabletten sind leer und sie meinte, dass sie jemanden schickt, der mir Nachschub bringt. Doch bisher ist nichts angekommen.“

Jules dreht sich langsam zu mir um und in seinen grünen Augen liegt ein seltsames Glitzern. „Das bedeutet, du hast seit gestern keine Tabletten mehr genommen?“

Ich nicke verunsichert, denn seine Reaktion kommt mir eigenartig vor. Seine Stimme klingt so eindringlich.

„Spürst du irgendwelche Nebenwirkungen durch das Absetzen?“ Er kommt wieder einen Schritt auf mich zu und studiert eingehend mein Gesicht.

„Ähm ... ich habe momentan wirklich andere Probleme, als auf so etwas zu achten", erwidere ich und fühle mich plötzlich unglaublich unwohl. „Ich ... sollte mal nach Aideen sehen. Ihr geht es auch alles andere als gut."

Ich spüre Jules' Blick in meinem Rücken, als ich mit betont langsamen Schritten sein Zimmer verlasse. Allmählich habe ich wirklich das Gefühl, den Verstand zu verlieren – seit dem Aufwachen scheint alles schief zu gehen, was nur möglich ist.

Wie von selbst führen meine Beine mich zur Bibliothek, und als ich sie betrete, fühlt es sich an, als wäre ich endlich angekommen. Hier ist der Ort, wo ich geerdet werde, wo ich meinen Gefühlen endlich freien Lauf lassen kann.

Völlig ausgelaugt, sowohl seelisch als auch körperlich, lasse ich mich auf einen Chesterfield-Sessel fallen und schließe die Augen. Ich genieße den Geruch nach alten Büchern und die Stille, die auch meine wirbelnden Gedanken verstummen lässt. Bis ich plötzlich das Rascheln von Buchseiten vernehme, die umgeschlagen werden.

Sofort setze ich mich kerzengerade hin, denn ich scheine nicht allein zu sein. Vielleicht habe ich Glück und es ist nur Henry, der selbst in Ruhe lesen möchte. Lautlos erhebe ich mich und blicke mich in dem großen, mehrstöckigen Raum um, doch ich kann niemanden entdecken. Also muss sich derjenige, der das Geräusch verursacht hat, im Nebenraum aufhalten.

So leise ich kann pirsche ich hinüber und bin froh, dass die riesige Flügeltür, welche mit goldenen Beschlägen verziert ist, offen steht. Vorsichtig werfe ich einen

Blick um die Ecke. Dort sitzt die letzte Person, die ich nun sehen möchte: Elay.

Ich will mich gerade zurückziehen, als er das Gesicht hebt und mich direkt anblickt. Seine grauen Augen funkeln belustigt, als ich ertappt in den Raum trete und mich neben ihn an den Tisch setze, wo wir uns auch beim Literatur-Club versammelt haben.

„Du läufst mir oft über den Weg", stellt Elay mit einem leichten Lächeln fest und schlägt sein Buch zu.

„*Stolz und Vorurteil*", frage ich verblüfft und streiche über den hübsch verzierten Buchdeckel.

„Jane Austen hat gute Bücher geschrieben", sagt Elay mit einem Schulterzucken, ohne jede Scham in der Stimme. Gegen meinen Willen wird er mir dadurch um einiges sympathischer.

„Ja, da hast du recht", erwidere ich amüsiert.

Zum ersten Mal fühle ich mich in Elays Anwesenheit richtig wohl, ohne jede Spur von Nervosität.

„Ihre Bücher sind allerdings nicht mein bevorzugtes Genre. Ich mag lieber ..."

„Horror", kommt er mir zuvor und deutet mit einem Kopfnicken auf das Buch vor mir. „*Friedhof der Kuscheltiere*. Ich habe den Film gesehen, aber konnte ehrlich gesagt nichts damit anfangen. Ich mag es lieber realistisch."

Nun kann ich ein Kichern nicht mehr unterdrücken. „Du meinst bedingungslose romantische Liebe und Herzschmerz?"

Nun erscheint auch auf Elays Gesicht ein breites Grinsen und er fährt sich mit der Hand durch das hellblonde Haar. „Ja, so ungefähr."

Dann wird er jedoch schlagartig wieder ernst und ich weiß instinktiv, was nun kommt. „Ich habe das mit deiner Zimmergenossin gehört. Es tut mir unglaublich leid, dass du das sehen musstest.“

Meine Schultern sacken nach unten und ich starre auf das Buch vor mir, um nicht wieder in Tränen auszubrechen.

„Ich fühle mich schuldig“, gebe ich zu. „Ich weiß, dass ich nichts für Sabrinas Tod kann, aber trotzdem frage ich mich immer wieder, ob ich nicht mehr hätte tun können.“

Ich blicke auf, als sich Elays Hand warm um meine schließt und er mich verständnisvoll anblickt.

„Ich weiß, wie du dich fühlst“, sagt er mit rauer Stimme, ehe er seine Hand wieder zurückzieht.

Mit einem Mal wird seine Miene verschlossen und es wirkt, als wäre er ganz weit weg, an einem Ort, wo ich ihn nicht erreichen kann. Mir wird klar, dass Elay ein Geheimnis mit sich herumträgt – ein Geheimnis von vielen auf der Darkwood Academy.

***

Der restliche Sonntag fühlt sich an wie ein Traum, in dem ich mich wie durch dichten Nebel bewege. Als ich die letzten Sonnenstrahlen an der frischen Luft genieße, laufe ich Madeline über den Weg, die blass und besorgt wirkt.

„Hast du Aideen gesehen?“, fragt sie mich, als ich auf sie zugehe.

Ich schüttle den Kopf und erst jetzt wird mir bewusst, dass ich ihr schon den ganzen Tag nicht begegnet bin.

„Seit wir im Krankenzimmer waren, habe ich sie nicht mehr getroffen“, erkläre ich niedergeschlagen.

Madeline nickt und kaut nachdenklich auf ihrem Lippenpiercing. Ihr roter Lippenstift und der schwarze Kajal sind verschmiert.

„Ich glaube, ich weiß, wo sie sein könnte“, sagt sie schließlich und zieht mich mit sich, ohne auf eine Antwort zu warten.

Bald schon dämmert mir, wohin sie möchte, denn wir bewegen uns durch den Wald, der bereits das letzte Tageslicht schluckt und das Unterholz in Finsternis taucht. Alles Mögliche könnte uns von dort aus beobachten und dieser Gedanke lässt mich erschaudern.

Als wir zu Aideens und Madelines Lieblingsplatz kommen, ist Aideen tatsächlich dort. Wie ein Häufchen Elend sitzt sie am Fluss und nimmt immer wieder einen Schluck aus einer Flasche mit klarer Flüssigkeit, bei der es sich wohl nicht um Wasser handelt. Sie hat eine übergroße schwarze Lederjacke um sich geschlungen und versinkt beinahe vollständig darin.

„Oh nein“, haucht Madeline und eilt dann zu Aideen.

Wortlos nimmt sie sie in den Arm, während ich weiterhin hinter ihnen stehe und meine senfgelbe Strickjacke enger knote. Ich bin mir sicher, dass ich die beiden nicht stören sollte, also halte ich mich im Hintergrund.

„Ich hatte es nicht unter Kontrolle“, schluchzt Aideen in die Schulter ihrer Freundin, was mich aufhorchen lässt.

Madeline streicht ihr beruhigend über die Haare. „Das stimmt nicht. Es lag nicht an dir. Mrs McArren sagt, dass sie einen Herzanfall hatte, der völlig unerwartet kam."

Aideen blickt nun auf und ihre dunklen Augen lodern vor Wut. „Du weißt genauso gut wie ich, dass das nicht stimmt. Ich bin ..." Sie stockt, als ihr Blick zu mir huscht. „Oh, hi Sharon, ich habe dich gar nicht bemerkt."

„Was meinst du damit, dass du etwas nicht unter Kontrolle hattest?", frage ich ohne Umschweife.

Allmählich habe ich das Gefühl, dass ich die Einzige bin, die hier im Dunkeln tappt und über irgendetwas nicht Bescheid weiß.

„Ist nicht so wichtig", weicht Aideen aus, doch ich habe die Nase voll von diesen ständigen Ausflüchten.

„Bitte sag es mir", rufe ich verzweifelt, aber die Miene meiner Freundin verschließt sich daraufhin nur noch mehr.

„Du solltest nicht in Sachen herumschnüffeln, die dich nichts angehen", sagt sie kühl.

Entsetzt starre ich sie an, denn in ihrer Stimme liegt die gleiche Feindseligkeit wie in Jules', wenn ich ihm solche Fragen stelle. Madeline tritt von einem Bein auf das andere, doch sie mischt sich nicht ein. Als ich sie hilfesuchend anschaue, senkt sie den Blick.

Plötzlich kocht Wut in mir hoch und sie kommt so unerwartet, dass ich mich selbst vor ihr erschrecke. Sie nimmt mich völlig gefangen und löst in mir den Drang aus, mich auf Aideen zu stürzen oder einfach laut loszubrüllen. Ich balle meine Hände so krampfhaft zu Fäusten, dass sich meine Fingernägel in meine Haut graben, doch auch der Schmerz bringt mich nicht wieder zur Besinnung. Mein Atem geht immer schneller und mein Körper wird so heiß, als hätte ich hohes Fieber.

„Sharon, was ist los mit dir?", fragt Madeline alarmiert, während Aideen mich bloß mit großen Augen beobachtet.

Und dann ist dieses Gefühl mit einem Mal so schnell wieder weg, wie es gekommen ist. Ich blinzle und weiche schockiert zurück.

„Setz dich zu uns", sagt Aideen mit einem leichten Lächeln, so als wäre nichts passiert. Als hätten wir nicht gestritten und ich daraufhin fast die Besinnung verloren.

„Ich … weiß nicht", stammle ich, doch meine Freundin klopft mit der Hand auf die Stelle neben sich.

Madeline, die auf ihrer anderen Seite sitzt, blickt mich noch immer ängstlich an, als würde sie jeden Moment damit rechnen, dass ich die Kontrolle verliere. Zögerlich setze ich mich neben Aideen und frage mich, ob ich das vorherige Streitthema noch mal ansprechen sollte. Ich möchte um jeden Preis wissen, was vor mir verheimlicht wird, doch ich bin mir auch sicher, dass ich so nicht weiterkomme.

Also beschließe ich, es erst mal auf sich beruhen zu lassen und auf eine bessere Gelegenheit zu warten, um Aideen Antworten zu entlocken.

KAPITEL 6

Schon nach einer Woche wird kein Wort mehr über Sabrina und ihren Tod verloren. Es ist fast so, als hätte sie nie existiert, und das macht die ganze Sache für mich nur noch schlimmer. Es wurde nicht mal eine Trauerfeier abgehalten und ihre Leiche wurde weit weg zu ihrem Geburtsort gebracht, um dort beerdigt zu werden. Mrs McArren hat mir erklärt, dass Sabrina eine Waise und ihr seniler Großvater ihr einziger lebender Verwandter war.

Der Alltag zieht wie ein Film an mir vorbei und ich habe das Gefühl, gar nicht mehr richtig anwesend zu sein. Immer häufiger finde ich mich an Orten wieder, zu denen mich meine Beine getragen haben, ohne dass ich es vorhatte.

Aideen benimmt sich seit dem Streit am Bach seltsam mir gegenüber. Nach außen hin ist sie stets fröhlich und zuvorkommend, doch ich kann ihre unbehaglichen Blicke auf mir spüren.

***

„Du hast eine andere Ausstrahlung als früher", bemerkt Finn an einem sonnigen Tag Ende Oktober, den Mr Glenn dafür nutzt, uns durch den Wald zu scheuchen.

Joggen ist noch nie mein Sport gewesen, während Jules regelrecht darin aufgeht. Ich wette, dass er mir schon Kilometer voraus ist.

Schnaufend bleibe ich stehen und schnappe nach Luft, um Finn zu antworten. Normalerweise ist er nicht in meinem Jahrgang, doch heute wurden alle Stufen zusammengesteckt, um diesen herrlichen Tag zu nutzen – meiner Meinung nach ist Joggen dafür die denkbar schlechteste Idee.

„Ich komme nicht über Sabrinas Tod hinweg", gebe ich zu und halte mir meine schmerzenden Seiten. „Die anderen Schüler hingegen scheinen gut damit klarzukommen, was es für mich nur schlimmer macht."

Finn nickt wissend und schlendert neben mir her. Zum Glück ist Mr Glenn weit und breit nicht zu sehen, sodass uns niemand für unseren langsamen Gang tadelt.

„Ich weiß, was du meinst", entgegnet Finn. „Furchtbare Dinge werden hier einfach ignoriert."

Ich horche auf. „Furchtbare Dinge? Also ist es doch nicht der erste Todesfall auf der Darkwood Academy?"

Finn mustert mich mit schmalen Augen, als wolle er abschätzen, was meine Absichten sind.

„Offiziell schon", erklärt er schließlich. „Aber dass es wirklich so ist, bezweifle ich. Auf dieser Schule gibt es viele dunkle Geheimnisse."

Ich blicke überrascht auf, denn damit bringt er meine Vermutungen genau auf den Punkt. „Weißt du mehr darüber? Es macht auf mich den Eindruck, dass du ein guter Beobachter bist."

„Die Frage ist, ob du es wirklich wissen willst", antwortet Finn mit einem bitteren Lächeln. Also weiß er tatsächlich besser Bescheid als ich – was genaugenommen keine Kunst ist, vor allem, weil er schon viel länger auf die Darkwood Academy geht als ich.

„Ja“, sage ich atemlos. „Bitte erzähl mir alles.“

Finn öffnet gerade den Mund, um etwas zu erwidern, als ein schrilles Pfeifen die Luft durchschneidet. „Ihr da, nicht faulenzen!“

Ertappt drehen wir uns um. Mr Glenn läuft auf uns zu, die Trillerpfeife noch immer im Mund. Seufzend widmen wir uns wieder dem Joggen und sofort beginnt meine Lunge zu brennen. Unser Lehrer bleibt direkt hinter uns, vermutlich um sicherzugehen, dass wir uns an seine Anweisungen halten, und das macht das Fortführen unseres Gespräches leider unmöglich.

Dann höre ich Finn jedoch leise flüstern: „Wir treffen uns um Mitternacht in der Bibliothek. Dort erzähle ich dir alles, was ich weiß.“

„Nicht langsamer werden!“, brüllt Mr Glenn hinter uns und ich zucke zusammen.

Gleichzeitig macht sich unendliche Erleichterung in mir breit, denn endlich ist jemand bereit, Licht ins Dunkle zu bringen.

***

Um halb zwölf liege ich wach in meinem Bett und starre an die Decke. Aideens Schnarchen tönt durch das Zimmer und macht mich schläfrig, doch zum Glück ist da noch meine grenzenlose Aufregung, die mich wachhält.

Als es Zeit wird, schlüpfe in ein braunes Strickkleid und Leggins, ehe ich mit einer schweren Taschenlampe bewaffnet aufbreche. Es ist noch immer seltsam, solche altmodischen Dinge zu nutzen, denn unter normalen Umständen hätte ich einfach meine Handytaschenlampe angeschaltet. Zum Glück sind die Flure aber sowieso hell genug beleuchtet.

Gerade als ich um eine Ecke biegen will, erklingen plötzlich Schritte. Ich keuche auf und verstecke mich schnell hinter den Vorhängen, die ein Erkerfenster verhüllen. Ich traue mich kaum zu atmen, als die Schritte dicht an mir vorbeigehen und der Luftzug den Stoff leicht wehen lässt.

Erst als die Person vorbeigegangen ist, wage ich einen Blick. Es dauert einen Moment, bis ich mir sicher bin, dass der Mann Mr Glenn ist. Er wirkt gehetzt, und als er Anstalten macht, sich umzublicken, verstecke ich mich schnell wieder. Erst als er nicht mehr zu sehen ist und seine Schritte längst verhallt sind, gehe ich vorsichtig weiter. Von nun an muss ich besonders gut aufpassen und auch in der Bibliothek einen Ort suchen, wo ich nicht direkt gesehen werde.

Also husche ich von Schatten zu Schatten, wobei eine Spur von Adrenalin und Abenteuerlust in mir aufflammt. Lautlos schleiche ich in die Bibliothek, deren Tür einen Spaltbreit offen steht, und gehe erst mal sicher, dass ich allein bin. Mittlerweile müssten es nur noch wenige Minuten bis zwölf sein, weshalb es durchaus sein könnte, dass Finn bereits auf mich wartet.

Mein Körper prickelt vor Aufregung, als mir wieder bewusst wird, weshalb ich hier bin: Endlich werde ich Dinge erfahren, die Licht ins Dunkle bringen. Finn weiß deutlich mehr als ich, da bin ich mir vollkommen sicher. Zudem muss ich mir eingestehen, dass ich mich auf unser Treffen freue, weil er mittlerweile eine seltsame Faszination auf mich ausübt.

Vorsichtshalber verstecke ich mich hinter einem Ledersessel, von wo aus ich zwar die Tür im Auge behalten, aber selbst nicht gesehen werden kann.

Ich schrecke zusammen, als die Stille jäh von einem Geräusch durchbrochen wird. Die große Standuhr schlägt zwölf Mal, ehe es wieder totenstill wird. Ich höre meinen eigenen Herzschlag, und mein Atem kommt mir viel zu laut vor.

Als weitere fünf Minuten verstreichen, werde ich allmählich unruhig. Könnte Finn mich versetzen? Oder wurde er von Mr Glenn erwischt?

Auch um Viertel nach zwölf hat sich nichts getan und so verlasse ich mein Versteck. Meine Beine sind mittlerweile eingeschlafen, doch das ist nichts gegen die Taubheit in meinem Inneren. Nachdem ich mir so sicher gewesen bin, endlich aufgeklärt zu werden, bin ich unglaublich enttäuscht.

Mit müden Schritten gehe ich zu einem der hohen Fenster und blicke hinaus in die schwarze Nacht. Vor mir erstreckt sich die Wiese mit dem kleinen See, dahinter beginnt die Baumgrenze.

Ich keuche leise, als ich plötzlich drei Gestalten entdecke, die auf den Wald zueilen. Mit zusammengekniffenen Augen beuge ich mich nach vorne und versuche sie besser zu erkennen. Wird die Person in der Mitte von den anderen beiden festgehalten? Es sieht sogar so aus, als wäre ein Sack über ihren Kopf gestülpt.

Doch als ich blinzle, sind sie verschwunden und nichts deutet mehr darauf hin, dass die Gestalten wirklich da gewesen sind.

***

Am nächsten Tag beginnen die Vorbereitungen für die Halloweenfeier, der meine Mitschüler bereits seit Wochen entgegenfiebern.

„Die jährlich stattfindende Party soll legendär sein", schwärmt Aideen, die nur wenige Monate länger auf die Darkwood Academy geht als ich.

Gemeinsam mit Madeline schlendern wir über den Rasen in Richtung des Sees.

„Ich habe so viele Ideen, als was ich mich verkleiden könnte", fährt meine Freundin fort. „Sharon, meinst du, ich sollte lieber als Hexe, Vampir oder Katze gehen?"

„Mh?" Ich schrecke aus meinen Gedanken und muss mir eingestehen, dass ich ihr kaum zugehört habe.

Zum Glück antwortet Madeline an meiner Stelle. „Ich finde deine Kostümideen zu klischeehaft. Wie wäre es zum Beispiel, wenn du als sexy Zombie gehst?"

Sie wackelt mit den Augenbrauen und scheint sich an dem Gedanken zu erfreuen. Aideen stöhnt jedoch nur genervt und scheint all ihre Ideen zu verwerfen.

„Als was wirst du gehen?", wendet sie sich wieder an mich.

Ich beiße mir ertappt auf die Lippe, denn ich bin wohl eine der Wenigen, die sich noch keine Gedanken darüber gemacht haben.

„Ich weiß nicht mal, wie ich aus der Kleidung, die ich dabeihabe, ein Kostüm zusammenstellen soll", gebe ich zu.

Aideen grinst siegessicher und ihre dunklen Augen leuchten freudig. „Oh, lass das mal meine Sorge sein.

90

Das ein oder andere Stück von mir wird dir sicher passen."

„Na gut … danke." Ich lächle gezwungen und frage mich noch im selben Moment, worauf ich mich da bloß eingelassen habe.

Andererseits muss ich mir dann über eine Sache weniger Gedanken machen.

„Haben sich deine Eltern noch immer nicht wegen den Tabletten gemeldet?", wechselt Aideen das Thema.

Ich schüttle den Kopf und ziehe ratlos die Schultern hoch. „Angeblich sollten sie längst mit der Post gekommen sein. Sie meinten, dass das Paket wohl irgendwo festhängen muss. Aber allmählich glaube ich, dass sie von Anfang an nicht vorhatten, mir Nachschub zu schicken. Keine Ahnung, warum sie es mir nicht einfach sagen."

Aideen nickt wissend und hat dabei ein seltsames Glitzern in den Augen. „Wie geht es dir denn nach dem Absetzen?"

„Eigentlich ganz gut. Manchmal habe ich Herzrasen, Stimmungsschwankungen oder Hitzewallungen, aber damit komme ich ganz gut klar."

Ich weiche ihrem Blick aus und hoffe, dass sie mir diese Untertreibung abkauft. Was ich ihr nämlich nicht erzählt habe, ist, dass ich nachts häufig schweißgebadet und voller Panik aus dem Schlaf schrecke oder manchmal das Gefühl habe, jeden Moment in rasender Wut auf jemanden loszugehen.

„Dann ist gut", sagt meine Freundin zufrieden und damit scheint das Thema sich für sie erledigt zu haben.

Nachdem wir eine karierte Decke auf dem Rasen neben dem See ausgebreitet und unsere Lernsachen herausgeholt haben, locke ich eine bunt getupfte Katze zu uns. Schnurrend legt sie sich neben mich und ich streichle ihr lächelnd über das weiche Fell.

Ich vertiefe mich in den dicken Wälzer, den wir für den Kunstgeschichtsunterricht von Miss Duff bekommen haben, denn am kommenden Montag schreiben wir die erste Klausur. Für diese müssen wir alles über die Epochen Barock, Rokoko und Klassizismus lernen.

Irgendwann schlägt Aideen frustriert ihr Buch zu und legt sich auf den Rücken, wobei sie ihren Kopf auf Madelines Beine bettet.

„Ich werde die Klausur so oder so verhauen, also warum sollte ich mir Mühe geben?“

Sie schirmt ihre Augen von der Sonne ab und schaut dann stirnrunzelnd in Richtung der Schule. Neugierig folge ich ihrem Blick. Dort sind zwei Jungen, die gerade nach draußen treten und dabei scheinbar wütend diskutieren. Ich blinzle mehrmals, ehe ich mir sicher bin, dass es sich bei ihnen um Jules und Elay handelt. Leider reden sie zu leise, als dass ich es hören könnte, doch es ist offensichtlich, dass sie eine heftige Meinungsverschiedenheit haben.

Plötzlich blickt Jules in unsere Richtung und zieht Elay daraufhin in Richtung des Waldes.

„Ich schaue mal nach, was mit den beiden los ist“, sage ich, ohne nachzudenken, zu meinen Freundinnen.

Sie wechseln einen vielsagenden Blick, aber halten mich nicht davon ab, zu gehen. Ehe ich es mir wieder anders überlegen kann, springe ich auf und folge den Jungen in sicherer Entfernung.

Ich brauche nicht lange, bis ich Elay und Jules finde, denn mittlerweile scheint ihre Diskussion zu einem handfesten Streit ausgeartet zu sein. Ihre Stimmen hallen durch den Wald, sodass ich ihnen nur folgen muss. Ich halte mich gerade noch außer Sichtweite, aber verstecke mich vorsichtshalber hinter einer alten knorrigen Eiche.

„Zieh sie da einfach nicht rein“, faucht Jules gerade. „Sie wird es noch früh genug herausfinden, aber sie braucht ihre Zeit.“

„Es ist nicht richtig, sie im Unklaren zu lassen“, erwidert Elay mit einer Gelassenheit, die aufgesetzt zu sein scheint.

Auch aus einiger Entfernung kann ich die Wut in seiner Stimme brodeln hören. Geht es in dem Streit etwa um mich? Gebannt beuge ich mich vor und hoffe, dass einer von ihnen etwas ausspricht, was mich schlauer macht.

„Das ist meine Sache“, fährt Jules seinen Freund an. „Die Angelegenheiten meiner Familie gehen dich nichts an.“

Ich ziehe scharf die Luft ein, denn nun habe ich Gewissheit, dass sie über mich reden. Doch so, wie Jules es ausgedrückt hat, könnte man meinen, dass es auch um unsere Eltern geht. Ich runzle nachdenklich die Stirn. Vielleicht hat er es auch bloß seltsam formuliert.

Mein Blick huscht zur Seite, als ich glaube, etwas im Augenwinkel gesehen zu haben. Ich kann zunächst nichts entdecken, doch irgendetwas ist anders als zuvor.

Ich reibe mir die Arme, denn mit einem Mal wird mir trotz meiner Übergangsjacke eiskalt. Ich keuche auf, denn nun bildet mein Atem Wolken und der Boden überzieht sich mit leichtem Frost. Ich bemerke kaum, dass Jules und Elay aufgehört haben zu sprechen und auch die gewohnten Geräusche des Waldes verstummt sind, denn dieses unmögliche Phänomen zieht mich völlig in seinen Bann.

Als dann auch noch die Schatten der Bäume beginnen sich zu bewegen und dabei wie Schlangen wirken, erwache ich aus meiner Starre. Ich laufe voller Panik durch den Wald, so schnell wie noch nie in meinem Leben. Wenn Mr Glenn mich sehen könnte, wäre er stolz auf mich. Meine Lunge schmerzt und ich habe das Gefühl, dass mein Herz jeden Moment aus meiner Brust springen wird.

Ein Schrei entweicht meiner Kehle, als ich von etwas festgehalten werde, doch als ich herumwirbele, erkenne ich, dass ich mich bloß in Dornen verfangen habe. Ich achte nicht auf den Stoff meiner Jacke, sondern reiße mich los, um weiterhin so viel Abstand wie möglich zwischen mich und die beiden Jungen zu bringen.

Erst als ich auf die Wiese taumle, wo Aideen und Madeline noch immer auf der Decke sitzen, werde ich langsamer. Japsend schnappe ich nach Luft und lasse mich auf die Knie fallen. Das, was ich gerade gesehen und gespürt habe, kann unmöglich real gewesen sein. Sicherlich gibt es dafür irgendeine vernünftige Erklärung.

Erst jetzt merke ich, dass die Temperatur wieder normal ist und auch die Schatten bewegungslos dort bleiben, wo sie hingehören. Kann es also tatsächlich Einbildung gewesen sein?

Ich zucke zusammen, als Aideens Stimme zu mir dringt. „Hey, was ist denn mit dir los? Hast du einen Geist gesehen?"

Ich drehe mich um und blicke geradewegs in das besorgte Gesicht meiner Freundin. Sie muss zwischenzeitlich aufgestanden und zu mir gekommen sein, ohne dass ich es bemerkt habe.

„Schön wärs", presse ich hervor und wische verlegen über meinen karierten Faltenrock, an den sich Gräser und Dornen geheftet haben.

Aideen mustert mich und in ihren dunklen Augen liegt eine unausgesprochene Frage. Ich beschließe jedoch nicht von meinem Erlebnis zu erzählen. Sie würde mich sicherlich ohnehin als verrückt abstempeln.

„Ich ... bin einem Wildschwein begegnet", lüge ich und weiche ihrem Blick aus. Mit ziemlicher Sicherheit weiß sie, dass ich nicht die Wahrheit sage.

„Hilfst du gleich, den Festsaal zu schmücken?", wechselt sie zu meiner Erleichterung das Thema. „Wir haben im Handarbeits-Club eine Menge Deko selbst gemacht."

Ich nicke mit einem verkrampften Lächeln und folge ihr dann zur Decke, wo Madeline bereits ihre Sachen zusammenpackt. Auf dem Weg zurück zum Schulgebäude sage ich kein Wort und erwische mich immer wieder dabei, wie ich mich zum Wald umdrehe. Von meinem Bruder und Elay ist jedoch nichts zu sehen, geschweige denn von unmöglichen Naturphänomenen.

***

Während ich meinen Freunden beim Dekorieren des Festsaales helfe, bessert sich meine Laune allmählich.

Gerade bin ich dabei, eine Girlande mit gebastelten Fledermäusen zu entwirren, als ich eine bekannte Kinderstimme hinter mir höre.

„Kann ich dir helfen?"

Es ist das erste Mal seit Sabrinas Tod, dass ich Henry begegne, und ich freue mich sehr darüber, ihn wiederzusehen.

„Ja, gerne. Bitte knote das andere Ende hinten an der Wand am Haken fest."

Ich beobachte ihn lächelnd dabei, wie er voll kindlichem Tatendrang meiner Bitte folgt und dabei gar nicht mehr wie der ernste Junge aus der Bibliothek wirkt.

„Wo bist du in der letzten Zeit gewesen?", frage ich ihn, als er zurückkommt. „Ich habe dich beim Lesen vermisst."

Henry zieht schuldbewusst den Kopf ein. „Es gab viel zu erledigen. Deswegen war ich auch nicht im Unterricht."

Ich frage mich, was ein Junge wie er so Wichtiges zu tun haben könnte, dass er dafür sogar die Schule vernachlässigt, doch ich beschließe, nicht weiter nachzufragen. Meine Neugierde hat mir heute noch nichts Gutes eingebracht.

Stattdessen widme ich mich den künstlichen Spinnenweben, die mit Plastikspinnen gespickt sind. Henry beobachtet mich dabei neugierig, aber bei ihm stört es mich nicht.

„Wirst du auch zur Halloweenparty kommen?", wechsle ich das Thema, doch bereue es sofort, als ich seinen traurigen Gesichtsausdruck bemerke.

„Ich denke nicht", antwortet er, während seine Schultern herabsacken. „Die Lehrer sagen, es wird keine Party für ein Kind. Ich bin wohl noch zu jung."

„Was für ein Unsinn", empöre ich mich. „Außer der Deko und den Kostümen wird es nichts Gruseliges geben. Ich bezweifle stark, dass Schweineblut von der Decke kommen wird."

Henrys Augen weiten sich schockiert und sofort wird mir mein Fehler bewusst. Er hat Stephen Kings *Carrie* sicher nicht gelesen.

„Das war nur ein Scherz", stelle ich schnell klar, aber Henry wirkt nur minder erleichtert. „Bringst du mir bitte noch so eine Packung mit Plastikspinnen?", frage ich schnell, um das Thema nicht vertiefen zu müssen.

Henry flitzt sichtlich froh über diese Aufgabe davon, woraufhin ich mich seufzend auf einen Stuhl sinken lasse. Der richtige Umgang mit Kindern war noch nie meine Stärke.

Mein Blick schnellt instinktiv zur Tür, als eine weitere Person eintritt. In mir machen sich gleichzeitig Erleichterung und Ärger breit, denn es ist Finn.

Als sich unsere Blicke treffen, flackern keinerlei Emotionen in seinen Augen auf – weder Reue noch Freude darüber, mich zu sehen. Dennoch kommt er auf mich zu und setzt sich auf einen Stuhl mir gegenüber.

„Wie geht's?", fragt er ganz lässig, was Wut in mir aufsteigen lässt.

Nachdem er mich einfach so versetzt hat, bin ich sicherlich nicht in der Laune, Smalltalk zu halten.

„Weshalb bist du nicht zu unserer Verabredung gekommen?", erwidere ich ohne Umschweife und verschränke die Arme vor der Brust.

Finn blinzelt mehrmals. „Ich ... mir ist wohl etwas dazwischengekommen.“

Er wirkt mit einem Mal abwesend.

„Das glaube ich ja nicht“, knurre ich frustriert. „Nicht einmal eine angemessene Ausrede hast du dir zurechtgelegt.“

Ich springe auf und widme mich wieder den Spinnennetzen. Zum Glück kommt endlich Henry zurückgeeilt und reicht mir eine riesige Packung mit Plastikspinnen.

„Hier, die habe ich im Nebenraum ...“ Er stockt, als er Finn bemerkt, und auch der wirkt mit einem Mal verändert. Er ist blass geworden und starrt Henry mit großen Augen an.

„Ich ... muss los“, stammelt der Junge, der sich unter Finns Blick sichtlich unwohl fühlt, und eilt dann überstürzt davon. Fassungslos blicke ich ihm hinterher.

„Was war das denn gerade?“, wende ich mich an Finn und kann nichts gegen den anklagenden Ton in meiner Stimme tun.

Wieder wirkt er seltsam abwesend und schüttelt dann den Kopf, als würde er versuchen, einen klaren Gedanken zu fassen.

„Mir war nur kurz schwindelig“, murmelt er und steht dann ebenfalls auf, um zu gehen.

Ich möchte ihm am liebsten etwas Wütendes hinterherrufen, doch irgendetwas hindert mich daran. Eines ist jedoch klar: Irgendetwas ist zwischen Finn und Henry vorgefallen.

KAPITEL 7

Am Tag der Halloweenparty stehe ich nervös vor dem Spiegel und rücke das lederne Korsett zurecht, das Aideen mir geliehen hat. Sie ist zwar um einiges kurviger und größer als ich, doch das Kleidungsstück, das ich schon jetzt verfluche, ist durch die Schnürung am Rücken recht flexibel. Darunter trage ich mein schwarzes Spitzenkleid, das nun verrucht und sexy statt wie sonst verspielt wirkt.

„Oh, wir haben die gleiche Schuhgröße!", ruft Aideen erfreut von der anderen Zimmerseite aus und am liebsten würde ich mich im Wandschrank einschließen, um ihn nie wieder zu verlassen. Ich weiß genau, was jetzt kommt. „Dann kann ich dein Outfit perfekt vervollständigen."

„Ich ziehe meine *Dr. Martens* an", erwidere ich beinahe schon panisch.

Als ich mich widerwillig umdrehe, hält Aideen grinsend ein paar schwarze High Heels mit langen und gefährlich aussehenden Nieten hoch.

„Keine Chance", stelle ich klar und schüttle entschieden den Kopf.

Meine Freundin zieht einen Schmollmund aber besteht zu meiner Erleichterung nicht weiter auf ihr Schuhwerk.

„Darf ich mir denn bei einem anderen Anlass mal deine *Dr. Martens* leihen?“, fragt sie mit einem Welpenblick, der mich zum Lachen blickt.

„Klar, solange es nicht bei der Nachtwanderung im Matsch ist“, antworte ich und verziehe das Gesicht.

Nach der Halloweenfeier ist es auf der Darkwood Academy wohl Tradition, eine nächtliche Wanderung durch den Wald zu machen. Angeblich wird dort keine Gelegenheit ausgelassen, die anderen zu erschrecken. Wahrscheinlich würde ich mich unter anderen Umständen über einen Ausflug in den finsteren Wald freuen, aber wenn eine Horde aufgedrehter Teenager dabei ist, kann ich mir wirklich Schöneres vorstellen.

Aideen klatscht in die Hände und hüpft auf und ab. „Das wird eine unvergessliche Nacht. Die Party wird sicher legendär.“

Sie dreht sich theatralisch im Kreis, wobei sich ihr weißes, mit Kunstblut besudeltes Spitzenkleid aufbauscht. Ihre Augen hat sie Lila umrandet und ihr ohnehin blasses Gesicht weiß geschminkt, sodass sie wie eine Leiche aussieht. Bei ihrem Anblick muss ich immer wieder daran denken, dass Sabrina inzwischen tief unter der Erde liegt und von Insekten zerfressen wird.

Ich erschaudere und konzentriere mich schnell auf das Schminken, um auf andere Gedanken zu kommen. Allmählich finde ich Gefallen daran, für eine Nacht wie eine Gothic-Braut auszusehen. Ich schminke meine Augen mit tiefschwarzem Lidschatten und Kajal und klebe mir dann sogar die künstlichen Wimpern an, die Aideen mir geschenkt hat. Meine Lippen schminke ich in einem matten Bordeauxrot.

Es ist seltsam, wie wohl ich mich plötzlich beim Anblick meines Spiegelbilds fühle – vermutlich ist es eine willkommene Abwechslung, die normale Sharon für eine gewisse Zeit abzustreifen.

„Sieht aus, als wären wir fertig", verkündet Aideen, als sie neben mich tritt und uns beide im Spiegel betrachtet. „Ich wünschte, ich könnte ein Selfie von uns machen. Wir sehen hinreißend aus."

Sie zieht eine Schnute und schlüpft dann in ihre Plateauboots, die vollständig unter dem Kleid verschwinden.

Kurz darauf klopft es und Madeline kommt freudestrahlend ins Zimmer geplatzt. Sie ist als Cruella De Vil verkleidet, was aufgrund ihrer schwarz-weiß gefärbten Haare kaum passender sein könnte.

„Wo hast du diesen Pelzmantel her? Mussten dafür Tiere sterben?", fragt Aideen vorwurfsvoll.

„Keine Sorge, das ist Kunstpelz", erwidert Madeline und verdreht die Augen. „Du solltest ja wohl am besten wissen, dass ich kein Tierleid unterstütze. Und den Mantel habe ich von Lydia ausgeliehen, die steht auf so ein Zeug."

„Jedenfalls siehst du echt heiß aus", sagt Aideen und zieht sie in einen innigen Kuss.

Ein wenig verlegen wende ich mich ab und zupfe an meinen Haaren herum, die zum Glück die richtige Farbe für mein Outfit haben.

„So, es kann losgehen", verkündet Aideen, nachdem sie sich widerwillig von Madeline gelöst hat.

Sie hakt sich bei uns beiden ein und so stolzieren wir als düstere Clique die Gänge entlang. Ein Lächeln breitet sich auf meinen Lippen aus, als mir bewusst wird, dass ich mich wirklich zugehörig fühle.

Hin und wieder laufen uns andere verkleidete Schüler über den Weg und von Katze über Kürbis bis hin zu Vampir ist alles mit dabei. Kurz vor dem Festsaal bleibe ich stehen, als ich Jules entdecke, der sich leise mit Elay unterhält.

„Geht ruhig schon mal vor", sage ich an meine Freundinnen gerichtet, die zu meiner Erleichterung nicht weiter nachfragen.

Es ist das erste Mal seit dem Vorfall im Wald, dass ich Jules oder Elay sehe. Beide sind danach nicht beim Essen erschienen und mir auch sonst nirgendwo begegnet.

Mein Bruder hat sein Gesicht wie ein Skelett geschminkt und trägt schwarze Kleidung, während Elay als Joker verkleidet ist. Bei seinem Anblick schlägt mein Herz ein wenig schneller und ich muss mir eingestehen, dass er unglaublich gut aussieht.

Ich räuspere mich, um die beiden auf mich aufmerksam zu machen, denn ich bezweifle, dass es mir diesmal gelingt, sie zu belauschen.

„Oh, hi", sagt Jules knapp und abweisend.

Immerhin lächelt mich Elay erfreut an und wirkt dabei tatsächlich ein wenig verlegen.

„Ich muss mit dir reden", richte ich mich an meinen Bruder. „Allein."

Ich blicke ihn mit verschränkten Armen an und habe nicht vor nachzugeben.

Er scheint es zu merken, denn er seufzt und sagt an Elay gewandt: „Ich komme gleich nach."

Sein Freund nickt zögerlich, und nachdem er mich kurz gemustert hat, verschwindet er im Festsaal.

„Also, was gibt es denn so Wichtiges zu besprechen?", fragt Jules gelangweilt.

Ich balle meine Hände zu Fäusten und muss wieder einmal daran denken, wie gut wir uns noch vor kurzer Zeit verstanden haben.

„Ich habe das Gespräch zwischen dir und Elay im Wald mitbekommen", sage ich anklagend und Jules zuckt kurz ertappt zusammen. Schnell schwingt der Schreck jedoch in Wut um.

„Was fällt dir ein, mir nachzuspionieren?", knurrt er.

Er kommt drohend einen Schritt auf mich zu. Am liebsten würde ich zurückweichen, doch ich darf jetzt keine Schwäche zeigen.

„Das spielt keine Rolle", antworte ich darum mit fester Stimme. „Es ging nämlich ohne Zweifel um mich. Also, was hast du mir zu sagen? Ich habe diese Geheimnisse satt."

Ich hole tief Luft und bin von mir selbst beeindruckt. Jules wirkt von meiner neuen Seite überrumpelt, doch dann flackert so etwas wie Zufriedenheit in seinen Augen auf.

„Dein Temperament gefällt mir. Nun gut, ich werde es dir sagen: Elay soll sich von dir fernhalten, denn er hat einige Probleme. Ich habe euch beide schon öfter zusammen gesehen und ich finde nicht, dass er ein guter Umgang für dich ist."

Meine Augenbrauen schnellen überrascht in die Höhe. Mit sowas hätte ich nun wirklich nicht gerechnet.

„Du spielst dich also als mein Beschützer auf?", frage ich und lache ungläubig auf. „Ich denke, du bist die letzte Person, die bestimmen darf, mit wem ich mich abgebe."

Mit diesen Worten wirble ich herum und stapfe auf den Festsaal zu. Kurz vor der Tür kann ich noch einmal Jules' Stimme hören.

„Elay ist gefährlich. Pass bitte einfach auf dich auf."

Ich schnaufe und stoße schwungvoll die Tür auf. Sofort schlagen mir laute Musik und stickige Luft entgegen. Die Party ist bereits in vollem Gange und ich habe vor, sie mit jeder Faser meines Körpers auszukosten.

Ich stürze mich in die Menge, lasse mich von den Klängen mitreißen und bewege mich im Takt der Musik. Immer wilder tanze ich drauf los und stoße dabei immer wieder gegen die Umstehenden. Es ist mir egal. Mit geschlossenen Augen hüpfe ich auf und ab, auch wenn ich mir sicher bin, dabei absolut dämlich auszusehen. Mein Grinsen wird immer breiter, denn die Wut darüber, dass Jules mich zuerst ignoriert und sich dann plötzlich in meine Angelegenheiten einmischt, wird allmählich von purer Freude abgelöst. Die blinkenden Lichter und der künstliche Nebel lassen die Umgebung wie eine andere Welt wirken, wie eine Welt in meinen Horrorbüchern.

„Sharon, da bist du ja!", ruft Aideen über den Lärm hinweg und kämpft sich durch die Menschenmenge hindurch auf mich zu.

In ihrer Hand hält sie zwei Gläser, wovon sie mir eines reicht. Es ist mit einer roten Flüssigkeit gefüllt, und als ich daran rieche, steigt mir der scharfe Geruch von Alkohol in die Nase.

„Bekommen die Lehrer nichts davon mit?“

Meine Freundin winkt ab und nippt an ihrem eigenen Drink. „Ich glaube, die haben den Versuch, es zu unterbinden, längst aufgegeben. Abgesehen davon sind nur Mr Glenn und Miss Duff zur Aufsicht da und die kippen sich bestimmt auch heimlich was rein.“

Ich grinse und leere meinen Drink dann mit wenigen Schlucken.

„Oho, nicht so eilig“, ermahnt mich Aideen und nimmt mir das leere Glas aus der Hand. „Du musst noch fit genug für die Nachtwanderung bleiben.“

Ich zucke bloß mit den Schultern, um mich dann wieder zum Tanzen in die Menge zu stürzen. Heute Nacht werde ich die Rebellin rauslassen, die schon so lange in mir geschlummert hat – nur um morgen wieder die brave Version von Sharon zu sein. Doch nun werde ich diese neu entdeckte Seite an mir erst mal in vollen Zügen auskosten.

Ich merke kaum, wie Elay sich mir irgendwann nähert, und ehe ich es begreife, tanze ich mit ihm. Wir kommen uns immer näher, bis ich sein Aftershave riechen und den Schweiß auf seiner weiß geschminkten Stirn sehen kann. Unsere Blicke treffen sich und ich beobachte fasziniert, wie seine grauen Augen immer wieder von den Lichteffekten aufleuchten.

Als mein Herz beginnt schneller zu schlagen, schnappe ich mir schnell einen neuen Drink von einem

Stehtisch neben uns. Ich bin eindeutig noch zu nüchtern, um locker mit dieser Situation umgehen zu können.

„Hat dein Bruder dir geraten, dich von mir fernzuhalten?", ruft Elay mir über die Musik hinweg zu.

Er tritt direkt neben mich und für einen kurzen Augenblick berühren sich unsere Hände. Mir jagt eine wohlige Gänsehaut über den Arm und ich muss dem Impuls widerstehen, seine Finger mit meinen zu verflechten.

„Ich lasse mir von Jules nichts sagen", antworte ich schulterzuckend und leere wieder mein Glas.

Wenn Aideen mich dabei beobachten würde, würde sie mich wohl tadeln – oder mich dafür loben, dass ich mich so locker mit Elay unterhalte.

„Das finde ich gut", sagt er mit einem Lächeln, das mir sofort wieder eine Gänsehaut beschert.

Ist daran der Alkohol schuld oder gefällt mir Elay besser, als ich mir selbst eingestehen möchte?

„Er sagte, du hast irgendwelche Probleme", platzt es aus mir heraus. Sofort wird mir klar, dass ich die Stimmung damit verderbe.

Tatsächlich versteift sich Elay augenblicklich und sein Blick wird finster.

„Hat nicht jeder Mensch irgendwelche Probleme?", fragt er mit rauer Stimme und ich muss mich anstrengen, ihn über den Lärm hinweg zu verstehen.

„Wollen wir woanders hingehen?", frage ich und hoffe, dass er meine Worte nicht falsch versteht.

Elay mustert mich kurz, nickt dann aber.

Und so nehme ich ihn, ohne weiter darüber nachzudenken, an die Hand und ziehe ihn durch die Menge.

Dabei kommen wir auch an Jules vorbei, der uns fassungslos hinterherschaut. Doch statt darüber besorgt zu sein, werfe ich ihm einen provokanten Blick zu.

Als wir den Festsaal verlassen und die Tür hinter uns schließen, wird es augenblicklich so still, dass ich ein Piepsen in meinen Ohren höre.

„Lass uns nach draußen gehen, ich könnte frische Luft gebrauchen", sagt Elay und auch meine Wangen glühen.

Immer noch Hand in Hand laufen wir nach draußen, und sobald wir die Veranda hinter uns gelassen haben, benetzt kühler Nieselregen mein Gesicht. Jauchzend löse ich mich von Elay und drehe mich im Kreis. Ich fühle mich mit einem Mal unglaublich lebendig. Die Hitze des Festsaales weicht langsam aus meinem Körper, um einem leichten Frösteln Platz zu machen. Doch ich genieße es und breite die Arme aus, um den Regen auf meinen nackten Armen zu spüren.

Elay beobachtet mich währenddessen lächelnd aus dem Schutz der Veranda heraus. Ich winke ihn zu mir und so begibt auch er sich widerwillig in die Nacht. Wie vor wenigen Wochen am Strand legt er diesmal sein lila gestreiftes Jackett um meine Schultern, das die Kälte aus meinem Körper verbannt.

Ohne weiter nachzudenken, stelle ich mich auf meine Zehenspitzen und hauche Elay einen Kuss auf die Wange. Er versteift sich kurz, doch dann legt er sanft seine Hand in meinen Nacken, beugt sich zu mir und drückt seine Lippen auf meine.

Mein allererster Kuss. Mein Herz beginnt zu rasen und ein unglaubliches Glücksgefühl breitet sich in meiner Magengegend aus. Ich packe Elay an seinem Hemd, um ihn noch näher an mich zu ziehen, um diesen Moment voll auszukosten. Die Welt um uns spielt keine Rolle mehr, denn ich spüre nur noch Elays weiche Lippen auf meinen.

Doch dann zuckt er so plötzlich zurück, dass auch ich erschrocken einen Schritt rückwärts mache.

„Was ist los?", frage ich atemlos und sehe ihn besorgt an. „Hab ich was falsch gemacht?"

Statt einer Antwort fasst Elay sich an die Lippe und im schwachen Verandalicht wird deutlich, dass sie aufgeplatzt ist. Entsetzt trete ich wieder näher an ihn heran, um mir die Wunde genauer anzusehen.

„Wie ist das passiert? Habe ich dir auf die Lippe gebissen?"

Ich kann mich zwar nicht daran erinnern, doch vielleicht hat mich der Kuss so in seinen Bann gezogen, dass ich es nicht bemerkt habe. Allerdings wirkt diese Verletzung viel eher wie eine Verbrennung, die ich ihm ja gar nicht zugefügt haben kann.

Elay blickt kurz zögerlich auf mich hinab, schüttelt aber dann den Kopf. „Ich hatte diese Wunde schon vorher, heute Morgen habe ich mich an meinem Kaffee verbrannt. Wahrscheinlich ist sie eben wieder aufgegangen."

Ich nicke, denn damit hat sich eine Erklärung gefunden – auch wenn ich mich beim besten Willen nicht entsinnen kann, die rote Stelle schon vorher an seinen Lippen bemerkt zu haben.

Ich werde abgelenkt, als Elay mir lächelnd eine vom Regen durchnässte Strähne hinter mein Ohr streicht und sagt: „Das war wunderschön. *Du* bist wunderschön."

Trotz der Kälte wird mein Gesicht heiß und ich senke den Blick.

Noch während ich nach einer Antwort suche, öffnet sich die Eingangstür und Miss Duff ruft: „Ah, da seid ihr beiden ja! In einer Stunde beginnt die Nachtwanderung, also kommt euch aufwärmen."

Elay streckt als Antwort den Daumen nach oben und so gehen wir dicht nebeneinander zurück in das Anwesen. Immer wieder werfen wir uns flüchtige Blicke zu, doch niemand von uns sagt noch etwas.

Im Festsaal angekommen eilen sofort Aideen und Madeline auf uns zu, um mich zurück in die Menge zu ziehen.

„Wo bist du denn gewesen?", ruft Aideen.

Sie dreht mich einmal im Kreis, um mich zum Tanzen zu animieren, aber ich bin gedanklich noch immer in der stillen Dunkelheit, liege noch immer in Elays Armen. Dabei habe ich mir bis eben noch eingeredet, kein Interesse an ihm zu haben.

Während ich mich automatisch im Takt der Musik bewege, um meine Freundinnen zufriedenzustellen, wird mir allerdings klar, dass ich mir mehr als nur diese seltsame, flüchtige Freundschaft mit Elay wünsche. Ich hatte noch nie zuvor einen Freund, weshalb ich diesen Gedanken als einschüchternd, aber auch aufregend empfinde.

Ich beschließe während der Nachtwanderung einen passenden Moment abzupassen, um mit ihm allein zu reden. Bis dahin sind wir beide sicherlich nüchtern genug, um einen klaren Gedanken zu fassen.

Ich halte in meinen Tanzbewegungen inne, als schlagartig die Musik verstummt und Mr Glenns Stimme aus dem Mikrofon ertönt.

„So, meine lieben Schüler, nun ist die Party vorbei und die Nachtwanderung beginnt in einer halben Stunde. Nutzt die Zeit, um euch in euren Zimmern frisch zu machen und euch etwas Warmes anzuziehen. Wir treffen und draußen vor dem Haupteingang.“

Ich erröte leicht, als ich daran denke, dass Elay und ich uns an ebendieser Stelle geküsst haben.

„Was ist eigentlich los mit dir?“, fragt Aideen und zupft an meinem Ärmel. Dann hält sie inne und zieht eine Augenbraue hoch. „Sag mal ... dieses Jackett hattest du aber nicht schon die ganze Zeit an.“

Ein breites Grinsen erscheint auf ihrem Gesicht und sie sucht die Menge ab. Ertappt ziehe ich den Kopf ein, als ihr Blick an Elay hängen bleibt, dessen Hose perfekt zu dem Jackett passt.

„Ich verlange, dass du mir sofort alles erzählst“, sagt sie begeistert und zieht mich mit sich, während Madeline sich ihrer Zimmergenossin anschließt.

Am liebsten würde ich im Boden versinken, aber mir bleibt wohl keine andere Wahl, als mich zu fügen. Erst als wir unser Zimmer erreicht haben, lässt Aideen meinen Arm los.

„Du und Elay?“, fragt sie und gibt ein begeistertes Quietschen von sich. „Wir konnte mir das nur entgehen? Wie lang seid ihr schon zusammen?“

Seufzend lasse ich mich auf mein Bett fallen und schlüpfe aus meinen Schuhen. „Wir sind nicht zusammen. Eben war das erste Mal, dass wir uns nähergekommen sind.“

Und da Aideen ohnehin nicht lockerlassen wird, füge ich nach einem Räuspern hinzu: „Er hat mich geküsst. Und er hat mich wunderschön genannt."

Bei der Erinnerung steigen wieder Glücksgefühle in mir hoch und ich kann es noch immer nicht fassen, dass ich diese Erfahrung gemacht habe.

Aideen klatscht begeistert in die Hände und blickt mich stolz an.

„Diese Schule tut dir eindeutig gut. Oder vielleicht ist es auch einfach dein Umgang mit mir." Sie nickt, als hätte sie soeben die Erklärung für mein Verhalten gefunden.

„Das wird es sein", sage ich mit einem gutmütigen Augenrollen und hole meine gelben Gummistiefel ganz unten aus dem Koffer.

Mir fällt auf, dass Aideen zu meinen *Dr. Martens* schielt, die nun unbeachtet auf dem Boden liegen.

„Nimm sie dir ruhig", sage ich ergeben und grinse, als sie mich anstrahlt. „Aber tritt bitte nicht in Matschlöcher."

„Ich werde sie in Ehren halten", erwidert sie in dramatischem Tonfall und legt sich die Hand auf ihr Herz.

„Ich vertraue dir mein wertvollstes Eigentum an", sage ich ernst, ehe ich lospruste und mir meinen dicken Winterparka schnappe. „Beeil dich, sonst kommen wir noch zu spät."

Mit leuchtenden Augen zieht sich Aideen meine Schuhe an und folgt mir dann durch das Schulgebäude nach draußen. Dort angekommen stellen wir schnell fest, dass wir gerade noch rechtzeitig gekommen sind:

Mr Glenn und Miss Duff sind schon dabei, zwei altertümlich aussehende Laternen anzuzünden, und die Schüler tuscheln bereits ungeduldig miteinander.

„So, es kann losgehen!", ruft Mr Glenn und marschiert dann in Richtung des Waldes.

Ich kann auf den schummrig beleuchteten Gesichtern zum Teil Vorfreude sehen, aber bei einigen auch Lustlosigkeit oder sogar Nervosität.

Ich suche die Menge jedoch nach einer ganz bestimmten Person ab: Elay. Ich finde ihn wenig später bei seiner üblichen Gruppe. Jules ist auch bei ihm und wirft ihm immer wieder wütende Blicke zu. Ich seufze kaum hörbar, denn es wird wohl sehr schwer, Elay unauffällig von seiner Gruppe zu trennen.

Erst als wir in den Wald eintauchen, merke ich, dass Aideen weiter nach vorne zu Madeline gegangen ist und ich somit allein das Schlusslicht der Gruppe bilde. Augenblicklich spüre ich ein seltsames Kribbeln im Nacken und fühle mich mit nichts als der finsteren Nacht im Rücken unglaublich schutzlos.

Ich entspanne mich wieder, als ich ein vertrautes Gesicht erkenne, das sich durch die Schülergruppe auf mich zu kämpft.

„Hey Finn", sage ich erleichtert, auch wenn ein Teil von mir noch immer wütend auf ihn ist.

„Ich will mich bei dir entschuldigen", sagt er ohne Umschweife. „Es tut mir leid, dass ich dich versetzt habe. Irgendetwas Seltsames ist mit mir an diesem Abend passiert – etwas, das ich mir beim besten Willen nicht erklären kann. Und ich hoffe, dass du mir vielleicht helfen könntest."

Überrascht mustere ich ihn. „Hast du eine Vermutung, was passiert sein könnte?"

Finn blickt eine Weile zu Boden, während wir unseren Mitschülern folgen. „Das Letzte, woran ich mich erinnern kann, ist, dass ich durch die Flure gegangen bin, auf dem Weg zur Bibliothek. Und dann habe ich einen totalen Filmriss. Selbst ein paar Erinnerungen an die Zeit vor unserem geplanten Treffen sind verlorengegangen. Ich weiß auch nicht mehr, warum wir uns treffen wollten."

Schockiert gehe ich alle Möglichkeiten durch. Plötzlich muss ich wieder daran denken, was ich in jener Nacht gesehen habe. Vielleicht habe ich es mir doch nicht eingebildet und es war wirklich eine Entführung.

„Vielleicht wurdest du angegriffen und hast einen Schlag auf den Kopf bekommen oder so. Oder dir wurde ein Betäubungsmittel verabreicht."

Finn schluckt schwer und wirkt mit einem Mal verletzlich. Die abweisende Fassade, die er sonst immer aufrechterhalten hat, ist nun vollends verschwunden.

„Aber was ist mit dem, was du mir bei unserem Treffen erzählen wolltest?", fällt mir wieder ein. „Hast du wirklich alles vergessen? Ich kann mir nicht vorstellen, wie das möglich sein soll."

Finn zieht unglücklich den Kopf ein, sodass mir meine Worte beinahe schon leidtun.

„Ich weiß es wirklich nicht mehr", sagt er so verzweifelt und laut, dass sich einige Schüler zu uns umdrehen. Ich erwidere ihre Blicke säuerlich, bis sie sich wieder abwenden.

„Vielleicht hast du tatsächlich einen Schlag auf den Kopf bekommen und deshalb diese Erinnerungslücken."

„Ich hatte weder eine Platzwunde noch eine Beule", erwidert Finn mit hohler Stimme.

Nun fällt auch mir nichts mehr ein und so endet unser Gespräch mit einem nachdenklichen Schweigen. Erst jetzt wird mir wieder bewusst, dass wir uns in der tiefsten Nacht mitten im Wald befinden. Doch mittlerweile finde ich diese Tatsache nicht mehr beängstigend, sondern sogar entspannend.

Finn und ich haben uns ein Stück zurückfallen lassen, sodass ich die typischen Geräusche der Nacht hören kann. Der Wind lässt die Zweige gegeneinanderschlagen, kleine Tiere rascheln im Unterholz und in der Ferne ruft ein Käuzchen. Mittlerweile hat sich ein leichter Nebel gebildet, der alle Umrisse verschwimmen und die ganze Stimmung noch unheimlicher erscheinen lässt. Ich stelle mir vor, in die Welt meiner Horrorbücher einzutauchen, und langsam beginne ich tatsächlich, Spaß dabei zu empfinden. Vielleicht sollte ich an einem anderen Tag noch mal allein zurückkommen – oder in Begleitung von Aideen und Madeline.

Ich werde abgelenkt, als ich am Ende der Schülergruppe Elay entdecke, der immer wieder Blicke in meine Richtung wirft und offensichtlich darauf wartet, dass ich zu ihm komme.

„Wir reden ein anderes Mal noch mal über die ganze Sache", sage ich hastig zu Finn und beschleunige dann meine Schritte.

Ich hoffe, dass ich dadurch nicht so wirke, als würde ich Elay hinterherrennen, aber ich muss unbedingt mit ihm sprechen.

„Hey", sagt er ein wenig unbeholfen, als ich außer Puste bei ihm ankomme.

Die kalte Luft, die mittlerweile sicherlich schon Minusgrade hat, brennt in meiner Lunge.

„Wir müssen über das, was heute passiert ist, reden", erwidere ich verlegen.

„Hier in der Nähe gibt es eine Lichtung", sagt er. „Wollen wir dahin gehen, um ungestört zu sein?"

Meine Wangen glühen, als ich darüber nachdenke, was beim letzten Mal passiert ist, als wir allein waren.

„Ähm ... ja klar. Du übernimmst die Führung."

Elay nickt knapp und so entfernen wir uns unauffällig von der Gruppe. Ich habe dennoch das Gefühl, beobachtet zu werden, doch als ich zu der Schülergruppe blicke, schaut uns niemand direkt nach. Wir gehen dicht nebeneinanderher, wobei mir Elays Nähe mehr als bewusst ist. Ich verspüre den Drang, mich bei ihm einzuhaken oder seine Hand zu nehmen, und muss mich zusammenreißen, um diesen Gedanken abzuschütteln.

„Da drüben ist ein Trampelpfad", erklärt er und lenkt mich dadurch glücklicherweise ab.

Ich erstarre jedoch, als ich auch in der Dunkelheit erkenne, wo wir uns befinden: vor dem Pfad, der zu der Hütte auf der Lichtung führt, wo ich damals das Gespräch belauscht habe.

KAPITEL 8

„Vielleicht sollten wir zum Reden doch einfach hierbleiben", sage ich nervös. „Uns wird schon niemand über den Weg laufen."

„Sicher ist sicher. Oder hast du Angst?" Elay grinst mich schief an, was an meinem Stolz kratzt.

„Unsinn. Aber ... ach, was solls. Dann lass uns eben diesem Pfad folgen."

Obwohl meine Vernunft schreit, es nicht zu tun, stapfe ich in das Unterholz. Elay geht so dicht hinter mir, dass ich seinen Atem in meinem Nacken spüre. Seine Nähe jagt ein angenehmes Kribbeln über meinen Rücken und ich ertappe mich bei der Hoffnung, dass es noch mal zu einem Kuss kommt.

Dann wird mir jedoch schlagartig klar: Würden wir uns in einem meiner Bücher befinden, wäre ich schon bald tot. Beim Lesen würde ich die Augen verdrehen und mich fragen, wer so dumm sein kann, mitten in der Nacht allein mit einem Jungen, den man kaum kennt, in den Wald zu gehen. Aber das hier ist das wahre Leben, oder nicht?

Ich schlucke meine Bedenken runter und straffe meinen Rücken, um mich selbstbewusster zu fühlen.

Und dann stehe ich schon am Rand der Lichtung. Auf der anderen Seite befindet sich tatsächlich die Hütte. Der Vollmond lässt lange Schatten auf die Wiese fallen, wodurch die ganze Atmosphäre noch unheimlicher und unwirklicher erscheint.

„Also, wir …“, beginne ich, als ich mich zu Elay umdrehe, und halte dann stockend inne. Denn er ist weg.

„Elay?“, rufe ich ängstlich in die Nacht hinein, doch es bleibt totenstill.

Ich wirble herum, als ich wieder Atem im Nacken spüre, und blicke geradewegs in Elays graue Augen. Er steht so dicht vor mir, dass ich sogar sein holziges Aftershave riechen kann.

„Warum erschreckst du mich so?“, frage ich wütend und mache einen Schritt zurück, doch er blickt mich bloß stumm mit einem rätselhaften Schimmern in den Augen an.

„Langsam machst du mir Angst“, sage ich und lache nervös.

„Ich habe dich gesehen“, erwidert er mit leiser, rauer Stimme. „Hier, auf dieser Lichtung. Ich habe gesehen, wie du weggerannt bist.“

Mein ganzer Körper wird eiskalt und ein ersticktes Keuchen entweicht meiner Kehle.

„Du … du warst es?“, presse ich hervor. „Du hast jemanden umgebracht?“

Elay legt den Kopf schief und mustert mich nachdenklich. „Umbringen ist so ein hartes Wort. Du musst verstehen, wie es wirklich gewesen ist. Und was auf der Darkwood Academy vor sich geht. Du musst verstehen, wer *du* bist.“

Ich werde von einem Grauen gepackt, das völlig von mir Besitz ergreift. Ich kann Elay bloß mit weit aufgerissenen Augen anstarren, bin völlig außerstande, eine andere Reaktion zu zeigen. Wenn es wirklich wahr ist, was er sagt, ist er ein Mörder. Und ich stehe hier völlig allein mit ihm mitten im Wald, wo mich niemand schreien hören kann.

Ich drehe mich um die eigene Achse, als ich Bewegungen wahrnehme, die gleichzeitig von überall und nirgendwo kommen. Es dauert einen Moment, bis ich voller Entsetzen begreife, dass es die Schatten der Bäume sind, die langsam auf mich zukriechen.

Ich schreie gellend auf und laufe los. Der Pfad ist nicht weit entfernt, doch ich muss an den Schatten vorbei, um ihn zu erreichen. Ich mache einen großen Satz über sie hinweg, glaube schon, es geschafft zu haben, als plötzlich etwas meinen Fuß umschlingt und mich zurückreißt. Ich schreie erneut auf, doch diesmal wird der Ton durch meinen Sturz gedämpft. Verzweifelt kämpfe ich gegen die Kraft an, die meinen Knöchel festhält – es ist wirklich ein Schatten, der mich langsam über die Wiese zerrt, zurück zu Elay.

„Nein, bitte nicht", schluchze ich und versuche mich am Gras festzuhalten, doch es ist zwecklos.

Plötzlich spüre ich noch etwas anderes – etwas, das sich langsam in meinem Körper ausbreitet und beginnt meine Angst zu überdecken. Es ist eine unbändige Hitze und gleichzeitig eine starke Energie, die mir das Gefühl gibt, es mit allem und jedem aufnehmen zu können. Mein Atem geht immer schneller und ich kann mit einem Mal die ganze Umgebung viel schärfer sehen.

Und dann bricht etwas aus mir heraus. Etwas, das tief in mir geschlummert hat. Ich brülle aus voller Kehle, während alles um mich herum von Feuer verschluckt wird. Mit weit aufgerissenen Augen blicke ich in das

Flammenmeer, das sich innerhalb weniger Augenblicke auf der gesamten Lichtung ausgebreitet hat. Es hüllt mich ein, ohne dass ich Schmerz oder Hitze wahrnehme – lediglich ein angenehm warmes Kribbeln spüre ich auf der Haut.

„Das ist unmöglich", hauche ich. „Das träume ich gerade nur."

Ich rapple mich schwerfällig auf und bemerke erst jetzt, dass sich der Griff um meinen Knöchel gelöst hat.

Noch ehe ich begreife, was hier passiert, ertönt ein ohrenbetäubendes Zischen, das immer näher kommt. Ich weiche erschrocken zurück – und dann ist das Feuer plötzlich weg. Stattdessen wird die Umgebung eiskalt und der versenkte Boden auf einmal mit einer Eisschicht überzogen.

„Was zur Hölle war das?", keuche ich und bin mir nun vollends sicher, dass ich verrückt geworden bin.

Ich werde jedoch von diesem Gedanken abgelenkt, als eine Gestalt vom anderen Ende der Lichtung in den Schein des Vollmondes tritt. Ich kneife die Augen zusammen und stelle verwirrt fest, dass es Jules ist, der mit ernstem Gesicht auf mich zukommt. Kurz vor mir bleibt er stehen und blickt mir finster in die Augen.

„Nun, das nenne ich mal eine Vorstellung. So weit hätte es niemals kommen dürfen." Dann erhebt er die Stimme. „Elay, was hast du dir dabei gedacht?"

Als ich das Knacken von Ästen höre, drehe ich mich um. Es ist Elay, der mit ertapptem Gesichtsausdruck auf die Lichtung tritt.

„Es war an der Zeit, Jules", sagt er und hebt die Hände. „Die Gelegenheit war einfach zu günstig."

Endlich finde ich meine Stimme wieder und sie bricht wie die Lava aus einem Vulkan aus mir hervor: „Kann mir jetzt endlich jemand erklären, was hier los ist? Das kann doch unmöglich real sein!"

Jules wirft seinem Freund einen strafenden Blick zu. „Dann erklär es ihr auch, wenn du dich schon einmischst."

Elay, der sich während des Feuers anscheinend in den Wald zurückgezogen hat, wendet sich mir zu und lächelt entschuldigend.

„Es tut mir leid, dass ich dir Angst gemacht habe. Es hat mich gestört, dass dir niemand die Wahrheit gesagt hat, also habe ich dich an diesen Ort gelockt. Hier habe auch ich zum ersten Mal meine Kräfte kennengelernt."

„Deine Kräfte?", wiederhole ich schwach.

Obwohl es mir absolut absurd erscheint, regt sich in mir mittlerweile ein Verdacht. Ein Verdacht, der eigentlich unmöglich und doch die einzige Erklärung ist.

„Du beherrschst Magie", eröffnet mir Elay, woraufhin ich ihn fassungslos anstarre.

Es ist nicht so, dass ich nie darüber nachgedacht habe, ob es Magie auf der Welt geben könnte. Aber das waren eigentlich bloß Hirngespinste eines Kindes mit zu viel Fantasie. Ich reibe mir mit der Hand über das Gesicht, denn diese ganze Situation überfordert mich völlig.

„Jules und ich haben ähnliche Kräfte", fährt Elay fort, als von mir keine Antwort kommt. „Jules kann Eis heraufbeschwören und ich ..."

„Schatten", unterbreche ich ihn und plötzlich ergibt vieles einen Sinn.

Diese Macht, die mich eben noch festgehalten hat. Diese bewegten Schatten, die ich vor Kurzem, als ich

Jules und Elay belauscht habe, zu sehen geglaubt habe
– die waren echt. Und war da nicht auch diese plötzli-
che Kälte? Die muss eindeutig von meinem Bruder gekommen sein. Noch mehr Puzzleteile setzen sich in
meinem Kopf zusammen, die noch deutlich düsterer
sind.

„Du hast einen Menschen umgebracht", sage ich an
Elay gewandt und schlucke schwer. „Es war keine Ab-
sicht, nicht wahr? Du hattest deine Kräfte nicht unter
Kontrolle."

Er nickt zögerlich und wirkt mit einem Mal beschämt.

„Manchmal ... habe ich Ausbrüche, die nicht beabsichtigt sind. Dann stelle ich gegen meinen Willen eine Gefahr dar."

„Und du hast meine Schwester dieser Gefahr ausge-
setzt", ergänzt Jules und ballt seine Hände zu Fäusten.

„Die Party am See", fällt mir plötzlich ein und ich
schlage mir voller Entsetzen und Ekel die Hand vor den
Mund. „Es war ein Feuer. Bin ich das gewesen? Habe ich
all diese Jugendlichen auf dem Gewissen?"

Jules öffnet den Mund, schließt ihn aber wieder. Er
kommt einen Schritt auf mich zu und legt mir die Hand
auf die Schulter.

„Du konntest nichts dafür", sagt er leise. „Du wusstest
nichts von deinen Kräften und hattest keine Kontrolle
über sie. Es war meine Schuld. Ich hätte besser aufpassen müssen."

Nun kommt meine Wut zurück und es ist beinahe
schon erfrischend, da sie alle anderen wirren Gefühle
verdrängt.

„Du hast es die ganze Zeit gewusst und mir nichts gesagt. Was ist mit Mum und Dad? Sie wissen doch garantiert auch Bescheid und haben mich ins offene Messer laufen lassen."

Jules presst die Lippen zusammen und scheint nicht zu wissen, was er sagen soll.

„Also wissen unsere Eltern es?", frage ich mit leiser Stimme, obwohl die Antwort schon klar ist. Es ist absolut ausgeschlossen, dass sie die Kräfte ihrer eigenen Kinder nicht kennen – und höchstwahrscheinlich beherrschen sie sogar selbst Magie.

Jules nickt stumm, wirkt aber nicht so, als wollte er weiter darauf eingehen.

„Wir sollten langsam wieder zu den anderen gehen", durchbricht Elay das unbehagliche Schweigen, woraufhin ich ihn zornig anfunkle.

„Ihr seid mir Antworten schuldig."

Elay kommt auf mich zu und nimmt mit ernstem Gesicht meine Hand. Mein erster Impuls ist es, sie wegzuziehen, doch aus irgendeinem Grund wirkt die Berührung beruhigend auf mich.

„Wir werden dir alle Antworten geben. Aber wahrscheinlich suchen die Lehrer schon nach uns. Vielleicht wäre es auch besser, wenn du erst mal eine Nacht darüber schläfst und deine Gedanken ordnest."

Am liebsten würde ich protestieren, aber ich muss mir eingestehen, dass er recht hat.

„Na gut", sage ich mit zusammengebissenen Zähnen. „Aber wenn ihr auch nur ein Geheimnis vor mir verbergt, werde ich ..."

Ja, was würde ich dann tun? Ich lasse die Worte vorsichtshalber offen und hoffe, dass es nach einer Drohung klingt, nicht nach Unsicherheit.

Zu meiner Erleichterung nicken die beiden und gehen dann vor in Richtung des Pfades. Ich blicke mich noch einmal in Ruhe auf der Lichtung um und kann es nicht fassen, dass ich den verkokelten Rasen verursacht habe. Von der Hütte ist nur noch verbranntes Holz übrig. Der Raureif glitzert im hellen Mondlicht und lässt die ganze Szene noch unwirklicher erscheinen, als sie es ohnehin schon ist.

Ich atme tief durch und wende mich ab, um Jules und Elay zurück zur Schule zu folgen.

***

Am nächsten Morgen ziehe ich mir stöhnend die Decke über den Kopf, als mich die Realität schlagartig einholt. Ich versuche mir einzureden, dass das alles vielleicht doch ein großes Missverständnis war, aber ganz egal, wie ich es drehe und wende, es will mir nicht gelingen.

Ich werfe einen Blick zu Aideen, die wie erwartet noch fest schläft. Am liebsten würde ich sie wecken und mich ihr anvertrauen, doch Jules und Elay haben mich am Vortag beim Abschied darum gebeten, erst mal mit niemandem über das Geschehene zu sprechen.

Eigentlich hätte ich jedes Recht dazu, ihre Bitte zu übergehen, aber vielleicht wäre es tatsächlich nicht das Klügste, Aideen mit solchen Informationen zu überfallen. Ich kann nicht ausschließen, dass sie bereits von allem weiß, und je länger ich darüber nachdenke, desto logischer erscheint mir diese Möglichkeit. Meine

Freundin wirkte so, als würde sie etwas verbergen, und vielleicht hat es einen tiefer liegenden Grund, weshalb sie sich die Schuld an Sabrinas Tod gibt.

Ich schlage seufzend die Bettdecke zurück und betrachte meine Hände in den Strahlen der Morgensonne. Es kommt mir unmöglich vor, dass ich mit ihnen Feuer heraufbeschworen haben soll, und doch kann ich nicht leugnen, was ich mit meinen eigenen Augen gesehen habe.

Ich konzentriere mich auf diese Hitze, die ich am Vortag gespürt habe, und blicke auf meine Finger. Doch egal, wie verbissen ich versuche auch nur eine kleine Flamme zustande zu bringen, es will mir nicht gelingen.

Irgendwann gebe ich es auf und schlüpfe in meine Hausschuhe, um mich für den Tag fertig zu machen. Obwohl Montag ist, haben wir heute und morgen frei, was mich angesichts all der Dinge, die ich nun klären muss, zutiefst erleichtert. Nach dem Frühstück werde ich sofort zu Jules gehen und anschließend unsere Eltern anrufen, um sie zur Rede zu stellen.

Ich halte inne, als mir etwas Neues in den Sinn kommt: Könnten meine Tabletten mit allem zu tun haben? Am Tag der Party habe ich sie nicht eingenommen und nun, da ich keinen Nachschlag bekommen habe, kommen meine Kräfte ebenfalls zum Vorschein. Je länger ich darüber nachdenke, desto sicherer werde ich, dass diese Medikamente die Magie unterdrückt haben.

Wütend ziehe ich mir meine Leggins, ein kariertes Hemd und darüber einen grauen Strickpullover an, um daraufhin rastlos durch das Zimmer zu tigern.

Zuerst versuche ich, mich mit einem Buch abzulenken, dann mit meinem Sudoku-Heftchen, aber es hat keinen Sinn. Ich fühle mich wie eingesperrt in meinem eigenen Körper.

Dann wird endlich die Tür geöffnet und ein junges Hausmädchen schiebt den Wagen mit dem Frühstück in den Raum.

„Vielen Dank", sage ich mit einem gezwungenen Lächeln, und als sie das Zimmer wieder verlässt, stürze ich mich auf den Speck und das Rührei.

Erst jetzt merke ich, wie ausgehungert ich mich fühle, und als ich aufgegessen habe, überlege ich sogar, mich über Aideens Essen herzumachen. Ich schaffe es zum Glück, mich zusammenzureißen, und verlasse überstürzt das Zimmer, um Jules zu suchen.

Zum ersten Mal halte ich nicht an, um alle Katzen zu streicheln, die mir über den Weg laufen. Stattdessen eile ich schnurstracks zum Jungenflügel, wo ich mehrere empörte Blicke ernte, und hämmere dann an Jules' Tür. Als auch nach mehrmaligem Wiederholen keine Reaktion erfolgt, versuche ich den Knauf zu drehen, doch die Tür ist anscheinend verschlossen.

„Verdammt", murmle ich.

Um diese Uhrzeit müssten er und sein Zimmergenosse eigentlich noch beim Frühstück sein, wenn man bedenkt, wie schnell ich meines heruntergeschlungen habe. Wahrscheinlich geht Jules mir absichtlich aus dem Weg, doch ich kann mir denken, wo er sich aufhält.

Wenn wir Streit hatten oder unsere Eltern wollten, dass er den Haushalt macht, ist er jedes Mal eine Runde im Wald laufen gegangen. Auch wenn das Gelände hier riesig ist, bin ich zuversichtlich, ihn zu finden. Doch vorher werde ich meine Eltern anrufen, um wenigstens in dieser Sache Klarheit zu bekommen.

Als ich das letzte Mal Katzenkloputzdienst hatte, ist mir aufgefallen, dass sich auch im Katzenflügel ein Telefon befindet. Und für ein Gespräch, bei dem ich Ruhe und starke Nerven benötige, könnte ich mir keinen besseren Ort vorstellen.

Auf dem Weg erwische ich mich immer wieder dabei, wie ich auf meine Hände starre, in der sinnlosen Hoffnung, irgendwelche Beweise für meine Kräfte zu erkennen. Auch wenn der Gedanke beängstigend ist, dass so etwas wie Magie tatsächlich existiert, finde ich es gleichzeitig unglaublich aufregend, dass etwas Besonderes in mir schlummert.

Als ich den Katzenflügel erreiche, werde ich sofort von drei Fellbündeln umringt, die sich schnurrend an meinen Beinen reiben. Zwar wird meine schwarze Leggins so mit Katzenhaaren übersäht, aber das könnte mir kaum gleichgültiger sein. Das ist meine Art, Pelz zu tragen, ohne dass ein Tier dafür leiden musste.

Am Telefon angekommen beiße ich mir unschlüssig auf die Lippe, ehe ich mich dazu durchringen kann, die Nummer meiner Eltern zu wählen.

Es tutet einmal, zweimal, dreimal ... und dann kann ich die vertraute Stimme meines Vaters hören. „Wingrave am Apparat, was kann ich für Sie tun?"

Ich muss bei dieser Begrüßung lächeln und warte noch einen kurzen Moment, ehe auch ich mich melde. „Hi Dad, ich bins, Sharon."

„Oh, hallo meine Kleine“, sagt er erfreut. „Wie geht es dir? War die Halloweenfeier so legendär, wie ich sie in Erinnerung habe?“

Legendär ist wohl tatsächlich das richtige Wort.

„Jaaa“, erwidere ich gedehnt. „Es ist sehr viel passiert. Deswegen rufe ich auch an.“

Es ist einen Moment still.

„Dann bin ich aber gespannt“, sagt er mit einer Fröhlichkeit, die mir aufgesetzt vorkommt.

Ich suche nach den richtigen Worten und erst jetzt merke ich, wie schwer es mir fällt, das Geschehene auszusprechen.

„Ich … habe herausgefunden, was für Kräfte ich besitze. Jules sagt, ihr habt davon gewusst.“

An dem anderen Ende der Leitung ist es erneut still und ich kann regelrecht spüren, wie es im Kopf meines Vaters arbeitet.

„Das ist kein Gespräch, das wir am Telefon führen sollten“, sagt er dann jedoch steif.

Ich stoße einen frustrierten Laut aus und möchte protestieren, doch er fährt dazwischen. „Nächste Woche beginnen die Herbstferien. Dann haben wir alle Zeit der Welt, um dich über alles aufzuklären. Bis dahin wird dir Jules zur Seite stehen.“

„Schön wärs“, murre ich und bin versucht, den Hörer auf die Gabel zu schlagen.

Stattdessen verabschiede ich mich mit knappen Worten und lasse mich dann an der Wand zu Boden gleiten. So habe ich mir den Tag, der eigentlich der Aufklärung dienen sollte, nicht vorgestellt. Immerhin hat mein Vater nicht abgestritten, dass er über alles Bescheid weiß, auch wenn das nur ein schwacher Trost ist.

Ich ziehe eine getigerte Babykatze, die ich zum ersten Mal hier sehe, auf meinen Schoß und schmiege meine Wange an ihr weiches Fell. Das Kätzchen miaut jedoch protestierend und strampelt, sodass ich es mit einem Seufzen gehen lasse.

„Heute will wohl niemand etwas mit mir zu tun haben", murmle ich und mache mich dann auf den Weg nach draußen, um Jules zu suchen.

Diesmal werde ich mich nicht abwimmeln lassen, koste es, was es wolle.

Kapitel 9

Ich war zum Glück schlau genug, meine Jacke mitzunehmen – kaum draußen angekommen, peitschen mir ein kalter Wind und Regen entgegen. Kurz bin ich versucht einfach wieder umzukehren und mich in mein warmes Bett zu verkriechen. Doch ich kenne Jules gut genug, um zu wissen, dass er auch bei solchem Wetter laufen geht. Vermutlich überlegt er gerade, wie er mich am besten abwimmeln kann.

Schlecht gelaunt kämpfe ich mich durch den Sturm bis zum Wald, auch wenn hier durchaus die Gefahr besteht, von einem Ast getroffen zu werden. Ich neige wohl neuerdings dazu, unüberlegte und leichtsinnige Dinge zu tun.

Planlos stapfe ich durch das Herbstlaub und rufe immer wieder nach Jules, doch meine Stimme wird jedes Mal vom Wind verschluckt.

Ich schrecke zusammen, als ich in der Ferne etwas auf dem Weg liegen sehe – etwas, das wie ein Körper aussieht. Während ich mich nähere, hoffe ich voller Inbrunst, dass ich mich irre. Doch je näher ich komme, desto sicherer bin ich, dass es sich um einen Menschen handelt, der keinerlei Lebenszeichen von sich gibt.

„Nein, bitte nicht", hauche ich, als ich mich neben den Körper knie und ihn mit zitternden Händen umdrehe.

Als ich das totenbleiche Gesicht mit den starren Augen erkenne, schlage ich mir entsetzt die Hand vor den

Mund. Es ist Alisha aus dem Literatur-Club. Zugegeben, ich konnte sie nicht besonders gut leiden, doch das hier wünsche ich niemandem.

Obwohl ich bereits weiß, dass keine Hoffnung besteht, taste ich an ihrem Hals nach einem Puls – und ziehe meine Hand sogleich mit einem Aufschrei zurück. Als ich auf meine Finger sehe, kann ich ein Würgen nicht mehr unterdrücken und übergebe mich auf den Weg neben mir. Meine Hand ist voll mit warmem Blut.

Hektisch wische ich sie an meiner Jacke ab und weiche dann keuchend zurück. Mir ist so schwindelig, dass ich das Gefühl habe, jeden Moment in Ohnmacht zu fallen, und mein Magen rumort auch noch immer. Ich kann nicht fassen, dass vor mir Alishas Leiche liegt. Schluchzend presse ich mein Gesicht zwischen meine Knie und wünsche mir einfach nur, dass das alles vorbeigeht.

Ich schrecke hoch, als mich jemand an der Schulter berührt, und durch meinen tränenverschleierten Blick erkenne ich Jules, dessen Augen besorgt zwischen mir und der Leiche hin und her zucken.

„Warst du das?", fragt er mit einer Stimme, die mich erschaudern lässt.

„Nein, natürlich nicht", schluchze ich und habe erneut das Gefühl, mich übergeben zu müssen. Diesmal kann ich die Übelkeit jedoch schnell genug unterdrücken.

„Ich bringe dich zurück in die Schule und melde den Vorfall dann bei Mrs McArren", sagt Jules ernst und hilft mir auf die Beine.

„Mrs McArren weiß von den Vorfällen?", frage ich entsetzt, weiß aber im gleichen Moment, wie dumm meine Frage ist. In einer Schule, auf die magisch begabte Teenager gehen, ist die Rektorin wohl die Erste, die über alles Bescheid weiß.

Mein Bruder spart sich eine Antwort und führt mich behutsam durch den Wald zurück zum Schulgebäude. Ich fühle mich, als würde ich mich durch einen Traum bewegen, und wünsche mir, einfach in meinem Bett aufzuwachen und festzustellen, dass all das nicht real ist.

„Was ist das denn für eine Scheiße?", entfährt es mir plötzlich und ich kann nichts gegen ein fast hysterisches Lachen tun, das über meine Lippen kommt. Das kann doch alles nicht wahr sein.

„Beruhige dich, Sharon", sagt Jules eindringlich. „Uns werden gleich mit hoher Wahrscheinlichkeit Mitschüler über den Weg laufen. Viele von ihnen wissen noch nicht über die Vorgänge auf der Darkwood Academy Bescheid."

Erneut bricht ein heiseres Lachen aus meiner Kehle und endet in einem Schluchzen. Jules streicht mir unbeholfen über den Rücken, was meine Laune nicht gerade hebt.

„Du musst deine Jacke ausziehen. Sie ist voller Blut."

Er deutet auf meinen Bauch, wo ich zuvor meine Hände abgewischt habe. Von Ekel erfüllt schäle ich mich aus meiner Lieblingsjacke, die ich nun wohl nie wieder tragen kann, ohne an diesen Vorfall erinnert zu werden.

Auf der Veranda bleiben wir stehen und Jules blickt mich noch mal eindringlich an. „Bis wir dein Zimmer erreicht haben, musst du dich so normal wie möglich verhalten. Und wenn Aideen dort ist, musst du dir irgendeine Ausrede einfallen lassen, weshalb es dir nicht gut geht. Sag ihr, dass du gestürzt bist oder so.“

Ich nicke schwach und bin außerstande, einen klaren Gedanken zu fassen. Ich lasse zu, dass Jules die Tür aufhält und mich dann ungeduldig mit sich zieht, als ich keine Anstalten mache, mich zu rühren.

Wie betäubt gehe ich den vertrauten Weg zu meinem Zimmer. Unterwegs begegne ich tatsächlich immer wieder Mitschülern, und ich bilde mir ein, ihre anklagenden Blicke auf mir zu spüren.

Ich blinzle mehrmals, denn ich habe mein Zimmer betreten, ohne es wirklich realisiert zu haben. Zum Glück ist Aideen nicht mehr da – nur der halb aufgegessene Toast und der vom Wasserdampf beschlagene Spiegel verraten, dass sie eben noch hier gewesen ist. Ich spritze mir am Waschbecken kaltes Wasser ins Gesicht, um wieder einigermaßen zur Besinnung zu kommen.

Als ich in den Schlafraum zurückkehre, sitzt Jules auf der gepolsterten Fensterbank und schaut nachdenklich hinaus in Richtung Wald.

„Ich werde nun Mrs McArren Bescheid sagen“, murmelt er kaum hörbar und erhebt sich.

Ich nicke und lasse mich kraftlos auf mein Bett fallen.

„Was denkst du, wer es gewesen ist?“ Ich schlucke, um das kratzige Gefühl in meiner Kehle loszuwerden.

„Das weiß ich noch nicht“, gesteht mein Bruder. „Ich habe mir die Leiche nicht genauer angeschaut. Hast du irgendwelche Wunden entdeckt? Woher kam das Blut auf deiner Jacke?“

Es dauert einen Moment, ehe ich mich zu einer Antwort durchringen kann. „Ihr Hals … er war regelrecht zerfetzt.“

Ich atme mehrmals tief durch, um die erneut aufkommende Übelkeit niederzuringen. Einatmen, ausatmen. Nicht an diese grässliche Wunde und das Blut an meinen Händen denken.

In Jules' Augen liegt ein seltsames Glitzern.

„Du hast eine Ahnung, wer es gewesen ist, nicht wahr?“, frage ich.

Ich kralle meine zitternden Finger ineinander und weiß nicht, ob ich seine Antwort hören möchte.

Er nickt langsam und sagt: „Ja, ich vermute, ich weiß, wer es gewesen ist. Aber solange ich mir nicht sicher bin, werde ich kein Wort darüber verlieren. Abgesehen davon solltest du dich nun erst mal auf dich selbst konzentrieren.“

Ich schließe die Augen und kämpfe gegen das Gefühl von Machtlosigkeit an, das sich in meinem Inneren ausbreitet.

„Verrate mir wenigstens eins“, presse ich hervor. „Könnte es Elay gewesen sein?“

Zu meiner Erleichterung schüttelt Jules den Kopf, auch wenn er nicht gerade erfreut über meine Frage zu sein scheint.

„Seine Opfer weisen andere Wunden auf. Aber das macht Elay nicht ungefährlicher. Ich sage es dir noch einmal: Halte dich von ihm fern.“

Ich presse die Lippen zusammen und gebe mir gar nicht erst die Mühe, darauf zu antworten. Jules' unzufriedenem Blick nach zu urteilen weiß er genau, was ich denke, aber er vertieft das Thema glücklicherweise nicht weiter.

„Ich gehe dann jetzt", murrt er und schlägt beim Verlassen des Zimmers fest die Tür hinter sich zu.

Völlig ausgelaugt lasse ich mich auf mein Kissen zurücksinken. Eigentlich wollte ich den Tag dazu nutzen, alles über meine Kräfte herauszufinden – stattdessen ist mein Leben nun noch chaotischer geworden.

Es war wohl doch keine gute Idee, heute das Bett zu verlassen.

***

Erst als ich von einem Klopfen geweckt werde, wird mir klar, dass ich eingeschlafen bin. Mit vernebelten Gedanken richte ich mich auf und streiche notdürftig meine Haare und Kleidung glatt.

„Herein", rufe ich mit rauer Stimme. Meine Kehle ist total trocken.

Ich erwarte eigentlich, dass Jules oder sogar Elay in der Tür stehen, doch es ist Mrs McArren. Ohne Zweifel ist sie hier, um über Alisha zu sprechen, aber ich fühle mich noch lange nicht bereit dafür. Es war eine Wohltat, mich in den Schlaf zu flüchten, doch die kurze Ruhe wird nun schlagartig zunichte gemacht.

„Darf ich reinkommen?", fragt die Rektorin ungewöhnlich sanft, was mich kurz aus dem Konzept bringt, sodass ich nur ein verwirrtes Nicken zustande bringe.

Mrs McArren zieht meinen Schreibtischstuhl heran und setzt sich mir gegenüber mit ernster Miene hin.

„Ich bedaure sehr, dass du Alisha in diesem Zustand vorgefunden hast", eröffnet sie mir. „Jules hat mir erzählt, dass du nun über das Geheimnis der Darkwood Academy Bescheid weißt."

„Bescheid wissen würde ich das nicht gerade nennen", murmle ich. In meinem Kopf breitet sich langsam ein unangenehmes Pochen aus.

„Du weißt, dass einige unserer Schüler Magie beherrschen", stellt die Rektorin fest. „Also bist du dir auch darüber im Klaren, wie Alisha gestorben ist. Wer auch immer es gewesen ist, hatte mit Sicherheit keine bösen Absichten."

„Keine bösen Absichten?", wiederhole ich aufgebracht. „Und das war es jetzt? Die Leiche wird beseitigt und der Mord vertuscht, bis es das nächste Todesopfer gibt?"

Mrs McArren bringt ein schmallippiges Lächeln zustande. „Meine Schüler sind wie kleine Kinder, die erst noch lernen müssen, ihre eigenen Kräfte einzuschätzen. Und wenn ich mich nicht irre, hast du dir auch schon einige Todesopfer zuzuschreiben."

Ich kann sie bloß fassungslos anstarren.

„Das ... aber ...", stammle ich, woraufhin ihr Lächeln noch breiter wird.

„Vielleicht solltest du erst an deinen eigenen Fähigkeiten arbeiten, ehe du über deine Mitschüler urteilst. Bestell dir bei den Bediensteten einen Kakao, lies ein gutes Buch und denk darüber nach, wie du dich selbst besser in den Griff bekommst. Oh, und ich warne dich: Wenn du jemanden einweihst, der nicht über die Geheimnisse der Darkwood Academy Bescheid weiß, wirst du umgehend suspendiert. Dann wird niemand mehr da sein, der dich vor dir selbst schützt. Glaub mir, du bist nirgendwo so gut aufgehoben wie hier."

„Wie können Sie es wagen ...", presse ich hervor, doch Mrs McArren hebt bloß unbeeindruckt die Hand.

„Ich werde dich im Blick behalten." Mit diesen Worten steht sie auf und lässt mich mit einem Gefühl absoluter Machtlosigkeit zurück.

Ich presse mein Gesicht in das Kissen, um meinen wütenden Schrei zu ersticken. Auf dieser Schule sterben Menschen und es wird einfach hingenommen.

Kurz überlege ich, die Polizei zu verständigen. Aber würden sie mir überhaupt glauben? Wenn ich an meinen Notruf wegen Sabrina zurückdenke, bei dem ich bloß Poppy erreicht habe, könnte ich mir nicht einmal sicher sein, ob ich wirklich mit der Polizei spreche.

Vermutlich würde ich erwischt und der Darkwood Academy verwiesen werden. Und ich muss mir eingestehen, dass mir diese Schule trotz all der dunklen Geheimnisse ans Herz gewachsen ist. Ich würde Elay, Finn und Aideen nie wieder sehen und allein der Gedanke daran schmerzt mich. Wenn ich zudem an meinen früheren Schulalltag als Außenseiterin denke, läuft es mir kalt den Rücken runter und das macht mich umso sicherer: Ich werde alles dafür geben, um auf der Darkwood Academy zu bleiben.

Es ist ein furchtbarer Gedanke, dass ich mich von nun an so abweisend wie meine anderen wissenden Mitschüler verhalten muss, denn ich weiß nur zu gut, wie es ist, auf der anderen Seite zu stehen. Ich frage mich, ob auch Finn eine magische Begabung hat und ich vielleicht bald mit ihm frei über alles sprechen kann. Andererseits – er schien bereits irgendetwas gewusst zu haben und wurde daran gehindert, es mir zu verraten. Irgendwie passt das alles nicht richtig zusammen.

Ich hebe den Kopf, als sich die Tür erneut öffnet, und rechne damit, dass es wieder Mrs McArren ist, die mich weiter einschüchtern möchte. Ich atme hörbar auf, denn es ist Aideen.

Als sie meinen Blick bemerkt, hebt sie amüsiert eine Augenbraue. „Du siehst aus, als hättest du einen Geist erwartet.“

„Nein, noch schlimmer: Mrs McArren“, seufze ich.

„War sie eben hier? Ich glaube, ich kann ihr strenges Parfum noch riechen.“ Aideen rümpft die Nase und blickt sich im Raum um.

„Ja, sie hat mich wieder einmal zurechtgewiesen“, erkläre ich und verdrehe die Augen, um zu verbergen, wie sehr mich ihre Worte noch immer mitnehmen.

Am liebsten würde ich Aideen mein Herz ausschütten, doch das kann ich erst, wenn ich mir sicher bin, dass sie von den Geheimnissen dieser Schule weiß.

„Was wollte die Alte denn?“, fragt meine Freundin und lässt sich auf ihr Bett fallen. Sie kramt ihren Discman hervor und konzentriert sich darauf, die Kabel zu entwirren.

„Ach, ich hatte gefragt, ob ich mein Handy kurz benutzen darf“, lüge ich etwas unbeholfen. „Natürlich hat ihr das nicht gepasst.“

„Was hast du dir bloß dabei gedacht?“, fragt Aideen grinsend und klopft dann auf den freien Platz neben ihr. „Wenn du willst, kannst du mit mir Musik hören. Vielleicht lenkt dich das ab.“

Ich bin kurz davor abzulehnen, da ich mich wieder auf die Suche nach Jules und Elay machen möchte, doch dann siegt die Neugierde über Aideens Musikgeschmack.

„Ich tippe auf Rock oder Metal", sage ich und setze mich neben sie.

Sie lächelt mich bloß schief an und reicht mir einen der Ohrstöpsel. Ich rechne fest mit aggressiven Klängen, aber stattdessen ...

„Ist das Beethoven?", frage ich verblüfft und in der Erwartung, dass es bloß ein Scherz ist.

Aideen jedoch hebt die Schultern und sagt: „Ich bin immer für eine Überraschung gut, nicht wahr? Ich bin mit dieser Musik aufgewachsen und irgendwie habe ich sie schon immer geliebt. Klassische Musik bringt mich immer runter, egal welcher Mist mal wieder vor sich geht."

Ich blicke sie prüfend von der Seite an und frage mich, ob sie damit auf die Geheimnisse der Darkwood Academy anspielt.

„Weshalb haben deine Eltern dich eigentlich auf diese Schule geschickt?", frage ich vorsichtig. „Hast du ein Stipendium? Oder seid ihr reich?"

Aideen prustet und schalten den Discman aus.

„Reich? Ja, so könnte man das sagen. Alter Adel trifft es vielleicht noch besser. Ich muss aber gestehen, dass ich nicht stolz darauf bin. Und meine Eltern sind es wohl auch nicht auf mich."

„Du bist adelig? Das hätte ich nicht gedacht", sage ich erstaunt, auch wenn ich genau weiß, dass man niemanden nach dem äußeren Erscheinungsbild beurteilen sollte. Ich muss mir jedoch eingestehen, dass mir dieser Fehler immer wieder passiert, obwohl ich selbst schon oft genug unter Vorurteilen leiden musste.

„Ja, verrückt, nicht wahr? Jedenfalls scheint diese Schule hier ziemlich anerkannt zu sein, auch wenn man seltsamerweise nirgendwo viel über diesen Ort erfährt. Zu Hause habe ich wirklich viel recherchiert, aber so gut wie nichts gefunden.“

Darauf antworte ich nicht mehr, denn ich bin zu sehr in meine Grübeleien vertieft. Ich kann mir nicht vorstellen, dass eine angesehene Adelsfamilie ihre nichtmagische Tochter auf eine Schule schickt, wo sie ständig in Gefahr ist. Also kann ich mit ziemlicher Sicherheit davon ausgehen, dass Aideen ebenfalls Kräfte besitzt. Doch ich weiß noch nicht, wie viel sie darüber weiß.

Ich beschließe, mich langsam bei Aideen vorzutasten, denn ich würde so gerne offen mit ihr über alles reden.

„Wie auch immer, ich habe jetzt eine Verabredung mit Madeline“, verkündet meine Freundin und schwingt sich vom Bett. „Wir gehen zu unserem Lieblingsplatz.“

Sie zwinkert mir verschwörerisch zu, fährt sich mit der Bürste durch die Haare und verschwindet dann aus unserem Zimmer.

Ich bleibe noch eine Weile liegen, ehe ich mich dazu aufraffe, jemanden zum Reden zu suchen. Egal ob Jules oder Elay, einer von beiden muss dafür herhalten, auch wenn ich bei Elay noch immer nicht weiß, wie wir zueinander stehen.

Nachdem ich gefühlt die halbe Schule abgesucht habe, werde ich in einem der Salons endlich fündig. Tatsächlich treffe ich gleich auf alle beide. Sie sitzen an einem prasselnden Kamin und spielen Schach. Bei einem flüchtigen Blick stelle ich fest, dass Elay am Gewinnen ist.

„Das war eine schlechte Idee“, sagt er gerade zu meinem Bruder und grinst triumphierend. Er bewegt seinen schwarzen Springer und schlägt daraufhin die weiße Dame.

„Verdammt“, murmelt Jules und ich kann mir ein Kichern nicht verkneifen.

Beide drehen sich erschrocken in meine Richtung. Anscheinend waren sie so in ihr Spiel vertieft, dass sie alles um sie herum ausgeblendet haben.

„Du bist wirklich kein bisschen besser geworden“, ziehe ich Jules auf und stelle mich neben ihn, um das Brett zu studieren. „Deine Verteidigung ist noch immer grottig. In wenigen Zügen bist du schachmatt.“

Elay blickt beeindruckt zu mir auf. „Da scheint jemand Ahnung zu haben. Hast du Lust, gegen mich zu spielen? Mit Jules macht das echt keinen Spaß.“

Ich grinse meinen Bruder an, während er finster auf das Spielbrett schaut.

„Ich habe sowieso Besseres zu tun“, murrt er und wischt mit der Hand über das Spielbrett, sodass die Figuren klackernd umfallen.

„War er schon immer so ein schlechter Verlierer?“, fragt Elay neckend.

„Oh ja, immer schon“, antworte ich trocken. „Am besten ist es eigentlich, ihn einfach gewinnen zu lassen. Sonst hat man den ganzen Tag einen schlecht gelaunten Jules um sich herum.“

„Ich bin immer noch hier und kann euch hören“, empört sich mein Bruder säuerlich und braust dann aus dem Zimmer.

Elay und ich kichern über seine Reaktion und es tut gut, die dunklen Gedanken für einen Moment zu vergessen.

„Also, dann legen wir mal los“, sagt Elay, als wir uns wieder beruhigt haben, und stellt seine schwarzen Figuren auf.

Ich tue es ihm mit den weißen nach, und als wir beide fertig sind, lächelt er mich herausfordernd an.

„Weiß beginnt, Schwarz gewinnt.“

„Träum weiter“, erwidere ich und eröffne die Partie mit meinem Bauern.

Zuerst spielen wir noch neckisch und ich lache jedes Mal, wenn ich Elay in eine Falle gelockt habe. Doch irgendwann werden wir so ernst und konzentriert, dass auch wir alles um uns herum vergessen. Das Ticken der Standuhr ist das einzige Geräusch, das die Stille durchdringt.

Bald schon muss ich feststellen, dass es etwas völlig Neues ist, mit jemandem wie Elay zu spielen – er ist der beste Gegner, den ich je hatte. Selbst meinen Vater, der mir Schach beigebracht hat, konnte ich leichter durchschauen.

„Verdammt“, murmle ich, denn Elay hat meine Dame in die Enge getrieben. Egal, wohin ich meinen Zug setze, er könnte mich schlagen.

Dann entdecke ich jedoch etwas, das ich bisher völlig übersehen habe: Elay hat sich so sehr auf meine Dame konzentriert, dass er die Verteidigung seines Königs vernachlässigt hat. Also ziehe ich meinen Springer über das Feld, statt zu versuchen, meine Dame zu retten.

Zuerst breitet sich ein triumphierendes Lächeln auf Elays Gesicht aus, das dann jedoch verblasst, als er seinen Fehler bemerkt.

„Schachmatt in zwei Zügen", sage ich lässig und lehne mich zurück. Zufrieden beobachte ich, wie er seufzt und sich über das Gesicht reibt.

„Du hast gewonnen", gibt er zu und reicht mir seine Hand.

Ich schüttle sie und sage: „Ich hatte noch nie einen so guten Gegner wie dich. Wo hast du so spielen gelernt?"

Mit einem Schlag verfinstert sich seine Miene und ich frage mich, was ich falsch gemacht habe.

„Mein großer Bruder Toni hat es mir beigebracht. Es ist mir nie gelungen, ihn zu schlagen."

„Sicherlich wirst du es irgendwann schaffen", erwidere ich.

„Nein, dazu habe ich keine Gelegenheit mehr", sagt Elay mit rauer Stimme und schluckt schwer.

Es dauert einen Moment, bis ich seine Reaktion verstehe. Ich weiß nicht, was ich sagen soll, und würde am liebsten im Boden versinken.

„Er ... ist gestorben?", frage ich vorsichtig.

Elay senkt den Blick und kurz habe ich den Eindruck, dass die Schatten im Salon zu beben beginnen. Ich muss meine ganze Willenskraft zusammennehmen, um keine Furcht zu zeigen, denn ich kann mich an Jules' Warnung erinnern: Elays Kräfte können gefährlich sein.

Schließlich nickt Elay jedoch und die Dunkelheit in seinem Blick weicht Traurigkeit. „Er war vor zwei Jahren im Abschlussjahrgang der Darkwood Academy."

Er blickt sich verstohlen um und fährt dann mit gesenkter Stimme fort. „Er hatte auch magische Kräfte. Er konnte Elektrizität kontrollieren – sogar Blitze konnte er umlenken. Irgendwann ist dabei wohl etwas schief gegangen, auch wenn mir nie die genauen Umstände seines Todes genannt wurden."

Elay kämpft mit den Tränen und ich stehe auf, um tröstend meine Hand auf seine Schulter zu legen.

„Das tut mir unglaublich leid. Es muss furchtbar für dich und deine Familie gewesen sein."

Wie sehr mich seine Beschreibung der Kräfte seines Bruders schockiert haben, erwähne ich nicht. Der Gedanke, dass jemand einfach einen Blitz auf mich hinabfahren lassen könnte, jagt mir einen Schauer über den Rücken. Mir wird mit einem Mal bewusst, dass ich mich an einem Ort befinde, wo mich ein großer Teil meiner Mitschüler auf brutale Weise quälen oder töten könnte.

Schnell konzentriere ich mich auf das sanfte Lächeln, das Elay mir nun zuwirft, und seine warme Hand, die nach meiner greift. Mein Blick wandert zu seinen Lippen und ich ertappe mich bei dem Gedanken, wie gerne ich unseren Kuss wiederholen würde.

Als Elay meinen Blick bemerkt, streicht er mir zärtlich über die Wange und ich halte den Atem an, während sich sein Gesicht meinem nähert. Als unsere Lippen aufeinandertreffen, werde ich von dem gleichen Glücksgefühl überwältigt wie beim ersten Mal – und dieses Mal ist eindeutig kein Alkohol im Spiel. Ich schließe die Augen und schlinge die Arme um Elays Hals, um ihm noch näher zu sein, um seinen Körper noch mehr zu spüren. Der Kuss wird immer intensiver, bis ich das Gefühl habe, jeden Moment von Glück überwältigt zu werden.

Doch dann ist da plötzlich eine Veränderung, und als ich mich von Elay löse, sehe ich auch den Grund: Der Raum hat sich deutlich verdunkelt und Schatten wirbeln schwindelerregend schnell um uns herum.

„Was passiert hier?", frage ich panisch und weiche von ihm zurück.

Elay ist leichenblass geworden und streckt seine Hände nach den Schatten aus. Doch er scheint sie nicht unter Kontrolle zu haben.

Schon im nächsten Moment spüre ich, wie sich etwas um meine Beine schlingt, und plötzlich werde ich brutal zu Boden gerissen. Mit einem erstickten Ächzen komme ich auf und für einen kurzen Augenblick bleibt mir die Luft weg. Ich verharre jedoch nicht, sondern krieche so schnell es mir möglich ist auf die Tür zu. Mehrmals werde ich ein Stück zurückgerissen, doch irgendwie schaffe ich es, den Schatten zu entkommen.

Bei einem Blick nach hinten muss ich feststellen, dass Elay noch immer wie angewurzelt dasteht und vollkommen darauf konzentriert scheint, die Schatten zu bändigen. Ein tiefes Bedauern überkommt mich, ehe ich mich schwankend erhebe und dann vollends aus dem Raum stolpere.

Mit letzter Kraft stoße ich die Tür zu und lasse mich dann schluchzend zu Boden sinken. Als die Schatten mich berührt haben, hat es sich angefühlt, als würden sie die Energie aus mir heraussaugen. Ich fühle mich, als wäre ich seit Tagen wach und hätte an jedem einzelnen an einem Marathon teilgenommen.

Aus dem Salon kann ich kein Geräusch mehr vernehmen, aber ich traue mich auch nicht nachzuschauen, ob wieder alles in Ordnung ist. Außerdem muss ich mir eingestehen, dass ich Angst habe – Angst vor Elay.

Irgendwann schaffe ich es, mich in mein Zimmer zu schleppen, und diesmal beschließe ich, endgültig im Bett zu bleiben. Dieser Tag hätte kaum furchtbarer anfangen können und hat ebenso furchtbar geendet.

Vielleicht werde ich mich einfach krank stellen und mein Zimmer bis zu den Herbstferien nicht verlassen.

Kapitel 10

Zwar ziehe ich mein Vorhaben, mich bis zu den Ferien in meinem Zimmer zu verkriechen, nicht durch, doch in den folgenden Tagen mache ich einen großen Bogen um Elay. Auch Jules gehe ich die meiste Zeit aus dem Weg, obwohl das bedeutet, dass ich vorerst nichts Neues über meine Kräfte und die Geheimnisse erfahre, die die Darkwood Academy umgeben.

Zum Glück haben Aideen und Madeline es sich zur Aufgabe gemacht, mich aufzumuntern. Das hilft mir, auch wenn ich mit ihnen nicht über meine wahren Probleme sprechen kann. Stattdessen habe ich ihnen erzählt, dass es zwischen Elay und mir kompliziert ist, was genau genommen nicht gelogen ist.

Immer wieder spüre ich Aideens prüfenden Blick auf mir und frage mich, ob sie mehr weiß. Dennoch wage ich es nicht, sie darauf anzusprechen.

Als schließlich der Tag der Abreise gekommen ist, umarmt sie mich überschwänglich und drückt mir einen Kuss auf die Wange.

„Schreib mir Nachrichten", sagt sie und hält ihr Handy hoch. „Zum Glück haben wir die jetzt wieder." Sie verdreht dramatisch die Augen. „Endlich kehren wir zurück in die Zivilisation."

Ich grinse und zücke mein eigenes Smartphone, um Aideens Nummer einzuspeichern.

Währenddessen biegt auch der *Rolls Royce* meiner Familie in die Einfahrt. Zuvor habe ich schon voller Erleichterung festgestellt, dass viele Schüler von protzigen Autos abgeholt werden.

Ich umarme Aideen noch ein letztes Mal, ehe ich in das Auto steige und überschwänglich begrüßt werde. Ich blicke jedoch nur gedankenverloren aus dem Fenster und wie von allein finden meine Augen Elay, der sich mit Jules unterhält. Ihre Blicke sind ernst, woraus ich schließe, dass sie sich nicht einfach nur nett verabschieden. Als sich ihre Köpfe plötzlich in meine Richtung drehen, zucke ich ertappt zusammen, erinnere mich dann aber, dass die Scheiben verdunkelt sind.

Dann endlich greift Jules nach seinem Koffer und kommt zum Auto. Nachdem er sein Gepäck verstaut hat, lässt er sich auch auf den Rücksitz plumpsen, wobei er mich jedoch keines Blickes würdigt.

„Hey Mum, hey Dad. Schön, euch wiederzusehen", sagt er und erntet ein Lächeln unserer Eltern.

Ich setze mir meine Kopfhörer im Retrolook auf und drehe die Musik laut. Die Lieder von Agnes Obel lassen mich sofort entspannen und die Welt um mich herum ausblenden. Ich beschließe, das ernste Gespräch mit meinen Eltern erst zu Hause zu suchen und mich erst mal mental darauf vorzubereiten.

Verträumt blicke ich auf die Landschaft, die an uns vorbeizieht. Dunkle Wälder, wolkenverhangene Berge, sattgrüne Täler, unzählige grasende Schafe und Highland Rinder. Außerdem kommen wir während der zweistündigen Autofahrt immer wieder an Burgen und Ruinen vorbei, die mir auf dem Hinweg nicht aufgefallen sind.

Ich denke an meine niedergeschlagene Stimmung von damals zurück und bin überrascht, wie sehr ich in der Darkwood Academy trotz all der schrecklichen Vorkommnisse aufgeblüht bin. Zum ersten Mal in meinem Leben habe ich das Gefühl, richtige Freunde gefunden zu haben.

Ein Lächeln stiehlt sich auf meine Lippen, als ich daran denke, dass ich mich außerdem zum ersten Mal verliebt habe – denn daran zweifle ich nun nicht mehr. Mir ist klar, dass ich Elay nicht ewig aus dem Weg gehen kann und will, aber ich brauche wohl erst mal Zeit, um alles zu verarbeiten. Wenn ich daran denke, wie sehr mein Leben innerhalb von wenigen Tagen auf den Kopf gestellt wurde, ist das kein Wunder.

Hinzu kommt, dass ich noch immer nicht über den Fund von Alishas Leiche hinweg bin. Ich bin mir sicher, dass mich dieser Anblick mein Leben lang in meinen Alpträumen heimsuchen wird. Wie erwartet haben meine Mitschüler nie von ihrem Tod erfahren und es wurde das Gerücht verbreitet, dass Alisha mit einem Jungen durchgebrannt sei.

Dieses Geheimnis nimmt mich bei der ganzen Sache wahrscheinlich sogar am meisten mit, ebenso wie die Tatsache, dass Alisha wohl niemals eine würdige Beerdigung bekommen wird. Mrs McArren hat mir auf meine Nachfrage hin nüchtern erklärt, dass das Mädchen aus einem Heim stammte und keine Verwandten hatte, die sie vermissen würden.

Ich werde aus meinen Gedanken gerissen, als wir auf unsere Einfahrt einbiegen und unser riesiges Herrenhaus in meinem Blickfeld erscheint.

Es kommt mir noch gigantischer vor als sonst – beinahe schon einschüchternd. Die sauber geklinkerten Mauern sind völlig anders als die chaotisch zusammengewürfelt aussehende Fassade der Darkwood Academy. Die Sträucher, welche unsere Einfahrt säumen, sind akkurat von unseren zwei Gärtnern in runde Formen geschnitten worden und der Rasen sieht aus wie mit einer Nagelschere gestutzt.

Eigentlich habe ich es immer geliebt, hier zu wohnen, aber nun bedrückt mich der Gedanke, zwei Wochen in unserem Anwesen zu verbringen. Ich werde mich ständig fragen, was meine Eltern mir noch verschweigen, selbst wenn sie mich über meine Kräfte aufklären.

Als unser Auto knirschend auf der Kieseinfahrt zum Stehen kommt, steige ich schweigend aus und lasse mir meinen Koffer von Jules reichen. Er blickt mir kurz prüfend in die Augen, doch ich weiche ihm aus.

Umständlich ziehe ich meinen Koffer über den Kies und hieve ihn dann unsere von Säulen gesäumte Eingangstreppe hinauf. Unser Butler Jack kommt herbeigeeilt und möchte mir helfen, doch ich hebe abwehrend die Hand.

„Danke, aber ich schaffe das allein." Die Atemlosigkeit in meiner Stimme sagt zwar etwas anderes, aber es ist an der Zeit, die Dinge endlich selbst in die Hand zu nehmen.

***

Pünktlich um sechs Uhr ruft meine Mutter uns zum Abendessen, was mich sofort kerzengerade in meinem Bett sitzen lässt. Ich habe versucht, mich mit einem

Buch abzulenken, doch die Zeilen nur überflogen, ohne sie wirklich zu lesen.

Ich stelle mich vor meinen Spiegel und blicke mir fest in die Augen, um mir Mut zu machen. Das wohl wichtigste Gespräch meines Lebens steht an und ich bin mir sicher, das von heute an alles anders sein wird. Bisher konnte ich mich zumindest noch in der Lüge verlieren, dass wir eine völlig normale Familie sind. Ich atme noch ein letztes Mal tief durch, ehe ich mein Zimmer verlasse und unsere geschwungene Treppe hinunterlaufe.

Als ich in unserem Speisezimmer ankomme, blicken mir sofort drei Augenpaare entgegen. Meine Eltern wirken gut gelaunt und ein bisschen nervös, während ich Jules' Miene nicht deuten kann. Zögerlich setze ich mich an den viel zu langen Tisch und konzentriere mich auf das Muster der goldenen Barocktapete, um einen klaren Kopf zu bewahren.

Ich bilde mir ein, dass mich der ausgestopfte Fasan auf der antiken Kommode anklagend ansieht. Schnell wende ich den Blick ab, denn ich muss gegen meinen Willen wieder an die toten Augen von Alisha denken, die gebrochen ins Leere blicken. Ich bringe kein Wort über die Lippen und beobachte nur stumm, wie uns Jack das Essen auftischt.

„Alles in Ordnung mit dir, Schatz?", fragt meine Mutter und mustert mich.

Mein Vater nimmt bloß unbeeindruckt einen Schluck von seinem Chardonnay.

„Nein, es ist nichts in Ordnung", fauche ich mit einer Wut, die mich von einem Moment auf den nächsten überkommt.

Ich lasse mein Besteck klappernd auf den Teller fallen und schaue meine Eltern nacheinander finster an. Der Zorn kocht in meinen Adern, während mein Gesicht zu glühen scheint.

„Sharon, du bist ganz rot", stellt meine Mutter eher interessiert als besorgt fest.

Und dann geht plötzlich der Stuhl neben ihr in Flammen auf, was sie erschrocken zurückweichen lässt. Mein Vater steht seelenruhig von seinem Platz auf und holt einen Feuerlöscher aus der Küche. Ich starre nur schockiert in die Flammen und kann nicht fassen, dass ich das gewesen bin.

Als mein Vater das Feuer gelöscht hat und nur noch der verkohlte Stuhl zurückbleibt, blinzle ich, als würde ich gerade aus einer Trance erwachen.

„Es tut mir leid, das wollte ich nicht", stammle ich.

Schon möchte ich aufspringen und in mein Zimmer flüchten, da tritt meine Mutter neben mich und legt tröstend ihre Hand auf meine Schulter.

„Das ist völlig normal, mach dir keine Vorwürfe. Es wird eine Weile dauern, bis du deine Kräfte kontrollieren kannst. Und bis dahin ... was macht es schon aus, wenn ein paar antike und wertvolle Möbelstücke kaputt gehen?"

Sie zwinkert mir zu und ich kann mich zu einem unsicheren Lächeln durchringen.

„Könnt ihr mir nun bitte erzählen, was es mit dem Ganzen auf sich hat? Und weshalb ihr es mir all die Jahre verschwiegen habt?"

Nachdem meine Mutter mir liebevoll übers Haar gestrichen hat, geht sie zurück an ihren Platz. Sie nimmt einen großen Schluck von ihrem Rotwein, ehe sie nickt und sagt: „Wir sind dir Antworten schuldig. Du musst wissen, dass wir dich nur zu deinem eigenen Besten im Unklaren über das alles gelassen haben. Wir hatten Angst, dass du zu jung bist und die Kräfte dich überfordern. Darum haben wir dir die Tabletten gegeben, die deine Magie unterdrücken sollten.“

„Ich bin auch jetzt noch überfordert“, sage ich frustriert. „Wie hätte ich jemals für die Wahrheit bereit sein sollen? Vielleicht wäre es besser gewesen, wenn ich von Geburt an Bescheid gewusst hätte.“

Mein Vater blickt mich liebevoll an. „Deine Mutter und ich sind der Meinung, dass du vorbildlich mit der Situation umgehst. Natürlich bist du aufgebracht, aber ansonsten machst du deine Sache wirklich gut.“

Ich verdrehe die Augen, denn ich bin mir sicher, dass sie mit ihren Worten nur ihre Entscheidung, mir so vieles verheimlicht zu haben, rechtfertigen wollen. Dennoch beschließe ich, nicht darauf einzugehen, sondern mehr Informationen aus ihnen herauszulocken.

„Haben Jules und ich unsere magischen Kräfte von euch geerbt?“

Meine Eltern wechseln einen Blick, ehe meine Mutter antwortet: „Nein, ihr beiden seid die Einzigen in unserer Familie die magisch begabt sind.“

Sie zögert kurz, ehe sie fortfährt. „Wir wissen nicht, woher ihr eure Kräfte habt.“

In diesem Moment bin ich mir vollkommen sicher, dass sie lügt. Sie verheimlicht mir etwas, davon bin ich überzeugt.

„Rede keinen Unsinn“, werfe ich ihr vor. „Ihr wisst genau, woher unsere Magie stammt.“

Nun mischt sich Jules ein. „Sharon, rede nicht so mit unseren Eltern. Mum hat recht, sie wissen es nicht. In unserer Generation wurden in ganz Großbritannien Dutzende Kinder mit magischen Kräften geboren, ohne dass der Ursprung herausgefunden werden konnte – und wir alle wurden oder werden noch auf die Darkwood Academy geschickt."

Ich mustere meinen Bruder misstrauisch und weiß nicht, ob ich seinen Worten trauen kann. Einerseits klingt es logisch – zumindest so weit, wie Magie logisch sein kann. Aber dennoch werde ich das Gefühl nicht los, dass mir wieder einmal etwas verheimlicht wird.

Ich nehme einen Bissen von meinem Fasan, denn erst jetzt merke ich, wie hungrig ich bin. Außerdem brauche ich einen Moment zum Nachdenken, um die richtigen Fragen zu finden.

„Also gut, ich glaube euch", lüge ich. Vielleicht wird es einfacher, die Wahrheit herauszufinden, wenn sie sich in Sicherheit wiegen.

Mein Vater nickt zufrieden und widmet sich ebenfalls wieder seinem Essen. Jules hingegen starrt mich mit einem rätselhaften Ausdruck an. Vielleicht ist das einer unserer wenigen Zwillingsmomente, doch im Moment kann ich sein Misstrauen ganz und gar nicht gebrauchen.

„Beherrschen alle Jugendlichen auf der Darkwood Academy Magie?", frage ich, um Jules abzulenken. „Und weshalb werden all die grausamen Tode einfach in Kauf genommen?"

Ich kann meinen Eltern ansehen, dass sie gehofft haben, ich würde diese Frage nicht stellen.

„Du hast recht, diese Unfälle sind wirklich furchtbar", beginnt meine Mutter vorsichtig.

Es nervt mich, dass sie das Wort *Unfälle* benutzt, denn das verharmlost die Situation.

„Leider sind die Kräfte vieler Schüler schwer zu kontrollieren. Die Lehrer sind jedoch dabei, eine Lösung zu suchen, sodass es keine Opfer mehr geben muss. Und nicht alle Schüler sind magisch begabt – es ist eine wirklich gute Schule und Mrs McArren möchte es auch weniger privilegierten Jugendlichen ermöglichen, diese Bildung zu erhalten."

Ich runzle die Stirn, denn irgendwie kommt es mir so vor, als hätte meine Mutter diese Worte auswendig gelernt.

„Man sollte sie nicht dieser Gefahr aussetzen", sage ich wütend. „Auch die beste Bildung bringt nichts, wenn man die Schulzeit nicht überlebt."

Allmählich laugt mich dieses Gespräch aus, aber ich habe Angst, gar keine Antworten mehr zu bekommen, wenn ich es beende.

„Warum wusste Jules von unseren Kräften, aber ich nicht?", frage ich darum, ohne den säuerlichen Unterton in meiner Stimme unterdrücken zu können.

„Ganz einfach: Er hat es selbst herausgefunden", antwortet meine Mutter trocken.

Jules setzt in diesem Moment einen überheblichen Gesichtsausdruck auf, sodass ich am liebsten meine Kräfte nutzen würde, um seine Haare anzukokeln.

„Na super", murmle ich und frage mich gleichzeitig, ob ich entweder blind bin oder Jules einfach schlauer ist als ich.

Nun halte ich es doch nicht mehr am Esstisch aus und entferne mich ohne ein weiteres Wort aus dem Speisezimmer. Ich kann die leisen Stimmen meiner Familie hören – mit Sicherheit reden sie über mein inakzeptables Verhalten.

Mit müden Schritten schleppe ich mich die Treppe hoch und lasse mich in meinem Zimmer auf das antike Himmelbett fallen. Wie so oft in der letzten Zeit hebe ich meine Hände, um sie zu betrachten. Heute ist es wieder passiert, dass ich meine Magie benutzt habe, ohne sie kontrollieren zu können. Ich kann mir nicht vorstellen, dass ich es jemals schaffe, sie bewusst heraufzubeschwören. Doch Jules scheint es geschafft zu haben, denn er hat auf der Lichtung mit seinem Eis mein Feuer gelöscht.

Dieser Gedanke verleiht mir neuen Mut – zum einen, weil ich weiß, dass die Kontrolle möglich ist, aber auch, weil ich endlich mit meinem Zwillingsbruder mithalten können möchte.

Ich schließe die Augen und konzentriere mich auf jede Situation, in der ich es geschafft habe, das Feuer zu entfachen. Immer stärker fokussiere ich meine Aufmerksamkeit auf meine Hände, die ich noch immer in die Luft gestreckt halte. Irre ich mich, oder spüre ich ein leichtes Kribbeln?

Mir fällt ein, dass das Feuer stets aus mir herausgebrochen ist, wenn ich wütend oder panisch war, also lasse ich erneut die Szene von eben am Esstisch in meinem Kopf abspielen. Der überhebliche Blick meines Bruders. Die vagen Antworten meiner Eltern. Die offensichtliche Lüge meiner Mutter über die Herkunft meiner Kräfte. Der Hass fängt wieder an durch meine

Adern zu brodeln, und ich lächle triumphierend, als das Kribbeln an meinen Händen stärker wird.

Ich öffne meine Augen, und als ich auf meine Handflächen blicke, kann ich es kaum fassen. Ein rotes Glühen hat sich auf meiner Haut ausgebreitet, so als würde sie jeden Moment anfangen zu brennen. Obwohl ich keine Hitze spüre, ist dieser Anblick beängstigend.

Dann ist das Glühen plötzlich wieder weg und meine Handflächen sehen wieder so aus, als wäre es nie dagewesen. Dennoch weicht meine Zufriedenheit nicht, denn das war eindeutig der erste Schritt in die richtige Richtung.

Wenn ich so weitermache, werde ich bald mit Jules mithalten können – und ist es nicht so, dass Feuer stärker ist als Eis?

KAPITEL 11

Die ersten Tage der Ferien verbringen wir mit Ausflügen, bei denen wir uns selbst einen nicht existierenden Familienfrieden vorheucheln. Dennoch muss ich zugeben, dass es schön ist, mal wieder Zeit mit meinen Eltern und Jules zu verbringen, ohne dass mein Bruder von einer Schar Freunden umringt ist. Leider ist die Distanz zwischen uns trotzdem nicht gewichen und ich vermisse die alten Zeiten, in denen wir uns alles erzählen konnten.

Am Abend nach einem ausgiebigen Golfspiel, bei dem meine Mutter wie immer gewonnen hat, fasse ich mir darum ein Herz und klopfe an Jules' Zimmertür.

Als ich eintrete, wirkt er keinesfalls ablehnend, sondern sogar erfreut, was mir zusätzlich Mut macht. Ich setze mich auf den schwarzen Sitzsack, der früher mein Stammplatz war, während er sich auf seinem Gamingstuhl zu mir dreht. Auf seinem Computer läuft ein Fantasyspiel, bei dem er anscheinend in die Rolle eines Magiers geschlüpft ist. Was für eine Ironie.

„Was gibt es denn?", fragt Jules und beugt sich interessiert nach vorne.

„Darf ich nicht mal mehr Zeit mit meinem Bruder verbringen?", kontere ich mit einem verschmitzten Lächeln, obwohl ich weiß, dass seine Frage berechtigt ist.

Jules zieht skeptisch die Augenbrauen hoch, geht jedoch nicht weiter darauf ein.

„Der Tag heute hat Spaß gemacht“, sage ich ehrlich, um das Gespräch harmlos zu beginnen.

„Ja, es ist lange her, dass wir so viel Zeit miteinander verbracht haben“, erwidert mein Bruder. Ich kann ihm ansehen, dass er meinem Besuch in seinem Zimmer noch immer nicht ganz traut.

„Hör zu, Sharon, stell mir einfach deine Fragen“, fügt er genervt hinzu, was mich mehr verletzt, als ich mir selbst eingestehen will.

Um meine Gefühle zu verbergen, straffe ich meinen Rücken und verschränke die Arme vor der Brust. „Wer, glaubst du, ist für Alishas Tod verantwortlich?“

Jules stößt einen genervten Laut aus und dreht sich wieder zu seinem Computer. Ich höre das Klicken der Maus und das Hämmern der Tatstatur, doch der Bildschirm wird von seinem Oberkörper verdeckt.

Ich glaube schon, dass keine Antwort mehr kommen wird, als er endlich sagt: „Du wirst ohnehin nicht lockerlassen, bis ich es dir sage. Es war Tracy.“

Entsetzt reiße ich die Augen auf. Ich muss mich verhört haben. Tracy, die stets freundliche und hilfsbereite Leiterin des Literatur-Clubs soll Alishas Kehle zerfetzt haben?

„Bist du dir ganz sicher?“, frage ich schwach und hoffe von ganzem Herzen, dass Jules sich irrt.

Wieder pausiert er sein Spiel, und als er sich diesmal zu mir umdreht, ist seine Miene todernst. „Sie hat es mir selbst erzählt. Also ja: Ich bin mir sicher.“

„Was … was hat sie für Kräfte, dass sie zu so etwas in der Lage ist?“, presse ich hervor und muss mehrmals schlucken.

Wieder zögert Jules, ehe er antwortet, und starrt lange Zeit auf einen Punkt hinter mir.

„Sie ist eine Gestaltwandlerin. Sie kann sich in jedes Tier ihrer Wahl verwandeln, und da sie im Abschlussjahr ist, hat sie ihre Kräfte eigentlich schon sehr gut unter Kontrolle. Sie weiß selbst nicht, was über sie gekommen ist – normalerweise verwandelt sie sich nicht in Raubtiere, da sich dann ihre Triebe nur schwer unterdrücken lassen.“

Ich nicke und verkrampfe meine Hände ineinander. Ich möchte gar nicht daran denken, was für schreckliche Todesängste Alisha in den letzten Sekunden ihres Lebens ausgestanden haben muss.

„Verurteile sie bitte nicht dafür“, fügt Jules hinzu. „Normalerweise würde sie niemandem etwas zuleide tun. Ihre Lieblingsgestalt ist die eines Rehs, da sie als solches keine Fressfeinde hat, aber auch niemandem gefährlich werden kann.“

„Wundervoll“, murmle ich sarkastisch. Ich kann es schon jetzt kaum erwarten, bei jedem Schritt im Wald der Darkwood Academy Angst vor einer Bestie haben zu müssen.

Dann kommt mir jedoch eine neue Idee.

„Unterrichte mich in meiner Magie“, sage ich unvermittelt. „Bis die Herbstferien vorbei sind, will ich mich verteidigen können.“

Jules, der gerade Anstalten gemacht hat, sich wieder zu seinem Computer umzudrehen, blickt mich fassungslos an.

„Hier zu Hause wäre das zu gefährlich. Außerdem könnte uns jemand sehen.“

Ich mache eine wegwerfende Handbewegung. „Du weiß so gut wie ich, dass es auf dem Grundstück hier genug geeignete Plätze gibt, wo uns niemand stören wird. Also, keine Ausreden.“

Jules windet sich sichtlich unter meinem erwartungsvollen Blick und scheint verbissen nach einer Ausrede zu suchen.

„Wir werden zuerst Mum und Dad um Erlaubnis fragen“, gibt er schließlich nach. Seinem Blick nach zu urteilen bereut er seine Worte schon jetzt.

„Wunderbar“, antworte ich grinsend, denn ich habe vor, unsere Eltern so lange zu bearbeiten, bis sie nachgeben.

Ohne ein weiteres Wort gehe ich zur Tür, und als ich mich ein letztes Mal umblicke, freue ich mich über Jules' gequälten Blick.

Ich kann es schon jetzt kaum erwarten, stark genug zu sein, um mich mit ihm zu messen.

***

„An unserer Schule wütet eine Bestie“, eröffne ich das Gespräch mit meinen Eltern.

Sie sitzen in einem der vier Salons unseres Herrenhauses und blicken nun beide von ihren Zeitschriften auf.

„Das ist sehr besorgniserregend, aber was möchtest du uns damit sagen?“, fragt mein Vater und rückt sich die Lesebrille zurecht.

„Ich will damit sagen, dass ich in Gefahr bin. Und darum will ich, dass Jules mich in meiner Magie unterrichtet, damit ich mich verteidigen kann.“

Mein Vater räuspert sich mehrmals, während meine Mutter mit verkniffener Miene ihre Zeitung zur Seite legt.

„Auf unserem Grundstück wäre es viel zu riskant, da es keinen sicheren Ort gibt, um Magie zu trainieren", erklärt sie mit sanfter Stimme. „Das ist auf der Darkwood Academy anders. Da gibt es genügend abgelegene Stellen, wo du mit Jules üben kannst."

„Ich fühle mich dort aber nicht mehr sicher", starte ich einen erneuten Versuch. „Ich habe nicht vor, ein Feuerinferno zu entfachen, sondern möchte einfach nur wissen, wie ich die Flammen heraufbeschwören kann. Und sollte doch etwas passieren: Jules hat es schon mal ohne Probleme geschafft, mein Feuer mit seinem Eis zu löschen."

Meine Eltern tauschen einen unglücklichen Blick, der mir sagt, dass ihr Widerstand bröckelt.

„Bitte", setze ich noch hinterher und lächle so liebenswürdig ich kann.

Schließlich ist es mein Vater, der nachgibt. „Also gut. Ihr dürft auf der kleinen Insel im Teich trainieren. Allerdings darfst du nicht in Versuchung kommen, ein größeres Feuer zu machen."

„Und ihr nehmt einen Feuerlöscher mit", fügt meine Mutter mit besorgtem Gesicht hinzu.

Ich kann ein triumphierendes Grinsen kaum unterdrücken. „Ihr werdet es nicht bereuen."

„Wenn aber auch nur der kleinste Unfall passiert, wird das Training auf der Stelle gestrichen", warnt meine Mutter mit erhobenem Zeigefinger.

Ich nicke gehorsam und falle dann beiden um den Hals.

„Ich gehe Jules Bescheid sagen", verkünde ich fröhlich und freue mich schon jetzt auf seinen Gesichtsausdruck.

Mit Sicherheit hat er fest damit gerechnet, dass unsere Eltern sich gegen meinen Plan stellen.

***

„Du darfst dich nicht ablenken lassen", wiederholt Jules gefühlt zum hundertsten Mal, während ich verbissen versuche, das Feuer heraufzubeschwören.

„Du lenkst mich ab", fauche ich.

Ich bin kurz davor, in unser kleines Ruderboot zu springen und ans Ufer zurückzukehren. Die Ratschläge von Jules bringen mich kein Stück weiter und allmählich frage ich mich, ob er mich sabotiert. Wahrscheinlich versucht er immer noch, sich zu drücken, und hofft, dass ich aufgebe – doch diesen Triumph werde ich ihm nicht gönnen.

Also schließe ich erneut die Augen und versuche, alle Sinneseindrücke um mich herum auszublenden. Das Plätschern des Wassers. Das Vogelgezwitscher. Der harzige Geruch der Bäume. All das verschwindet langsam aus meinem Bewusstsein, bis ich nur noch meinen eigenen Herzschlag und Atem wahrnehme.

Jules hat mir zuvor empfohlen, meine Magie nicht von meinen Emotionen steuern zu lassen, da sie so leichter außer Kontrolle gerät. Also greife ich diesmal nicht auf das Gefühl von Wut zurück wie bei letzten Mal, als ich es geschafft habe, das Feuer heraufzubeschwören. Wie Jules es mir erklärt hat, stelle ich mir vor, wie die Magie von meinem Herzen aus durch meinen Körper strömt, bis in meine Hände.

162

Freudig reiße ich meine Augen auf, als ich die mittlerweile vertraute Wärme in meinen Fingern kribbeln spüre. Ich strecke meine sichtbar glühenden Hände aus, um sie Jules zu zeigen.

„Nicht schlecht", sagt er. „Nun musst du dieses Gefühl noch ausweiten. Du darfst nicht nachlassen, sondern musst deine Konzentration noch weiter steigern."

Ich nicke mit zusammengebissenen Zähnen und bin mir sicher, dass ich einen vor Anstrengung hochroten Kopf habe. Mein Atem beschleunigt sich und es fühlt sich an, als würde mein Herz jeden Moment aus meiner Brust springen.

Und dann ist sie da: eine winzige Flamme, die über meine Handfläche leckt und ein leichtes Kribbeln verursacht.

„Siehst du das?", frage ich überglücklich, doch genau in dem Moment, als meine Konzentration kurz nachlässt, ist die Flamme verschwunden.

Enttäuscht balle ich meine Hände zu Fäusten, aber Jules klopft mir anerkennend auf die Schulter. „Das war unglaublich gut für den Anfang."

„Ich habe schon mal ein Flammenmeer erschaffen, das hier ist nichts dagegen", grummle ich.

Jules schüttelt den Kopf. „Es war das erste Mal, dass du deine Magie nicht mithilfe deiner Emotionen genutzt hast. Das ist der perfekte Grundstein, um deine Kräfte irgendwann problemlos heraufbeschwören zu können."

„Na gut, dann glaube ich dir mal", sage ich mit einem leichten Lächeln.

Mit einem Mal holt mich die Erschöpfung ein.

„Ich denke, das reicht mir für heute“, füge ich widerwillig hinzu und gehe zurück zum Ruderboot.

Völlig ausgelaugt lasse ich mich auf den weichen Kissen zurücksinken, während Jules uns zurück zum Ufer bringt. Ich blicke in den strahlend blauen Himmel und kann kaum glauben, dass die Welt sich nicht verändert hat, während bei mir nichts mehr so ist wie zuvor. Noch vor wenigen Monaten hätte ich jeden ausgelacht, der behauptet, dass ich Magie beherrsche.

„Wie hast du es herausgefunden?“, frage ich unvermittelt.

„Mmh?“ Jules blickt mich irritiert an, auch wenn ich mir sicher bin, dass er genau weiß, was ich meine.

„Wie hast du herausgefunden, dass du Eis heraufbeschwören kannst? Gab es irgendeinen besonderen Vorfall?“

Ich zermartere mir den Kopf, ob ich mich an irgendein gravierendes Ereignis erinnern kann, doch mir fällt nichts ein.

Jules hält in den Ruderbewegungen inne und blickt an mir vorbei in die Ferne. „Ich habe mich mit einem Mitschüler geprügelt, und als er mir die Kehle zugedrückt hat, sind seine Hände plötzlich zu Eis geworden. Mum und Dad haben viel Geld fließen lassen, um das zu vertuschen. Dem Jungen mussten nämlich die Hände amputiert werden.“

Ein kurzes zufriedenes Lächeln huscht über Jules’ Lippen.

„Das ist immerhin besser, als eine riesige Schar von Mitschülern abzufackeln“, stelle ich trocken fest, woraufhin Jules auflacht.

Dann wird seine Miene jedoch schlagartig wieder ernst. „Du erinnerst dich vielleicht daran, dass ich mit Jenny im Wald war. Sie hat alles mitangesehen und wurde selbst nicht von den Flammen erwischt. Offiziell ist sie an einer Rauchvergiftung gestorben, aber in Wahrheit habe ich ihr Herz vereist."

Einen kurzen Moment lang kann ich meinen Bruder nur fassungslos anstarren. Auch wenn ein winziger, sadistischer Teil von mir sich darüber freut, dass er Jenny getötet hat, bin ich entsetzt über sein Geständnis. Ich hätte Jules niemals für eine Person gehalten, die absichtlich einen Menschen umbringen würde. Noch mehr als je zuvor habe ich das Gefühl, meinen eigenen Zwillingsbruder nicht mehr zu kennen.

„Sag doch was", sagt er leise. „Lass es mich nicht bereuen, dir das anvertraut zu haben."

Ich schlucke mehrmals, ehe ich endlich meine Sprache wiederfinde.

„Du hast es zu meinem Schutz getan", fasse ich die Situation zusammen und ich merke, dass diese Erkenntnis meinen Schrecken ein wenig weichen lässt.

Wäre Jenny am Leben geblieben, hätte sie jedem erzählt, wozu ich fähig bin – auch wenn ich mir sicher bin, dass ihr niemand geglaubt hätte. Aber man weiß ja nie.

„Richtig", sagt Jules und wirkt erleichtert über meine pragmatische Erklärung.

Wir blicken uns im stillen Einverständnis an, dieses Geheimnis zu bewahren. Vermutlich wissen meine Eltern ebenfalls davon und haben den Gerichtsmediziner bestochen, aber ich bezweifle, dass Jules seinen neuen

Freunden auf der Darkwood Academy davon erzählt hat.

Endlich spüre ich wieder diese Verbundenheit zwischen uns, die ich so sehr vermisst habe.

„Danke für alles", sage ich ehrlich und beuge mich vor, um meinen Bruder zu umarmen.

Er ächzt übertrieben und schiebt mich dann lachend von sich. „Gern geschehen, Schwesterherz. Du weißt, dass ich dich jederzeit beschützen werde, koste es, was es wolle."

Er sagt das in einem scherzhaften Ton, aber ich stelle seine Worte keinen Moment infrage. Auch wenn seine Methoden, mich zu beschützen, oft zweifelhaft sind, ist es schön, zu wissen, dass ich Jules nicht egal bin.

Am Ufer angekommen erblicke ich unsere Eltern, die auf uns zueilen. Die Besorgnis ist ihnen schon von Weitem anzusehen, was mich kaum hörbar aufstöhnen lässt.

„Wie war es?", fragt meine Mutter, als sie bei uns angekommen sind, und betrachtet mich von oben bis unten. Vermutlich sucht sie nach Brandwunden, Eisbeulen oder ähnlichem.

„Sie hat sich gut geschlagen", verkündet Jules, was mich stolz lächeln lässt.

Meine Erschöpfung ist mittlerweile in den Hintergrund gerückt und ich würde das Training am liebsten sofort fortsetzen.

„Es gab wirklich keine Unfälle?", erkundigt sich meine Mutter überflüssigerweise.

„Keine Sorge, mir geht es super", beruhige ich sie ungeduldig. „Weshalb seid ihr überhaupt hier? Nur um zu überprüfen, dass noch alle Gliedmaßen bei uns vorhanden sind?"

Meine Eltern wechseln einen Blick und lachen nervös.

„Wir haben Besuch", antwortet mein Vater. „Es ist Dr. McAshton, der gerne mit dir sprechen möchte."

Ich runzle die Stirn, denn Dr. McAshton ist unser Hausarzt, der mir auch immer meine Tabletten verschrieben hat.

„Ich denke, ich weiß, was der Grund dafür ist", sage ich grimmig und verschränke abwehrend die Arme vor der Brust. „Wann hattet ihr vor, mir zu sagen, dass er von allem weiß?"

„Er hätte es dir gleich selbst gesagt", stellt meine Mutter mit sanfter Stimme klar. „Außerdem bist du schlau – du brauchst nicht für alles eine Erklärung."

Ich weiß nicht, ob ich mich über diese Worte ärgern oder mich geschmeichelt fühlen soll. Also beschränke ich mich auf einen finsteren Blick in Richtung meiner Eltern und stapfe dann zurück zum Haus.

Ich finde Dr. McAshton im Blauen Salon, wo er Tee aus einer kunstvoll bemalten Teetasse trinkt. Unser Butler steht dezent neben der Tür, um die Wünsche unseres Gastes entgegenzunehmen.

„Danke, du kannst gehen", sage ich freundlich und lächle ihn an.

Er deutet eine Verbeugung an und schließt dann lautlos die Tür hinter sich.

Mit abwehrend verschränkten Armen setze ich mich auf den Sessel, der am weitesten entfernt von Dr. McAshton steht. Der Arzt ist ein alter Mann mit schütterem grauem Haar und einer runden Brille, die seine

Augen riesig erscheinen lässt. Mit dem buschigen Schnurrbart sieht er ein wenig wie Albert Einstein aus.

„Guten Tag, Sharon", sagt er und mustert mich dann neugierig.

Ich nicke bloß als Antwort, denn er soll endlich mit der Sprache herausrücken, weshalb er hier ist.

Als von mir nichts mehr kommt, räuspert sich Dr. McAshton und sagt: „Deine Eltern haben mir erzählt, dass du endlich über deine Kräfte aufgeklärt wurdest. Ich habe deinen Fall interessiert beobachtet und freue mich, dass wir endlich offen reden können."

Ich kann ein gehässiges Schnaufen nur schwer unterdrücken.

„Worüber sollten wir denn sprechen?", frage ich mit möglichst neutraler Stimme.

Seinem Blick nach zu urteilen hat der Arzt meine ablehnende Haltung jedoch bemerkt.

„Ich kann verstehen, dass du dich mit der ganzen Situation noch unwohl fühlst. Wenn du dich für all das noch nicht bereit fühlst, könnte ich dir neue Tabletten verschreiben."

„Nein", fahre ich ihn an, kaum dass er ausgesprochen hat. „Hätte ich schon früher von meinen Kräften gewusst, hätte ich sie nicht unterdrückt. Ihr alle habt dafür gesorgt, dass ich nicht über meine eigene Natur Bescheid wusste."

Dr. McAshton nickt und kritzelt dann irgendetwas auf seinen Notizblock. Seine Reaktion macht mich wütend und das schabende Geräusch seines Füllers macht es nicht besser. Meine Finger krallen sich ineinander und plötzlich kann ich das mittlerweile vertraute Kribbeln wieder spüren. Ich konzentriere mich auf meine

Atmung, denn das Letzte, was ich will, ist, den Salon mitsamt dem Arzt abzufackeln. Ich bin schon für genug Tode verantwortlich.

Als Dr. McAshton aufschaut, bin ich mir sicher, dass er genau weiß, was in mir vorgeht. Sein Blick huscht zu meinen Händen, die ich nun zwischen meine Knie klemme.

„Waren Sie es, der festgestellt hat, dass Jules und ich magisch begabt sind?", frage ich, um die Aufmerksamkeit von mir wegzulenken.

Der Arzt schiebt sich die Brille hoch und nickt dann langsam. „So ist es. Auch bei vielen deiner Mitschüler habe ich ihre Gaben diagnostiziert, denn ich habe mich auf Magie spezialisiert."

Diagnostiziert. Als hätten wir eine seltene Krankheit.

Erneut atme ich tief durch und ärgere mich darüber, wie schnell ich mittlerweile die Beherrschung verliere. Gleichzeitig fühle mich seit der Entfaltung meiner Kräfte irgendwie freier und ... lebendiger.

„Und wie konnten Sie das feststellen?", frage ich mit abweisender Stimme. „Habe ich schon als Baby etwas abgefackelt?"

Dr. McAshton lacht leise, auch wenn meine Worte nicht scherzhaft gemeint waren.

„Nein, nein, keine Sorge. Das Erste, was mich stutzig werden ließ, waren eure Körpertemperaturen. Während Jules stark unterkühlt zu sein schien, hast du förmlich geglüht. Trotzdem wart ihr beide kerngesund, also lag es auf der Hand, dass ihr keine gewöhnlichen Kinder seid."

Allmählich hat der Arzt doch mein Interesse geweckt und ich warte gespannt, dass er weitererzählt.

„Als ich dich längere Zeit beobachtet habe, stellte ich fest, dass du dich instinktiv von Feuer angezogen gefühlt hast, während sich dein Bruder vor allem im Winter am wohlsten gefühlt hat. Von da an war es nicht mehr schwer, eure Kräfte zu studieren, da ich wusste, worauf ich achten muss."

„Und wann wurden uns die Tabletten verschrieben? Gab es einen bestimmten Vorfall?"

Dr. McAshton nickt und nippt an seinem Tee.

„Keinen einzelnen, aber als ihr beiden etwa fünf Jahre alt wart, kam es immer häufiger vor, dass Sachen plötzlich anfingen Feuer zu fangen oder von Eis überzogen wurden. Da ihr zu jung wart, um eure Gefühle und damit die Magie in den Griff zu bekommen, war das Risiko, dass Menschen zu Schaden kommen könnten, zu groß. Also haben wir den Entschluss gefasst, eure Kräfte zu unterdrücken, bis der passende Moment zur Offenbarung gekommen war."

„Und der war reichlich spät", murmle ich so leise, dass der Arzt mich nicht hören kann.

Eine Weile fallen wir in unbehagliches Schweigen, bis ich wieder das Wort ergreife. „Sind Sie nur hier, um mir all das zu erzählen? Oder gibt es noch einen anderen Grund?"

Dr. McAshton faltet seine Hände auf dem Schoß und scheint nach den richtigen Worten zu suchen. „Ich würde dich gerne untersuchen, um herauszufinden, was sich seit der Offenbarung deiner Magie verändert hat. Dafür wäre besonders eine Blutprobe interessant."

Ich verschränke abwehrend die Arme vor der Brust, denn ich habe Untersuchungen schon immer gehasst.

Zum einen finde ich Nadeln furchtbar und zum anderen mag ich es einfach nicht, Menschen so nah an mich heranzulassen.

„Vielleicht ein anderes Mal", weiche ich aus. „Ich fühle mich heute etwas erschöpft und hätte gern meine Ruhe."

Ich weiß, dass ich die Untersuchung damit nur aufschiebe, aber dann habe ich zumindest Zeit, um mich mit dem Gedanken abzufinden. Ich fand Dr. McAshton schon immer ein wenig unangenehm – irgendetwas an ihm stößt mich zutiefst ab, ohne dass ich mir erklären kann, woran es liegt.

„In wenigen Tagen bist du wieder in der Darkwood Academy", erinnert er mich freundlich. In seiner Stimme liegt jedoch ein frostiger Unterton.

„Wir werden schon eine Gelegenheit finden", wehre ich ihn ab und stehe dann auf, um den Raum zu verlassen.

Gerade als ich die Klinke herunterdrücken will, höre ich schnelle Schritte hinter mir, und noch ehe ich die Situation erfassen kann, wird mir ein stinkender Lappen aufs Gesicht gedrückt. Ich schlage wild um mich und versuche zu schreien, doch ich bringe kaum einen Ton hervor.

Im nächsten Moment verliere ich das Bewusstsein.

KAPITEL 12

Auf dem Weg zurück in die Darkwood Academy blicke ich bloß teilnahmslos in die Landschaft, während die Autoscheibe von Nieselregen benetzt wird.

Seit dem Vorfall mit Dr. McAshton habe ich kaum ein Wort mit meinen Eltern gesprochen, denn sie waren es, die mich in diese Situation gebracht haben. Ich fühle mich befleckt, ausgenutzt und gedemütigt. Wie ein Forschungsobjekt. Ich erinnere mich voller Grauen an den Moment, als ich in meinem Bett aufgewacht bin, mit zerstochenen Armen und Kopfschmerzen. Vermutlich werde ich dieses Gefühl der Hilflosigkeit nie wieder vergessen.

Als wir schließlich auf die Einfahrt der Darkwood Academy fahren, atme ich hörbar auf. Ich kann es kaum erwarten, endlich von meinen Eltern wegzukommen und meine Freunde wiederzusehen. Selbst die Gefahren an dieser Schule kommen mir weniger schlimm vor als die Behandlung bei mir zu Hause.

„Schatz, bitte sprich doch mit uns", sagt meine Mutter, als das Auto hält und ich Anstalten mache auszusteigen.

Jules ist zum Glück ausnahmsweise nicht auf der Seite meiner Eltern und mischt sich nicht ein. Er tut so, als wäre er mit einem Spiel auf seinem Handy beschäftigt.

„Was soll ich denn sagen?", fauche ich. „Soll ich euch dafür danken, dass ihr mich ausgeliefert habt wie ein Versuchskaninchen?"

Die ganze angestaute Wut bricht nun endlich aus mir heraus, und in diesem Moment wäre es mir egal, wenn der geliebte *Rolls Royce* meiner Eltern in Flammen aufginge.

„Es war nur zu deinem Besten", antwortet meine Mutter sanft, woraufhin ich bloß ein fassungsloses Schnauben zustande bringe.

„Vermutlich hätten wir es anders angehen sollen", versucht mein Vater, die Situation zu retten. „Aber wenn du von Anfang an kooperiert hättest, wäre Dr. McAshton nicht zu diesem drastischen Schritt gezwungen gewesen."

Ich lache fassungslos auf und schüttle den Kopf. „Also ist es jetzt meine Schuld? Das war Missbrauch!"

Meine Kehle wird eng und nun kämpfen sich doch Tränen in mir hoch. Also reiße ich die Autotür auf und flüchte so schnell ich kann ins Freie. Zum Glück gehören wir zu den Ersten, die angekommen sind, sodass mir keine Schüler über den Weg laufen, bis ich mein Zimmer erreicht habe.

Ich werfe mich auf das Bett und erlaube mir dann endlich, meinen Tränen freien Lauf zu lassen. Am liebsten würde ich meinen Schmerz laut herausschreien, doch ich bringe nur ein ersticktes Schluchzen zustande.

Ich merke erst, dass Jules mein Zimmer betreten hat, als er sich neben mich setzt und mir sanft über den Rücken streicht. „Sie hätten das nicht tun dürfen, da bin ich ganz deiner Meinung. Manchmal haben sie eine sehr fragwürdige Moral."

Ich antworte ihm nicht, sondern drücke bloß mein tränennasses Gesicht ins Kissen.

„Vielleicht kann ich sie irgendwie zur Vernunft bringen", fährt mein Bruder fort. „Jedenfalls werde ich dafür sorgen, dass sie dir so etwas nicht wieder antun."

„Danke", piepse ich und schaffe es dann endlich, mich schwerfällig aufzusetzen.

„Keine Ursache, dafür bin ich doch da", erwidert Jules mit einem verlegenen Grinsen.

Wir zucken beide zusammen, als die Tür mit einem lauten Knall aufgestoßen wird und Aideen mit dramatischem Hüftschwung ins Zimmer kommt.

„Habt ihr mich vermisst?", ruft sie und legt eine theatralische Drehung hin.

Jules kann sich ein Prusten nicht verkneifen, doch ich bin einfach nur glücklich, meine Freundin wiederzusehen. Meine *beste* Freundin, wie mir in diesem Moment klar wird.

„Ich lasse euch dann mal allein", verkündet mein Bruder gönnerhaft und kann es anscheinend kaum erwarten, zu verschwinden.

„Wie waren deine Ferien?", fragt Aideen und setzt sich neben mich aufs Bett.

Ich presse die Lippen zusammen, denn ich kann ihr leider nicht die Wahrheit sagen. *Ich habe meine magischen Kräfte trainiert und dann kamen meine Eltern auf die Idee, mich einem Arzt auszuliefern, der mich mit irgendeiner Chemikalie betäubt hat.*

„Es gab ... Spannungen", sage ich stattdessen gequält, woraufhin Aideen zustimmend seufzt.

„Wem sagst du das. Meine Familie ist wie immer maßlos enttäuscht von mir. Ich habe noch nie ihren Vorstellungen entsprochen und werde es auch in Zukunft nie tun.“

Wieder einmal muss ich mir die Frage verkneifen, ob es dabei um ihre magischen Kräfte geht.

Meine Überlegungen werden jedoch unterbrochen, als sich unsere Tür erneut öffnet und ein fremdes Mädchen im Rahmen steht. Sie hat asiatische Gesichtszüge und blond gefärbte Haare sowie eine zierliche Figur. Ihre dunklen Augen huschen schüchtern zwischen uns hin und her.

„Seid ihr Sharon und Aideen?“

Als wir überrascht nicken, fügt sie hinzu: „Ich bin Ellie, eure neue Mitbewohnerin. Hoffentlich habt ihr nichts dagegen.“

Sie streicht sich verlegen eine Strähne hinter das Ohr und betritt dann mit ihrem Rollkoffer das Zimmer. Ich beobachte mit einem unguten Gefühl, wie sie an Sabrinas Bett tritt und dann ihre Sachen auspackt. Wird Ellie möglicherweise ebenso schnell in Gefahr geraten wie unsere ehemalige Mitbewohnerin – oder geht sogar von ihr selbst Gefahr aus?

So gerne würde ich mich über ihre Anwesenheit freuen, denn sie scheint wirklich nett zu sein, doch leider überwiegen meine dunklen Vorahnungen.

„Wie kommt es, dass du mitten im Schuljahr zu uns stößt?“, fragt Aideen mit fröhlicher Stimme, allerdings wirkt auch sie angespannt.

Ellie dreht sich zu uns um und hebt unglücklich die Schultern. „Meine Pflegefamilie hat ein neues Kind aufgenommen und wollte mich dann loswerden. Zum

Glück habe ich die Möglichkeit, auf die Darkwood Academy zu gehen, statt in eine neue schreckliche Familie gesteckt zu werden."

Das schwere Gefühl in meiner Brust wird noch intensiver. Ihre Geschichte ähnelt zu sehr der von Sabrina und Alisha; ein Mädchen ohne Familie, die sie vermissen würde.

In diesem Moment fasse ich einen Entschluss: Ich werde alles tun, um Ellie zu beschützen. Nun weiß ich immerhin, worauf ich achten muss, und könnte im Notfall zudem auf meine Kräfte zurückgreifen.

„Wir freuen uns, dich als unsere neue Mitbewohnerin zu haben", sage ich schnell, um meine finsteren Gedanken abzuschütteln. „Wenn du willst, können wir dir gleich die Schule zeigen. Ich selbst bin auch erst seit einem Monat hier."

Ellie lächelt mich dankbar an und vergräbt die Hände in ihrem dunkelroten, übergroßen Hoodie. „Das wäre super. Ich habe schon gesehen, dass hier unglaublich viele Katzen herumlaufen. Einfach himmlisch."

Zu dritt schlendern wir also kurz darauf durch die Flure, die mir mittlerweile so vertraut geworden sind. Zwar gibt es noch immer Bereiche in diesem verwinkelten Anwesen, die ich noch nicht ganz erkundet habe, aber dennoch fühle ich mich hier zu Hause. Vielleicht nun sogar mehr als an dem Ort, wo ich aufgewachsen bin.

***

Als ich mich allein auf den Weg zum Abendessen mache, da Ellie und Aideen bereits vorgegangen sind,

176

werde ich plötzlich von hinten in einen kleinen unbenutzten Raum gezogen. Ich gebe einen überraschten Laut von mir, doch der wird sofort von einer Hand auf meinem Mund erstickt.

„Keine Panik, ich bin es nur", ertönt eine vertraute Stimme, die mein Herz hüpfen lässt.

Ich drehe mich um und blicke in Elays Gesicht. Kurz überkommt mich der Drang, ihn einfach zu küssen, doch zum Glück kann ich ihm widerstehen.

„Schön, dich zu sehen", sage ich stattdessen schüchtern und setze mich auf einen Schreibtisch, der ebenso wie die vielen Stühle in diesem Raum mit einem weißen Laken abgedeckt wurde.

„Ich wollte gerne mit dir allein sprechen, ehe wir uns im Speisesaal über den Weg laufen", erklärt Elay und streicht sich verlegen durch die blonden Haare.

Auch wenn nur das Mondlicht durch das Fenster fällt, kann ich den unwiderstehlichen Schwung seiner Lippen erkennen, was mich schwer schlucken lässt. Ich muss mich zusammenreißen, denn ich möchte nicht, dass das Gleiche passiert wie beim letzten Mal.

„Worüber möchtest du denn reden?", krächze ich und muss mich räuspern.

„Ich möchte einfach, dass es wieder so wird wie zuvor. Also zwischen uns beiden", gibt Elay zu. Er beginnt, durch den Raum zu wandern, und blickt dann aus dem Fenster. „Was ich meine, ist, ... ich habe in den Ferien viel nachgedacht. Wenn es dir nichts ausmacht ... also, ich wäre gerne mit dir zusammen."

Er dreht sich wieder zu mir um und geht einen vorsichtigen Schritt auf mich zu, während ich nicht fassen kann, was er da gerade gesagt hat.

„Du möchtest mit mir zusammen sein?“, wiederhole ich perplex, woraufhin Elay schüchtern nickt.

Ich gebe einen undefinierbaren Laut von mir und springe dann auf, um ihm in die Arme zu fallen. Überglücklich vergrabe ich mein Gesicht an seiner Schulter und bin mir sicher, jeden Moment vor Freude loszuheulen.

Elay legt die Arme um mich und streicht mir sanft über den Rücken. Niemals hätte ich auch nur zu träumen gewagt, einen solchen Moment erleben zu dürfen.

„Darf ich dich küssen?“, frage ich mit Tränen in den Augen und in diesem Augenblick ist es mir vollkommen egal, was passieren könnte. Jede Vernunft ist verschwunden, denn ich wünsche mir nichts sehnlicher, als Elays Lippen auf meinen zu spüren.

Als Antwort löst er sich aus unserer Umarmung und beugt sich zu mir hinab, bis unsere Lippen aufeinandertreffen. Ich schließe die Augen und bin mir sicher, dass ich noch nie zuvor so glücklich gewesen bin.

„Wir verpassen noch das Essen“, murmelt Elay und ich kann hören, dass er lächelt.

Er lehnt seine Stirn gegen meine und ich genieße diesen letzten Moment der ungestörten Zweisamkeit, ehe wir in das wahre Leben zurückkehren.

„Wollen wir unsere Beziehung noch eine Weile für uns behalten?“, fragt Elay, während er seine Finger mit meinen verschränkt.

Zum ersten Mal denke ich nun darüber nach, was Jules von der Sache halten wird. Ohne Zweifel wird er versuchen, mein Glück schlechtzureden.

„Ich denke, wir sollten es noch eine Weile genießen, ehe die Welt davon erfährt", antworte ich und versuche, es scherzhaft klingen zu lassen, doch sicherlich ist meine Besorgnis deutlich herauszuhören.

Elay nickt jedoch nur, und nachdem er mir noch mal einen flüchtigen Kuss auf die Lippen gedrückt hat, verlassen wir gemeinsam das Klassenzimmer. Auf den Fluren ist es vollkommen still, was wohl bedeutet, dass wir die Letzten auf dem Weg zum Speisesaal sind.

Kurz bevor wir ihn erreicht haben, lässt Elay meine Hand los. „Geh am besten vor, damit niemandem auffällt, dass wir gemeinsam zu spät kommen."

„Wollen wir uns heute Nacht noch mal treffen?", frage ich mit aufgeregt pochendem Herzen. „Vielleicht auf eine Partie Schach?"

Elay lächelt schief und antwortet: „Ich kann es kaum erwarten, dich diesmal zu besiegen. Um Mitternacht im Schachsalon?"

Ich nicke und bemerke, wie Wärme in meine Wangen steigt. Schnell drehe ich mich um und gehe zum Essenssaal. Währenddessen kann ich Elays Blick deutlich im Rücken spüren.

***

Ich bin bereits eine Viertelstunde früher in den Schachsalon gekommen, denn ich möchte etwas ausprobieren.

Mit bedächtigen Schritten gehe ich zu dem Kamin aus schwarzem und weißem Marmor, fülle ihn mit Holzscheiten und strecke dann meine Hände aus. Wie Jules es mir beigebracht hat, versuche ich, alle Eindrücke und Emotionen auszublenden, um nur meinen

Körper zu spüren. Diesmal fällt es mir jedoch schwerer, meine Gedanken zum Schweigen zu bringen, da ich ununterbrochen an Elay denken muss.

Dann schaffe ich es endlich, meine Konzentration auf das Ticken der antiken Standuhr zu lenken, ehe ich auch das ausblende. Nun gibt es nur noch mich und das Pochen meines Herzens. Ich stelle mir vor, wie es das Blut durch meine Venen pumpt.

Dann spüre ich endlich das Kribbeln in meinen Händen und die leichte Wärme in meinen Fingern. Ich öffne meine Augen und gehe in die Hocke, um die Scheite im Kamin zu berühren. In meinen Gedanken sehe ich, wie meine Energie in das Holz fährt und sich die Hitze so lange ausbreitet, bis das Feuer entsteht.

Tatsächlich erscheint im nächsten Moment ein starkes Glühen. Ich kann meinen Triumph gerade noch zurückhalten, denn er würde mich bloß ablenken. Mit vor Anstrengung zusammengekniffenen Augen starre ich auf das glimmende Holz und setze alles daran, meine Konzentration nicht abbrechen zu lassen.

Und dann passiert es endlich: Die Scheite beginnen zu brennen. Erschöpft und überglücklich lasse ich mich zurücksinken, während die Flammen knistern und immer größer werden.

„Das war unglaublich", höre ich Elays anerkennende Stimme hinter mir. Ich habe nicht mitbekommen, dass er den Raum betreten hat.

Während ich aufstehe und zu ihm gehe, beginnt die Standuhr zwölfmal zu schlagen – doch das höre ich nur ganz nebenbei, weil Elay mich in seine Arme zieht und sich unsere Lippen zu einem innigen Kuss treffen.

Der Stolz über meinen Erfolg und das Glück, das ich in seiner Nähe empfinde, vermischen sich zu einem unglaublichen Gefühl, nach dem ich süchtig werden könnte. Ich dränge mich noch näher an Elay und vergrabe meine Hände in seinen Haaren, bis er mich vorsichtig von sich schiebt.

„Nicht so schnell", sagt er atemlos und mit rauer Stimme. „Ich darf nicht noch mal die Kontrolle verlieren."

Ich nicke reuevoll und beiße mir auf die Lippe. So gerne würde ich da weitermachen, wo wir aufgehört haben.

„Was ist denn nun mit dem Schachspiel, das du mir versprochen hast?", fragt er mit neckender Stimme. Seine Wangen sind noch immer gerötet und ich kann mich nur schwer von diesem Anblick lösen.

„Meinetwegen kann es losgehen", antworte ich grinsend und setze mich auf die Seite der weißen Spielfiguren.

„Schwarz beginnt, Weiß gewinnt", verdrehe ich siegessicher seine Worte von vor unserem letzten Spiel.

Elay setzt sich mir gegenüber und macht dann seinen ersten Zug. Schnell merke ich, dass er mir diesmal überlegen ist, er scheint sich meine Technik genau eingeprägt zu haben. Hinzu kommt, dass ich immer wieder von meinen Gefühlen abgelenkt werde. Statt mich auf das Spiel zu konzentrieren, verliere ich mich ständig in Elays grauen Augen, die ruhelos über die Figuren huschen.

Und so kommt es, dass er mich bereits nach kurzer Zeit schachmatt gesetzt hat.

„Hast du mich mit Absicht gewinnen lassen?“, fragt er mit gespielt vorwurfsvoller Stimme.

„Ja, genau so war es“, sage ich und hüstle theatralisch. „Natürlich hätte ich dich sonst mit Leichtigkeit besiegt.“

Wir stehen beide auf und lassen uns dann eng umschlungen vor dem Kamin nieder. Verträumt blicke ich in die tanzenden Flammen und kann es kaum glauben, dass ich sie heraufbeschworen habe. Wenn es nach mir ginge, würde diese wunderschöne Nacht niemals enden.

Ich lege meinen Kopf auf Elays Schulter und streiche sanft über seinen Nacken – bis meine Finger an der Kette verharren, die unter dem Kragen seines schwarzen Hemdes hervorlugt. Ich war in der letzten Zeit so sehr mit meiner neuentdeckten Magie beschäftigt, dass ich nicht mehr an die mysteriösen Schlüsselketten gedacht habe, die sowohl Jules als auch Elay und viele andere meiner Mitschüler tragen.

Ich rücke ein Stück von Elay weg, und als er mich fragend anschaut, beschließe ich, ihn direkt zu konfrontieren. Sicherlich wird er mir gegenüber ehrlicher sein als mein Bruder.

„Was bedeutet dieser Schlüssel?“, frage ich und streiche das kühle Metall der Kette entlang.

Er erschaudert unter meiner Berührung, sein Blick wird ein wenig abweisender.

„Ich weiß nicht, ob du schon bereit bist ...“

„Ernsthaft?“, zische ich und funkle ihn an. „Ich dachte, wir sind endlich durch mit den ganzen Geheimnissen.“

Elay blickt mich entschuldigend an und holt dann
nach kurzem Zögern den Schlüssel unter seinem Hemd
hervor. Er betrachtet ihn eine Weile, bis er mir endlich
antwortet.

„Du hast recht, diese Geheimnistuerei nervt wirklich.
Aber ich habe so etwas wie eine Schweigepflicht, deswegen kann ich dir nur verraten, dass der Schlüssel das
Erkennungszeichen für einen Club ist. Ich bin mir allerdings sicher, dass du bald ebenfalls eine Einladung
erhalten und dann endlich über alles aufgeklärt wirst."

Ich ziehe vor Überraschung meine Augenbrauen
hoch, auch wenn das definitiv Sinn ergibt. Leider heizt
Elays Erklärung meine Neugierde nur noch weiter an.
Dennoch beschließe ich, nicht weiter nachzuhaken,
denn ich möchte kein Risiko eingehen, doch niemals in
das Geheimnis eingeweiht zu werden.

„Ich denke Mal, dass es in diesem Club um Magie
geht", rate ich aufgeregt.

Elay hebt die Schultern, aber seinem leichten Lächeln
nach zu urteilen liege ich richtig.

„Wir sollten nun langsam schlafen gehen", sagt er
schließlich und haucht mir einen liebevollen Kuss auf
die Stirn.

Erst jetzt merke ich, wie müde ich bin, und kann nur
schwer ein Gähnen unterdrücken.

„Morgen wieder um die gleiche Zeit?", frage ich, aber
Elay schüttelt bedauernd den Kopf.

„Übermorgen ist leider wieder Unterricht und ich bin
auch schon müde genug, wenn ich früh schlafen gehe.
Wollen wir stattdessen nachmittags im Wald spazieren
gehen?"

Ich willige glücklich ein, und nachdem wir uns noch ein letztes Mal innig geküsst haben, gehen wir zu unseren Schlafräumen.

Mit einem breiten Grinsen schleiche ich ins Zimmer – und halte entsetzt inne, als ich Aideen vor dem Fenster stehen sehe. Ihr weißes Nachthemd leuchtet gespenstisch im Mondlicht und lässt sie aussehen, als wäre sie geradewegs aus einem meiner Horrorbücher gestiegen.

Mein Blick wandert weiter zu Ellie, die friedlich schlafend im Bett liegt. Aber sind das nicht Schweißperlen, die da auf ihrer Stirn glitzern?

Ungeachtet der Tatsache, dass man Schlafwandler nicht wecken soll, gehe ich mit schnellen Schritten zu Aideen und rüttle sie an den Schultern. Sofort schlägt sie die Augen auf, um mich völlig weggetreten anzustarren.

„Aideen, wach auf", sage ich verzweifelt, doch sie gibt noch immer keinen Laut von sich. Ihre Miene ist völlig ausdruckslos.

Schließlich geht sie einfach los, drängt sich an mir vorbei und steuert ihr Bett an. Sie lässt sich darauf nieder und zieht mit einer ruckartigen Bewegung die Decke über sich.

Noch lange stehe ich so in der Dunkelheit und jedes Glück ist aus meinem Körper gewichen. Ich kann nur daran denken, dass sich der Schrecken zu wiederholen scheint.

KAPITEL 13

Als ich Aideen am nächsten Tag erneut auf ihr Schlafwandeln anspreche, kann sie sich an nichts erinnern. In ihren Augen liegt jedoch ein beunruhigtes Glitzern, was mich vermuten lässt, dass sie genau weiß, dass es kein gutes Zeichen ist.

Immer wieder mustere ich verstohlen Ellies Gesicht, um herauszufinden, ob das Gleiche mit ihr passiert wie mit Sabrina. Zum Glück scheint sie jedoch kerngesund zu sein, auch wenn ich mir immer wieder einbilde, irgendwelche Krankheitszeichen an ihr zu erkennen.

Mittags sitzen Ellie, Aideen und ich in der Bibliothek, um unserer neuen Mitbewohnerin einen Überblick über den Unterrichtsstoff zu verschaffen. „Zum Glück scheint alles so ziemlich das gleiche Zeug zu sein wie in meiner vorherigen Schule", sagt Ellie erleichtert, nachdem sie unsere Unterlagen durchgeblättert hat.

„Wo hast du vorher gewohnt?", fragt Aideen und beugt sich neugierig nach vorne.

Mir fällt auf, dass sie Ellie mit einem Blick anschaut, den sie zuvor bloß Madeline geschenkt hat. Erst jetzt wird mir bewusst, dass ich die beiden nicht mehr zusammen gesehen habe, seit wir aus den Herbstferien zurückgekehrt sind.

„In Edinburgh", antwortet Ellie mit verträumter Stimme und stützt ihr Gesicht auf die Hände. „Ich habe es dort geliebt. Leider war dafür meine Pflegefamilie furchtbar."

Ich runzle die Stirn, als Aideen mitfühlend ihre Hand auf Ellies Arm legt. Sobald wir allein sind, werde ich sie darauf ansprechen, denn ich habe die Befürchtung, dass zwischen ihr und Madeline Schluss ist.

Abgelenkt von einer Bewegung im Augenwinkel drehe ich meinen Kopf. Es ist Finn, der durch die Tür der Bibliothek tritt. Sein Blick huscht suchend umher und bleibt schließlich an mir hängen.

Am liebsten würde ich im Boden versinken, denn ich bin ihm seit unserer Ankunft bewusst aus dem Weg gegangen. Mir ist klar, dass er mir viele Fragen stellen wird, und eigentlich bin ich es ihm schuldig, sie zu beantworten. Ich mag ihn weiterhin sehr gern, aber es wird mir schwerfallen, so zu tun, als wäre ich noch immer ahnungslos was die Geheimnisse der Darkwood Academy angeht.

„Sharon, hast du kurz Zeit?", fragt Finn, als er an unseren Tisch tritt.

„Ja klar, wir sind gerade fertig geworden", antwortet Aideen an meiner Stelle, woraufhin ich ihr unauffällig einen säuerlichen Blick zuwerfe. Sicherlich will sie bloß mit Ellie allein sein.

Mit einem gezwungenen Lächeln stehe ich von meinem Platz auf und gehe gemeinsam mit Finn zu einem anderen Tisch.

Als wir uns gesetzt haben, frage ich mit gedämpfter Stimme: „Hast du etwas Neues herausgefunden?"

„Ich habe noch immer keine Erinnerungen an jene Nacht", offenbart Finn mir unglücklich. „Aber ich habe zu Hause seltsame Notizen von mir gefunden, die ich noch nicht so recht deuten kann. Ich bin momentan dabei zu versuchen, mir einen Reim darauf zu machen."

„Darf ich sie sehen?", frage ich mit wild pochendem Herzen, denn vielleicht ist Finn tatsächlich hinter das Geheimnis gekommen.

Er reicht mir ein in braunes Leder gebundenes Notizbuch, woraufhin ich die Seite aufschlage, auf die er ein Lesezeichen gelegt hat. Es dauert eine Weile, bis ich seine Schrift entziffert habe – er hat wild irgendwelche Wörter hingekritzelt, von denen sich einige sogar überlappen. Ohne Zweifel war er sehr aufgeregt, als er sie niedergeschrieben hat.

Schließlich kann ich jedoch ein paar Worte erkennen, die einen dicken Kloß in meinem Hals entstehen lassen.

Magie. Morde. Geheimclub. Magicae Noctis.
Lediglich die letzten beiden Begriffe sagen mir nichts, aber ich vermute, dass sie lateinisch sind.

„Hast du schon eine Vermutung, was der Sinn hinter alldem ist?", frage ich und verschränke meine zitternden Hände ineinander.

„Nun ja, Magie gibt es nicht, richtig?", erwidert Finn mit einem nervösen Lachen, in das ich ebenso angespannt einstimme. „Aber irgendetwas in meinem Hinterkopf sagt mir, dass alles möglich ist. Und dass wir vielleicht in Gefahr sind."

Ich senke meinen Kopf, um mich nicht zu verraten, denn damit hat er leider allzu recht.

Finn lehnt sich seufzend zurück und lässt nachdenklich seinen Blick durch die Bibliothek schweifen. Plötzlich versteift er sich und verengt die Augen zu Schlitzen. Als ich mich umdrehe, entdecke ich Henry, der sich zwischenzeitlich an den Tisch hinter mir gesetzt haben muss. Er erwidert Finns Blick und wirkt zutiefst erschrocken. Ich fühle mich an den Tag vor Halloween zurückversetzt, denn da hat Finn ähnlich auf Henry reagiert.

„Was ist los?", frage ich mit gesenkter Stimme. „Erinnerst du dich doch an irgendetwas?"

Finn wirkt, als hätte ich ihn aus einer Trance gerissen, und schüttelt zerstreut den Kopf. „Ich ... weiß nicht. Ich glaube, ich hatte so etwas wie ein Déjà-vu."

Als ich mich erneut zu Henry umdrehe, ist er verschwunden. Nun bin ich mir noch sicherer als zuvor, dass zwischen den beiden etwas vorgefallen ist. Da Finn sich scheinbar nicht richtig erinnern kann, beschließe ich, Henry bei Gelegenheit zur Rede zu stellen. Ich bin überzeugt, dass er mehr weiß, als man bei seinem Alter vermuten würde. Bei ihm könnte ich es mir sogar gut vorstellen, dass er ebenfalls magisch begabt ist – vielleicht geht er auch deswegen schon in seinen jungen Jahren auf diese Schule.

„Lass uns morgen nach dem Unterricht noch mal über das Ganze sprechen", murmle ich abwesend und Finn scheint sogar erleichtert zu sein.

Er drückt sich seine Ledertasche gegen die Brust und läuft dann so schnell aus der Bibliothek, als wäre er auf der Flucht. Was vermutlich auch zutrifft, denn wenn er wirklich keine magische Begabung hat, ist er in noch viel größerer Gefahr als ich.

***

„Was ist eigentlich mit dir und Madeline los? Ich habe euch beide nicht mehr zusammen gesehen", frage ich

Aideen nach dem Mittagssnack, den wir jeden Tag auf das Zimmer gebracht bekommen.

Ellie ist noch mit dem Musik- und Theater-Club unterwegs, sodass ich meine Freundin nun endlich darauf ansprechen kann.

Aideen lässt die Schultern hängen und wirkt mit einem Mal unendlich traurig. „Madeline hat in den Ferien per SMS Schluss gemacht. Sie hat sich wieder mit ihrer Ex-Freundin getroffen und festgestellt, dass sie noch Gefühle füreinander haben. Deswegen ist sie auch nicht auf die Darkwood Academy zurückgekehrt."

Eine einsame Träne rollt ihr über die Wange, was mich meine Frage beinahe bereuen lässt. Aber früher oder später wäre es ohnehin rausgekommen.

„Das tut mir so unendlich leid", sage ich und ziehe Aideen in eine feste Umarmung. „Anscheinend können nicht nur Jungs Arschlöcher sein."

Meine Freundin nickt schniefend und tupft sich mit einem schwarzen Taschentuch die Tränen weg. „Nun aber genug geweint. Mein Augen-Make-up darf nicht verwischen."

Ich schnaufe amüsiert, denn das ist durch und durch die Aideen, die ich kenne.

Am liebsten würde ich noch mehr Zeit mit ihr verbringen, doch bei einem Blick auf meine Armbanduhr stelle ich fest, dass mein Date mit Elay in einer Viertelstunde beginnt. Schnell bürste ich mir die Haare und lege ein wenig Make-up auf, während Aideen mich belustigt beobachtet.

„Triffst du dich etwa mit einem Jungen?"

Als ich ertappt beim Tuschen meiner Wimpern inne-
halte, lacht sie triumphierend auf. Von ihrer vorherigen Traurigkeit ist ihr nichts mehr anzumerken.

„Ich wette, es ist Elay. Habe ich recht?"

Ich belasse es bei einem Schweigen und ihrem breiten
Grinsen nach zu urteilen reicht ihr das als Antwort.

„Seid ihr beiden jetzt zusammen? Oh, ihr seid so ein
süßes Paar!"

„Du bist unmöglich", sage ich mit einem gutmütigen
Lächeln. „Ich muss jetzt aber schnell los. Sonst komme
ich zu spät."

„Und du willst Elay ja nicht warten lassen", fügt
Aideen mit wackelnden Augenbrauen hinzu.

Nachdem ich ihr noch einen letzten gespielt vernich-
tenden Blick zugeworfen habe, schlüpfe ich in meinen
dunkelgrünen Parka und meine Gummistiefel, die mir
bis zu den Knien reichen. Draußen nieselt es immer
wieder, sodass der Waldweg sicherlich komplett mat-
schig ist.

„Viel Spaß", flötet Aideen noch, ehe ich aus dem Zimmer stürme, den Flur entlanglaufe und die Treppe hin-
unterpoltere.

Wenig elegant bleibe ich in der Eingangshalle vor
Elay stehen, der so aussieht, als hätte er schon eine
Weile auf mich gewartet.

„Nettes Outfit", stellt er fest und betrachtet grinsend
meine quietschgelben Gummistiefel. „Ich würde sagen,
damit verstößt du gegen die Kleiderordnung. Du Rebellin."

„Ab und zu macht es Spaß, die Regeln zu brechen", erwidere ich und hake mich dann bei ihm ein.

Gemeinsam treten wir ins Freie, wo mein Gesicht sogleich vom Nieselregen benetzt wird. Obwohl das Wetter ein Schaudern durch meinen Körper schickt, beschließe ich, mir davon nicht die Laune verderben zu lassen.

„Erzähl mir drei Dinge über dich, die ich noch nicht weiß", fordere ich Elay auf, als wir in den Wald gelangt sind, wo die Bäume den Regen glücklicherweise größtenteils abfangen.

„Hmm, lass mich nachdenken. Punkt eins: Ich bin absolut süchtig nach Kaffee. Wenn ich mal einen Tag keinen trinke, bin ich zu nichts zu gebrauchen."

Ich kichere und bin froh, dass er auf meine Herausforderung eingeht.

„Zweiter Punkt: In meiner Kindheit hatte ich ein Hausschwein namens Günther. Ich habe ihn manchmal sogar heimlich mit in mein Bett genommen und wenn meine Eltern das herausgefunden haben, gab es jedes Mal riesigen Ärger."

Nun kann ich ein Prusten nicht mehr zurückhalten. „Günther? Wer kam denn auf diesen Namen?"

Elays Lächeln verblasst und ich weiß sofort, dass ich die falsche Frage gestellt habe. Ohne Zweifel war es sein Bruder.

„Dann wäre da noch Punkt drei", fährt Elay dann jedoch fort, als wäre nichts gewesen. „Anscheinend stehe ich auf Mädchen mit gelben Gummistiefeln, die gerne die Regeln brechen."

Ich blicke lächelnd zu ihm auf, woraufhin er mich an sich zieht und sanft seine Lippen auf meine drückt. Dieses Date ist absolut perfekt und zum Glück konnte daran auch meine ungeschickte Frage nichts ändern.

„Jetzt bist du dran“, sagt Elay, als wir uns wieder voneinander gelöst haben. „Drei Dinge, die ich nicht über dich weiß.“

„Lass mich überlegen. Dass ich Horrorbücher, Schach und Katzen liebe, weißt du ja schon. Ach ja, wenn ich mich entspannen möchte, löse ich manchmal Sudokus oder übe Kalligrafie. In beidem bin ich allerdings eher mittelmäßig.“

„Dafür bist du im Schach umso besser“, wirft Elay ein und legt den Arm um meine Schulter, was mein Herz sofort wieder hüpfen lässt.

„Ein zweiter Fakt über mich: Mein Musikgeschmack ist sehr wirr. An manchen Tagen höre ich gerne Metal oder Hard Rock, hin und wieder liebe ich aber auch sanfte Popmusik wie von Lana Del Rey. Das kommt ganz auf meine Stimmung an.“

Gerade möchte ich mit meinem letzten Punkt fortfahren, als sich Elay mit verzogenem Gesicht den Finger auf die Lippen legt. „Ich glaube, ich habe etwas gehört.“

Wie angewurzelt bleibe ich stehen und mir wird bewusst, dass wir uns in der Nähe der Stelle befinden, wo ich Alisha gefunden habe. Sofort werde ich von Angst überwältigt, auch wenn ich mich mit Elay an meiner Seite einigermaßen sicher fühle.

Dann höre ich es auch. Das Knacken im Unterholz.

„Stell dich hinter mich“, zischt Elay und streckt die Hände in Richtung der Schatten der Bäume aus.

„Kommt nicht infrage“, erwidere ich und bleibe neben ihm stehen. „Ich kann mich mittlerweile auch verteidigen.“

Er wirft mir zwar einen unzufriedenen Seitenblick zu, aber widerspricht nicht.

Das Knacken kommt näher und wenige Augenblicke später erscheint eine schemenhafte Gestalt zwischen den Farnen. Eine große, dunkle und pelzige Gestalt. Ich merke kaum, wie ich meine Hand in Elays Arm kralle, und ich kann gerade noch dem Impuls widerstehen, mich doch hinter ihm zu verstecken.

Und dann schießt plötzlich die Gestalt aus dem Unterholz direkt auf uns zu. Ich schreie auf, denn es handelt sich um einen riesigen Bären.

„Tracy, stopp!", ruft Elay, doch das Geschöpf bleibt nicht stehen.

Im nächsten Moment beginnen die Schatten um uns herum lebendig zu werden. Ich beobachte gleichermaßen schockiert und fasziniert, wie sie sich um den Körper des Bären schlingen und er zu Boden geworfen wird. Das Tier brüllt wütend und windet sich, doch die Schatten scheinen stärker zu sein.

„Tracy, komm zu dir!", versucht es Elay erneut und geht auf den Bären zu.

Er hebt beschwichtigend die Hände und tatsächlich wird das Tier – oder vielmehr Tracy – ruhiger. Unwillkürlich halte ich den Atem an, während Elay immer näher an es herantritt.

Doch dann, so schnell, dass ich nicht reagieren kann, gelingt es Tracy, sich loszureißen. Ich schreie entsetzt auf, als die massige Tiergestalt sich auf Elay wirft und ihn zu Boden reißt. Einen Augenblick lang, der mir wie eine Ewigkeit vorkommt, kann ich die Szene bloß wie versteinert beobachten. Mein Freund ist in Lebensgefahr und ich kann mich nicht rühren.

Als der Bär jedoch anfängt, in Richtung von Elays Hals zu schnappen, während Elay verzweifelt versucht, ihn fernzuhalten, löse ich mich endlich aus meiner Erstarrung. Mit einem beinahe schon animalischen Brüllen stürme ich auf die beiden sich ringenden Gestalten zu und stoße mich mit voller Kraft gegen den pelzigen Körper.

Elay schafft es daraufhin tatsächlich, sich zur Seite zu rollen, doch dafür hat Tracy es nun auf mich abgesehen. Sie stellt sich auf die Hinterbeine, holt mit ihrer Pranke aus und lässt sie auf mich niederfahren.

Was im nächsten Moment passiert, nehme ich wie in Zeitlupe wahr. Ein Schatten schnellt auf den Bären zu, schlingt sich um seinen Hals und beginnt ihn zu würgen. Tracy wirft in Panik den Kopf hin und her und versucht so verzweifelt, sich zu befreien, dass ich anfange, Mitleid zu empfinden. Der Kampf geht immer weiter, bis sie zu Boden sinkt und sich nur noch schwach wehrt.

„Das reicht!", rufe ich Elay zu, doch als ich in seine Augen blicke, sehe ich da etwas Neues, Fremdes.

Etwas, das mich vor Schreck zurückweichen lässt, denn es lässt ihn wie etwas Unmenschliches wirken. Seine weit aufgerissenen Augen, die Tracy beim Todeskampf beobachten, sind komplett schwarz. Sein Mund ist zu einem Grinsen verzogen, das eher wie ein Zähnefletschen wirkt.

„Elay, du bringst sie um!", schreie ich völlig außer mir.

Doch noch immer macht er keine Anstalten aufzuhören. Der Körper des Bären zuckt nur noch leicht und mir wird bewusst, dass ich etwas unternehmen muss. Also mache ich das Einzige, was mir in diesem Moment einfällt: Ich gebe Elay eine saftige Backpfeife.

Doch statt endlich wieder zur Besinnung zu kommen, zuckt sein Kopf nun zu mir. In seinem Blick: pure Mordlust. Entsetzt weiche ich Schritt für Schritt zurück, denn ich zweifle keinen Moment daran, dass er mich angreifen wird.

Dann wirble ich blitzschnell herum und laufe um mein Leben. In meinem Augenwinkel kann ich erkennen, wie die Schatten neben mir über den Boden schnellen. Ich beschleunige mein Tempo noch weiter, aber es scheint nichts zu nützen.

Meine Nackenhaare sträuben sich, als ich weit hinter mir ein kaltes Lachen höre. Das Lachen eines Mörders. In diesem Moment wird mir klar, dass ich nicht weglaufen kann, sondern kämpfen muss. Das Licht des Feuers müsste stark genug sein, um gegen die Schatten anzukommen – zumindest hoffe ich das.

Also wirble ich herum, strecke meine Arme aus und schreie all meine verzweifelten Gefühle hinaus. Tatsächlich baut sich sogleich eine Feuerwand zwischen Elay und mir auf.

Gerade möchte ich aufatmen und meine Flucht fortsetzen, als sich die Schatten nun auch auf meiner Seite der Feuerwand bewegen. Sie schießen mit einer atemberaubenden Geschwindigkeit auf mich zu, wie Raubtiere, die mich umkreisen. Ich spüre, wie sie sich um meinen Knöchel schlingen wollen und weiß, dass ich schnell handeln muss. Ansonsten wird Elay mich überwältigen.

Erneut erschaffe ich eine Feuerwand, diesmal komplett um mich herum. Die Schatten werden dadurch zum Glück wieder von mir getrennt. In Kampfhaltung harre ich aus und rechne jeden Moment damit, dass die

Schatten es irgendwie schaffen, die Flammen zu durchbrechen.

Doch es bleibt friedlich, sodass ich mich irgendwann kraftlos zu Boden sinken lasse. Hier, in meinem selbst erschaffenen Schutzkreis, kann ich nicht mehr sehen, was um mich herum passiert, aber ich will es auch gar nicht wissen. Ich fühle mich wie ein Häufchen Elend, denn nun habe ich abermals Elays dunkle Seite zu spüren bekommen. Und diesmal bin ich mir sicher, nicht so einfach darüber hinwegzukommen wie beim letzten Mal. Er hätte mich umgebracht, wenn er gekonnt hätte, daran hege ich keinen Zweifel.

Ich schlinge meine Arme um die Knie und wippe vor und zurück, so wie ich es als Kind oft getan habe, wenn ich traurig war. Um mich herum höre ich nur das Knistern der Flammen, die mich beschützen.

Irgendwann – ich bin mir sicher, dass mittlerweile mindestens eine Stunde vergangen ist – traue ich mich endlich, wieder aufzustehen und den Feuerkreis verschwinden zu lassen. Es fällt mir so leicht, als hätte ich nie etwas anderes getan, doch leider fühle ich diesmal keinen Triumph. Stattdessen bin ich absolut wachsam und kampfbereit, für den Fall, dass Elay noch auf mich lauert.

Als ich zwischen den dünner werdenden Flammen tatsächlich eine Gestalt ausmachen kann, bin ich versucht, sie wieder aufsteigen zu lassen.

Aber dann höre ich die Stimme von Mrs McArren. „Sharon, du musst dir keine Sorgen mehr machen. Du bist in Sicherheit.“

Auch wenn die Rektorin für mich nicht gerade der In-
begriff von Sicherheit ist, bin ich unglaublich erleichtert, dass sie hier ist.

Als auch die letzten Funken des Feuers verschwunden ist, tritt sie in den Kreis aus verbrannter Erde und
legt mir tröstend eine Hand auf die Schulter. Ohne
Zweifel sehe ich aus wie ein Häufchen Elend.

„Ich habe das Feuer von meinem Arbeitszimmer aus
gesehen und bin sofort hergekommen. Elay und Tracy
wurden von unserem Sicherheitspersonal an einen Ort
gebracht, wo man sich um sie kümmert. Du musst dir
keine Sorgen machen, dass sie dich erneut angreifen.“

Nun brechen alle Gefühle aus mir heraus. Haltlos
schluchzend sinke ich in mich zusammen und kralle
meine Hände in das Herbstlaub am Boden.

Mit verweintem Gesicht blicke ich zu Mrs McArren
auf. „Hat Tracy überlebt?“

Zu meiner Erleichterung nickt die Rektorin mit einem sanften Lächeln.

„Laut Elays Aussage hast du erst ihm und danach
Tracy das Leben gerettet. Das war sehr heldenhaft von
dir.“

Ich schnaube verbittert. „Wie eine Heldin fühle ich
mich aber nicht.“

„Nun komm erst mal mit und nimm ein warmes Bad“,
erwidert Mrs McArren und reicht mir die Hand, um
mir aufzuhelfen.

Dankbar ergreife ich sie und bin erstaunt, wie nett die
Rektorin sein kann. Beinahe schon mütterlich.

„Wie hat Elay sich verhalten, als Sie gekommen
sind?“, frage ich, obwohl ich nicht weiß, ob ich es wirklich wissen möchte.

„Er war aufgebracht und hat irgendwelche unverständlichen Sachen vor sich hingemurmelt. Als ich näher gekommen bin, hat er mir aber alles erklärt. Es schien so, als wäre er von selbst wieder zur Besinnung gekommen. Er hat sich schlimme Vorwürfe gemacht wegen dem, was er dir und Tracy angetan hat."

Ich nicke wortlos. Vermutlich sollte ich erleichtert sein, doch ich verspüre bloß eine große, düstere Leere.

„Was war mit Tracy los?", frage ich schließlich. „Weshalb ist sie in letzter Zeit so außer Kontrolle? Elay hat mir erzählt, dass sie ihre Kräfte normalerweise sehr gut im Griff hat."

In Mrs McArrens Blick flackert so etwas wie Unbehagen auf.

„Manchmal haben die magisch begabten Jugendlichen Phasen, in denen so etwas passiert", erklärt sie langsam, doch aus irgendeinem Grund glaube ich ihr nicht. Ich habe das Gefühl, dass sie etwas verbirgt.

„Ich möchte gerne mit Tracy sprechen", erwidere ich heftiger als beabsichtigt und wende mich ab. „Sicherlich weiß sie, was momentan mit ihr passiert."

Plötzlich packt Mrs McArren mich am Arm und dreht mich unsanft zu sich um.

„Du solltest aufhören, in den Angelegenheiten anderer Menschen herumzuschnüffeln", sagt sie mit gefährlich leiser Stimme. „Das könnte dir noch zum Verhängnis werden."

Mit weit aufgerissenen Augen blicke ich zu ihr auf.

Dann lässt die Rektorin mich jedoch wieder los, und als wäre nichts gewesen, fügt sie hinzu: „Tracy geht es nicht gut und sie braucht darum ihre Ruhe. Ich hoffe, dafür hast du Verständnis."

Sie beschleunigt ihre Schritte, während ich verdattert mitten im Regen stehen bleibe. Mittlerweile ist es dunkel geworden, und im Wald hinter mir kann ich einen Kauz rufen hören. Vor mir ragt das Gebäude der Darkwood Academy in die Höhe und zum ersten Mal wirken die hell erleuchteten Fenster nicht einladend auf mich.

KAPITEL 14

Am Abend treffe ich Jules in der Bibliothek, um ihm von dem Vorfall zu berichten. Auch wenn er die Geschichte offenbar schon von jemand anderem gehört hat, lässt er sich bestürzt im Sessel zurücksinken, als ich mit meiner Erzählung geendet habe.

„Es tut mir leid, dass ich nicht da war, um dir zu helfen."

Ich verdrehe die Augen, denn das ist so typisch Jules. „Du kannst nicht überall dabei sein, um auf mich aufzupassen. Außerdem habe ich es offensichtlich gut überstanden."

Das ist zwar zum Teil gelogen, da ich mich absolut furchtbar fühle, aber immerhin habe ich überlebt. Vermutlich sollte ich dafür dankbar sein.

„Hast du ... mit Elay gesprochen?", presse ich endlich die Frage hervor, die mich schon die ganze Zeit über beschäftigt.

„Er hat sich eingesperrt und lässt niemanden an sich heran", erwidert Jules nach kurzem Zögern. „Sein Mitbewohner muss heute wohl woanders schlafen."

Niedergeschlagen verberge ich mein Gesicht in den Händen, woraufhin Jules mir tröstend seine Hand auf die Schulter legt.

„Es ist besser, wenn es zwischen euch vorbei ist, ehe es richtig angefangen hat. Heute hast du gesehen, wozu Elay fähig ist."

Ich funkle ihn wütend an. „Vielen Dank, sehr aufmunternd.“

„Du bist einfach sicherer, wenn du dich von ihm fernhältst.“

„Tracy hätte mich in Stücke gerissen, wenn er mich nicht beschützt hätte!“, erwidere ich aufgebracht. „Auf dieser Schule ist man vor nichts und niemandem sicher.“

Darauf antwortet Jules nichts mehr, was mich in meiner Annahme bestärkt.

„Du musst mich wieder trainieren“, füge ich darum hinzu. „Auch wenn wir es erst einmal probiert haben, hat es wunderbar funktioniert. Vielleicht hätte ich mich sonst nicht vor Elay retten können. Aber um gegen Tracy anzukommen, hätte es sicherlich nicht gereicht.“

Jules blickt nachdenklich in das prasselnde Feuer des Kamins, das ich auch diesmal heraufbeschworen habe.

„Ich werde versuchen, da etwas in die Wege zu leiten“, sagt er schließlich, was ein aufgeregtes Kribbeln in meiner Magengegend verursacht. War das eine Anspielung auf den Geheimclub, dem er und Elay angehören?

Mein Blick huscht unauffällig zu der Schlüsselkette, die er offen über seinem schwarzen Wollpullover trägt. Der Granat, der den verschnörkelten Griff des Anhängers ziert, funkelt im Schein des Kamins. Zum Glück beobachtet Jules noch immer die Flammen, sodass er meinen gierigen Blick nicht bemerkt.

„Wir sollten schlafen gehen“, murmelt er schließlich abwesend. „Morgen fängt die Schule wieder an und du hast einen harten Tag hinter dir.“

Ich nicke, denn allmählich merke ich tatsächlich, wie die heutigen Vorkommnisse mich einholen und eine bleierne Erschöpfung in mir auslösen.

Als ich mein Zimmer betrete, drehen sich Aideens und Ellies Köpfe ertappt in meine Richtung. Sie sitzen beide dicht beieinander auf Aideens Bett und hören anscheinend Musik.

„Hey“, sage ich und blicke grinsend zwischen ihnen hin und her. So wie es aussieht, könnte sich da tatsächlich etwas anbahnen. Ellie scheint die ganze Situation jedoch unangenehm zu sein, denn sie gibt Aideen ihren Kopfhörer und geht zu ihrem Bett.

„Morgen ist mein erster Schultag, deswegen sollte ich wohl ausgeschlafen sein“, erklärt sie mit einem verlegenen Kichern und kriecht dann unter ihre Decke.

Ich blicke Aideen vielsagend an und sie hebt bloß lächelnd die Schultern. Dann wird ihr Gesicht jedoch mit einem Schlag wieder ernst. Am liebsten würde ich sie auf ihren Stimmungswechsel ansprechen, doch sicherlich soll Ellie nichts davon mitbekommen. Ich mache eine Kopfbewegung in Richtung der Zimmertür, um ihr anzubieten, mir ihre Sorgen anzuhören, doch sie schüttelt traurig den Kopf.

„Wir beide sollten auch schlafen“, murmelt sie kaum hörbar und legt sich dann mit dem Rücken zu mir unter ihre Decke.

Ich lausche ihrem langsam werdenden Atem, ohne selbst zur Ruhe zu kommen. Das Gedankenkarussell macht es mir unmöglich. Immer wieder sehe ich Elays irre funkelnden Augen vor mir und spüre erneut meine Todesangst. Mir wird bewusst, dass ich mich vor ihm mehr gefürchtet habe als vor Tracy.

Irgendwann beschließe ich, ein Buch zu lesen, denn ich werde ohnehin vorerst kein Auge zubekommen. Ich krame meine Leselampe sowie das neue Buch von Emelie Autumn hervor und stürze mich in die Welt aus Dunkelheit und Angst, die diesmal nicht meine eigene ist.

Meine Familie hat nie verstanden, wie ich meine Furcht mithilfe von Horror besiegen kann. Doch für mich ist es wie Urlaub von den Dämonen in meinem Kopf. Das Grauen in den Büchern lässt mein eigenes Leben erträglicher wirken.

Gerade als ich endlich schläfrig werde, höre ich ein Geräusch, das sich meine Nackenhaare aufstellen lässt: das Tappen von nackten Füßen auf dem Eichenboden.

Es kostet mich eine unglaubliche Überwindung, den Kopf zu drehen, nur um das in der Dunkelheit erkennen zu können, was ich bereits erwartet habe. Aideens Nachthemd leuchtet wie jedes Mal im Mondlicht, obwohl diesmal nur eine schmale Sichel durch unser Fenster scheint.

Lautlos schlage ich mein Buch zu, knipse meine Lampe aus und mache Anstalten, zu Aideen zu gehen, um sie zurück in ihr Bett zu führen.

Doch dann öffnet sie ihren Mund und der Laut, der herauskommt, lässt mich entsetzt meine Hände auf die Ohren pressen. Sofort wird mir übel und schwindelig. Es ist noch viel schlimmer als damals bei Sabrina.

Als ich mich endlich weit genug fassen kann, um auf die Füße zu springen, steht Aideen bereits neben Ellies Bett. Singende und zugleich heulende Geräusche dringen aus ihrer Kehle, während Ellie sich mit schweißnassem Gesicht hin und her wirft.

„Nein, bitte nicht“, hauche ich entsetzt.

Ich weiß, dass ich meine Hände von den Ohren nehmen muss, um Aideen von dem abzuhalten, was sie gerade tut. Ich muss Ellie retten. Denn nun hege ich keinen Zweifel mehr daran, dass hier Magie im Spiel ist – dieser grauenhafte Gesang kann einfach nicht natürlich sein.

Endlich kann ich mich dazu durchringen, meine Hände nach Aideen auszustrecken, und sogleich habe ich das Gefühl, den Verstand zu verlieren. Für einen kurzen Moment wird mir so schwindelig, dass ich mich an der Wand abstützen muss. Schritt für Schritt kämpfe ich mich vorwärts, bis ich endlich direkt vor meiner Freundin stehe und meine Hände auf ihre Schultern legen kann.

Ihr unheimlicher Gesang endet so abrupt, dass ich für einen Moment glaube, mein Hörvermögen verloren zu haben.

Dann schlägt Aideen zu meiner Erleichterung die Augen auf und blickt sich verwirrt um. „Was ist passiert? Wo bin ich?“

„Du bist schlafgewandelt“, erkläre ich sanft.

Sofort wird sie totenbleich. Dann bricht sie schluchzend zusammen und schüttelt immer wieder den Kopf.

„Was ist bloß los mit mir? Weshalb schaffe ich es nicht, es zu kontrollieren?“

Sofort horche ich auf. „Kontrollieren? Meinst du damit ... Magie?“

Nun habe ich es endlich ausgesprochen und ich halte gespannt die Luft an, während ich auf Aideens Antwort warte.

Sie blickt mich zuerst mit offenem Mund an, ehe sie mehrmals blinzelt und fragt: „Verstehe ich das gerade richtig? Du weißt auch davon? Ich dachte die ganze Zeit, du hättest keine Ahnung."

Ich seufze unendlich erleichtert und lasse mich neben sie in einen Schneidersitz sinken. Endlich kann ich mit ihr über alles reden.

„Es hat eine Weile gedauert, bis ich von meinen Kräften erfahren habe", erkläre ich ihr. Vorsichtshalber werfe ich einen Blick zu Ellie, die tief und fest zu schlafen scheint.

„Mach dir keine Sorgen, sie wird bis morgen früh komplett weg sein", sagt Aideen traurig. „Das hat meine sogenannte Gabe an sich."

„Was für eine Art von Magie ist das überhaupt?", frage ich mit einer makabren Faszination.

„Meine Eltern haben mich mal als Banshee bezeichnet", antwortet sie und verzieht das Gesicht. „Das ist in der keltischen Mythologie so etwas wie eine Todesfee."

„Das ergibt Sinn." Ich muss an Sabrinas elendigen Tod denken.

„Wie kommt es, dass Mrs McArren nicht eingreift, wenn sie von deinen Kräften weiß?", frage ich aufgebracht. „Das kann man doch nicht mehr als Unfall einstufen."

Aideen kämpft mit den Tränen und nickt. „Mrs McArren hat mir immer wieder versichert, dass sie alles im Griff hat und nichts passieren wird. Tief in mir habe ich gewusst, dass etwas nicht stimmt, aber ich habe ihr vertraut. Und nun hat sie Ellie in mein Zimmer gesteckt, was ich einfach nicht verstehen kann."

Ich ziehe sie in eine Umarmung und streiche ihr tröstend über die Haare. Gleichzeitig kocht es in mir vor Wut, denn nun ist es bewiesen, dass Sabrinas Tod kein Unfall gewesen ist. Es muss geplant gewesen sein. Die Lehrer scheinen es regelrecht darauf anzulegen, dass so etwas passiert. Könnte das auch der Grund dafür sein, dass bisher niemand von ihnen angeboten hat, unsere Magie zu trainieren?

„Wir müssen dafür sorgen, dass Ellie das Zimmer wechselt", sage ich und blicke Aideen eindringlich ins Gesicht. „Wir müssen sie beschützen, ebenso wie alle anderen Mädchen, die Mrs McArren in unser Zimmer steckt."

Ich halte inne, als mir ein neuer Gedanke kommt. „Weshalb bin ich nicht so stark von deinen Kräften betroffen?"

„Das habe ich mich bisher auch gefragt, aber jetzt weiß ich die Antwort: Du beherrschst ebenfalls Magie. Ich bin nur in der Lage, normale Menschen zu töten. "

„Na, immerhin eine Gefahr weniger für mich", murmle ich zynisch, woraufhin Aideen freudlos lächelt.

„Aber nun sag mal, was du für Kräfte hast."

Als Antwort strecke ich meine Hand nach der Kerze auf meinem Nachttisch aus und im nächsten Moment flammt der Docht auf.

„Wahnsinn", haucht Aideen. „Damit kannst du eindeutig mehr anfangen als ich mit meiner Magie."

Da muss ich ihr insgeheim recht geben, denn ich will nicht mit ihr tauschen. Es muss furchtbar sein, die Gabe zu haben, Menschen umzubringen, ohne sie kontrollieren zu können.

„Wirst du also auch von niemandem in deinen Kräften unterrichtet?", frage ich, auch wenn ich die Antwort bereits kenne. „Mir hat bisher leider nur Jules geholfen."

„Darauf hoffe ich längst nicht mehr", erwidert Aideen mit einem verbitterten Schnauben. „Ich habe Mrs McArren schon mehrfach darauf angesprochen und sie hat mich jedes Mal abgewimmelt. Einmal meinte sie sogar, dass ich erst selbst lernen muss, wie ich meine Kräfte in den Griff bekomme, bevor mir weiter geholfen werden kann."

Sie lässt mutlos ihre Schultern hängen, während ich von blanker Wut erfüllt werde.

„Das alles macht doch keinen Sinn! Warum werden wir so allein gelassen? Und was hat dieser seltsame Geheimclub mit alldem zu tun?"

Erst als Aideen mich mit gerunzelter Stirn anblickt, wird mir bewusst, dass ich das Thema zuvor noch nicht angesprochen habe.

„Ich habe erfahren, dass diese Schlüsselketten das Erkennungszeichen für einen Geheimclub sind", erkläre ich, auch wenn ich mich dabei ein klein wenig schuldig fühle. „Und dieser Geheimclub hat irgendetwas mit Magie zu tun. Was genau man für Voraussetzungen erfüllen muss, um teilhaben zu dürfen, weiß ich jedoch nicht."

„Oh, ich schon", sagt Aideen leichthin, woraufhin ich sie mit großen Augen anschaue.

„Du weißt von alldem? Bist du ... etwa auch ein Mitglied?"

Meine Freundin schüttelt bedauernd den Kopf. „In diesen Club wird nur die Elite aufgenommen. Also diejenigen, die richtig mit ihrer Magie umgehen können.“

Plötzlich geht mir ein Licht auf. „Ich wette, dann wird man trainiert, sobald man im Club aufgenommen wurde. Aber das verstehe ich nicht. Man ist doch viel mehr auf die Hilfe anderer angewiesen, solange man nicht weiß, wie man mit der Magie umgehen soll.“

„Wie man an mir sieht“, ergänzt Aideen zähneknirschend.

Mich beschleicht ein schlechtes Gewissen, als mir wieder einfällt, dass ich vielleicht bald in den Club aufgenommen werde, obwohl ich noch nicht so lang auf die Darkwood Academy gehe wie Aideen.

„Ich werde dir helfen, deine Kräfte zu kontrollieren“, sage ich entschlossen. Vielleicht werden wir dann gleichzeitig in den Club aufgenommen.

„Wie soll das gehen?“, fragt Aideen mutlos. „Wenn ich schlafe, habe ich keine Kontrolle über meinen Körper.“

„Ich werde mir etwas einfallen lassen“, antworte ich, um nicht zugeben zu müssen, dass ich absolut keine Ahnung habe. „Vielleicht finde ich etwas darüber in der Bibliothek. Schade, dass wir hier kein Google benutzen können.“

Meine Freundin lacht freudlos auf und blickt dann zu Ellie, die nun wieder friedlich schläft. Zum Glück scheint Aideens Magie noch keinen langfristigen Schaden angerichtet zu haben.

„Wir sollten uns darum bemühen, dass sie das Zimmer wechselt. Wie sollen wir das anstellen?“, fragt sie.

„Vielleicht würde es uns mehr bringen, wenn sie bleibt“, antworte ich zögerlich, auch wenn mich dabei das schlechte Gewissen überrennt. „Ich weiß nicht, wie wir deine Kräfte sonst trainieren sollen."

Als Aideen mich schockiert anblickt, füge ich schnell hinzu: „Natürlich passe ich auf, dass es nicht so schlimm wird wie bei Sabrina. Sobald wir merken, dass Ellie in ernsthafter Gefahr schwebt, brechen wir das Ganze sofort ab."

Aideen nickt niedergeschlagen, scheint aber froh zu sein, dass ich das Steuer in die Hand nehme. Ich bin mir nicht sicher, ob ich mit meinem Plan einen großen Fehler mache, doch das spreche ich besser nicht laut aus.

***

Nach dem Unterricht, der sich zäh wie Kaugummi hingezogen hat, schaffe ich es irgendwie, mich unentdeckt in den Krankenflügel zu schleichen.

Der Saal, in dem die verletzten Schüler untergebracht werden, ist größer als gedacht, was jedoch im Nachhinein betrachtet Sinn macht. Bei all den Gefahren ist es sicherlich keine Seltenheit, dass sich Schüler verletzen – vorausgesetzt natürlich, sie überleben.

Diesmal wird der große Raum jedoch nur von zwei Personen belegt: Von einem Mädchen, das sich wohl den Arm gebrochen hat, und Tracy. Sie scheint mich gar nicht wahrzunehmen, sondern blickt nur starr an die Decke. Für einen Moment habe ich sogar Angst, dass sie tot sein könnte, denn in ihrem Gesicht kann ich keinen Funken von Leben entdecken.

Zögerlich trete ich an ihr Bett und berühre vorsichtig ihre Hand. Ich zucke jedoch sofort zurück, denn sie ist eiskalt.

„T… Tracy?", piepse ich und muss mich laut räuspern. Mein Hals ist völlig ausgetrocknet.

Zu meiner Erleichterung dreht sie nun endlich den Kopf in meine Richtung. Es scheint einen Augenblick zu dauern, bis sie mich erkennt, doch dann lächelt sie schwach.

„Hey Sharon", sagt sie mit leiser, rauer Stimme. Es wirkt so, als würde es sie große Mühe kosten zu sprechen.

„Ich nehme dir das, was passiert ist, nicht übel", stelle ich schnell klar. „Du konntest nichts dafür. Aber ich möchte herausfinden, wie das passieren konnte."

Tracy lacht heiser auf, was jedoch in einem heftigen Hustenanfall endet.

„Oh, das würde ich auch gerne wissen", sagt sie, als sie sich wieder beruhigt hat.

„Das bedeutet, du kannst es dir auch nicht erklären?", frage ich überflüssigerweise, woraufhin sie die Augen verdreht.

„Was denkst du denn, Dummerchen? Dass ich aus Spaß durch den Wald laufe und wahllos meine Mitschüler angreife? So etwas ist mir nur ganz am Anfang passiert, als ich meine Kräfte noch nicht trainiert habe."

Sie atmet tief durch und nimmt einen Schluck von dem Wasserglas auf dem Nachttisch.

„Hast du eine Vermutung, was momentan mit dir los ist?", frage ich vorsichtig.

Tracy mustert mich durch zu Schlitzen verengte Augen, als wüsste sie nicht, ob sie mir trauen kann.

„Eins ist sicher: Jemand oder etwas bringt mich dazu, zu einer Bestie zu werden“, offenbart sie mir schließlich. „Ich kann mich noch daran erinnern, dass ich mich jedes Mal, bevor ich ein Blackout hatte, im Schulgebäude aufgehalten habe. Und da niemand von einem Bären berichtet hat, der durch die Flure gerannt ist, muss die Verwandlung später stattgefunden haben.“

Mich packt eine eisige Befürchtung, denn ihre Erzählung erinnert mich ein wenig an das, was Finn erlebt hat.

„Du hast einen Verdacht“, stellt Tracy fest und umklammert plötzlich meinen Arm so fest, dass es wehtut. „Raus mit der Sprache!“

„Ich ... ich glaube, du wurdest betäubt“, presse ich hervor. „Ich habe die Vermutung, dass es hier jemanden gibt, der die Schüler manipuliert.“

Tracy wirkt nicht überrascht.

„Den Verdacht mit der Betäubung hatte ich auch schon“, gibt sie zu und starrt auf ihre weiße Bettdecke. „Wer denkst du, könnte so etwas Grausames tun?“

„Ich weiß es nicht“, sage ich ehrlich. „Aber ich werde alles daransetzen, es herauszufinden.“

Tracy schenkt mir ein trauriges Lächeln. „Was für ein Glück, dass du auf diese Schule gekommen bist. Sonst kümmert sich immer jeder um seinen eigenen Kram. Wir haben die Dinge, die schiefgehen, bisher einfach hingenommen, aber das muss nun aufhören.“

Ich nicke erleichtert, denn es tut gut, zu wissen, dass ich nun noch jemanden auf meiner Seite habe.

„Noch etwas ...", beginne ich zögerlich und muss mich stark überwinden, um die folgenden Worte auszusprechen: „Weißt du, was mit Elay los ist? Könnte es sein, dass auch er manipuliert wird?"

Ich hoffe so sehr, dass sie ja sagt. Doch leider schüttelt sie bedauernd den Kopf.

„Elay war schon ein schwieriger Fall, als er auf diese Schule gekommen ist. Immer wieder hat er diese Aussetzer, bei denen er die Kontrolle verliert. Nicht nur über seine Magie, sondern auch über sich selbst."

Als sie meinen traurigen Gesichtsausdruck bemerkt, legt sie ihre kühle Hand auf meine. „Ich habe mitbekommen, dass ihr beiden was am Laufen habt. Aber glaube mir, wenn ich dir sage, dass er nicht gut für dich ist."

Diese Worte nun nicht mehr nur aus Jules' Mund zu hören, schmerzt mich so sehr, dass ich das Gefühl habe, mein Herz würde jeden Moment in tausend Stücke zerbersten. Von nun an kann ich mir nicht mehr einreden, dass es zwischen Elay und mir passen könnte.

„Besteht denn keine Chance, ihm zu helfen?", frage ich verzweifelt.

Tracy seufzt und antwortet geduldig: „Vielleicht wird sich irgendwann alles ändern. Aber im Moment solltest du dich erst mal auf dich selbst konzentrieren, statt dir auch seine Probleme aufzuladen. Denn von denen gibt es jede Menge."

Ich senke den Blick und schließe die Augen, um die Tränen zurückzuhalten.

„Danke für das Gespräch", murmle ich und schleppe mich mit schweren Schritten aus dem Krankenflügen bis in mein Zimmer.

Vermutlich hat Tracy recht und ich sollte mich auf meine Angelegenheiten konzentrieren. Denn ich muss dafür sorgen, dass es auf der Darkwood Academy endlich wieder mit rechten Dingen zugeht.

KAPITEL 15

In dieser Nacht halte ich neben Aideens Bett Wache.

Als sie gegen Mitternacht Anstalten macht, aufzustehen, berühre ich sie am Arm. Da sie darauf nicht reagiert, drücke ich sie mit etwas mehr Kraft auf das Kissen zurück – und tatsächlich bleibt sie liegen. Ich beobachte sie eine Weile skeptisch, aber sie scheint wirklich friedlich weiterzuschlafen.

Sehnsüchtig blicke ich in Richtung meines Bettes, denn der Gedanke, mich einfach hinzulegen und darauf zu hoffen, dass es das für heute war, ist wahnsinnig verlockend. Doch ich weiß, dass ich dieses Risiko nicht eingehen darf. Stattdessen lehne ich mich also mit einem Seufzen gegen Aideens Bett und vertiefe mich erneut in mein Buch.

Irgendwann werden meine Lider jedoch schwer und ich kann nichts mehr dagegen tun, dass mein Kopf nach vorne sackt.

Ich schrecke hoch, als ich ein Geräusch wahrnehme. Orientierungslos huscht mein Blick umher, bis ich mich wieder erinnere, wo ich bin und warum.

Ich drehe mich zu Aideen um und erschrecke mich beinahe zu Tode, denn sie sitzt aufrecht in ihrem Bett. Mit leeren Augen starrt sie in Ellies Richtung. Immerhin versucht sie noch nicht wieder aufzustehen.

„Du musst die Kontrolle über deinen Körper zurückgewinnen", flüstere ich ihr einem Impuls folgend zu.

Als sich ihr Kopf nun langsam in meine Richtung dreht und ihr leerer Blick meinen trifft, würde ich am liebsten zu meinem Bett hechten und mich unter der Decke verstecken. Stattdessen schlucke ich die Angst, die meinen Hals zuschnürt, runter und konzentriere mich darauf, meine Augen nicht abzuwenden. Denn zwischen Aideen und mir besteht gerade eine Verbindung, das kann ich ganz deutlich spüren.

„Du willst nicht, dass Ellie stirbt", fahre ich mit eindringlicher Stimme fort. „Du magst sie und würdest ihr niemals freiwillig etwas antun."

Aideens Blick ist immer noch unverwandt auf mich gerichtet, was einen eisigen Schauer über meinen Rücken jagt. Ich darf jedoch nicht aufgeben.

„Leg dich wieder hin und schlaf weiter, damit Ellie in Sicherheit ist."

Ich habe selbst nicht damit gerechnet, dass sie es tatsächlich tut, aber kaum habe ich meine Worte ausgesprochen, lässt Aideen sich wieder auf ihr Bett zurücksinken. Auch wenn ich weiß, dass das nicht jede Nacht so weitergehen kann, sehe ich das als großen Erfolg an. Meine Intuition sagt mir, dass heute nichts mehr passieren wird, also lasse ich mich völlig kraftlos in mein Bett fallen.

Auch wenn es nur noch zwei Stunden bis zum Weckalarm sind, habe ich nicht vor, auch nur eine Sekunde länger wach zu bleiben.

***

Ich bin froh, dass Elay im Jahrgang über mir ist, denn dadurch kann ich ihm besser aus dem Weg gehen. Auch wenn sich ein großer Teil von mir schmerzhaft nach ihm sehnt, weiß ich, dass ich mich von ihm fernhalten muss. Ich befürchte, dass ich jedes Mal seinen irren Blick vor Augen hätte, wenn ich ihm begegnen würde, und dafür bin ich einfach noch nicht bereit.

Als ich auf dem Weg zum Matheunterricht bin, zucke ich zusammen, als ich die Stimme eines anderen Jungen höre, dem ich ebenfalls nicht begegnen möchte. „Sharon, hast du kurz Zeit zu reden?"

Ich drehe mich langsam um und lächle Finn angespannt an. „Eigentlich habe ich es eilig. Miss Duff legt viel Wert auf Pünktlichkeit."

„Wir haben noch zehn Minuten Zeit, bevor der Unterricht beginnt", protestiert er.

In mir regt sich langsam Ungeduld und am liebsten würde ich ihn bitten, mich in Ruhe zu lassen. Stattdessen atme ich tief durch und sage: „Wir sind doch für heute Nachmittag verabredet, hast du das schon vergessen?"

„Nein, aber ich habe etwas herausgefunden, das ich dir dringend erzählen muss. Jetzt sofort."

Auch wenn ich neugierig auf das bin, was er zu erzählen hat, habe ich gerade keinen Nerv dafür. Außerdem hastet bereits Miss Duff zu unserem Klassenraum und ich bin die Einzige, die noch draußen herumlungert.

„Tut mir leid, aber ich muss wirklich los. Wir treffen uns um vier Uhr in der Bibliothek."

Ohne Finns Antwort abzuwarten, drücke ich mich an ihm vorbei, um zum Klassenraum zu eilen – und stoße dabei prompt mit jemandem zusammen. Als ich aufblicke, muss ich feststellen, dass es ausgerechnet Elay ist.

„Oh ... ähm ... Entschuldigung", stammle ich.

In seinem Blick liegt nichts als Schmerz, was mich für einen Moment aus der Fassung bringt.

„Nein, mir tut es leid", sagt Elay beinahe lautlos und geht dann weiter, ohne noch mal einen Blick zurückzuwerfen.

Ich ertappe mich dabei, wie ich ihm traurig hinterherschaue, und schüttle schnell den Kopf, um diese Gefühle loszuwerden.

***

Ausnahmsweise bin ich froh über den anspruchsvollen Geschichtsunterricht, denn er lenkt mich von dem Chaos in meinen Kopf ab.

Hin und wieder werfe ich einen Blick zu Aideen, die das erste Mal seit Ellies Einzug entspannt wirkt. Es macht mich froh, dass meine harte Nacht etwas gebracht hat.

Ich falle dafür heute ständig in einen Sekundenschlaf und es ist nur meinem Glück zu verdanken, dass Miss Duff es noch nicht bemerkt hat.

Endlich erlöst der Gong mich und ich gehe schnurstracks in mein Zimmer, um zumindest ein bisschen Schlaf nachzuholen. Ellie und Aideen scheinen unterwegs zu sein, also habe ich meine Ruhe.

Mit einem Hörbuch in den Ohren kuschle ich mich in mein Bett und schaffe es, die Welt um mich herum auszublenden.

Es kann noch nicht viel Zeit vergangen sein, als ich jäh aus meinem Ruhezustand gerissen werde. Als ich ein schweres Gewicht auf meinen Armen spüre und mir etwas übers Gesicht gezogen wird, versuche ich aufzuschreien, zu kämpfen, mich zu befreien, doch mein Körper ist vollkommen steif. Ich bin nicht in der Lage, auch nur einen Finger zu rühren oder einen Laut von mir zu geben. Lediglich mein Atem beschleunigt sich vor Angst, als ich spüre, wie zwei Menschen mich hochheben und forttragen.

Meine Gedanken rasen vor Panik und ich versuche mit meiner ganzen Willenskraft, die Kontrolle über meinen Körper zurückzugewinnen – doch es gelingt mir nicht. Da müssen Drogen oder Magie im Spiel sein.

Ich sage mir immer wieder, dass uns sicherlich bald jemand über den Weg läuft und mich aus dieser Lage rettet, doch aus irgendeinem Grund passiert es nicht.

Irgendwann dringt ein muffiger Geruch durch den Stoff, der mein Gesicht verdeckt, und die Luft wird kühler. Mein Instinkt sagt mir, dass wir uns in Kellerräumen befinden. Das macht meine Lage nicht gerade besser.

Endlich werde ich auf etwas Weichem abgelegt und zu meiner Überraschung verschwindet von einem Moment auf den anderen das lähmende Gefühl. Ohne zu zögern, reiße ich mir den Stoffsack vom Kopf und schnappe nach Luft.

Stück für Stück mache ich mir ein Bild von der Umgebung und mit jeder Sekunde wächst meine Verblüffung. Ich befinde mich tatsächlich in einem Gewölbekeller, der von Fackeln an den Wänden erhellt wird. Doch der Raum macht keinesfalls den Eindruck von einem Kerker, sondern ist gemütlich eingerichtet. Mehrere Stoffsofas, von denen eines als mein Liegeplatz dient, stehen sich gegenüber und auf dem Boden ist sogar ein dunkelroter Orientteppich ausgebreitet. Überall liegen leere Getränkedosen und Chipstüten herum.

Ich suche den Raum nach Menschen ab, doch obwohl mich zuvor noch jemand hergetragen haben muss, ist niemand zu sehen.

Zögerlich richte ich mich auf und konzentriere mich darauf, keinen Moment unaufmerksam zu sein. Die Personen, die mich hergebracht haben, müssen in der Nähe sein. Ich schaudere, als mir klar wird, dass sie mich möglicherweise beobachten.

Um mich sicherer zu fühlen, greife ich nach einem schweren Kerzenständer, auch wenn ich mich mit meiner Magie wohl besser verteidigen könnte.

Langsam bewege ich mich durch den Raum und spähe in jede Ecke und jeden versteckten Winkel. Ich entdecke eine riesige Truhe, die mit Decken gefüllt ist, ein Bücherregal und sogar einen Kühlschrank. Darin befinden sich lauter ungesunde Lebensmittel wie Cola, Energydrinks und Bier.

„Ich weiß, dass ihr hier irgendwo seid", traue ich mich schließlich zu rufen und halte lauernd inne. „Ich könnte hier ohne Mühe ein Feuer entfachen, sodass von eurem gemütlichen Keller nur ein Häufchen Asche zurückbleibt."

Und dann kann ich es hören: ein leises Kichern. Lautlos bewege ich mich in die Richtung, aus der ich es vermute, und bleibe schließlich vor dem Bücherregal stehen. Ich runzle die Stirn, denn wenn ich mit meiner Vermutung richtig liege, wäre es das größte Klischee überhaupt.

Nacheinander hole ich alle Bücher heraus – bis ich plötzlich auf Widerstand stoße. Als ich etwas stärker an dem Buch ziehe, ertönt tatsächlich ein leises Klicken und das Bücherregal bewegt sich langsam zur Seite.

Blitzschnell gehe ich in Angriffsstellung und bin bereit, mich zu verteidigen. Die Personen, die ich nun erblicke, bringen mich jedoch dazu, fassungslos den Kerzenständer sinken zu lassen.

„Das kann doch wohl nicht wahr sein", fauche ich.

Vor mir, in einem kleineren Raum, stehen Jules, zwei seiner Freunde, Tracy und fünf Mitschüler, die ich nur vom Sehen kenne.

Jules hebt beschwichtigend die Hände und kommt grinsend auf mich zu. „Willkommen im Geheimclub der Schlüssel, Schwesterherz."

Wütend weiche ich zurück und würde ihm am liebsten den Kerzenständer entgegenschleudern oder einfach direkt den ganzen Raum in Flammen aufgehen lassen.

„Was sollte das?", rufe ich völlig außer mir, als meine Mitschüler nach und nach den Raum verlassen. Keiner von ihnen scheint auch nur den Hauch von Reue zu verspüren.

„Nimm es nicht persönlich, diese Prozedur wird mit jedem Neuling durchgezogen", erklärt Tracy und klopft mir beim Vorbeigehen auf die Schulter.

Ich zucke zurück und funkle sie an.

„Bei mir haben sie das auch gemacht", sagt Jules und hebt die Schultern. So wie ich ihn kenne, war er völlig entspannt.

„Was habt ihr mir für Drogen gegeben? Warum konnte ich mich nicht bewegen?"

Die anderen haben mittlerweile einen Halbkreis um mich gebildet und ich gehe so lange rückwärts, bis ich mit dem Rücken gegen die Wand stoße.

Einer von Jules' Freunden – ich glaube, sein Name ist Leroy – hebt mit einem überheblichen Lächeln den Finger. „Sorry, das bin ich gewesen. Meine Kraft ist es, Menschen lähmen zu können. Keine Sorge, du wirst keine Nachwirkungen haben."

„Wie wunderbar", erwidere ich feindselig und versuche, meine Angst zu überspielen.

Ich möchte mir gar nicht ausmalen, was er mit seiner Magie alles anstellen könnte.

„Hättet ihr mich nicht einfach nett in euren blöden Geheimclub einladen können? Und wer sagt überhaupt, dass ich eintreten möchte?"

Natürlich ist ein kleiner Teil von mir aufgeregt. Kaum etwas kommt mir so erstrebenswert vor, wie Mitglied eines elitären Geheimclubs zu werden.

„Hör dir erst mal an, was wir zu sagen haben", antwortet Jules und deutet mit einer einladenden Handbewegung auf die Sofas.

Zuerst möchte ich ablehnen, doch dann folge ich meinen Mitschülern, die sich nun alle niederlassen. Ich setze mich mit verschränkten Armen neben Jules, allerdings mit großem Abstand. Tief in mir weiß ich, dass ich ihm vertrauen kann, aber er soll nicht das Gefühl haben, dass ich ihm sein Verhalten so schnell verzeihe.

„Dann schießt mal los", fordere ich die Gruppe auf. Vielleicht wollen sie mich so sehr im Club haben, dass ich in der Position bin, zu verhandeln. Denn da gibt es einen Punkt, den ich gerne durchsetzen möchte.

„In den Club der Schlüssel werden nur Schüler aufgenommen, die ihre magischen Fähigkeiten entdeckt haben und zumindest einigermaßen kontrollieren können", macht Tracy den Anfang. Ihrem Verhalten nach zu urteilen ist sie auch hier die Clubleiterin. „Es gibt ein paar Mitschüler, die das Geheimnis der Darkwood Academy zwar kennen, aber nicht in der Lage sind, ihre Magie zu beherrschen. Solche Schwächlinge können wir hier nicht gebrauchen.“

Augenblicklich steigt Wut in mir hoch, denn ich muss an Aideen denken, die dringend Unterstützung gebrauchen könnte.

„Sind es nicht gerade die Schüler, die Hilfe brauchen, die in diesem Club aufgenommen werden sollten?“

Ein paar der Anwesenden seufzen.

„Man kann keinen Menschen helfen, die sich nicht mal selbst helfen können“, erklärt Jules mit einer Ruhe, die mich noch wütender werden lässt.

„Was für ein Unsinn!“, donnere ich und springe auf. „Du hast mir doch geholfen, oder nicht?“

Jules zieht den Kopf ein und als die anderen ihn verurteilend anblicken, wird mir klar, dass er damit gegen eine Regel verstoßen hat.

Ich schüttle den Kopf und schnaube verächtlich. „Nur dem Training ist es zu verdanken, dass ich mich gegen Elay verteidigen konnte. Ihr habt sicherlich alle von dieser Geschichte gehört. Hätte Jules nicht gegen eure dämlichen Regeln verstoßen, wäre ich möglicherweise nicht mehr am Leben.“

Tracy ist die Erste, die das Schweigen bricht. „Dieses Mal werden wir darüber hinwegsehen, aber wir werden sicherlich nicht all unsere Regeln über den Haufen werfen, nur weil du es verlangst. Also trittst du nun dem Geheimclub der Schlüssel bei oder nicht?“

Sie angelt einen Gegenstand aus ihrer Hosentasche und lässt ihn hin und her baumeln. Es ist die Kette mit dem Schlüssel. Anscheinend muss ich nur noch ja sagen, damit sie mir gehört. Auch wenn diese Möglichkeit verlockend ist, habe ich mir vorgenommen, nicht so schnell nachzugeben.

„Nur unter einer Bedingung", sage ich deswegen und straffe meinen Rücken, um meine Entschlossenheit zu unterstreichen.

Die anderen geben genervte und ungeduldige Laute von sich, doch das ignoriere ich.

„Und was wäre diese Bedingung?", fragt Tracy und verschränkt die Arme vor der Brust. „Denk daran, dass dieser Platz sehr begehrt ist."

„Ich möchte, dass Aideen ebenfalls in den Club aufgenommen wird", erwidere ich, ohne auf ihre Worte einzugehen. „Sie kann diesen Rückhalt dringen gebrauchen und es ist wichtig, dass sie ihre Kräfte in den Griff bekommt. Es hängen Menschenleben davon ab."

Die meisten der Clubmitglieder wirken wenig beeindruck, lediglich in Tracys Gesicht liegt Unsicherheit. Wahrscheinlich erinnert sie sich daran, dass ihre Verwandlung in die Bestie ein Menschenleben gekostet hat und sich die Zahl ihrer Opfer sogar noch steigern könnte.

„Wir überlegen es uns", sagt sie schließlich mit abweisender Stimme.

Die anderen werfen ihr überraschte Seitenblicke zu, während Jules wenig erfreut wirkt. Seine Augen haben einen finsteren Ausdruck angenommen und er schaut mich an, als hätte ich den Verstand verloren.

„Allerdings wirst du diesen Ort nicht einfach so verlassen können, solange du kein Mitglied bist", fährt Tracy mit einem sadistischen Grinsen fort. „Schließlich darfst du nicht wissen, wie du hierhergelangst. Also musst du die ganze Prozedur von vorhin noch mal über dich ergehen lassen."

Vermutlich will sie mir damit Angst machen, aber nun, da ich weiß, dass ich nicht in Gefahr schwebe, macht es mir nicht mehr viel aus. „Also gut. Tut, was ihr nicht lassen könnt."

Wie aufs Stichwort steht Leroy auf, stellt sich vor mich und streckt seine Hände in meine Richtung. Im nächsten Moment spüre ich auch schon wieder die Lähmung, die meinen ganzen Körper in Besitz nimmt.

„Wenn ich wollte, könnte ich auch deinen Atem stoppen", erklärt Leroy mit einem aalglatten Lächeln.

Ihm so hilflos ausgeliefert zu sein löst nun doch wieder Panik in mir aus und ich muss mir immer wieder sagen, dass Jules das nicht zulassen würde. Aber das bedeutet nicht, dass Leroy nicht eine andere Gelegenheit nutzen würde, um mich zu beseitigen.

Ich beobachte mit vor Nervosität pochendem Herzen, wie Tracy sich den Sack schnappt und ihn mir dann ohne jede Gefühlsregung über den Kopf stülpt.

Diesmal achte ich genau darauf, wo ich hingetragen werde. Ich merke mir jede Biegung, jede Steigung und jedes Geräusch einer Tür. Zum Glück lenkt mich das so sehr ab, dass ich nicht mehr daran denken muss, in was für einer Situation ich mich befinde. Allerdings wundert es mich, dass wir wieder keinem anderen Schüler zu begegnen scheinen.

Irgendwann werde ich auf etwas Weichem abgelegt, und als sich die Lähmung endlich löst und ich den Sack von meinem Kopf reiße, finde ich mich in meinem Zimmer wieder.

Atemlos starre ich an die Decke und brauche eine ganze Weile, um meine Gedanken wieder zu sammeln. Ich wurde in den begehrtesten Club dieser Schule eingeladen. Ich hätte einfach nur die Schlüsselkette an mich nehmen müssen, aber habe stattdessen abgelehnt, um Aideen zu unterstützen.

Vermutlich sollte ich stolz auf meine Willensstärke sein, doch ich frage mich stattdessen, ob das nicht doch eine dumme Entscheidung gewesen ist.

Kapitel 16

Als ich auch am nächsten und übernächsten Tag nichts mehr von dem Geheimclub höre, werde ich allmählich nervös. Immer wieder treffe ich auf den Fluren, im Unterricht und beim Essen auf die Mitglieder, die ich bereits kennengelernt habe, doch jedes Mal werde ich eisern ignoriert.

Gleichzeitig fühle ich mich mit jedem Tag müder und schwächer, denn ich bekomme durch die nächtliche Wache an Aideens Bett nicht viel Schlaf. Immerhin konnte ich bisher jedes Mal verhindern, dass sie schlafwandelt, was mir zumindest ein wenig Motivation gibt. Ich weiß, dass ich das Richtige tue.

Am dritten Tag nach der Entführung durch den Geheimclub beschließe ich, Jules zur Rede zu stellen. Auch er ist mir aus dem Weg gegangen, doch bei ihm habe ich keine Hemmungen, ihn zu konfrontieren.

Ich schaffe es, ihn nach dem Unterricht abzufangen, da er noch ein kurzes Gespräch mit Mrs McArren hatte und somit ausnahmsweise nicht von seinen Freunden umgeben ist.

Als er den Klasseraum verlässt, packe ich ihn am Arm und ziehe ihn hinter mir her. Dabei ignoriere ich seine genervten Proteste und bin erleichtert, dass er nicht versucht, sich loszureißen. Erst als ich ihn in einen leeren Klassenraum führe, entwindet er sich meinem Griff und funkelt mich wütend an.

„Was soll das? Du benimmst dich wie eine Verrückte!"

Ich erwidere seinen Blick unbeeindruckt. „Wir müssen reden. Und du weißt genau, worum es geht."

„Das, was du verlangt hast, war einfach nur dumm!", schleudert er mir entgegen. „Wenn die anderen beschließen, die Einladung zurückzuziehen, wirst du keine zweite Chance erhalten. Zusätzlich hast du mich bloßgestellt."

„Die anderen? Hast du etwa kein Mitspracherecht mehr?"

Jules' Blick verfinstert sich deutlich. „Sie haben mir das Mitspracherecht entzogen und das habe ich nur dir zu verdanken."

Ich sollte wohl Reue verspüren, aber davon fehlt jede Spur. Trotzdem versuche ich, mitfühlend zu wirken, denn ich brauche Informationen, die mir Jules mit Sicherheit geben kann.

„Es tut mir leid", lüge ich. „Weißt du denn, wie die Lage momentan ist? Tendieren die anderen zu einer Absage?"

Jules mustert mich für einen Moment skeptisch und macht dann Anstalten zu gehen.

„Langsam habe ich wirklich das Gefühl, dass du mich ausnutzt", sagt er und greift nach seinem Rucksack. „Ich muss jetzt los. Frag in Zukunft jemand anderen, wenn du Hilfe brauchst."

„Jules, warte!", rufe ich verzweifelt, doch er ignoriert mich.

Er verlässt den Raum und schließt die Tür hinter sich mit einem lauten Knall.

Fassungslos blicke ich ihm hinterher, und als ich von der Stille des leeren Klassenraumes eingehüllt werde,

packen mich nun doch Schuldgefühle. Auch wenn
Jules sich mir gegenüber oft abweisend verhält, so war
er immer auf meiner Seite. Er hat mich trainiert, auch
wenn es ihm eigentlich verboten war, und hat zu mir
gehalten, als mich meine Eltern Dr. McAshton ausgeliefert haben.

***

Erst als ich am Abend beinahe mit Finn zusammenstoße, fällt mir mit einem Schlag wieder ein, dass wir
am Tag meiner Entführung durch den Club der Schlüssel eigentlich verabredet waren. Ich bin so abgelenkt
gewesen, dass ich nicht mehr daran gedacht habe.

„Ich habe dich versetzt und das tut mir unendlich
leid“, sage ich ohne Umschweife, doch Finn blickt bloß
mit ausdruckslosem Blick auf mich herab.

„Immerhin weiß ich jetzt, dass ich dir nicht vertrauen
kann.“ Mit diesen Worten schiebt er sich an mir vorbei
und verschwindet im Speisesaal.

Traurig lasse ich die Schultern hängen. Das habe ich
verdient. Ich beschließe jedoch, nicht so schnell aufzugeben, und folge Finn. Auch wenn es eigentlich eine
strenge Sitzordnung gibt, setze ich mich ihm gegenüber
und beuge mich vor, damit er mir in die Augen sieht.

„Es tut mir wirklich leid, Finn. Dass ich dich versetzt
habe, war keine Absicht. Es ist so viel passiert, dass ich
nicht mehr an unsere Verabredung gedacht habe.“

Er verschränkt abweisend die Arme vor sich auf dem
Tisch, aber immerhin schickt er mich nicht fort.

„Wenn du mir sagst, was so Wichtiges passiert ist,
überlege ich es mir vielleicht.“

Nervös spiele ich mit den Knöpfen meiner Strickjacke, denn ich weiß nicht, was ich ihm erzählen soll. Vielleicht ist eine Halbwahrheit die beste Lösung.

„Ein paar Mitschüler haben mir einen Streich gespielt, der mir große Angst eingejagt hat. Das hat mich total aus der Bahn geworfen."

Finn mustert mich mit gerunzelter Stirn, aber schließlich nickt er. „Das ist mir auch schon passiert, als ich neu auf der Schule war. Auch wenn ich das Gefühl habe, dass du mir etwas verschweigst, will ich dir glauben."

Ich atme auf und lächle ihn vorsichtig an. „Also, holen wir unser Treffen nach?"

Er nickt knapp. „Wenn du nach dem Abendessen zur Bibliothek kommst, erzähle ich dir, was ich herausgefunden habe. Aber ich warne dich: Es wird dir nicht gefallen."

Ein mulmiges Gefühl breitet sich in meinem Körper aus und ich frage mich, was die Darkwood Academy noch für düstere Geheimnisse bergen könnte.

Ich werde aus meinen Gedanken gerissen, als ein Dienstmädchen mit Servierwagen unseren Tisch ansteuert.

„Sie sitzen am falschen Platz", stellt die junge Frau fest. „Ich muss Sie bitten, zu Ihrem eigenen Tisch zurückzukehren."

Ich nicke gehorsam und werfe Finn einen letzten Blick zu, um ihm zu verstehen zu geben, dass ich mich an unsere Abmachung halten werde.

***

Auch wenn Aideen und Ellie mich gefragt haben, ob ich den Abend mit ihnen verbringe, halte ich mich diesmal an die Abmachung mit Finn. Ich gehe nach dem Essen direkt zur Bibliothek und setze mich mit einem Buch in eine abgelegene Ecke, um auf ihn zu warten.

Erst als die Standuhr acht Mal schlägt, betritt Finn endlich den Raum. Er blickt sich um, und als er mich entdeckt, kommt er mit einem leichten Lächeln zu meinem Tisch. Langsam kehrt die Anspannung in meinen Körper zurück, denn ich fürchte mich vor dem, was er mir zu sagen hat.

Nachdem Finn sich gesetzt hat, holt er das Notizbuch aus seiner Ledertasche und legt es zwischen uns ab. „Ich konnte einiges von dem, was ich damals hingekritzelt habe, entziffern. Du wirst es nicht glauben, aber ein paar Sachen habe ich in Geheimschrift verfasst."

„Dann scheint es sich um etwas Gefährliches zu handeln", sage ich und rutsche unruhig auf meinem Stuhl herum.

„So könnte man es wohl sagen. Das Traurige ist, dass meine Vermutungen darüber, was auf dieser Schule abgeht, bestätigt werden. Wahrscheinlich wäre es schlau, sofort von hier abzuhauen, aber wenn ich ehrlich bin, wüsste ich nicht, wohin ich gehen sollte."

„Nun sag schon, worum es geht", fordere ich ihn mit einem Anflug von Panik auf.

Und dann beginnt Finn endlich mit gesenkter Stimme zu reden: „Ich bin mir nun völlig sicher, dass Magie wirklich existiert und dass einige unserer Mitschüler sie beherrschen. Es scheint so, als würde die

Schule in Kauf nehmen, dass die nichtmagischen Schüler umkommen. Aber nun halt dich fest: Sie nehmen es nicht nur in Kauf, sondern fordern es sogar heraus!"

Ein dicker Kloß bildet sich in meinem Hals und ich muss schwer schlucken. Im Grunde spricht Finn nur das aus, was ich bereits geahnt habe, aber das macht es leider nicht besser.

„Aber warum?", frage ich mit krächzender Stimme und kralle die Hände in meinen Faltenrock. Ich weiß nicht, ob ich für das, was Finn noch erzählen wird, bereit bin.

„Das wurde in meinen Unterlagen nicht ganz deutlich", gibt er zu. „Aber wenn ich mich nicht irre, gelten die nichtmagischen Schüler als Versuchsobjekte, an denen sich die magischen Schüler austesten können."

„Du meinst ... sie sollen ihre Kräfte an ihren Mitschülern trainieren?", frage ich mit kraftloser Stimme. Ich habe das Gefühl, jeden Moment in Tränen auszubrechen.

Das Schlimmste ist, dass alles, was Finn sagt, einen Sinn ergibt und ich ihm jedes Wort glaube. Am liebsten würde ich mich vor der Wahrheit verschließen, doch dafür ist zu viel passiert.

„Ja, ich denke, dass es wahr ist", bestätigt Finn mit finsterer Miene.

„Und was machen wir dagegen?", frage ich verzweifelt und vergesse dabei beinahe, dass Finn nichts von meinen magischen Kräften weiß. Auch ich bin gefährlich und könnte ihn mit einer einfachen Handbewegung töten.

„Zunächst müssen wir herausfinden, wer alles dahintersteckt", erklärt Finn. „Ob es alle Lehrer sind und möglicherweise sogar ein Teil unserer Mitschüler. Sollte das der Fall sein, sollten wir so schnell es geht von hier flüchten."

Ich nicke, auch wenn ich schon jetzt weiß, dass ich diese Schule auf keinen Fall verlassen werde. Ich muss gegen all diese Grausamkeiten vorgehen, auch wenn ich nicht weiß, wie mir das möglich sein soll.

„Ich denke, der Begriff *Magicae Noctis* hat etwas damit zu tun", eröffnet mir Finn plötzlich, woraufhin ich überrascht aufblicke. Ich hatte diese seltsamen lateinischen Worte schon völlig vergessen.

„Weißt du, was das übersetzt bedeutet?", frage ich atemlos.

Tatsächlich nickt Finn, was meine Anspannung noch weiter wachsen lässt. „Es bedeutet so viel wie Magie der Nacht. Damit wird noch mal bestätigt, dass sich alles auf der Darkwood Academy um Magie dreht."

„Und wofür soll *Magicae Noctis* stehen? Ist das vielleicht so etwas wie das Motto der Schule?"

Finn senkt betrübt den Kopf. „Das versuche ich derzeit noch herauszufinden. Ich weiß nicht einmal mehr, wie ich damals auf diese Worte gestoßen bin, und das macht mich verrückt. Ich würde alles dafür geben, meine Erinnerung endlich uneingeschränkt zurückzubekommen."

Mit einem Schlag kommt mir etwas in den Sinn: Was ist, wenn einer unserer Mitschüler ihm die Erinnerungen genommen hat? Sollte ich entgegen meinen Erwartungen doch noch in den Geheimclub aufgenommen werden, werde ich sofort herausfinden, was meine Mitschüler für magische Kräfte haben.

„Halte einfach erst mal Ausschau nach Sachen, die dir seltsam vorkommen“, reißt Finn mich aus meinen Gedanken. „Wenn du willst, können wir uns in drei Tagen erneut hier treffen und uns über das austauschen, was wir in der Zwischenzeit herausgefunden haben.“

„Ja, so machen wir es“, antworte ich.

Wir stehen gleichzeitig auf und in mir breitet sich ein aufgeregtes Kribbeln aus, als Finn direkt vor mich tritt und mir seine Hand auf die Schulter legt. „Ich will dir noch sagen, wie dankbar ich dir bin, dass du das alles mitmachst. Es war schrecklich, jahrelang auf mich allein gestellt zu sein.“

Ich blicke zu ihm auf und mit einem Mal breitet sich ein Kribbeln in mir aus. Mir ist schon zuvor nicht entgangen, dass Finn attraktiv ist, doch da war ich zu sehr mit meinen Gefühlen für Elay beschäftigt.

Als Finn meinen intensiven Blick bemerkt, runzelt er überrascht die Stirn, aber weicht nicht zurück. Stattdessen nimmt er sanft meine Hand und schenkt mir ein unsicheres Lächeln.

Gerade als ich darüber nachdenke, noch einen Schritt weiter zu gehen, höre ich plötzlich ein Keuchen hinter mir. Ich wirble herum und sofort überwältigt mich das schlechte Gewissen – denn es ist Elay, der in der Tür zur Bibliothek steht und mich traurig anblickt. Ich will etwas sagen, doch da ist er bereits davongestürmt.

Finn seufzt und macht nun ebenfalls Anstalten, die Bibliothek zu verlassen. „Ich möchte nicht zwischen euch stehen“, sagt er geknickt und schultert seine Tasche.

„Das tust du nicht“, stelle ich klar, auch wenn ich mir selbst nicht ganz sicher bin, ob das stimmt. „Zwischen Elay und mir ist es aus.“

Finn wirkt wenig überzeugt, darum gehe ich zu ihm, stelle mich auf die Zehenspitzen und hauche ihm einen Kuss auf die Wange. Sofort errötet er und räuspert sich. „Gute Nacht, Sharon. Bis in drei Tagen.“

***

Die Flure sind bereits menschenleer, als ich mich auf den Weg zurück in den Schlafsaal mache. Nachdem Finn gegangen ist, habe ich mich in der Bibliothek in ein Buch vertieft und völlig die Zeit vergessen.

Aus irgendeinem Grund fühle ich mich die ganze Zeit beobachtet und drehe mich immer wieder ruckartig um. Doch es ist anscheinend niemand da, abgesehen von zwei Katzen, die sich auf einer gepolsterten Bank niedergelassen haben und sich gegenseitig putzen.

Kurz vor meinem Zimmer atme ich erleichtert auf – bis ich plötzlich wieder das Gefühl von Lähmung verspüre. Ich bin kurz davor, in Panik zu verfallen, bis mir etwas in den Sinn kommt: Der Club der Schlüssel wird mich erneut entführen. Und das könnte bedeuten, dass ich aufgenommen werde.

Mit diesem Gedanken schaffe ich es tatsächlich, mich zu beruhigen – sogar dann, als mir wieder dieser stinkende Stoffsack über den Kopf gezogen wird. Erneut werde ich hochgehoben und ich versuche, wie beim letzten Mal, herauszufinden, wo wir langgehen.

Diesmal wird mir jedoch klar: Wir folgen nicht dem Flur, so wie man es erwarten würde, sondern gehen seitwärts. Ich kann mich nicht erinnern, dass dort Türen sind, und es macht mich nun erst recht verrückt, nichts sehen zu können.

Nach einer Weile werde ich wieder auf das Sofa gelegt, auch wenn ich das Gefühl habe, dass es diesmal unsanfter ist. Dann endlich verschwindet die Lähmung und ich befreie mich von dem Sack über meinem Kopf.

Die anderen haben sich bereits auf den Sofas niedergelassen und mustern mich neugierig. Diesmal sind noch mehr Mitschüler dabei als beim letzten Mal und ich zucke zusammen, als ich Elay entdecke. Er hält als einziger seinen Blick gesenkt und seine Miene wirkt ausdruckslos.

Schnell schaue ich wieder zu den anderen und konzentriere mich darauf, keine Unsicherheit zu zeigen. Als sie auch nach minutenlangem, unangenehmem Schweigen nichts sagen, ergreife ich das Wort.

„Also, warum bin ich hier?“

Tracy wirkt – warum auch immer – zufrieden mit meiner Frage. „Wir haben abgestimmt, ob du trotz deiner unangemessenen Forderung in den Club aufgenommen werden solltest. Einige haben dagegen gestimmt, aber dennoch waren die meisten dafür.“

Erleichtert lasse ich mich in dem weichen Sofa zurücksinken. „Heißt das, ich gehöre jetzt einfach so dazu? Und was ist mit Aideen?“

Tracy hebt den Finger, um mir zu signalisieren, dass sie noch nicht fertig ist.

„Wir haben uns darauf geeinigt, dass du eine Probezeit von zwei Wochen haben wirst. Wenn du es in dieser Zeit schaffst, dass Aideen ihre Kräfte unter Kontrolle hat, werdet ihr beide aufgenommen. Bis dahin wirst du noch nicht an unseren Treffen teilnehmen, aber wir werden dich genau im Auge behalten."

Am liebsten würde ich meinem Frust Luft machen, denn das war nicht das, was ich mir erhofft habe. Auch wenn ich eigentlich davon ausgegangen bin, dass ich direkt abgelehnt werde, macht mir der Gedanke an diese Probezeit zu schaffen.

„Na gut", sage ich knapp. „Darf ich dieses Mal in mein Zimmer zurück gehen, ohne von Leroy gelähmt zu werden?"

Ein paar der Anwesenden lachen leise. Tracy hebt die Hand, um sie zum Schweigen zu bringen.

„Noch bist du kein vollwertiges Mitglied, darum darfst du nicht wissen, wo sich unsere Räumlichkeiten befinden."

Ich stöhne auf und erwäge für einen Moment, einfach abzuhauen. Aber in einem Raum voll mit magisch begabten Teenagern rechne ich mir meine Chancen eher schlecht aus.

„Verbindet mir meinetwegen die Augen. Aber könnt ihr diesmal bitte wenigstens auf die Lähmung verzichten?"

Leroy öffnet den Mund, vermutlich, um zu widersprechen, doch Tracy kommt ihm zuvor. „Das sollte kein Problem sein. Jules, führst du sie zurück in ihr Zimmer?"

Ich blicke überrascht auf, als ausgerechnet Elay sich zu Wort meldet. „Wenn ihr nichts dagegen habt, übernehme ich das. Ich habe noch ein paar Dinge mit Sharon zu besprechen."

Ein Teil von mir möchte protestieren, doch leider ist es mein dummes und hoffnungsvolles Herz, das sich dagegen entscheidet.

Tracy blickt mich fragend an und ich erinnere mich daran, dass sie weiß, was zwischen uns vorgefallen ist.

„Meinetwegen", sage ich mit möglichst neutraler Stimme, auch wenn ich mir sicher bin, dass ein Zittern deutlich herauszuhören ist.

Mit verschränkten Armen erhebe ich mich von meinem Sitzplatz, woraufhin Elay mit zögerlichen Schritten auf mich zukommt. Tracy reicht ihm zu meiner Erleichterung eine Augenbinde, die sicherlich um einiges angenehmer sein wird als dieser fürchterliche Sack. Elay tritt hinter mich und verbindet mir die Augen mit so vorsichtigen Bewegungen, dass ich unwillkürlich die Luft anhalte. Ich kann seinen Atem in meinem Nacken spüren, was sich eine wohlige Gänsehaut auf meiner Haut ausbreiten lässt.

„Bist du bereit?", höre ich Elays Stimme nah an meinem Ohr.

Ich nicke nur, denn ich bin mir sicher, dass ich keinen Ton rauskriegen würde.

Er führt mich an meinen Schultern durch den Raum und mir wird bewusst, dass ich ihm voll und ganz vertraue. Es fühlt sich beinahe so an, als wären unsere Körper miteinander verbunden.

„Jetzt kommt eine Treppe", sagt Elay mit rauer Stimme und es gelingt mir ohne Probleme, die Stufen zu erklimmen.

Ich höre, wie eine Tür sich öffnet, ohne dass er meine Schultern loslässt, was er möglicherweise mit seinen Schatten geschafft haben könnte. Für einen kurzen

Moment verspüre ich Unsicherheit, als ich mich an seine magischen Kräfte erinnere, doch ich schaffe es schnell, sie beiseitezuschieben.

Nachdem wir noch weitere Treppen und Richtungswechsel hinter uns gebracht haben, bleibt Elay endlich stehen und zieht die Binde von meinen Augen. Ich muss mehrmals blinzeln, denn wir befinden uns in einem dunklen Raum. Nach einer Weile erkenne ich jedoch den Schachsalon wieder und ein trauriges Lächeln stiehlt sich auf meine Lippen.

„Ich bin oft hier und muss an unsere gemeinsame Zeit denken", gibt Elay kaum hörbar und mit einem solchen Schmerz in der Stimme zu, dass ich mich zu ihm umdrehe.

„Leider kann ich nicht vergessen, was passiert ist", erwidere ich und muss mich beherrschen, um meine Tränen zurückzuhalten. Er nickt und schließt für einen Moment die Augen. „Ich weiß, dass es meine eigene Schuld ist. Ich schaffe es einfach nicht, diese dunkle Seite von mir zu unterdrücken und möchte dich nicht noch mal in Gefahr bringen. Auch wenn ich weiterhin Gefühle für dich habe, werde ich mich so gut es geht von dir fernhalten."

Am liebsten würde ich ihm widersprechen, doch er hat recht. Bis er seine Magie nicht im Griff hat, kann ich kein weiteres Risiko eingehen. Hinzu kommt, dass ich mich nun immer wieder frage, ob zwischen Finn und mir mehr als Freundschaft entstehen könnte.

„Vielleicht irgendwann", sage ich, ehe meine Stimme bricht und mein Blick durch Tränen verschwimmt.

Schnell wende ich mich dem Kamin zu, damit Elay nicht auch noch meinen Schmerz sieht. Ich atme tief durch, strecke meine Hände aus und lasse innerhalb eines Wimpernschlages ein großes Feuer im Kamin entstehen.

„Du wirst immer besser", stellt Elay fest. „Der Geheimclub der Schlüssel wäre dumm, dich abzulehnen. Ich jedenfalls habe für dich gestimmt."

„Das ist nett von dir", erwidere ich mit hohler Stimme, während ich noch immer um Fassung ringe.

Nach kurzem Schweigen drehe mich wieder zu ihm um und blicke ihn eindringlich an. „Was hat dir dieser Club gebracht? Bist du dir sicher, dass er gut für mich wäre?"

Ich muss wieder daran denken, dass die Tode der Schüler herausgefordert werden, und frage mich, ob das alles zusammenhängt. Könnte es sein, dass in Wahrheit der Club der Schlüssel die Fäden zieht und ich kurz davor bin, Mittäterin zu werden?

„Sie waren mir in meinen härtesten Zeiten eine große Stütze", antwortet Elay nachdenklich. „Und sie haben mir geholfen, über mich hinauszuwachsen, auch wenn ich noch weit davon entfernt bin, perfekt zu sein. So perfekt wie mein Bruder."

Ich weiß nicht, was ich von seinen Worten halten soll, denn er will doch sicherlich nicht so wie sein Bruder enden.

„Niemand ist perfekt", sage ich, weil mir nichts anderes einfällt. Dann kommt mir jedoch eine andere Idee. „Hast du schon mal etwas von dem Begriff *Magicae Noctis* gehört?"

Elay versteift sich für einen Moment und in seinen Augen flackert sogar Panik auf. Dann wirkt er jedoch wieder völlig normal und zuckt lässig mit den Schultern.

„Noch nie gehört. Das ist lateinisch, oder?“

„Ja, es bedeutet Magie der Nacht. Bist du dir sicher, dass du nicht weißt, worum es geht?“

Mit einem Mal lodert ein solcher Zorn in seinen Augen, dass ich einen Schritt zurückweiche. Es ist beinahe derselbe Ausdruck wie damals im Wald.

„Du solltest aufhören, so viele Fragen zu stellen. Du könntest auf Dinge stoßen, die dir nicht gefallen. Dinge, die gefährlich für dich werden könnten.“

Mit einem Mal kocht brodelnde Wut in mir hoch. „Und du solltest wirklich an deinen Ausbrüchen arbeiten, statt es auf deine Kräfte zu schieben. Du hast ernsthafte Probleme, egal ob magisch begabt oder nicht.“

Als er mich verletzt anblickt, bereue ich meine Worte für einen Moment. Allerdings scheine ich seinen Zorn gedämmt zu haben und mir wird außerdem bewusst, dass ich recht habe. Elay behandelt sein Umfeld schlecht und versteckt sich hinter der Ausrede, dass er seine Schatten nicht im Griff hat.

„Es tut mir leid“, sagt Elay kaum hörbar und schafft es dabei nicht, mir in die Augen zu blicken. „Du hast recht. Ich sollte etwas an meinem Verhalten ändern.“

„Ich bin erleichtert, dass du das einsiehst“, antworte ich mit einem Lächeln. „Und auch wenn es dich nervt, muss ich dich noch mal fragen: Weißt du, was *Magicae Noctis* bedeutet?“

Elays Hände ballen sich zu Fäusten und die vom Feuer flackernden Schatten dehnen sich weiter aus. Doch er atmet tief durch und scheint es zu schaffen, seine Gefühle zu kontrollieren.

„Bitte glaube mir", sagt er schließlich niedergeschlagen, „dass du besser dran bist, wenn du es nicht weißt.
Ich wünschte, ich wäre so ahnungslos wie du, und das
ist nicht beleidigend gemeint. Eingeweiht zu sein ist die
größte Bürde, die mir passieren konnte."

Mit diesen Worten wendet er sich ab und verlässt das
Zimmer mit schweren Schritten. Etwas an seinem Ton
hindert mich daran, ihn aufzuhalten. Er wirkt so ... gebrochen. Ich zweifle keinen Moment daran, dass er das,
was er mir gesagt hat, ernst meinte.

Obwohl das Feuer den Salon wärmt, zittere ich am
ganzen Körper. Denn mir wird bewusst, dass es um
weit mehr geht, als ich bisher dachte.

KAPITEL 17

Da mir der Geheimclub der Schlüssel nicht verboten hat, mit Aideen über meine Probezeit zu sprechen, weihe ich sie am nächsten Tag ein. In ihren dunklen Augen flackern zugleich Hoffnung und Panik auf.

„Also liegt es jetzt allein an mir, ob du aufgenommen wirst? Das habe ich nicht gewollt!"

Ich lege ihr beschwichtigend die Hand auf den Arm. „Es war meine eigene Entscheidung, die Bedingung zu nennen, dass du ebenfalls aufgenommen wirst. Mach dir da keine Sorgen. Außerdem kann ich mir Schlimmeres vorstellen, als nicht Teil dieses Clubs zu werden. Die meisten Mitglieder sind sowieso irgendwie unsympathisch."

Dabei muss ich vor allem an Leroy denken und daran, wie leicht es ihm fallen würde, meinen Atem zu stoppen.

Aideen scheint erleichtert und lächelt mich dankbar an. „Dass du das für mich getan hast, bedeutet mir unglaublich viel. Aber wie soll ich es bloß innerhalb so kurzer Zeit schaffen, meine Kräfte in den Griff zu bekommen?"

„Wir haben schon Fortschritte gemacht", beruhige ich sie, auch wenn ich selbst unsicher bin.

„Trotzdem sollten wir langsam anfangen, dein Training ernster zu nehmen. Bald ist meine Probezeit zu Ende."

Aideen zieht einen Schmollmund, aber weiß ebenso wie ich, wie viel davon abhängt. Eigentlich ist die Aufnahme in den Geheimclub der Schlüssel sogar nebensächlich – das Wichtigste ist, dass Ellie endlich in Sicherheit ist.

„Ich weiß einfach nicht, wo ich anfangen soll“, seufzt Aideen. „Ihr habt es alle gut, denn eure Kräfte werden im wachen Zustand heraufbeschworen. Wie soll ich jemals lernen, mich zurückzuhalten, während ich schlafe?“

„Gibt es währenddessen denn nichts, was du wahrnimmst?“, frage ich nachdenklich. „Kannst du dich nicht erinnern, während des Schlafwandelns etwas Seltsames zu spüren?“

Aideen zieht die Brauen zusammen.

„Nun ja, da wäre vielleicht wirklich etwas“, sagt sie dann und ihre Augen leuchten hoffnungsvoll auf. „Jetzt, wo du das sagst, fällt mir ein, dass ich jedes Mal den gleichen Traum habe, wenn es passiert. Ich weiß aber nicht, ob ich es schaffe, mich genau zu erinnern, worum es dabei geht.“

Ihr zuvor gewonnener Mut verblasst wieder, doch ich spüre das erste Mal so etwas wie Zuversicht. Endlich haben wir etwas, auf das wir uns konzentrieren können.

„Ich weiß, wie wir nun vorgehen können“, sage ich begeistert. „Da wir leider kein Google benutzen können, mache ich mich in der Bibliothek auf die Suche nach Büchern über luzides Träumen. Das bedeutet, seinen Traum steuern zu können. Ich mache mich dann darüber schlau, während du nur einfach versuchst, dich an den Inhalt deiner Träume zu erinnern.“

„Du hast gut reden“, murrt Aideen. „So leicht, wie du denkst, wird das nicht für mich.“

Ich kann ihr jedoch ansehen, dass auch sie wieder Hoffnung schöpft. „Ich mache mich sofort auf den Weg in die Bibliothek“, verkünde ich begeistert und warte nicht mal mehr ihre Antwort ab.

In der Bibliothek angekommen mache ich mich sofort auf die Suche nach der Sachbuchabteilung. Sie befindet sich in der oberen Etage, in die ich über eine schmiedeeiserne Wendeltreppe gelange. Bisher bin ich noch nie dort gewesen und ich bin neugierig, was mich erwartet.

Als ich oben ankomme und über das Geländer der Galerie blicke, wird mir bewusst, was ich bisher verpasst habe. Dieser Anblick ist einfach nur atemberaubend. Die Tische und Sessel wirken von hier oben ganz klein, ebenso wie die fünf Schüler, die zusammensitzen, um zu lernen. Zudem kann ich von hier aus perfekt durch die hohen Fenster in die Ferne schauen, wo das Meer hohe Wellen wirft.

Es fällt mir schwer, mich von diesem Anblick loszureißen und meine Suche zu beginnen. Es gibt Bücher über alle möglichen Themen – vom Backbuch über Achtsamkeitsübungen bis hin zu einer Broschüre über die Aufzucht von Sukkulenten. Nur über das Träumen kann ich weit und breit nichts finden.

„Wonach suchst du?“, höre ich plötzlich eine helle Stimme und wirble erschrocken herum.

Hinter mir steht Henry, der mich neugierig anblickt. Er hat drei Bücher unter den Arm geklemmt, trägt einen braunen Tweedanzug und eine dunkelgrüne Fliege, was mich zum Schmunzeln bringt.

„Ich ... ähm ... suche ein Buch über das Träumen." Noch bevor ich zu Ende gesprochen habe, weiß ich, wie bescheuert das klingt.

Henry runzelt die Stirn, aber macht sich zum Glück nicht darüber lustig.

„Ich denke nicht, dass du bei den Sachbüchern richtig bist", sagt er schließlich. „Ich meine, ich hätte schon mal etwas über Traumdeutung und ähnliches bei den alten wissenschaftlichen Büchern gesehen. Komm mit, dann schauen wir gemeinsam."

Dankbar folge ich ihm die Galerie entlang, bis wir vor einem Regal stehen, das mit beinahe schon antik aussehenden Wälzern gefüllt ist. Die Einbände sind fast alle in Leder geschlagen und die Titel prangen in goldener Schrift auf den Buchrücken.

Henry klettert eine hölzerne Leiter hoch und fährt mit dem Finger über die Bücher, bis er auf einem verharrt. Ich sehe ihm staunend zu, denn er scheint ein hervorragendes Gedächtnis zu haben. Ich könnte mir bei all den Büchern niemals merken, wo ich mal flüchtig einen Buchtitel gesehen habe.

Er zieht das Buch mühselig aus dem Regal und reicht es mir dann mit einem triumphierenden Lächeln.

„Du solltest hier als Bibliothekar anfangen", stelle ich belustigt fest und nehme es dankbar entgegen.

Als ich den Titel lese, bin ich sofort zuversichtlich, dass es das Richtige sein könnte: *Klarträume und Traumdeutung.*

„Du weißt gar nicht, wie sehr du mir damit geholfen hast", seufze ich und muss kurz den Impuls unterdrücken, Henry durch die sorgfältig gescheitelten Haare zu wuscheln.

Mit jedem Aufeinandertreffen schließe ich diesen gutherzigen und ernsthaften Jungen mehr ins Herz. Ich frage mich immer noch, weshalb Finn in seiner Anwesenheit stets so seltsam reagiert.

„Sag mal ...", beginne ich wie beiläufig. „Du und Finn, habt ihr euch mal gestritten oder so? Er reagiert so seltsam, wenn du in der Nähe bist."

Henry zuckt zusammen und wirkt beinahe schon ängstlich.

„Ich darf nicht darüber reden", nuschelt er schließlich und wendet sich ab, sodass ich sein Gesicht nicht mehr sehen kann.

Auch wenn er mir leidtut, ist nun mein Interesse geweckt, sodass ich weiter nachhaken muss. „Wer hat dir verboten, darüber zu reden? Finn? Oder jemand von den Lehrern?"

Bei meinen letzten Worten geht ein Zittern durch Henrys Körper. Das ist der Augenblick, in dem ich beschließe, ihn doch in Ruhe zu lassen, auch wenn seine Reaktion noch mehr Fragen aufwirft.

Gerade will ich den Mund öffnen, um etwas Beschwichtigendes zu sagen, als ich erneut seine leise Stimme höre. „Komm niemals *Magicae Noctis* in die Quere."

Dann läuft er so schnell zur Wendeltreppe und poltert hinab, dass ich nicht mehr dazu komme, ihm zu antworten.

Da war wieder dieser seltsame Name: *Magicae Noctis*. Und nun ist es noch offensichtlicher, dass etwas ungemein Düsteres und Gefährliches dahintersteckt.

***

Als ich Aideen von dem Vorfall erzähle, knibbelt sie nervös an ihrem schwarzen Nagellack herum. Allerdings habe ich das Gefühl, dass sie ebenso wenig etwas mit dem Begriff *Magicae Noctis* anfangen kann wie ich.

„Immerhin haben wir jetzt dieses Buch", wechsle ich mit gespielter Fröhlichkeit das Thema, als das betretene Schweigen unerträglich wird.

Ich lege den schweren Wälzer zwischen uns und blättere hindurch. Die ersten hundert Seiten handeln bloß von der wissenschaftlichen Erklärung des Träumens. Anschließend folgen die möglichen Deutungen – von freiem Fall über das Ausfallen von Zähnen bis hin zu Träumen mit Spinnen. Schon allein bei dem Gedanken daran überläuft mich eine Gänsehaut.

„Ich träume immer wieder, dass ich nackt durch die Schule laufe", stellt Aideen trocken fest. „Vielleicht sollte ich es einfach mal im realen Leben probieren, um mir diese Angst zu nehmen."

Ich muss lachen und blättere durch die Seiten, um herauszufinden, was die Deutung dieses Traumes ist.

„Hier steht, dass du dich emotional verletzlich fühlst. Also so, als würdest du nackt vor deinen Mitmenschen stehen."

Aideen nickt wissend. „Ja, das könnte wohl hinhauen. Im echten Leben ist meine Kleidung wohl so etwas wie mein Schutzschild."

Mir wird bewusst, dass sie noch nie so offen über ihre Gefühle geredet hat. Aus einem Impuls heraus rutsche ich auf dem Boden neben sie und drücke sie fest an mich.

„Hmpf, ich bekomme keine Luft", keucht sie, aber ich kann ihrer Stimme anhören, dass sie lächelt.

„Wir sollten die ganze Sache mal etwas ernster angehen", fügt sie dann in rügendem Ton hinzu, als ich mich wieder von ihr löse. „Schließlich steht viel auf dem Spiel. Ellies Leben, um genau zu sein."

Als ich daraufhin weiterblättere, werde ich im letzten Drittel des Buches endlich fündig.

„Luzides Träumen", rufe ich triumphierend und beginne, den Text gemeinsam mit Aideen durchzulesen.

Zuerst geht es bloß viele Seiten lang um die wissenschaftliche Erklärung des Wachträumens, doch da auch das wichtig für uns sein könnte, überspringen wir es nicht.

Erst als die Sonne draußen lange untergegangen ist und ich ein Gähnen nicht mehr unterdrücken kann, kommt endlich das spannendere Thema: Wie man es schafft, luzid zu träumen, also einen Traum bewusst zu steuern. Ich höre in der Stille meinen eigenen Herzschlag, während ich jedes Wort in mich aufsauge. Mit jedem Augenblick werde ich zuversichtlicher, dass Aideen es schaffen könnte.

Als plötzlich die Tür geöffnet wird und Ellie im Rahmen steht, schrecken wir jedoch hoch. Sie mustert uns verwirrt und erst jetzt merke ich, was für ein seltsames Bild wir abgeben müssen. Wir liegen nebeneinander ausgestreckt auf dem Boden, vor uns ein riesiges aufgeschlagenes Buch.

„Was lest ihr denn da so Spannendes?", fragt Ellie neckisch und schließt die Tür hinter sich.

Sie stellt den Geigenkoffer auf ihre Bettseite, schlüpft aus ihren Chucks und setzt sich dann neben uns. Schwerfällig erheben wir uns aus unserer Position und ich reibe mir über meine schmerzenden Arme. Erst jetzt wird mir bewusst, dass wir stundenlang so dagelegen haben.

Aideen wirft mir einen unsicheren Blick zu, aber ich beschließe, dass es kein Risiko ist, Ellie die Wahrheit zu sagen. Zumindest die halbe Wahrheit.

„Wir beide interessieren uns für das luzide Träumen. Ist wirklich ein spannendes Thema."

„Eine ehemalige Freundin von mir war besessen davon", sagt Ellie mit leuchtenden Augen. „Dadurch habe ich auch ein wenig Ahnung davon. Sie hat kaum über etwas anderes gesprochen."

Ich horche auf, denn vielleicht kann sie uns helfen. Sie muss ja nicht erfahren, worum es wirklich geht.

„Aideen möchte es lernen", erwidere ich darum wie beiläufig und ignoriere den scharfen Blick, den sie mir zuwirft.

Ellie scheint die Reaktion jedoch nicht zu bemerken, sondern löchert Aideen sofort mit Fragen: „Hast du schon angefangen, es zu trainieren? Ist es dir schon mal gelungen, deine Träume zu steuern?"

Meine Freundin hebt die Hände und wirkt ein wenig überfordert. „Nein, ich habe noch nicht damit angefangen, es zu lernen. Das Buch ist mein erster Anhaltspunkt."

„Das Wichtigste ist jedenfalls, dass du dir im Traum bewusst wirst, dass es nicht die Realität ist, in der du dich gerade befindest", erklärt Ellie. „Der erste Schritt dafür ist, dass du dich tagsüber immer wieder fragst, ob du träumst. Irgendwann wird das so zur Routine, dass du dir diese Frage auch im Traum stellst."

„Und dann merkt man, dass man nicht wach ist", beendet Aideen begeistert die Erklärung.

Ellie nickt und reckt die Daumen nach oben. „So ist es."

So zusammengefasst klingt das Ganze deutlich einfacher als im Buch beschrieben und ich werde immer zuversichtlicher, dass Aideen es schaffen wird. Allerdings gibt es da noch eine Sache, die ich mit ihr besprechen muss, ohne dass Ellie dabei ist.

„Wir sollten uns jetzt langsam bettfertig machen", verkünde ich und gähne herzhaft. Das muss ich nicht mal spielen, da mir die Müdigkeit schwer in den Knochen steckt.

„Ja, du hast recht", stimmt Ellie zu. „Muss eine von euch beiden noch duschen?"

„Nein, geh ruhig", sage ich schnell, ehe Aideen mir zuvorkommen kann. Diese wirft mir einen finsteren Blick zu, denn morgens schafft sie immer nur das Allernötigste.

Als Ellie ins Bad verschwindet, starte ich mit gesenkter Stimme meine Erklärung. „Es wird wohl eine Weile dauern, bis du das luzide Träumen beherrschst. Und bis dahin ist es wichtig, dass du herausfindest, worum es in deinen Träumen während des Schlafwandelns geht."

Aideen lässt niedergeschlagen die Schultern hängen. „Heißt das, du wirst in den kommenden Nächten nicht eingreifen, wenn ich meine Magie einsetze?"

„Doch natürlich", beschwichtige ich sie. „Ich werde auch weiterhin dafür sorgen, dass Ellie nichts passiert. Allerdings werde ich dich erst stoppen, wenn es nicht mehr anders geht."

„In Ordnung, so machen wir es", sagt Aideen, auch wenn sie nicht gerade überzeugt klingt.

Doch sie weiß ebenso gut wie ich, dass wir keine andere Wahl haben.

KAPITEL 18

Die erste Nacht bringt leider keine Ergebnisse, doch am Morgen nach der zweiten werde ich von Aideens aufgeregter Stimme geweckt.

„Ich kann mich endlich an den Traum erinnern!"

Benommen richte ich mich auf. Ich bin auf dem Boden neben Aideens Bett eingeschlafen. Voller Entsetzen wird mir klar, dass ich sie diesmal nicht am Schlafwandeln gehindert habe – ich war einfach zu erschöpft von den vielen wachen Nächten zuvor.

„Warte kurz", stammle ich panisch und haste zu Ellies Bett.

Ihr Gesicht ist völlig regungslos und für einen kurzen Moment bin ich mir sicher, dass sie tot ist. Kurz bevor ich anfange, hysterisch an ihrer Schulter zu rütteln, so wie ich es damals bei Sabrina getan habe, kann ich jedoch auf einmal Ellies leisen und gleichmäßigen Atem hören. Erleichtert seufze ich auf und gehe zurück zu Aideen.

„Ihr geht es zum Glück gut", sage ich mit gesenkter Stimme, sodass Ellie uns für den Fall, dass sie aufwacht, nicht hören kann. „Aber jetzt erzähl von deinem Traum."

Aideen nickt und zwirbelt nachdenklich eine Strähne ihres vom Schlaf verstrubbelten Haares um den Finger. „Ich stand auf einer wunderschönen Frühlingslichtung und habe getanzt und gesungen." Ein verträumtes

Schimmern legt sich in ihre Augen. „Ich habe mich selten so frei und unbeschwert gefühlt."

Dann weicht ihr glückliches Lächeln jedoch einem besorgten Stirnrunzeln. „Aber dann ist plötzlich Ellie auf die Lichtung getreten und der Sonnenschein hat sich in eine tiefe Dunkelheit verwandelt. Die Blumen um uns herum sind verwelkt und es hat gestunken. Nach Verwesung."

Ein Schaudern fährt durch Aideens Körper und sie reibt sich die Arme. „Ich wollte, dass Ellie stirbt. So etwas habe ich noch nie im wachen Zustand erlebt. Doch irgendwie habe ich es geschafft, mich von ihr fernzuhalten, und dann bin ich irgendwann aufgewacht."

Ich gucke sie mit großen Augen an. „Weißt du, wonach das klingt? Ich glaube, du hast es tatsächlich geschafft, deine Magie zu kontrollieren!"

Ich habe vergessen, leise zu reden, und werfe einen besorgten Blick in Ellies Richtung. Aber sie schläft noch immer tief und fest.

„Meinst du wirklich?", fragt Aideen hoffnungsvoll.

„Zumindest bist du auf dem richtigen Weg", antworte ich. „Und es erleichtert mich, dass du anscheinend nicht mehr auf meine Hilfe angewiesen bist."

Ich kann es kaum fassen, dass ich dadurch endlich wieder in meinem Bett schlafen kann, auch wenn ich weiterhin wachsam sein sollte.

„Mach am besten das, was Ellie uns geraten hat. Stell dir im wachen Zustand regelmäßig die Frage, ob du träumst, bis du das ganz automatisch machst. Aber vielleicht ist das schon gar nicht mehr nötig, damit du deine Träume steuern kannst."

„Der Geheimclub der Schlüssel sollte sich schon mal darauf einstellen, dass wir ihm bald beitreten." Aideen reckt triumphierend die Faust in die Höhe und auch ich erlaube mir endlich, mich zu entspannen.

„Dann können wir die nahende Vorweihnachtszeit jetzt auch wirklich genießen", stellt meine Freundin fest und macht ein verzücktes Gesicht. „Ich habe gehört, dass diese Zeit auf der Darkwood Academy wunderschön sein soll. Mit geschmücktem Weihnachtsbaum, Plätzchenbacken und allem, was dazu gehört. Der Musik- und Theater-Club soll sogar eine Vorführung einstudieren – wir müssen unbedingt Ellie darüber ausfragen!"

Ich würde mich so gerne gemeinsam mit Aideen freuen. Auch ich liebe die Weihnachtszeit mit all ihrer Pracht, den süßen Gerüchen und der nostalgischen Musik. In mir breitet sich jedoch ein schweres Gefühl aus, wenn ich darüber nachdenke, wie wundervoll es wäre, gemeinsam mit Elay durch die schneebedeckte Landschaft zu spazieren, gebrannte Mandeln zu naschen und zusammen in eine Decke gekuschelt Punsch zu trinken.

Ich muss tatsächlich ein paar Tränen wegblinzeln und blicke ertappt zu Aideen, die jedoch damit beschäftigt ist, Notizen zu schreiben.

Ich straffe meinen Rücken und konzentriere mich darauf, dass ich all das auch mit Finn machen könnte, wenn ich den Funken zwischen uns wirklich richtig gedeutet habe. Ich werde wohl oder übel über Elay hinwegkommen müssen.

***

254

Tracy mustert mich und Aideen mit verschränkten Armen.

Wir sind zu ihr gegangen, um von unseren Fortschritten zu erzählen, denn wir sind bereit, in den Geheimclub der Schlüssel aufgenommen zu werden.

Denn nun, eine Woche nachdem meine Freundin es zum ersten Mal geschafft hat, ihren Traum zu steuern, sind wir uns sicher, dass Aideen ihre Kräfte ohne Probleme beherrschen kann. Es gab keinen einzigen Zwischenfall mehr und ich konnte tatsächlich die Nächte wieder durchschlafen.

„Ich kann das nicht entscheiden, ohne Aideen getestet zu haben", erklärt Tracy, woraufhin wir sie mit großen Augen anblicken.

„Wie soll man ihre Kräfte denn testen?", frage ich aufgebracht. „Schließlich kann sie nichts heraufbeschwören oder sich in ein Tier verwandeln wie du."

Tracy verengt bei meinen letzten Worten die Augen und funkelt mich feindselig an, als hätte ich ihre fehlende Kontrolle über die Verwandlungen erwähnt.

„Ich werde heute Nacht zu euch kommen", erklärt sie schließlich mit kalter Stimme. „Wenn eure Mitbewohnerin schläft, möchte ich, dass Aideen zuerst demonstriert, wie sie ihre Kräfte anwendet."

„Das kann doch nicht dein Ernst sein!", unterbreche ich sie wütend. „Hast du eine Ahnung, wie gefährlich das für Ellie ist?"

Tracy geht nicht auf meine Worte ein und redet weiter. „Anschließend möchte ich, dass Aideen auf meinen Befehl hin ihre Kräfte zurückhält. Sollte ihr das nicht gelingen, werdet ihr beide nicht in den Club aufgenommen. Ihr habt nur eine Chance, also überlegt euch genau, ob Aideen so weit ist."

„Ich weiß nicht, wie ich deinen Befehl in meinem Traum wahrnehmen soll", sagt meine Freundin und wirft mir einen hoffnungslosen Blick zu. „Wollen wir den Test nicht vielleicht doch verschieben?"

Ich will gerade zustimmen, als auf Tracys Lippen ein spöttisches Lächeln erscheint. Gegen alle Vernunft sage ich: „Nein, du wirst das schaffen. Ich weiß, dass du so weit bist."

Aideen blickt mich zweifelnd an, doch widerspricht nicht.

Ich schiebe den Anflug von schlechtem Gewissen beiseite und füge hinzu: „Also, wir erwarten dich dann heute Nacht. Bis dahin."

Mit den Worten hake ich mich bei Aideen ein und führe sie aus dem Salon.

Sobald wir in unserem Zimmer angekommen sind, lehnt sie sich gegen die geschlossene Tür und verbirgt stöhnend das Gesicht in den Händen. „War das wirklich nötig, Sharon? Es wäre doch nicht schlimm gewesen, noch ein paar Tage länger zu üben!"

Ihre Stimme klingt nicht wütend, sondern müde und resigniert. Sofort holt mich wieder das schlechte Gewissen ein und diesmal lasse ich es zu.

„Wir werden das schon schaffen", ermutige ich Aideen halbherzig.

„Und wenn nicht? Was ist, wenn ich es nicht schaffe? Oder noch schlimmer – wenn ich Ellie gefährde?"

Ich beiße mir zerknirscht auf die Lippe, denn diesem Risiko habe ich viel zu wenig Beachtung geschenkt.

„Bei Sabrina hat es lange gedauert, bis sie gestorben ist", beruhige ich gleichzeitig sie und auch mich selbst. „Eine Nacht wird Ellie sicherlich nichts ausmachen. Zudem wird Tracy dich bestimmt schnell wieder stoppen."

Aideen nickt, wenn auch wenig überzeugt.

„Mir bleibt wohl nichts anderes übrig", murmelt sie.

***

Die Nacht bricht viel zu schnell an, und während ich vorgebe, mich schlafen zu legen, beobachte ich Ellie verstohlen. Sie gähnt gerade herzhaft und ahnt nichts von dem, was ihr bevorsteht. Was wir ihr antun werden.

„Schlaft gut", sage ich mit dünner Stimme und versuche, Aideens verzweifelten Blick zu ignorieren.

Zwei Stunden lang bleiben wir wachsam in unseren Betten liegen, während Ellie friedlich schlummert und gleichmäßig atmet. Aideens Gesicht leuchtet bleich im Mondlicht. Ich kann ihre Augen auf mir spüren, während ich starr zur Decke blicke.

Dann, kurz nach Mitternacht, höre ich, wie sich unsere Zimmertür langsam öffnet. Doch statt dass wie erwartet Tracy hereinkommt, huscht eine schwarze Katze in unser Zimmer. Ich möchte mich gerade wieder entspannen und sie zu mir locken, als mir ein Licht aufgeht.

„Tracy, bist du das?"

Statt einer Reaktion auf meine Frage schleicht die Katze in eine dunkle Ecke unseres Zimmers und ich sehe fasziniert dabei zu, wie sie sich langsam in Tracy verwandelt. Es ist ein so surrealer Anblick, dass ich mich frage, ob ich doch bereits eingeschlafen bin und das Ganze nur träume.

„Unglaublich“, haucht Aideen. „Warum habe ich nicht so coole Kräfte?“

Tracy winkt ab. „Ein paar der Clubmitglieder haben viel nützlichere Kräfte als ich. Wobei ich zugeben muss, dass es sehr praktisch ist, dass ich mich als Katze durch die Darkwood Academy bewegen kann – auch wenn die Kater manchmal wirklich aufdringlich sein können.“

Sie verdreht die Augen und ich frage mich, wie oft ich Tracy in Katzengestalt bereits über den Weg gelaufen bin. Vermutlich hat sie mich auf diese Weise schon oft beobachtet. Ich muss mir ein Grinsen verkneifen, als mir in den Sinn kommt, dass ich sie vielleicht sogar gestreichelt habe.

„Wie dem auch sei“, unterbricht sie meine Gedanken. „Können wir jetzt loslegen? Nicht, dass Ellie noch aufwacht.“

Wir nicken betreten und ich blicke mit schlechtem Gewissen zu meiner schlafenden Freundin.

Tracy setzt sich mit verschränkten Armen auf mein Bett, während sich Aideen mit einem Gesichtsausdruck, der eindeutig Unbehagen ausdrückt, unter ihre Decke kuschelt. Sicherlich wird es ihr nicht leichtfallen, zur Ruhe zu kommen.

Dann beobachte ich jedoch, wie sie eine Tablette aus ihrer Nachtischschublade holt und gerade, als ich begreife, worum es sich handelt, schluckt sie sie.

„War das eine Schlaftablette?“, frage ich mit Entsetzen. Ich weiß nicht, was Aideen sich dabei gedacht hat, denn das könnte alles gefährden.

Sie zuckt mit den Schultern. „Irgendwie muss ich es ja schaffen einzuschlafen, oder?"

„Und was ist, wenn du deine Kräfte dann nicht mehr unter Kontrolle hast?"

Mir wird schwindelig bei dem Gedanken und bei einem hilfesuchenden Blick zu Tracy stelle ich fest, dass sie besorgt die Stirn runzelt. Am liebsten würde ich die ganze Aktion auf der Stelle abblasen, doch bestimmt würde sie uns dann keine zweite Chance geben.

Ich blicke überrascht auf, als ich ein leises Schnarchen aus Aideens Richtung höre.

„Das ging ja schnell", stellt Tracy trocken fest und geht dann rüber zu Ellie. Noch schläft sie friedlich, doch das wird sicherlich nicht mehr lange so bleiben.

Wir warten noch etwa eine halbe Stunde, bis ich aus dem Augenwinkel eine Bewegung wahrnehme. Ich liege mittlerweile selbst in meinem Bett und habe mich zur Ablenkung in ein Buch vertieft.

„Es geht los", raunt Tracy, die es sich auf einem Sessel neben Ellies Bett bequem gemacht hat.

Wortlos beobachten wir, wie sich Aideen mit ruckartigen Bewegungen aus ihrer Bettdecke schält. Dieser Anblick ist noch immer verstörend für mich und lässt meine Nackenhaare sich aufstellen. Auch Tracy erschaudert, hat sich aber zudem gebannt vorgebeugt.

Und dann geht Aideen zu Ellies Bett und beginnt mit ihrem grausigen Gesang. Mit einem Stöhnen presse ich mir die Hände auf die Ohren, denn mir wird schlagartig übel. An dieser Stelle würde ich normalerweise zu Aideen eilen und ihren Traum unterbrechen, doch diesmal muss ich mich zurückhalten.

Auch Tracy hält sich die Ohren zu und ist blass geworden. Ihrem interessierten Blick nach zu urteilen, wird es jedoch noch eine Weile dauern, bis sie dieses Grauen beendet.

Nun beginnt Ellie, sich unruhig in ihrem Bett hin und her zu werfen. Auf ihrer Stirn glänzen Schweißperlen, während ihre Augenlider flattern. Ein gequältes Geräusch entweicht ihren Lippen. Ich will eigentlich nur, dass das endlich vorbei ist, aber es steht einfach zu viel auf dem Spiel. Außerdem wird Tracy den Vorgang jeden Moment beenden – zumindest hoffe ich das von ganzem Herzen.

Und dann, als Ellies Körper zu zittern beginnt, erhebt sie endlich ihre Stimme. „Aideen, hör jetzt auf der Stelle auf. Beende Ellies Qualen."

Atemlos beobachte ich Aideens Reaktion – doch es tut sich nichts. Genauer gesagt wird es nun noch schlimmer als zuvor: Ellie schreit leise auf und strampelt mit den Beinen, bis ihre Decke am Boden liegt. Ihre Hände krallen sich in das Bettlaken und sind völlig verkrampft.

„Ich befehle dir aufzuhören", ruft Tracy deutlich energischer. In ihren Augen blitzt nun Panik auf.

Ellie wimmert und ihr läuft Blut aus der Nase. Und dann aus den Ohren, den Augen und dem Mund.

„Aideen!", schreie ich aus voller Kehle und laufe auf sie zu.

Ich schüttle sie so fest, dass das Klappern ihrer aufeinanderschlagenden Zähne zu hören ist.

Dann endlich reißt sie die Augen auf und schnappt wie eine Ertrinkende nach Luft. Benommen sinkt sie zu Boden.

„W ... Was ist passiert?", stammelt sie und blickt zu Tracy, die stocksteif auf ihrem Platz sitzt und leichenblass geworden ist.

Dann schauen wir alle zu Ellie. Ellie, die reglos auf ihrem Bett liegt.

„Nein", hauche ich und stürme zu ihr.

Als ich ihre Hand berühre, muss ich feststellen, dass sie eiskalt ist. Für einen kurzen Moment habe ich das Gefühl, den Verstand zu verlieren. Die Situation scheint mir zu entgleiten.

Doch dann wird mir bewusst: Ich muss etwas tun. Diesmal werde ich den Tod nicht einfach so hinnehmen.

Auch wenn mein letzter Erste-Hilfe-Kurs lange her ist, beschließe ich, es zu versuchen. Obwohl mich das Entsetzen noch immer zu überwältigen droht, ziehe ich Ellies schlaffen Körper auf den Boden, hocke mich neben sie und beginne mit der Herzmassage.

Dreißigmal, dann zweimal Mund-zu-Mund-Beatmung. Herzmassage, Beatmung, Herzmassage, Beatmung.

Ich mache immer weiter, ohne auch nur daran zu denken, aufzugeben.

Ich merke nur am Rande, dass Tracy aus dem Raum gelaufen ist und kurz darauf in Begleitung von Mrs McArren und Poppy zurückkommt. Jemand berührt sanft meine Schulter und versucht, mich wegzuziehen, aber ich schüttle sie ab. Ich werde Ellie nicht sterben lassen.

Herzmassage, Beatmung, Herzmassage.

Dann packen mich plötzlich starke Arme und zerren mich fort. Ich schreie, strample mit den Beinen und versuche mich loszureißen, doch es ist zwecklos.

Meine Aufmerksamkeit wird allerdings wieder ruckartig zu Ellie gezogen, als ich ein seltsames Surren und dann ein stoßendes Geräusch höre. Ich beobachte stumm, wie die Krankenschwester mit einem Defibrillator versucht, meine Freundin zurück ins Leben zu holen. Ich fühle mich seltsam benommen, so als würde ich mich nicht in meinem eigenen Körper befinden.

Und dann zuckt Ellies Hand. Ich muss mehrmals blinzeln, um es zu begreifen.

„Los, du schaffst es", ruft Mrs McArren mit Tränen in den Augen. Sie wirkt gerade so gar nicht wie die strenge, unnahbare Frau, sondern beinahe wie eine besorgte Mutter.

Mit verzweifelter Hoffnung beuge ich mich nach vorne, während Poppy einen erneuten Stoß durch Ellies Körper jagt – und sie plötzlich die Augen aufreißt und röchelnd nach Luft schnappt.

Mrs McArren legt sich die Hand aufs Herz und lässt sich auf Aideens Bett sinken. Ich kann nicht fassen, dass das die gleiche Frau ist, die nichtmagische Schüler sonst wie Versuchsobjekte behandelt.

„Ellie, ich bin so froh", schluchze ich und setze mich neben sie.

Die Krankenschwester hat sie auf die Seite gedreht und kontrolliert gerade ihre Vitalwerte. Als ich ihre Hand ergreife, ist sie noch immer eiskalt, aber sie ist eindeutig am Leben. Das ist alles, was zählt.

Erst jetzt erinnere ich mich wieder an Aideen und blicke mich suchend um. Sie ist jedoch nirgendwo zu sehen.

„Sharon, du hast Ellie das Leben gerettet", sagt Poppy mit einem Lächeln. „Hättest du nicht mit der Wiederbelebung die Zeit überbrückt, wäre sie mit Sicherheit gestorben."

Ich kann ihre Worte kaum begreifen und schaffe es nicht, auch nur einen Ton herauszubringen. Erst jetzt bricht das ganze Ausmaß der Geschehnisse über mich ein. Kraftlos lasse ich mich zurücksinken und streiche mir mit der Hand übers Gesicht.

„Kommt sie ins Krankenhaus?", frage ich schwach.

Mrs McArren ist diejenige, die das Wort ergreift. „Das wird nicht nötig sein. Außerdem weißt du mittlerweile, weshalb wir das nicht riskieren können."

Ich werfe einen verstohlenen Blick zu Ellie, die nichts über die Magie weiß. Sie hat die Augen geschlossen und wohl nichts von den Worten der Rektorin mitbekommen.

„Ach so", sage ich knapp und erhebe mich schwerfällig. „Ich gehe Aideen suchen."

***

Mein Körper fühlt sich noch immer an, als würden unsichtbare Gewichte an ihm hängen. Gleichzeitig macht sich ganz sanft ein glückliches Flattern in meiner Magengrube breit, denn langsam realisiere ich, dass ich Ellie gerettet habe. Wenigstens ein Menschenleben, das nicht wegen der dunklen Geheimnisse der Darkwood Academy vergeudet wird.

Zunächst durchsuche ich alle Salons nach Aideen, doch nirgendwo ist eine Spur von ihr zu finden. Auch in der nachtstillen Bibliothek, in der nur das Ticken der Standuhr zu hören ist, hält sie sich nicht auf.

Schließlich kommt mir ein weiterer Ort in den Sinn, wohin meine Freundin geflüchtet sein könnte, auch wenn sich alles in mir dagegen sträubt, dorthin aufzubrechen.

Dennoch gehe ich mit entschlossenen Schritten zur Garderobe am Haupteingang, wo immer ein paar Jacken hängen, die Schüler achtlos dort gelassen haben. In mir zieht sich etwas zusammen, als ich Elays karierte Wolljacke entdecke.

Ohne weiter darüber nachzudenken, wie sehr das meine Sehnsucht anfachen wird, nehme ich sie an mich und schlüpfe hinein. Ich schließe für einen Moment die Augen, als ich seinen vertrauten Geruch wahrnehme. Wie gerne würde ich einfach alles vergessen, was zwischen uns vorgefallen ist, doch ich muss nur an seinen Gesichtsausdruck, als er mich angegriffen hat, denken, um in die Realität zurückzufinden.

Schnell trete ich hinaus in die Kälte, um es hinter mich zu bringen. Eisiger Wind peitscht mir dicke Regentropfen ins Gesicht, doch ich gehe dennoch mutig hinaus in die Nacht. Aideen ist wichtiger als alles andere.

Mit hochgeklapptem Kragen laufe ich über die nasse Wiese, wobei ich mehrmals ausrutsche. Nur mit Mühe schaffe ich es, nicht hinzufallen.

Als ich den Wald erreiche, fühle ich mich für einen kurzen Moment erleichtert, denn die Kronen der

Bäume schützen mich ein wenig vor dem grauenhaften Wetter.

Meine Erleichterung weicht jedoch Angst, als ich mir der tiefen Dunkelheit um mich herum bewusst werde. Nicht einmal der Mond schafft es, durch die dichte Wolkendecke zu dringen.

Dann kommt mir eine Idee: Ich halte meine Hände nebeneinander und lasse ein Feuer in ihren Innenflächen entstehen. Es überrascht mich, wie leicht es mir mittlerweile fällt. Sofort werde ich von neuem Mut gepackt, denn nun kommt mir der Wald weniger gefährlich und beängstigend vor.

Es dauert eine Weile, bis ich an dem Ort angelangt bin, den Madeline und Aideen mir vor einer Ewigkeit gezeigt haben. Die beiden haben gerne gemeinsam Zeit dort verbracht und vielleicht trifft das auf Aideen immer noch zu.

Tatsächlich entdecke ich sie wenig später, wie sie klitschnass unter einem Baum sitzt und die Arme um ihre Beine geschlungen hat. Auch wenn sie ihr Gesicht zwischen ihren Knien vergraben hat, erkenne ich am Beben ihres Körpers, dass sie bitterlich weint.

Wortlos lasse ich mich neben sie sinken und lege meinen Arm um ihre Schulter. Sie zuckt zusammen und hebt ihr Gesicht. Als sie mich erkennt, schluchzt sie haltlos.

„Ich habe sie umgebracht. Ich habe Ellie umgebracht!"

Ihr Weinen ist so herzzerreißend, dass etwas in mir zerbricht. Denn ich habe ihr diesen Schmerz zugefügt, nur weil ich nicht länger warten wollte.

„Hör mir zu", sage ich eindringlich. „Du hast Ellie nicht getötet. Sie lebt!"

Mit großen Augen blickt Aideen mich an. „Was redest du da? Wie ist das möglich?"

„Ich habe mit meiner Wiederbelebung die Zeit überbrückt und Poppy hat es schließlich geschafft, sie ins Leben zurückzuholen. Sie liegt jetzt auf der Krankenstation."

Wieder beginnt Aideen zu schluchzen, aber diesmal vor Erleichterung.

„Ich habe sie nicht getötet", wiederholt sie meine Worte und lacht erstickt auf.

„Nun sollten wir aber reingehen. Du wirst sonst noch krank", sage ich sanft und helfe ihr auf die Beine.

Sie lässt das alles mit sich machen. Ich habe das Gefühl, dass sie noch immer unter Schock steht.

Als wir schließlich die Darkwood Academy betreten, bildet sich sofort eine Regenpfütze um Aideen und sie zittert stark. Ihre Zähne klappern regelrecht und ihre Lippen haben eine bläuliche Farbe angenommen.

Wie eine fürsorgliche Mutter führe ich sie auf unser Zimmer, das mittlerweile menschenleer ist, und lasse ihr ein heißes Schaumbad einlaufen.

Erst als ich ihr hineingeholfen und die Tür hinter mir geschlossen habe, erlaube ich mir durchzuatmen. Die Nacht war eine einzige Katastrophe, aber zumindest ist letztendlich alles gutgegangen. Zwar kann ich die Aufnahme in den Geheimclub der Schlüssel nun vergessen, doch das kommt mir jetzt ohnehin völlig nebensächlich vor.

Ein leises Klopfen lässt mich zusammenschrecken und ich muss mir die Hand aufs Herz legen, um mich wieder zu beruhigen. Als ich die Tür öffne, steht dort zu meiner Überraschung Tracy. Entgegen meiner Erwartung sieht sie nicht völlig aufgelöst aus, sondern wirkt vielmehr entschlossen.

„Kann ich reinkommen?", fragt sie mit fester Stimme, woraufhin ich nur ein Nicken zustande bringe.

Ich schaue verstohlen zur Badezimmertür und hoffe, dass sie dick genug ist, dass Aideen unser Gespräch nicht mithört.

Tracy lässt sich mit geradem Rücken auf dem Stuhl am Schreibtisch nieder. Ich bilde mir ein, dass ihr Blick kurz an der Stelle kleben bleibt, wo Ellie wiederbelebt wurde.

„Das Ganze war eine sehr unerfreuliche Situation", beginnt sie schließlich.

Ihre leicht zitternden Finger hat sie ineinander verschränkt. Also ist der Vorfall doch nicht ohne Spuren an ihr vorbeigegangen.

„Ich habe beschlossen, den anderen Clubmitgliedern nichts davon zu berichten und dafür zu sorgen, dass ihr aufgenommen werdet. Du hattest recht damit, dass Aideen jede Hilfe braucht, die sie bekommen kann. Ich werde euch dabei helfen, ihre Magie unter Kontrolle zu bringen, damit sie keine Gefahr mehr darstellt." Sie holt tief Luft, ehe sie hinzufügt: „Denn es gibt bereits genug Gefahren auf der Darkwood Academy."

Ich muss mehrmals blinzeln, ehe ich begreife, was sie da eben gesagt hat. „Wir ... sind in den Geheimclub aufgenommen?"

Völlig perplex starre ich sie an und rechne damit, dass sie jeden Moment zu lachen beginnt und sich das Ganze als grausamer Scherz entpuppt.

Doch Tracy nickt mit ernster Miene. „Ich denke, es hätten viele Todesopfer vermieden werden können, wenn alle magisch begabten Schüler zusammenhalten würden. Damit, dass wir dich und Aideen aufnehmen, machen wir vielleicht den ersten Schritt in die richtige Richtung."

Mir entweicht ein erstickter Freudenschrei und ich muss den Impuls unterdrücken, Tracy um den Hals zu fallen.

„Ich danke dir von ganzem Herzen", sage ich inbrünstig.

„Aber", erwidert sie mit erhobenem Zeigefinger, „es ist wichtig, dass ihr über den Vorfall von heute Nacht Stillschweigen bewahrt. Außerdem wäre es hilfreich, wenn du und Elay euch wieder vertragen würdet. Vielleicht schafft ihr es ja, Freunde zu werden, wenn schon keine Beziehung zwischen euch funktioniert."

Bei ihren Worten ziehe ich eine Grimasse und würde am liebsten widersprechen, auch wenn sich alles in mir danach sehnt, wieder normal mit Elay umgehen zu können. Ohne Angst, dass seine Stimmung wieder umschwenkt und seine irre Seite zum Vorschein kommt.

„Ich versuche es", sage ich schwach.

„Nun, dann freue ich mich, dass ihr nun zu uns gehört", verkündet Tracy feierlich und lächelt mich an. „Ich warte morgen Mittag um zwölf Uhr im Eingangsbereich auf euch. Dann zeige ich euch den Weg zu den Räumlichkeiten des Clubs."

Sie verzieht das Gesicht. „Wir können von Glück reden, dass morgen kein Unterricht ist. Ich brauche jetzt erst mal jede Menge Schlaf."

Mit diesen Worten erhebt sie sich und verlässt den Raum, während ich ihr bloß sprachlos hinterherschauen kann.

Wir haben es geschafft! Am liebsten würde ich sofort ins Bad stürmen, um Aideen die freudige Nachricht zu überbringen, aber ich bin mir sicher, dass sie noch etwas Ruhe braucht.

Nach zwanzig Minuten kommt sie endlich aus dem Badezimmer, eingehüllt in einen dicken Bademantel. Zwar ist ihr Gesicht noch immer ein bisschen blass, aber ihre dunklen Augen haben ihr lebendiges Funkeln zurückgewonnen.

„Das hat gutgetan", seufzt sie.

Ich laufe zu ihr und nehme sie freudestrahlend an den Händen. „Tracy war eben hier."

Ein piepsiges Jauchzen entweicht mir, während Aideen mich fragend anblickt.

„Obwohl der Test schiefgelaufen ist, hat sie beschlossen, uns in den Geheimclub der Schlüssel aufzunehmen!"

Aideen öffnet ihren Mund, ohne ein Wort herauszubringen.

Es dauert eine Weile, ehe sie hervorpresst: „Ist das dein Ernst? Wie ist das denn möglich?"

„Sie behält das, was passiert ist, für sich und möchte dich dabei unterstützen, deine Kräfte unter Kontrolle zu bringen. Ich glaube sie hat ein schlechtes Gewissen, weil sie Alisha getötet hat, und möchte vermeiden, dass noch mehr Menschen sterben."

Aideen nickt wissend. „Ja, das klingt plausibel."

Dann breitet sich ein Grinsen auf ihrem Gesicht aus und sie scheint nun endlich zu realisieren, dass sich unser Leben nun ändern wird.

„Ich bin so gespannt", verkündet sie aufgekratzt. „Allein diese schönen Schlüsselketten sind es wert, in den Club aufgenommen zu werden. Wir gehören dann zur Elite der Darkwood Academy!"

KAPITEL 19

Schon zwanzig Minuten zu früh stehen Aideen und ich in der Eingangshalle, um auf Tracy zu warten. Immer wieder blicke ich ungeduldig auf die Uhr und nestle nervös an den Knöpfen meiner Strickjacke herum.

„Ich kann es immer noch nicht fassen", quietscht Aideen und hüpft auf und ab.

Eine Gruppe von Mitschülern – von denen ich vermute, dass sie nichtmagisch sind – geht an uns vorbei und wirft uns schiefe Blicke zu.

Dann endlich kommt Tracy die Treppe herunter. Sie wirkt nicht halb so begeistert wie wir, sondern vielmehr so, als würde sie bereuen, uns aufgenommen zu haben. Doch das ist mir egal, denn nun kann sie keinen Rückzieher mehr machen.

„Kommt mit", sagt sie ohne Umschweife und zu meiner Überraschung führt sie uns wieder die Treppe hinauf.

Ich hätte schwören können, dass sich die Räumlichkeiten im Keller befinden. Meine Verwirrung wächst noch weiter, als wir in den Mädchenflügel abbiegen.

Kurz vor unserem Zimmer bleibt Tracy schließlich vor einem Erker stehen, den man mit einem Vorhang vor neugierigen Blicken verbergen kann. Sie wirft noch mal einen letzten Blick in den Flur und beginnt dann, an einer Schnitzerei in der hölzernen Fensterbank herumzudrücken. Ich ziehe scharf die Luft ein, als die

Wand sich plötzlich bewegt und einen versteckten Raum freigibt.

„Los, beeilt euch", zischt Tracy. „Wir dürfen nicht riskieren, gesehen zu werden."

Das lasse ich mir nicht zweimal sagen und betrete hinter Aideen den Raum. Ich wirble herum, als die Wand sich langsam wieder zurückbewegt.

„Sei so gut und mach uns ein wenig Licht", sagt Tracy an mich gewandt, als wir in tiefe Dunkelheit gehüllt werden. „An der Wand hängen Fackeln. Die kannst du anzünden."

Auch wenn sie mich nicht sehen kann, nicke ich und lasse dann eine Flamme auf meinen Handflächen entstehen. Als ich durch den schwachen Lichtschein die Fackeln entdecke, lenke ich das Feuer in diese Richtung. Kurz darauf wird schon die gesamte steinerne Treppe erhellt.

Tracy klopft mir im Vorbeigehen anerkennend auf die Schulter und beginnt dann den Abstieg. Ich muss wieder daran denken, dass ich bereits mehrmals hier runtergetragen wurde und mich gewundert habe, weshalb sich die Treppe in der Nähe meines Zimmers befand. Ein Geheimnis weniger, das es zu lüften gilt.

Der Abstieg geht immer weiter, bis irgendwann meine Beine anfangen zu schmerzen. Doch dann endlich stehen wir in einem kleinen Raum mit mehreren massiven Türen mit schweren Beschlägen.

Als ich einen Blick mit Aideen tausche, spiegelt sich meine eigene Begeisterung auch in ihren Augen wider. Auch wenn ich im Gegensatz zu ihr nicht zum ersten

Mal in diesen Räumlichkeiten sein werde, ist es diesmal etwas anderes. Denn heute bin ich ein vollwertiges Mitglied.

Tracy öffnet eine der Türen und sofort werden wir von einem warmen Schein empfangen.

Als wir den Clubraum betreten, stelle ich fest, dass wieder alle Mitglieder auf den Sofas versammelt sind. Ich erwische mich dabei, wie meine Augen zuerst nach Elay suchen, doch als ich vorher Jules entdecke, bin ich sofort abgelenkt. Als er meinen Blick bemerkt, funkelt er mich abweisend an. Am liebsten würde ich ihn sofort zur Seite nehmen und endlich alles klären, doch er würde es vermutlich nicht wollen.

„Hier sind unsere beiden neuen Mitglieder", verkündet Tracy feierlich und unterbricht damit meine niedergeschlagenen Gedanken.

Die Clubmitglieder klatschen und grinsen uns breit an, was all meine schlechten Gefühle sofort verschwinden lässt.

Nun fällt mein Blick auf Elay, der mich mit einem unsicheren Gesichtsausdruck beobachtet. Einem spontanen Impuls folgend lächle ich ihn an, was er mit einem hoffnungsvollen Glitzern in den Augen erwidert.

Tracy räuspert sich und erhebt wieder die Stimme. „Nun überreiche ich euch eure Ketten, die ihr von nun an jeden Tag tragen müsst. Ohne Ausnahme."

Ich runzle die Stirn, denn diese Regel kommt mir etwas übertrieben vor. Dennoch äußere ich keine Einwände.

Mein Stolz steigt ins Unermessliche, als Tracy Aideen und mir jeweils eine dunkelrote Samtschachtel reicht. Als ich sie öffne, funkelt mir der Granat des Schlüssels entgegen. Ich kann nur schwer ein glückliches Seufzen unterdrücken und hole stattdessen die Kette aus der Schachtel, um sie mir anzuziehen.

Aideen zieht mich in eine stürmische Umarmung, die ich mit einem Lachen erwidere.

„Ich danke dir, Sharon“, flüstert sie in mein Ohr. „Ohne dich hätte ich das niemals geschafft.“

Ihre Worte wecken statt Freude wieder das schlechte Gewissen in mir. Das alles hätte mit etwas weniger Glück ganz anders ausgehen können.

Dennoch zwinge ich mich zu einem Lächeln und wende mich dann an die versammelten Clubmitglieder, da sie vermutlich so etwas wie eine Rede erwarten.

„Ich danke euch, dass ihr Aideen und mir eine Chance gegeben habt. Wie werden alles dafür tun, diesem Club würdig zu sein.“

Mein Blick wandert wieder zu Jules, der mich mit zu Schlitzen verengten Augen anschaut. Beinahe schon anklagend, so als wüsste er von dem Vorfall in der letzten Nacht.

Nachdem wir eine Weile ausgelassen geplaudert und gelacht haben, beginnt Tracy mit einem ernsteren Thema. Als ich realisiere, worum es geht, zieht sich mir der Magen zusammen.

„Dieser nervige nichtmagische Junge kommt uns allmählich auf die Schliche. Gestern hätte er mich fast dabei erwischt, wie ich den Geheimgang geöffnet habe.“

Ein Mädchen namens Blair meldet sich zu Wort. „Finn geht in meine Klasse und er war immer schon ein seltsamer Kerl. Ich glaube, er hat uns von Anfang an beobachtet. Vermutlich ist er nur deswegen noch am Leben, weil er hinter die Geheimnisse der Darkwood

Academy gekommen ist und sich vor der Magie schützt."

Jules blickt mich vielsagend und vorwurfsvoll an – er hat sicherlich längst mitbekommen, dass ich mich hin und wieder mit Finn treffe. Auch Elays Augen spüre ich auf mir, doch als ich zu ihm schaue, scheint er auf Tracy konzentriert zu sein.

Diese wandert mit hinterm Rücken verschränkten Händen durch den Raum. Sie scheint alles andere als begeistert über Blairs Worte zu sein.

„Wir müssen ihn beseitigen", sagt sie dann unvermittelt, was mich entsetzt nach Luft schnappen lässt. „So läuft das hier. Gewöhn dich dran", fügt sie an mich gewandt hinzu.

Von der Person, die gestern noch davon geredet hat, weitere Opfer zu vermeiden, ist nichts mehr zu erkennen.

„Darf ich mich um ihn kümmern?", fragt Leroy hoffnungsvoll. Mir ist schon damals, als er meinen Körper gelähmt hat, aufgefallen, dass er eine sadistische Ader hat.

Ich überlege fieberhaft, wie ich Finn helfen kann und komme zu einem Schluss: Ich muss alles riskieren – vermutlich sogar einen Rauswurf aus dem Club.

Also atme ich tief durch, ehe ich mich zu Wort melde. „Ich bin mit Finn befreundet. Tatsächlich ist er uns auf der Spur und versucht, noch mehr herauszufinden. Aber ich könnte ihn auf eine falsche Fährte locken."

Ein Dutzend Augenpaare blickt mich verblüfft an. Ein paar der Clubmitglieder wirken regelrecht angewidert.

Doch ich halte den vorwurfsvollen Blicken stand, ohne auch nur mit der Wimper zu zucken. Ich stehe dazu, dass ich zu Finn halte. Ich werde nicht zulassen, dass man ihn beseitigt, weil er einfach nur versucht, auf dieser Schule zu überleben.

Zu meiner Überraschung ist es Elay, der sich nun für mich einsetzt: „Ich weiß, dass Finn ihr vertraut. Wie ihr wisst, kenne ich Sharon ganz gut, und ich bin mir sicher, dass sie ihn manipulieren kann, damit er uns nicht weiter hinterherschnüffelt."

Tracy hebt vielsagend eine Braue, während Jules genervt die Augen rollt.

„Wir können das Risiko nicht eingehen", mischt sich nun wieder Leroy ein. „Es wäre kein Problem für mich, ihn einfach zu beseitigen. Ein Problem weniger, um das wir uns kümmern müssen."

In seinen Augen liegt ein irrer Glanz, der mich an Elay in jener Nacht im Wald erinnert. Ich schaudere und versuche schnell, diesen Flashback zur Seite zu schieben.

„Ich denke, dass Elay recht hat", sagt Aideen mit schüchterner Stimme, die ich von ihr gar nicht kenne. Normalerweise hat sie kein Problem damit, ihre Meinung zu äußern.

„Vielleicht war es doch ein Fehler, die beiden aufzunehmen."

Ich kann Jules nur voller Entsetzen anstarren. So etwas Verletzendes hat er noch nie getan, es fühlt sich an wie reinster Verrat.

„Sie sind kaum eine Stunde hier und schon machen sie Ärger."

Statt dazwischenzugehen, blickt mich Tracy abwartend an.

„Ich versuche nur, ein Leben zu retten“, schleudere ich meinem Bruder energisch entgegen. „Ich bin mir sicher, dass jeder von uns mindestens ein Leben auf dem Gewissen hat. Auch ich bin alles andere als unschuldig, doch ich versuche, das irgendwie wiedergutzumachen.“

Ein paar der Clubmitglieder senken zerknirscht den Blick, was ich als gutes Zeichen deute.

Nun meldet sich endlich Tracy wieder zu Wort. „Ich denke, dass das eine gute Gelegenheit ist, um abzustimmen. Wer ist dafür, Finn einfach auszuschalten?“

Sechs Mitglieder heben die Hand, unter ihnen natürlich auch Leroy und Jules. Ich funkle meinen Bruder hasserfüllt an, denn noch nie habe ich ihn so verachtet wie in diesem Moment. Zum ersten Mal sehe ich einen Mörder in ihm.

Tracy nickt und fährt fort: „Und wer ist dafür, dass Sharon sich um diese Angelegenheit kümmert?“

Ich bin mir nicht sicher, ob Aideens und meine Stimme gelten, aber vorsichtshalber heben wir beide die Hand. Neben Elay sind es noch zwei weitere, die für mich stimmen. Ein Kloß bildet sich in meinem Hals, denn selbst wenn Aideen und ich dazu zählen, sind wir nur fünf.

Doch dann hebt auch Tracy die Hand, was zumindest ein wenig meine Hoffnung zurückbringt.

„Nun, es sieht so aus, als wären wir bei unentschieden. Wie ihr wisst, liegt Levi krank im Bett – eine seiner Explosionen hat ihn erwischt. Ich werde ihn gleich aufsuchen und nach seiner Meinung fragen.“

Mein Herz rast vor Aufregung, denn nun hängt so viel von einem Jungen ab, den ich nur flüchtig vom Sehen kenne. Er geht in die gleiche Klasse wie Finn, und ich kann nur hoffen, dass die beiden gut miteinander auskommen.

„Damit wäre das Treffen nun beendet“, verkündet Tracy und macht eine scheuchende Bewegung in Richtung der Tür. „Geht und genießt den Tag. Wir treffen uns morgen Abend erneut und dann werde ich das Ergebnis verkünden.“

Als Aideen und ich als Letzte den Raum verlassen wollen, dreht Elay sich plötzlich zu mir um. „Hey … können wir vielleicht kurz reden? Allein?“

Er streicht sich nervös durch die Haare und schafft es nicht, mir in die Augen zu schauen.

Aideen grinst mich breit an. „Ich gehe dann schon mal vor.“

Sie zwinkert mir zu und verschwindet durch die Tür, ehe ich sie daran hindern kann.

Elay räuspert sich verlegen und deutet auf die Couch. Da ich nicht weiß, was ich sonst tun soll, setze ich mich hin und spiele nervös mit der Schlüsselkette. Es ist noch immer ein seltsames Gefühl, sie nun selbst zu tragen.

„Also, ich fange dann einfach mal an“, sagt Elay mit rauer Stimme und schluckt schwer. Dann lacht er zynisch auf. „Ich glaube, du bist der einzige Mensch, der mich jedes Mal so aus der Fassung bringt.“

Ich weiß nicht, was ich darauf antworten soll, und belasse es darum bei einem traurigen Lächeln. Meine Entschlossenheit, in seiner Anwesenheit nicht wieder schwach zu werden, fängt schon jetzt an zu bröckeln.

„Tracy hat mich darum gebeten, mit dir zu sprechen, damit wir uns einigen können“, fährt er schließlich fort. „Sie möchte, dass wir versuchen Freunde zu werden, um den Clubfrieden nicht zu gefährden.“

Ich nicke, denn damit erzählt er mir nichts Neues.

„Ich möchte ehrlich sein, Sharon. Ich weiß nicht, ob ich jemals in der Lage sein werde, dich nur als Freundin zu sehen. Aber wenn es das ist, was du willst, werde ich es versuchen.“

Mein Puls beschleunigt sich und ich würde nichts lieber tun, als mich neben ihn zu setzen, seine Hand zu nehmen und zu sagen, dass ich unserer Beziehung noch eine Chance geben möchte.

Stattdessen schließe ich die Augen und nicke erneut. „Ja, ich möchte eine Freundschaft mit dir. Vielleicht ist dann alles viel unkomplizierter.“

Als ich meine Augen wieder öffne blicke ich direkt in Elays todtrauriges Gesicht, was mir das Herz bricht. Dennoch nickt er tapfer und erhebt keine Einwände.

„Dann lass es uns versuchen. Und ich werde mich von dir fernhalten, wenn ich wieder einmal das Gefühl habe, dass meine Kräfte die Kontrolle übernehmen.“

Ich spüre ein verdächtiges Brennen in den Augen und blinzle schnell, um es loszuwerden. Doch auch wenn mich die Situation zutiefst unglücklich macht, habe ich nun wenigstens die Möglichkeit, Elay wieder nah zu sein.

Wir stehen beide gleichzeitig auf und gehen zur Tür.

Dann bleibt Elay jedoch so abrupt stehen, dass ich beinahe mit ihm zusammenstoße. Als er sich zu mir umdreht, sind wir uns so nahe, dass ich die blauen Sprenkel in seinen sonst grauen Augen erkenne. Ich höre, wie er den Atem anhält, während mein Herz zu rasen beginnt. Die Welt um uns herum scheint plötzlich nicht mehr zu existieren und die Zeit steht still. Ich könnte mich so leicht auf die Zehenspitzen stellen und Elay einfach küssen ... doch nein, ich muss mich um jeden Preis beherrschen.

Mit einem Räuspern wende ich mich schnell von ihm ab, ehe die Versuchung noch größer wird. Seinem enttäuschten Blick nach zu urteilen hat er eben das gleiche gedacht wie ich.

Diese Anziehung zwischen uns macht mich völlig verrückt. Nun wird mir noch bewusster, dass wir uns etwas vormachen. Wir können niemals bloß Freunde sein.

KAPITEL 20

Zwei Wochen später beginnt endlich die Adventszeit und somit die magischste Zeit auf der Darkwood Academy. Alles wurde mit Tannenzweigen, Mistelzweigen und Stechpalmen geschmückt. Bald soll sogar ein riesiger Weihnachtsbaum in die Eingangshalle gebracht werden, den wir Schüler mit Kugeln, Zuckerstangen und Strohsternen schmücken dürfen. Zum Frühstück sollen uns jeden Tag frisch gebackene Plätzchen gebracht werden, worauf ich mich schon jetzt freue. Ohne Zweifel ist die Weihnachtszeit an diesem Ort ein unvergleichliches Erlebnis und ich bin überglücklich, sie noch zwei weitere Jahre erleben zu dürfen.

Am ersten Adventssonntag stehen Aideen und ich schon früh auf, um im Schnee spazieren zu gehen. Schon seit mehreren Tagen rieseln die Flocken unermüdlich vom Himmel und haben die Landschaft in reines Weiß getaucht.

Ich wickle mir meinen langen Wollschal um den Hals und ziehe meine gefütterte Barbourjacke an.

„Los, beeil dich, sonst kommen wir nicht pünktlich zum Frühstück zurück", dränge ich Aideen und klatsche scherzhaft in die Hände, um sie anzutreiben.

Ihre Augen leuchten bei dem Gedanken auf. „Heute gibt es zum ersten Mal Plätzchen!" Mit einer Geschwindigkeit, die ich am frühen Morgen nicht von ihr kenne, ist auch sie in ihren Mantel aus tiefschwarzem Kunstfell geschlüpft.

Und so stapfen wir kurz darauf in unseren klobigen Winterboots nach draußen an die klirrend kalte Luft. Der Schnee knirscht unter unseren Sohlen, während die Flocken munter um uns herumtanzen. Dieser Moment ist wohl das Märchenhafteste, das ich seit Langem erlebt habe, und das auf einer Schule, in der es von Magie nur so wimmelt.

Fröhlich jauchzend laufen wir herum, was wenig später in einer ausgelassenen Schneeballschlacht endet. Wir jagen uns über die Wiese und ich ducke mich lachend vor Aideens Angriffen.

Irgendwann halte ich jedoch inne, denn vor mir führen Fußspuren in den Wald. Sie können noch nicht alt sein, denn auf ihnen liegt kaum neuer Schnee. Ich winke Aideen zu mir, die nachdenklich die Stirn runzelt, als auch sie die Spuren entdeckt.

„Von uns sind die nicht. Sie könnten von der Größe her zu einem Mann passen.“

Ich nicke, denn diesen Gedanken hatte ich auch schon.

„Wollen wir ihnen folgen?“, frage ich, auch wenn ich es möglicherweise bereuen könnte. Vielleicht stoßen wir wieder auf eine Gefahr und ich habe eigentlich kein Interesse daran, mir diesen schönen Start in den Tag verderben zu lassen.

Aideen stimmt jedoch mit einem Funkeln in den Augen zu. „Das wollte ich dich auch gerade fragen. Ein Abenteuer am Morgen kann nicht schaden.“

Da würde ich ihr am liebsten widersprechen, aber ich muss mir eingestehen, dass meine Neugierde wie immer größer ist als meine Bedenken es sind. Also gehe ich ohne Einwände hinter Aideen her, als sie den Spuren folgt.

Wir müssen uns beeilen, denn mittlerweile wirbeln die Schneeflocken noch stärker durch die Luft. Sehnsüchtig denke ich an die Plätzchen und den Earl Grey, die auf uns warten.

Bald schon sind wir im Wald angekommen und gehen immer tiefer hinein. Wir folgen einem Weg, den ich bisher nur selten benutzt habe. Soweit ich weiß, führt er bis zu dem Teil des Waldes, der nicht mehr zum Grundstück der Darkwood Academy gehört. Angeblich sollen dort schon ein paar Schüler verschwunden sein.

„Wie läuft es eigentlich mit deiner Aufgabe, Finn in Schach zu halten?", durchbricht Aideen die unbehagliche Stille.

Ich senke verlegen den Blick, denn ich bin der Frage bisher so gut es geht aus dem Weg gegangen.

„Ich habe es geschafft, ihn auf falsche Fährten zu locken", erkläre ich knapp. „Er sollte keine Gefahr mehr für den Geheimclub darstellen."

Aideen nickt und mustert mich prüfend von der Seite. Sie weiß, dass ich noch mehr zu sagen habe, denn ihr ist nicht entgangen, wie viel Zeit ich in den letzten Wochen mit Finn verbracht habe.

Schließlich bricht es doch aus mir heraus, auch wenn ich es eigentlich für mich behalten wollte. „Finn und ich sind uns nähergekommen. Eigentlich dachte ich, dass er nicht mein Typ ist, aber seine Gesellschaft tut mir gut. Es ist irgendwie unkomplizierter als mit Elay."

Ich seufze und es fühlt sich befreiend an, es endlich auszusprechen. Bisher hat es sich wie etwas Verbotenes angefühlt, weil ich genau weiß, dass ich gleichzeitig noch Gefühle für Elay habe.

„Ich habe es gewusst", sagt Aideen grinsend. „Und mach dir keinen Kopf. Es spricht nichts dagegen, dich ein wenig abzulenken."

„Aber es ist Finn gegenüber nicht fair", erwidere ich kleinlaut.

Meine Freundin möchte noch etwas sagen, doch als wir plötzlich vor der Grenzmauer stehen, halten wir abrupt inne. Die Person, der die Fußabdrücke gehören, ist eindeutig durch das schmale Tor gegangen, das sich versteckt hinter ein paar kahlen Büschen befindet.

„Ich wäre dafür, umzukehren", sage ich und hoffe von ganzem Herzen, dass Aideen mir zustimmt.

Doch sie schüttelt den Kopf und erwidert entschieden: „Wir müssen herausfinden, wohin diese Person gegangen ist. Irgendein Ziel muss sie ja gehabt haben. Ich glaube nicht, dass sie wahllos immer tiefer in den Wald gelaufen ist."

Ich seufze tief und gebe ihr widerwillig recht. „Na gut, dann folgen wir den Spuren weiter. Aber wenn wir in einer Viertelstunde noch nichts gefunden haben, gehen wir zurück. Mir wird langsam kalt und es ist bald Frühstückszeit."

Aideen nickt bloß als Antwort und hakt sich bei mir ein.

Als wir den ersten Schritt durch das Tor machen, fühlt es sich vollkommen verboten an. Der Wald kommt mir mit einem Mal finsterer vor. Ich lasse mich von diesem Gefühl jedoch nicht einschüchtern und straffe meinen Rücken, um neuen Mut zu fassen.

Immerhin hat es mittlerweile aufgehört zu schneien, sodass wir nun keine Sorge mehr haben müssen, nicht mehr zurückzufinden. Denn auch unsere eigenen Fußspuren sind deutlich im Schnee zu erkennen. Wir können nur hoffen, dass niemand auf die Idee kommt, uns ebenfalls zu folgen und uns dabei erwischt, wie wir das Schulgelände verlassen.

Normalerweise dürfen wir uns an den Wochenenden frei bewegen, doch vor ein paar Tagen hat Mrs McArren überraschend mitgeteilt, dass dieses Privileg vorübergehend aufgehoben wurde. Natürlich wurde wie immer keine Begründung genannt, aber wir vermuten, dass wieder etwas Schlimmes passiert ist, das vertuscht werden muss.

Eine Weile befindet sich um uns herum nichts als Wald. Gerade möchte ich Aideen darum bitten, endlich umzukehren, als mir etwas auffällt: Der Wald lichtet sich allmählich.

„Sind das dort drüben Häuser?", fragt Aideen verdutzt.

Ich kneife die Augen zusammen, denn der Schnee blendet mich. Doch dann wird klar, dass Aideen recht hat.

„Sind wir etwa schon im nächsten Dorf angekommen?", frage ich verwirrt. „Ich dachte, das wäre viel weiter entfernt."

„Ist es auch", antwortet meine Freundin und wirkt nun, als sei ihr nicht mehr ganz wohl. „Ich war schon mal dort. Das hier ist ein anderer Ort, den ich nicht kenne."

Als wir an den Waldrand gelangen, wird deutlich, dass es sich um eine Ansammlung von zehn Cottages aus grauem Stein handelt, die um ein großes Gebäude in der Mitte angeordnet sind. Alles an diesem Ort wirkt ausgestorben – abgesehen von den Fußspuren, die sich mittlerweile unter unzählige andere gemischt hat. Hier leben also eindeutig Menschen.

„Was wollen wir nun tun?", zische ich. Ich traue mich nicht mehr, laut zu sprechen.

„Wir müssen auf jeden Fall herausfinden, um was für einen Ort es sich hier handelt", flüstert Aideen zurück. „Ich glaube, wir kommen nicht drum herum, ihn zu betreten."

Alles in mir sträubt sich dagegen, den Schutz des Waldes zu verlassen, aber ich weiß auch, dass ich keine Ruhe finde, ehe wir Gewissheit haben. Natürlich könnte das hier einfach eine kleine Gemeinde sein, die gerne nahe der Natur lebt, doch irgendwie bezweifle ich das.

Meine Unschlüssigkeit verschwindet jedoch ein wenig, als Aideen auf frische Reifenspuren deutet, die von uns aus gerade noch zu sehen sind. „Es scheint so, als wären alle Autos fort. Vielleicht wirkt das Dorf deshalb so menschenleer."

„Abgesehen von der Person, deren Fußspuren wir gefolgt sind", erwidere ich finster. „Die waren noch recht frisch, also hält sich bestimmt noch jemand hier auf."

„Vielleicht ist die Person auch direkt mit dem Auto weggefahren", schlägt Aideen vor, auch wenn sie alles andere als überzeugt wirkt.

„Egal, lass es uns jetzt wagen", sage ich energisch, ehe ich wieder den Mut verliere.

So leise wie es mir möglich ist stapfe ich durch den hohen Schnee, dicht gefolgt von Aideen.

Als wir das Dorf beinahe erreicht haben, bleibe ich stehen und atme tief durch. „Das ist unsere letzte Möglichkeit, noch umzukehren."

Ein Teil von mir hofft, dass meine Freundin sich dagegen entscheidet, das Dorf zu betreten.

Stattdessen sagt sie jedoch tapfer: „Auf gar keinen Fall. Nun komm schon, wir machen ja nichts Verbotenes."

„Genau genommen schon", erinnere ich sie. „Wir dürfen das Schulgelände eigentlich nicht verlassen."

Daraufhin presst Aideen stumm die Lippen aufeinander und scheint nun doch abzuwägen, was wir am besten tun sollten.

Als jedoch das Knirschen von Schritten im Schnee zu hören ist, wird uns die Entscheidung abgenommen – denn es kommt aus dem Wald. Immerhin nicht exakt aus der Richtung, aus der wir gekommen sind, denn sonst hätte der Verursacher der Schritte sofort unsere Fußspuren entdeckt.

„Los jetzt", zische ich panisch und laufe geduckt zwischen die Häuser.

Ich presse mich gegen die nächste Hauswand und versuche, alle Richtungen im Blick zu behalten. Zum Glück scheint das Dorf tatsächlich größtenteils menschenleer zu sein.

Aideen erscheint kurz darauf neben mir, mit vor Anspannung bleichem Gesicht. Von ihrer Abenteuerlust ist nun nichts mehr zu entdecken.

„Und was jetzt?", flüstert sie.

Irgendetwas in mir weiß, dass wir in dem großen Gebäude in der Mitte etwas finden könnten. Vielleicht ist es so etwas wie das Gemeindehaus, wo es möglicherweise Informationen darüber gibt, was das hier für ein Ort ist. Ich bin so von diesem Gedanken abgelenkt, dass ich die Fußspuren im Schnee erst sehe, als Aideen mit großen Augen darauf zeigt.

„Ich glaube das sind die Gleichen wie die, denen wir gefolgt sind."

Ich nicke und mache Anstalten, ihnen zu folgen, denn sie führen tatsächlich in die Richtung des großen Gebäudes.

Aideen hält mich jedoch am Arm fest. „Ist das wirklich so eine gute Idee? Irgendetwas an diesem Ort macht mir Angst."

„Nun gibt es kein Zurück mehr", flüstere ich entschieden und löse mich aus ihrem Griff.

Sie schluckt schwer und nickt. „Also gut. Ich hoffe nur, dass wir hier heil wieder rauskommen."

Und so folgen wir den Fußspuren. Wie ein gehetztes Tier lasse ich meinen Blick hin und her huschen, stets in der Erwartung, aufgehalten zu werden. Doch noch immer ist nirgendwo auch nur eine Menschenseele zu sehen. Mir fällt wieder das Geräusch der Schritte aus dem Wald ein und ich beschleunige mein Tempo. Vielleicht befindet sich diese Person bereits ganz in unserer Nähe.

Schließlich kommt das große Gebäude in unser Sichtfeld und lässt mich für einen Moment innehalten. Es ist ein mehrstöckiges Fachwerkhaus mit kunstvollen Schnitzereien an der Fassade. Vom Stil her ähnelt es

der Darkwood Academy, und ich vermute, dass die Anwesen zu einer ähnlichen Zeit und vom selben Architekten entworfen wurden. Doch dieses Haus wirkt auf
mich weniger einladend – beinahe schon unheilvoll. Es
ragt wie eine Bestie über uns auf.

Trotzdem lasse ich mich nicht einschüchtern, sondern gehe die breiten Eingangsstufen hinauf. Als ich
mich zu Aideen umdrehe, steht sie noch immer wie angewurzelt im Schnee.

„Meinst du wirklich, dass wir da reingehen sollten?“,
fragt sie mit dünner Stimme und schluckt schwer.

In mir regt sich Ungeduld, denn ich habe das Gefühl,
dass wir hier draußen jeden Moment entdeckt werden
könnten.

„Dort drinnen wird schon nichts Schlimmes sein“,
sage ich, ehe ich die schwere Tür öffne.

Als ich den ersten Schritt ins Innere mache, kommt es
mir so vor, als würden jegliche Geräusche verschluckt
werden. Zögerlich gehe ich weiter und finde mich in einem dunklen Eingangsbereich wieder. An den vertäfelten Wänden hängen Schädel und ausgestopfte Tiere,
was nicht gerade vertrauenserweckend auf mich wirkt.

Ich wirble herum, als ich hinter mir ein Knarren höre,
aber es ist nur Aideen, die nun ebenfalls eingetreten ist.
So leise wie möglich schließt sie die Tür und tritt dann
neben mich.

„Hier sieht es aus wie in der Jagdhütte meines Onkels“, stellt sie fest. Ihre Stimme zittert ein wenig, doch
sie scheint neuen Mut gefasst zu haben.

„Vielleicht ist das hier eine Siedlung für Jäger“, überlege ich und atme erleichtert auf. Ja, das muss es sein.

Die Wälder in der Umgebung sind sicherlich ein Paradies für Jäger.

„Ja, du hast recht", sagt Aideen mit leuchtenden Augen und kichert nervös. „Also, dann können wir ja jetzt verschwinden."

„Nichts da", entgegne ich, denn in mir wurde die Neugierde geweckt.

Als ich weiter in das Haus hineingehe, gelange ich in ein Wohnzimmer mit einem riesigen Kamin, in dem sich noch immer Glut befindet. Über dem Sims hängt ein Bild mit einer Jagdszene, die unsere Vermutung noch bestärkt.

„Schau mal", flüstert Aideen und deutet auf eine andere Wand.

Dort hängen fünf Gewehre, deren Anblick mein Herz schneller schlagen lässt. Ich gehe über das Wildschweinfell am Boden, um mir die Gewehre genauer anzusehen – und halte inne. Unter meinem Schuh hat etwas laut geknarrt. Als ich erneut drauftrete, gibt der Boden sogar ein wenig nach.

Mit gerunzelter Stirn bücke ich mich und klappe das Fell beiseite. Ich ziehe scharf die Luft ein, denn da ist eine Klappe im Boden.

„Sieh dir das an", rufe ich atemlos, und als Aideen neben mich tritt, keucht sie überrascht.

„Vielleicht werden dort unten die erlegten Tiere gelagert oder so", schlage ich vor, um mich selbst zu beruhigen.

„Ich muss herausfinden, was dort unten ist", füge ich hinzu und stecke meine Hand in den schmalen Spalt, der wohl dazu dient, die Klappe zu öffnen.

„Bist du verrückt geworden?", zischt Aideen und ich kann nun deutlich die Angst aus ihrer Stimme heraushören.

Ich antworte jedoch nicht, sondern beuge mich vor, um in die Dunkelheit hinabzublicken. Statt wie erwartet eine Leiter, führt unter mir eine Steintreppe hinab, deren Ende ich nicht erkennen kann. Eine kühle, modrige Luft weht mir entgegen, was mich die Nase rümpfen lässt.

Das unbehagliche Gefühl, das ich zuvor erfolgreich verdrängt habe, kehrt nun mit einem Schlag zurück. Diesmal noch viel stärker.

„Vielleicht hast du recht", murmle ich, denn mein Instinkt sagt mir, dass nun der Zeitpunkt gekommen ist, an dem wir zur Darkwood Academy zurückkehren sollten.

Wir zucken beide zusammen, als ein lautes Geräusch erklingt. Jemand hat die Haustür geöffnet.

„Oh nein", keucht Aideen beinahe lautlos.

Nun bleibt uns kein anderer Ausweg mehr als die Treppe, es sei denn, wir wollen entdeckt werden. Das Risiko, dass uns die Person gefährlich werden könnte, möchte ich jedoch nicht eingehen.

Ohne weiter nachzudenken, zerre ich Aideen neben mir her die Treppe hinunter und schließe dann so leise wie möglich die Luke. Voller Unbehagen wird mir klar, dass ich keine Möglichkeit habe, das Wildschweinfell an seinen Platz zurückzulegen. Ich kann nur hoffen, dass der Besitzer dieses Hauses es spät genug bemerkt und wir bis dahin eine Fluchtmöglichkeit gefunden haben. Vielleicht existiert ein großes Kellerfenster oder sogar eine Tür nach draußen.

Meine Hoffnung sinkt jedoch mit jeder Treppenstufe, die wir weiter hinab in die Tiefe steigen. Die Luft wird immer drückender und wir können nur mithilfe der Flamme auf meiner Handfläche etwas erkennen. Doch bisher sind das bloß feuchte Steinwände und noch mehr Treppenstufen.

Irgendwann erscheint endlich ein Ende der Stufen in unserem Sichtfeld. Noch ist es bloß nackter Boden, aber vielleicht werden wir jeden Moment in einen Raum gelangen.

Als wir die Treppe jedoch hinter uns gelassen haben, erstreckt sich vor uns etwas, das wie ein Tunnel aussieht.

„Wohin der wohl führt?", wispert Aideen mit ängstlicher Stimme.

„Vielleicht zu den Kellern der anderen Häuser", schlage ich vor.

In mir regt sich noch ein Verdacht, der mir jedoch deutlich mehr Unbehagen bereitet: Könnte der Tunnel zu der Darkwood Academy führen?

„Uns bleibt wohl nur eine Möglichkeit, um das herauszufinden", stelle ich fest und gehe den ersten Schritt in den Tunnel hinein.

Aideen rührt sich kein Stück, aber sie weiß ebenso wie ich, dass es keinen Weg zurück gibt. Außer sie möchte der Person in die Arme laufen, die zuvor das Haus betreten und möglicherweise schon bemerkt hat, dass wir hier unten sind.

Nachdem ich noch weiter in den Tunnel vorgestoßen bin, kann ich ihre Schritte hinter mir hören.

„Warte auf mich", flüstert sie ängstlich und klammert sich dann an meinen Arm.

Je tiefer wir gehen, desto stärker wird die Gänsehaut in meinem Nacken. Irgendwann erscheint ein Flackern in der Ferne. Als wir eine Biegung passieren, halten wir inne, denn vor uns befindet sich tatsächlich ein mit Fackeln erhellter Raum. Ich werde das Gefühl nicht los, dass hier etwas ganz und gar nicht stimmt.

Während wir dem Raum zögerlich betreten, muss ich leider feststellen, dass mich dieses Gefühl nicht getäuscht hat. Aideen presst sich mit einem Keuchen die Hand vor den Mund, während ich bloß schockiert die acht Zellen vor uns anstarren kann. In ihrem Inneren ist es so dunkel, dass ich von meinem derzeitigen Standpunkt aus nicht erkennen kann, ob sich jemand in ihnen aufhält.

Wie von selbst tragen mich meine Füße zu der ersten Zelle. Atemlos beuge ich mich nach vorne, um etwas in der Dunkelheit sehen zu können – und schrecke im nächsten Moment mit einem leisen Aufschrei zurück. Denn ich habe eindeutig eine Bewegung wahrgenommen, auch wenn ich kaum Umrisse eines Menschen erkennen konnte.

„Was ist los?", fragt Aideen alarmiert und läuft an meine Seite, was ich ihr sehr hoch anrechne.

Und dann hören wir plötzlich ein schwaches Husten aus der Zelle und dann eine raue Stimme. „A … Aideen? Bist du das?"

Meine Freundin und ich wechseln einen entsetzten Blick.

„Wer ist da?", fragt Aideen mit zitternder Stimme.

Wir klammern uns aneinander, als nun erneut eine Bewegung wahrnehmbar ist und im nächsten Moment unverkennbar klar wird, dass eine Person auf uns zu humpelt. Wir weichen gleichzeitig von den Gitterstäben zurück, um so viel Abstand wie möglich zu gewinnen.

Als sich dann ein bleiches Gesicht gegen das Metall drückt, muss ich mehrmals blinzeln. Das Mädchen hat ein schmutziges, ausgemergeltes Gesicht und überall auf der bleichen Haut befinden sich schreckliche Wunden. Nur die schwarz-weiß gefärbten Haare verraten, dass es sich um Madeline handelt.

„Meine Güte", schluchzt Aideen und eilt sofort zu den Gitterstäben, um die knochige Hand ihrer einstigen Freundin zu ergreifen. „Was hat man dir bloß angetan? Und weshalb bist du hier?"

Auch ich wage es nun, näherzutreten, auch wenn ich mich von dem Schock wie gelähmt fühle.

„I-ich wurde am Tag meiner Rückkehr aus den Herbstferien hergebracht", stammelt Madeline. „Ich weiß nicht warum, aber es werden furchtbare Experimente mit mir durchgeführt. Bitte, ihr müsst mich hier rausholen, damit es aufhört."

Sie sinkt kraftlos an den Gitterstäben hinab und ihr ganzer Körper beginnt zu zittern.

Bestürzt senkt Aideen den Blick. „Aber weshalb bist du zurückgekommen? Du hast mir geschrieben, dass du in deiner Heimat bleibst, um mit deiner neuen Freundin zusammen zu sein."

Madelines Kopf zuckt nach oben und in ihren trüben Augen blitzt Fassungslosigkeit auf. „Das ist nicht wahr, ich habe dir nie so etwas geschrieben. Ich liebe nur dich!" Ihre Schultern beben und Tränen laufen ihre Wange herunter.

Als sich Aideen zu mir umdreht, wirkt sie hilflos, aber auch erleichtert. „Wir müssen sie sofort hier rausholen. Dann wird endlich alles gut.“

Ich nicke, denn irgendwie müssen wir es schaffen, Madeline zu retten. Wir können sie auf keinen Fall hierlassen.

„Ich suche nach einem Schlüssel“, sage ich und laufe ziellos durch den Raum. Er besteht eigentlich nur aus Zellen, abgesehen von einem Tisch mit einem Stuhl.

Als ich weitergehe, gelange ich jedoch an eine eiserne Tür. Mein Gefühl sagt mir, dass ich dahinter Antworten finden werde, doch als ich die Klinke herunterdrücke muss ich feststellen, dass sie verschlossen ist.

„Verdammt“, fluche ich und trete einmal dagegen, auch wenn das wohl keine gute Idee ist. Falls sich in diesem Raum eine Person aufhält, weiß sie spätestens jetzt, dass ich hier bin.

Ich möchte gerade zu meinen Freunden zurückkehren, als ich das schlimmste Geräusch höre: Das Geräusch von Schritten, die sich aus der Ferne nähern.

„Nein, nein, nein“, murmle ich und habe das Gefühl, jeden Moment den Verstand zu verlieren.

So schnell ich kann laufe ich zu Aideen und nehme ihre Hand. „Wir müssen sofort los, da hinten kommt jemand. Wir kommen so schnell wie möglich mit Verstärkung zurück und befreien Madeline.“

Aideen schüttelt unablässig den Kopf, während ich nervös in die Richtung schaue, aus der wir gekommen sind. Die Schritte kommen näher.

„Wir müssen. Ansonsten werden wir ebenfalls gefangengenommen und können Madeline erst recht nicht mehr helfen." Ich fühle mich unendlich grausam, aber ich habe keine andere Wahl.

Ich erwarte, dass Madeline uns anfleht zu bleiben, doch sie blickt Aideen ernst an und sagt: „Sharon hat recht. Ihr dürft eure Freiheit auf keinen Fall riskieren. Und nun lauft. So schnell ihr könnt!"

Schluchzend nickt Aideen und lässt sich dann endlich von mir fortziehen.

„Ich komme so schnell zurück, wie es mir möglich ist", verspricht sie, ehe sie meinem Drängen vollends nachgibt.

Blind laufen wir in die Richtung entgegengesetzt zu der, aus der die Schritte ertönen und aus der wir gekommen sind. Wir wissen also nicht, was uns am Ende des Tunnels erwartet – möglicherweise könnte er sogar in einer Sackgasse enden.

Als wir ein kleines Stück gerannt sind, bleiben wir plötzlich ruckartig stehen. Denn wir können eine männliche Stimme hören. Von der Entfernung her könnte es passen, dass die Person bei Madeline angelangt ist. Aideens Hand nach zu urteilen, die sich in meiner verkrampft, hat sie wohl den gleichen Gedanken. Wir sind zu weit weg, um die Worte zu verstehen oder die Stimme zu erkennen, aber ich kann heraushören, dass der Mann wütend ist.

„Wir müssen weiter", sage ich betrübt, wohl wissend, dass Aideen am liebsten umkehren würde.

Zum Glück folgt meine Freundin mir, ohne zu protestieren, und irgendwann erscheint in der Ferne tatsächlich eine Wand, an der eine Leiter befestigt ist. Aideen stößt ein erleichtertes Geräusch aus, aber ich möchte mich nicht zu früh freuen. Noch wissen wir nicht, ob wir wirklich die Möglichkeit haben, nach draußen zu gelangen.

Dann sind wir endlich an der Leiter angekommen und Aideen gibt mir das Zeichen vorzugehen. Zögerlich setze ich einen Fuß auf die erste Sprosse und habe das Gefühl, dass sie jeden Moment durchbrechen könnte. Sie ist verrostet und wirkt uralt. Dennoch ist es unsere einzige Chance zu entkommen, weshalb ich meine ängstlichen Gedanken beiseiteschiebe. Bei einem Blick nach oben stelle ich fest, dass wir etwa zehn Meter erklimmen müssen.

Also beiße ich die Zähne zusammen und steige immer weiter hinauf. Ich traue mich nicht, nach unten zu sehen, denn sicherlich würde ich meinen Mut sofort wieder verlieren.

Ich keuche auf, als die Leiter unheilvoll quietscht. Mittlerweile habe ich über die Hälfte geschafft, und sollte ich nun hinabstürzen, würde ich mir sicher alle Knochen brechen. Einen Moment lang verharre ich an Ort und Stelle, bis ich meinen Schrecken endlich weit genug überwunden habe, um weiterzumachen.

„Ich glaube, ich höre wieder Schritte" ertönt dann jedoch Aideens panische Stimme. „Der Mann folgt uns!"

Bisher ist sie vernünftigerweise am Boden geblieben, da die Leiter uns vielleicht nicht beide halten kann. Aber nun bleibt uns nichts anderes übrig, als das Risiko einzugehen.

„Dann komm rauf", rufe ich ihr zu, wohl wissend, dass mich das in große Gefahr bringen könnte.

Aber lieber stürze ich hinab, als mitansehen zu müssen, wie Aideen gefangengenommen wird.

Als Aideen die ersten Meter hinter sich gelassen hat
und ich nun deutlich eine Luke über mir erkennen
kann, werde ich allmählich zuversichtlich, dass wir es
schaffen können.

Doch dann, als ich endlich die Hand nach dem Ausgang ausstrecke, höre ich Aideen plötzlich aufschreien.

„Was ist los?", frage ich alarmiert.

Als ich nach unten blicke, wird mir mit einem Mal eiskalt. Denn am Fuße der Leiter steht ein maskierter
Mann, der mit gefährlich funkelnden Augen zu uns
hinaufstarrt.

KAPITEL 21

Nun kann auch ich einen erschrockenen Aufschrei nicht mehr unterdrücken. Mein ganzer Körper zittert und mein Herz rast, denn der Mann hält eine Axt in der Hand. Ein maskierter Axtmörder! Ich kann nicht fassen, dass das Horrorfilmklischee schlechthin mir selbst begegnet! Wenn meine Verzweiflung nicht so groß wäre, würde ich wohl auflachen.

Stattdessen suche ich fieberhaft nach einer Lösung. Zum Glück ist Aideen mittlerweile außerhalb seiner Reichweite und klettert mit einer Geschwindigkeit, die mich verblüfft, zu mir herauf. Den Ausgang zu öffnen und ins Freie zu gelangen, ist unsere beste und einzige Möglichkeit.

Ich strecke also wieder die Hand nach der Luke aus und drücke mit ganzer Kraft dagegen. Sie gibt tatsächlich ein wenig nach, sodass ich immerhin sicher sein kann, dass sie nicht verschlossen ist. Doch sie klemmt.

„Nein, bitte tun Sie das nicht!" Aideens entsetzte Stimme reißt mich aus meinen Gedanken und lässt mich das Schlimmste befürchten.

Als ich hinabblicke muss ich feststellen, dass der Mann die Axt gehoben hat und auf die verrostete Leiter zielt. Mein Herz beginnt vor Panik zu rasen und ich falle in eine Schockstarre.

Als der erste Hieb hinabsaust, bin ich mir sicher, nun sterben zu müssen. Doch zum Glück gibt die Leiter bloß ein unheilvolles Scheppern von sich.

Dann hebt der Mann die Axt erneut und diesmal reißt mich Aideens Schrei aus der Starre. „Sharon, tu doch was!"

Als der Mann Anstalten macht, die Axt erneut hinabsausen zu lassen, handle ich wie von selbst. Ich erschaffe so schnell wie noch nie zuvor eine Feuerkugel und schleudere sie auf den Mann zu. Er blickt nach oben und die Flammen spiegeln sich in seinen weit aufgerissenen Augen.

Das Feuer trifft in so hart, dass er zu Boden geht, und sogleich brennt seine Kleidung lichterloh. Er stößt animalische Schreie aus, die mich erschauern lassen. Für einen Moment beobachte ich die Szene voller Entsetzen, aber auch Erleichterung, ehe mir klar wird, dass dafür keine Zeit bleibt. Aideen ist mittlerweile bei mir angekommen und noch immer knarrt die Leiter bei jeder Bewegung.

Schnell wende ich mich wieder der Luke zu und stemme mich mit ganzer Kraft dagegen. Wieder gibt sie ein Stück nach, aber bei Weitem nicht genug. Doch mein Wille, es hier rauszuschaffen, ist groß genug, um ohne Zögern weiterzumachen.

Mit einem Brüllen, das in meinen eigenen Ohren fremd klingt, setze ich meine ganze Stärke ein. Die Leiter unter mir beginnt zu wackeln, doch dafür habe ich es endlich geschafft: Der Ausgang ist geöffnet. Aber statt wie erwartet frische Luft auf meinem Gesicht zu spüren, empfängt mich schummriges Licht.

Ich habe allerdings nicht die Möglichkeit, mir darüber weiter Gedanken zu machen, denn plötzlich beginnt die Leiter, noch stärker zu wackeln. Ohne Zweifel wird sie jeden Moment zusammenbrechen.

So schnell ich kann ziehe ich mich nach oben, bis ich flach auf dem kühlen Steinboden liege und nach Atem ringe. Zum Glück muss ich Aideen nicht helfen – ich kann im Augenwinkel sehen, wie sie es ebenfalls schafft hinauszuklettern. Mit einem Knall lässt sie die Luke zufallen und schnappt dann keuchend nach Luft.

Wir wechseln einen stummen Blick und Aideen scheint ebenso gut wie ich zu wissen, dass es für das Geschehene keine Worte gibt.

Es fühlt sich wie Stunden an, ehe ich meinen Schock so weit überwunden habe, dass ich mich aufsetzen kann. Zum ersten Mal blicke ich mich in dem Raum um, in dem wir uns befinden, und stelle fest, dass er von Fackeln erhellt wird. Es sieht aus wie ein Gewölbekeller – ähnlich wie die Räumlichkeiten des Geheimclubs der Schlüssel.

„Ich glaube, wir sind im Keller der Darkwood Academy", sage ich mit dünner Stimme.

Diese Erkenntnis schafft es jedoch ganz und gar nicht, mich zu beruhigen. Denn wenn das hier wirklich unsere Schule ist, ist sie mit einem Kerker verbunden, in dem Jugendliche gefangen gehalten werden.

„Wieso wurde ausgerechnet Madeline gefangengenommen?", frage ich und muss schwer schlucken. „Wenn nicht sie es war, die dir eine Nachricht geschrieben hat, muss ihre Entführung von langer Hand geplant gewesen sein. Könnte es sein, weil sie nichtmagisch ist?"

Aideen blickt mich eine Weile stumm an, ehe sie antwortet: „Aber Madeline hat magische Kräfte. Sie kann Pflanzen blitzschnell wachsen lassen."

Überrascht hebe ich den Kopf. „Wieso hast du das nie erzählt?"

Sie zuckt ungerührt mit den Schultern. „Du hast nie gefragt. Und Madeline mag es nicht, wenn darüber geredet wird."

„War sie im Club der Schlüssel?"

Aideen schüttelt den Kopf. „Sie hatte ihre Kräfte ebenso schlecht im Griff wie ich. Entweder die Pflanzen sind wie verrückt gewuchert, ohne dass sie Kontrolle darüber hatte, oder sie hat es nicht geschafft, auch nur einen Samen sprießen zu lassen."

Ich nicke und denke eine Weile nach. Als mein Blick an einer schweren Tür hängenbleibt, beschließe ich, dass es nun erst mal Zeit wird, diesen Ort zu verlassen, ehe wir alles andere klären.

„Komm, wir verschwinden von hier", sage ich grimmig und das lässt Aideen sich nicht zweimal sagen.

„Wir werden sofort den Geheimclub zusammentrommeln", füge ich hinzu. „Dann werden wir gemeinsam mit ihnen einen Plan schmieden, wie wir Madeline noch heute retten können."

Aideen nickt dankbar und fällt mir um den Hals. „Ich danke dir, Sharon. Wenn du mich nicht überredet hättest, in diesen Tunnel zu gehen, hätten wir Madeline niemals gefunden. Dann würde ich noch immer denken, dass sie mich nicht mehr liebt."

Bei diesen Worten schluchzt sie und wischt sich hastig eine Träne von der Wange. Ihr rabenschwarzer Kajal ist bereits völlig zerlaufen und ihre lilafarbenen

Haare stehen in alle Richtungen ab. Ich bin mir sicher, dass ich kein Stück besser aussehe.

Als sich Aideen von mir löst und ich dann die Klinke der Tür herunterdrücke, verpufft meine Hoffnung augenblicklich. Denn sie ist abgeschlossen.

„Natürlich, das wäre auch zu einfach gewesen", murre ich zynisch und schließe dann die Augen, um nachzudenken. Wir sind sicherlich nicht so weit gekommen, um uns dann von einer hölzernen Tür aufhalten zu lassen.

Ich reiße meine Augen wieder auf. „Natürlich, Holz!"

„Wie bitte?", fragt Aideen mit hochgezogenen Brauen und blickt mich an, als wäre ich verrückt geworden.

„Die Tür besteht aus Holz. Und was zerstört Holz am besten?", frage ich mit einem triumphierenden Lächeln.

Sofort hellt sich ihre Miene auf. „Ah, richtig."

Mit einem zufriedenen Nicken halte ich meine Handflächen gegen die Tür und kann schon kurz darauf ein angenehmes Kribbeln spüren. Mittlerweile ist dieses Gefühl so vertraut geworden, als hätte ich nie etwas anderes gemacht, als Feuer heraufzubeschwören.

Ich kann ein leises Knistern hören, und als ich meine Hände wegziehe, stelle ich erfreut fest, dass sich die Flammen bereits selbstständig gemacht haben. Sie lecken gierig am Holz und hinterlassen dabei eine schwarze Spur.

Nachdem die Tür vollkommen in Feuer steht, dauert es noch mal eine ganze Weile, bis sie zerstört genug ist, dass wir sie auftreten können. Mit einem lauten Knall zerbricht sie und gibt den Blick auf einen langen Gang frei, der mich unangenehm an den Tunnel mit den Zellen erinnert. Dennoch folgen wir ihm, ohne zu zögern, denn wir sind uns sicher, dass er uns in die Freiheit führt.

Nachdem wir einen Knick passiert haben, stehen wir erneut vor einer Tür, die diesmal zum Glück nicht verschlossen ist. Als wir hindurchtreten, traue ich zunächst meinen Augen nicht – denn wir befinden uns direkt neben dem Eingang zu den Räumlichkeiten des Geheimclubs.

„Das ist jetzt wirklich beunruhigend", keucht Aideen, während eine Gänsehaut meinen Rücken hinaufkriecht.

Nachdenklich schweigend wenden wir uns ab und schleppen uns die Treppe hinauf, bis wir durch die Geheimtür in den Mädchenflügel gelangen. Eine bunt gescheckte Katze kommt auf uns zugelaufen und reibt sich schnurrend an meinen Beinen.

Als wir unser Zimmer betreten und ich auf die Uhr schaue, blinzle ich völlig verwirrt: Wir sind erst seit weniger als zwei Stunden fort. Unser Frühstück steht noch immer auf dem hölzernen Servierwagen – lediglich Ellies Anteil ist weg. Von unserer Mitbewohnerin ist nichts mehr zu sehen, also ist sie vermutlich schon bei den Proben des Musik- und Theater-Clubs.

Aideen macht sich hungrig über das Frühstück her und scheint die liebevoll drapierten Plätzchen dabei kaum zur Kenntnis zu nehmen. Sie stopft sie sich nach dem Rührei mit Toast in den Mund und schließt beim Kauen die Augen.

Etwas weniger gierig widme auch ich mich dem Frühstück und betrachte traurig die Plätzchen, die ich nun nicht mehr genießen kann. Als Aideen ihren Earl Grey in wenigen Schlucken geleert hat, beobachtet sie mich ungeduldig dabei, wie ich lustlos auf den mit Zuckerguss verzierten Tannenbäumen herumknabbere.

„Wir müssen uns beeilen. Ich möchte mir nicht ausmalen, was für eine Angst Madeline haben muss."

„Ich beeile mich ja schon", sage ich finster und würge den letzten Bissen hinunter. Trotz meines großen Hungers könnte ich kaum weniger Appetit haben.

Als ich mir noch mal durch die Haare bürste, mir das Gesicht wasche und neue Kleidung anziehe, sieht Aideen völlig fassungslos aus. „Warum tust du so etwas Unwichtiges? Meine Freundin schwebt in Lebensgefahr!"

Ich ziehe ertappt die Schultern hoch. Ich muss mir eingestehen, dass ich nur aus einem Grund gut aussehen möchte: um Elay zu gefallen. Er wird bei der Befreiungsaktion von Madeline sicherlich dabei sein.

„Wir können jetzt los", erkläre ich, ohne auf Aideens Frage einzugehen.

Schweigend machen wir uns auf den Weg zu Tracys Zimmer. Wir können nur hoffen, dass sie dort ist, denn nur sie hat die Befugnis, ein Treffen des Geheimclubs einzuleiten.

Als ich nervös an der Tür klopfe, ist es zum Glück sie, die sie öffnet. Sie zieht fragend die Brauen hoch, als sie uns erkennt.

„Was ist denn mit dir passiert?", fragt sie an Aideen gerichtet und rümpft die Nase.

Meine Freundin geht jedoch nicht darauf ein, sondern sprudelt sofort los. „Madeline wurde von irgendjemandem gefangengenommen und wird in einem

Kerker unter der Schule festgehalten. Wir müssen sie sofort retten und benötigen dafür die Hilfe des Geheimclubs!“

„Nicht so laut“, zischt Tracy. Besorgt blickt sie den Flur hinab, ehe sie uns in ihr Zimmer zieht.

Ihre Mitbewohnerin Mona sitzt auf dem Bett und liest – sie ist ebenfalls Mitglied des Geheimclubs der Schlüssel, sodass sie unser Gespräch mithören darf. Soweit ich weiß, hat sie die Kraft, Gefühle von Menschen zu beeinflussen, was sowohl beängstigend wie auch nützlich ist.

Als sie uns erkennt, streicht sie sich überrascht eine Strähne ihrer roten Haare hinter das Ohr. „Was macht ihr denn hier?“

Aideen wiederholt ihre Worte und in Tracys Augen erscheint ein Glitzern, das ich nicht so recht deuten kann.

Als meine Freundin ihre Erklärung beendet hat, beginnt sie zu schluchzen. Mona wirft einen fragenden Blick zu Tracy, die daraufhin knapp nickt. Mona macht ein paar unauffällige Bewegungen mit ihrer Hand und kurz darauf scheint sich Aideens Stimmung sichtlich zu bessern.

„Jedenfalls hoffen wir, dass wir Madeline mit eurer Hilfe befreien können“, füge ich zu Aideens Bericht hinzu, ehe sie anfängt, sich über ihre neue Stimmung zu wundern. Gerade blickt sie mit einem milden Lächeln an die Wand, so als würde sie dort etwas Wunderschönes sehen.

„Wir hoffen, dass du dafür den gesamten Geheimclub zusammentrommelst und wir gemeinsam einen Plan schmieden können." Ich atme tief durch, während Tracy schwer schluckt und sichtlich mit sich ringt.

„Ich bin mir nicht sicher. Das klingt nach einer wirklich ernsten Sache. Vielleicht ist das eine Nummer zu groß für uns und wir sollten lieber Mrs McArren informieren."

Auch wenn ich das zuvor ebenfalls in Erwägung gezogen habe, machen mich ihre Worte nun wütend. „Du weißt ebenso gut wie ich, dass sie nichts unternehmen würde! Wir Schüler sind ihr doch egal."

Dabei bin ich mir dessen nicht mehr so sicher, wenn ich an ihre Besorgnis bei Ellies Wiederbelebung denke. Vielleicht wäre Tracys Idee gar nicht schlecht, wenn ich nicht die stille Angst hätte, dass Mrs McArren längst von dem Tunnel unter der Darkwood Academy weiß. Genaugenommen wäre es sogar seltsam, wenn sie *nicht* davon wüsste.

„Bitte, können wir das nicht einfach mit dem Geheimclub machen?", flehe ich. Mit jeder Minute, die verstreicht, wächst die Gefahr, dass Madeline etwas Schlimmes zustößt.

Tracy seufzt lange und schwer. „Also gut. Mona, lauf du schon mal vor und bereite den Clubraum vor."

Ihre Mitbewohnerin nickt ernst. In ihren grünen Augen blitzt tiefe Besorgnis auf, aber zu meiner Verwunderung scheint Aideens Schilderung des Kellers sie nicht wirklich überrascht zu haben. Ebenso wenig wie Tracy.

Ich versuche, dieses ungute Gefühl herunterzuschlucken, und gehe zu Aideen, die noch immer teilnahmslos an die Wand starrt. Sobald Mona jedoch den Raum verlassen hat, schüttelt meine Freundin verwirrt den Kopf.

„Ich habe mich gerade gefühlt, als wäre ich auf Droge. War das Mona?“ Zu meiner Erleichterung wirkt sie eher amüsiert als wütend.

„Wir haben jetzt keine Zeit zum Plaudern“, sagt Tracy ernst.

Ich beobachte zum ersten Mal, wie sie eine Art Fernbedienung aus ihrer Tasche zieht und den größten Knopf drückt. Sofort beginnt die Schlüsselkette um meinem Hals zu pochen, was das Zeichen dafür ist, dass ein Treffen einberufen wird. Damals hatte ich mich noch gewundert, dass wir die Ketten rund um die Uhr tragen sollen, und war umso faszinierter, als ich den Grund dafür erfahren habe.

Dann endlich sind wir so weit, dass wir uns auf den Weg zu den Clubräumlichkeiten machen können. Als nach und nach auch die anderen eintrudeln, wird mir plötzlich wärmer, denn mein Blick fällt sofort auf Elay. Seine blonden Haare sind noch vom Schlaf verstrubbelt und er trägt einen roten, übergroßen Hoodie.

Ich lächle ertappt, als er aufschaut und sich unsere Augen treffen. In diesem Moment fühlt es sich an, als würde ich von einem Blitz getroffen, der meinen gesamten Körper unter Strom setzt.

Ich richte mich kerzengerade auf, als er in meine Richtung kommt und sich direkt neben mich setzt. So nah, dass sich unsere Knie berühren. Seine Hand, die auf seinen Beinen ruht, zuckt in meine Richtung. Unwillkürlich halte ich den Atem an und bin enttäuscht, als seine Finger dort verharren. Er scheint sich daran erinnert zu haben, was für eine schlechte Idee das wäre. Gleichzeitig regt sich in mir das schlechte Gewissen, denn meine Sehnsucht nach Elay ist Finn gegenüber nicht fair.

Zum Glück lenkt mich Tracys lautes Räuspern von meinen tobenden Gefühlen ab. „Nun, ihr fragt euch sicherlich, weshalb ihr hier seid. Sharon, Aideen, erklärt bitte die Lage.“

Ich wechsle einen unwohlen Blick mit Aideen und zum Glück ist sie es, die die Situation schildert. Sicherlich hätte ich kein Wort herausgebracht, denn meine Kehle fühlt sich wie zugeschnürt an. Meine Freundin lässt kein Detail aus und kämpft immer wieder mit den Tränen, doch sie schafft es bis zum Schluss.

„Dann sind wir zu Tracy gegangen, um euch alle um Hilfe zu bitten“, beendet Aideen ihre Erzählung.

Für eine Weile legt sich ein betretenes Schweigen über die Gruppe. Dabei studiere ich vor allem Jules’ Gesichtszüge, ohne wirklich einen Grund dafür zu haben. Seine Miene ist völlig ausdruckslos – doch ich kenne ihn gut genug, um seine Gefühle zu erkennen. Seine Finger haben sich ineinander gekrallt und er wippt kaum sichtbar mit dem Fuß. Ohne Zweifel ist er nervös.

„Ich wäre dafür, dass wir sofort den Tunnel stürmen und Madeline retten“, ergreift schließlich Elay das Wort.

Eine tiefe Dankbarkeit breitet sich in mir aus und mein Magen beginnt wieder zu flattern.

„Wir müssen bedacht vorgehen“, warnt Tracy, aber zu meiner Erleichterung wirkt sie nicht abgeneigt.

Nun ist es Jules, der sich meldet. „Ich wäre dafür, dass wir die Lehrer einschalten. Sie werden sich sicherlich besser um diese Angelegenheit kümmern als wir.“

Irgendetwas an seinem Ton gefällt mir nicht und jagt mir einen eisigen Schauer über den Rücken.

„Wir alle wissen doch, dass den Lehrern das Wohlergehen der Schüler egal ist", rufe ich und balle meine Hände zu Fäusten.

Jules macht eine wegwerfende Handbewegung, was mich nur noch wütender macht. „Das bildest du dir nur ein."

Ich blicke ihn fassungslos an und öffne schon den Mund, um mich mit ihm zu streiten, als mir Tracy zuvorkommt. „Das reicht jetzt. Mir ist soeben klar geworden, dass es nur eine richtige Lösung gibt: Wir müssen Madeline dort rausholen. Und zwar auf der Stelle. Hat abgesehen von Jules jemand Einwände?"

Aideen atmet erleichtert auf, während mein Bruder finster in die Leere blickt. Doch das könnte mir in dem Moment kaum egaler sein.

Kapitel 22

Als wir bei der rostigen Leiter ankommen, wird mir ein Fehler bewusst: Wir werden auf keinen Fall dort hinabsteigen können. Schon beim letzten Mal wäre sie unter Aideen und mir beinahe zusammengebrochen.

Ich blicke niedergeschlagen in die Runde und möchte die anderen gerade informieren, als ein Junge namens John vortritt. Ich überlege fieberhaft, welche Kraft er noch mal hat, aber es fällt mir nicht ein. Erst als er seine Hände auf das rostige Metall legt, hellt sich meine Stimmung auf, denn ich erinnere mich, dass John Metalle beeinflussen kann.

Kurz darauf klettern wir nacheinander hinunter in die Dunkelheit. In meinem Hals bildet sich ein Kloß, als ich daran denke, dass unten eine verkohlte Leiche liegt. Ich rechne jeden Moment mit Tracys Schrei, da sie als Erste hinabgestiegen ist.

Doch stattdessen ruft sie: „Ich bin nun unten. Hier ist weit und breit niemand zu sehen, die Luft ist also rein."

Mit deutlich weniger Unbehagen beschleunigen meine Mitschüler ihre Klettergeschwindigkeit, während sich in mir Entsetzen ausbreitet. Denn wenn die Leiche fort ist, kann das nur bedeuten, dass bereits jemand hier war. Ich versuche mich zu beruhigen, denn selbst wenn es mehrere Personen sind, werden sie nicht gegen ein Dutzend magisch begabter Schüler ankommen.

Als ich als Letzte unten ankomme, blicke ich in die unschlüssigen Gesichter der anderen. Nun, da der Tunnel sich vor uns erstreckt, scheint bei ihnen der Mut gesunken zu sein. Ich blicke zu Jules. In seinen Augen blitzt Panik auf, was sehr untypisch für ihn ist.

In beklommener Stille dringen wir immer tiefer in den Tunnel vor und irgendwann übernehmen Aideen und ich wie von selbst die Führung.

Je näher wir dem Kerker kommen, desto schneller schlägt mir mein Herz gegen die Brust. Auch wenn ich mich mit meinen Mitschülern an der Seite sicher fühlen sollte, bin ich überzeugt, dass etwas Schreckliches passieren wird.

Ich blicke überrascht auf, als ich plötzlich eine warme Hand an meiner spüre. Es ist Elays. Mein Verstand sagt mir, dass ich mich von ihm lösen sollte, doch diesmal ist mein Herz stärker. Mit einem Lächeln erwidere ich den Händedruck und erlaube mir für einen kurzen Moment, in seinen grauen Augen zu versinken, in denen so viel Liebe liegt. Obwohl es in dieser Situation kaum unpassender sein könnte und ich meine Gefühle unterdrücken sollte, sprudelt mein Inneres über vor Glück.

„Hey ihr beiden, konzentriert euch auf die Mission!", ruft Tracy uns zu und wirft mir einen vielsagenden Blick zu.

Ich muss mich regelrecht dazu zwingen, meine Hand von Elays zu lösen.

„Ich würde gerne noch mal mit dir reden, wenn wir das alles hier heil überstehen sollten", flüstert er mir zu und schenkt mir ein unsicheres Lächeln.

Ich kann mich nicht dazu durchringen, ihn abzuweisen, und nicke darum knapp.

Schnell gehe ich wieder an Aideens Seite und mir wird klar, dass wir beinahe an unserem Ziel sind. Vor uns liegt die einzige Biegung, die wir am Morgen auf unserer Flucht passiert haben. Ich hole noch mal tief Luft, und als wir diesmal um die Biegung gehen, wirkt der Anblick sogar noch bedrohlicher auf mich als beim letzten Mal.

Ein unkontrolliertes Zittern geht durch meinen Körper, als mein Blick die Zellen entlangwandert, die allesamt in Dunkelheit getaucht sind. Während ich mich nicht rühren kann, läuft Aideen sofort zu Madelines Zelle.

„Wir sind hier, mit Verstärkung, wie ich es dir versprochen habe!", ruft sie mit hoffnungsvoller Stimme in die Dunkelheit. „Wir werden dich befreien. Madeline? Madeline, warum antwortest du nicht?"

Aideen wird immer hysterischer und eine dunkle Vorahnung macht sich in mir breit. Ich nehme eine Fackel von der Wand und eile an ihre Seite. Dann leuchte ich in die Zelle hinein, um die Dunkelheit zu vertreiben und Gewissheit zu erlangen.

„Nein", haucht Aideen.

Die Zelle ist leer, so wie ich es befürchtet habe.

„Vielleicht habe ich mich in der Zelle geirrt", sagt meine Freundin mit immer höher werdender Stimme, reißt mir die Fackel aus der Hand und läuft alle Verliese ab. Mit jedem Augenblick wird ihr Gesicht verzweifelter.

Die anderen Clubmitglieder beobachten sie stumm und mit niedergeschlagenen Mienen. Als sie auch die letzte Zelle kontrolliert hat, bricht Aideen schluchzend zusammen.

„Wir sind zu spät", klagt sie und verbirgt das Gesicht in ihren Händen. „Ich habe mein Versprechen gebrochen und Madeline im Stich gelassen!"

Ihr Körper wird von einem Weinkrampf geschüttelt. Schnell gehe ich zu ihr und lege ihr tröstend die Hand auf die Schulter.

„Du hast sie *nicht* im Stich gelassen. Wir sind schließlich hier, oder? Du hättest nicht mehr tun können."

„Ich hätte bei ihr bleiben können!", widerspricht sie mir mit lauter Stimme. „Dann hätte man sie nicht fortgebracht."

Ich bemerke eine Bewegung im Augenwinkel, und als ich aufblicke, sehe ich Tracy, die neben uns getreten ist.

„Wir werden nach ihr suchen, das verspreche ich dir. Wir werden Madeline nicht im Stich lassen."

Ich nicke bekräftigend und bin erleichtert, dass ich Aideen nicht mehr allein trösten muss. Auch wenn es Unsinn ist, mache ich mir nun Vorwürfe, dass ich sie dazu überredet habe, Madeline allein zu lassen.

„Wir sollten nun aber gehen und alles in Ruhe besprechen", fügt Tracy sanft hinzu.

„Was ist das hier für eine Tür?", dringt plötzlich Monas Stimme aus einiger Entfernung zu uns.

Erst jetzt erinnere ich mich wieder an die Eisentür, die ich beim letzten Mal nicht öffnen konnte. Doch diesmal haben wir John bei uns, für den es sicherlich ein Leichtes sein wird, das Metall zu manipulieren.

Zum Glück hat anscheinend auch Aideen neue Hoffnung geschöpft, denn sie rappelt sich schwerfällig auf und geht hastig zu den anderen, die sich mittlerweile um die Tür versammelt haben und sie neugierig betrachten. Meine Beine tragen mich wie von selbst neben Elay, auch wenn ich es nicht wage, ihn zu berühren. Die knisternde Energie zwischen uns kann ich dennoch spüren.

„John, kümmerst du dich darum?", fragt Tracy, woraufhin der Junge grinsend nickt.

„Ich habe gehofft, dass du das fragst."

Er tritt nach vorn, bis er direkt vor der Tür steht, und lässt dramatisch seine Finger knacken. Tracy verzieht das Gesicht und sieht ihn tadelnd an, aber er zuckt nur unbeeindruckt mit den Schultern.

Gebannt beobachten wir alle, wie John seine Hände auf die Oberfläche der Tür legt und konzentriert die Augen schließt. Ich rechne damit, dass das Metall sich jeden Moment verbiegen oder schmelzen wird, aber es passiert absolut nichts. Johns Gesicht wird immer roter und er hat die Augenbrauen fest zusammengezogen. Schließlich schnappt er keuchend nach Luft und macht mit entsetztem Blick einen Schritt zurück.

„Ich ... ich schaffe es nicht! Das ist mir noch nie passiert."

Er schlägt die Hände über dem Kopf zusammen und wirkt zutiefst gedemütigt. Doch ich glaube nicht, dass sein Scheitern seine Schuld ist.

Wie von selbst wandert mein Blick zu Jules. Bilde ich mir das nur ein, oder ist ein triumphierendes Lächeln auf seinen Lippen erschienen?

„Soll ich es noch mal versuchen?", unterbricht Johns verzweifelte Stimme meine Gedanken.

Tracy sagt jedoch: „Ich denke, es wird einen triftigen Grund dafür geben, dass du das Metall nicht beeinflussen konntest. Schließlich bist du schon seit über zwei

Jahren auf der Darkwood Academy und beherrschst deine Kräfte hervorragend. Vielleicht besteht die Tür aus einem unbekannten Material, auf das deine Kräfte keine Auswirkung haben."

John lässt beschämt die Schultern sinken.

„Das ist mir noch nie passiert", murmelt er erneut.

Elay klopft ihm im Vorbeigehen auf die Schulter und ist der Erste, der sich auf den Rückweg macht. Er wirft mir einen verstohlenen Blick über die Schulter zu, den ich mit einem Lächeln erwidere.

Anschließend lasse ich mich bis zu Jules zurückfallen, denn es wird höchste Zeit herauszufinden, was in ihm vorgeht.

„Was willst du?", blafft er mich an und ich muss mich anstrengen, meine verletzten Gefühle runterzuschlucken.

„Was ist heute mit dir los?", erwidere ich und bin froh, dass ich unbeeindruckter klinge, als ich mich fühle.

„Was soll schon mit mir los sein?", murrt er, ohne mich dabei anzuschauen. „Du drängst uns zu einer gefährlichen Mission, um die wir uns gar nicht kümmern sollten. Falls das, was ihr sagt, wahr ist, ist es egoistisch, deine Mitschüler in so etwas mit reinzuziehen."

„Moment", sage ich und stelle mich vor ihn. „*Falls* das, was wir sagen, wahr ist? Deutest du an, dass Aideen und ich uns die Geschichte ausgedacht haben?"

Jules zuckt als Antwort bloß mit den Schultern und drängt sich unsanft an mir vorbei. Ein Teil von mir möchte ihm hinterherlaufen, doch mir ist bewusst, dass es vergebens wäre. Heute bringe ich nichts mehr aus ihm heraus – aber vielleicht an einem anderen Tag.

Wie in Trance folge ich der Gruppe, steige die Leiter hinauf und blinzle überrascht, als ich plötzlich in den Clubräumlichkeiten stehe. Ich war so tief in Gedanken versunken, dass ich meine Umgebung komplett ausgeblendet habe.

Ein Frösteln geht durch meinen Körper und ich schlinge die Arme um mich, während Tracy irgendetwas verkündet. Ich kann mich jedoch nicht darauf konzentrieren. Immer wieder huscht mein Blick zu Jules und mit jedem Mal wächst das ungute Gefühl in meinem Inneren.

Stumm beobachte ich, wie die Clubmitglieder aufstehen und nacheinander den Raum verlassen. Aideen wirft mir einen fragenden Blick zu, aber ich schüttle den Kopf. Elay hat sich unauffällig in eine Ecke gestellt und scheint darauf zu warten, dass alle fort sind, also nehme ich an, dass unser Gespräch hier stattfinden soll.

Aideen schaut mich noch ein letztes Mal mit leeren Augen an, ehe sie die Tür hinter sich zuzieht. Erst jetzt wird mir wieder bewusst, wie sehr sie von ihren Schuldgefühlen gequält wird und dass ich ihr eigentlich folgen sollte.

Aber ich bleibe trotzdem sitzen, um darauf zu warten, dass Elay zu mir kommt. Wie erwartet setzt er sich vor mich, scheint aber eine Weile mit sich zu ringen. Währenddessen taut mein Inneres, das von einer eisigen Faust umklammert wurde, endlich wieder auf.

„Sharon, ich kann das nicht mehr“, sagt er schließlich aufgebracht und reibt sich mit der Hand über das Gesicht. „Es bringt mich um, dir nicht nah sein zu können. Ich vermisse dich jeden Tag, selbst wenn wir uns im gleichen Raum befinden oder sogar miteinander reden. Ich vermisse dich genau jetzt, in diesem Moment."

Er lacht verzweifelt auf, während ich das Gefühl habe, nur noch aus Wackelpudding zu bestehen.

„Du ... vermisst mich?", wiederhole ich mit einer peinlich hellen Stimme, die völlig fremd klingt.

Elay steht ruckartig auf, kommt mit schnellen Schritten auf mich zu und setzt sich neben mich. Er nimmt zärtlich meine Hände in seine, ehe er fortfährt.

„Als ich dich zusammen mit Finn gesehen habe ... ist mir klar geworden, dass ich das nicht länger kann. Ich muss mit dir zusammen sein."

Ich kann ihn bloß sprachlos anschauen, während sich ein dicker Kloß in meinem Hals bildet. Ich will doch auch so gerne mit ihm zusammen sein! Aber das wäre dumm, so unglaublich dumm.

„Das ist auch mein größter Wunsch", bringe ich heiser hervor. Meine Stimme hat sich einfach selbstständig gemacht.

Elay zieht überrascht die Augenbrauen hoch. „Ist das dein Ernst?"

Nun kann ich mich nicht mehr zurückhalten. Ich packe Elay am Kragen, ziehe ihn an mich und drücke meine Lippen auf seine. Es fühlt sich so an, als hätte ich all die Zeit ohne ihn vergessen zu atmen und könnte nun endlich wieder Luft holen.

Während sich meine Augen mit Freudetränen füllen, sinke ich in Elays Arme, so wie ich es mir jeden Tag, an dem wir getrennt waren, erträumt habe. Seine Hände streicheln zärtlich durch meine Haare, während unser Kuss immer intensiver wird. Ich kann nicht genug von

Elay bekommen und fühle mich regelrecht ausgehungert. Um ihm noch näher zu sein, setze ich mich auf seinen Schoß und verschränke meine Arme hinter seinem Hals.

Doch plötzlich löst er sich ruckartig von mir und schnappt nach Luft.

„Ich muss aufpassen, dass ich nicht die Kontrolle verliere“, keucht er und blickt an mir vorbei.

Ich muss mich nicht umdrehen, um zu wissen, dass die Schatten dort sind. Mit einem Mal ernüchtert klettere ich etwas unbeholfen von ihm runter.

„Es tut mir leid“, sage ich – wohl wissend, dass ich die Situation damit nur schlimmer mache.

„Nein“, erwidert Elay jedoch mit fester Stimme. „Dieses Mal lasse ich nicht zu, dass die Schatten einen Keil zwischen uns treiben.“

Er breitet einladend die Arme aus und ich lasse mich erleichtert hineinsinken.

„Sharon, dieses Mal werde ich alles dafür tun, dass unsere Beziehung funktioniert.“ Er streicht mir sanft über die Wange. „Ich hatte eine Idee, wie ich es schaffen könnte, meine gefährliche Magie zu unterdrücken. Du hast mir von diesen Tabletten erzählt, die du bis vor Kurzem nehmen musstest, die deine Kräfte unterdrückt haben. Denkst du, ich könnte sie nehmen?“

Ich blicke ihn gleichzeitig überrascht und bestürzt an. „Aber das würde bedeuten, dass du deine Magie dann gar nicht mehr benutzen könntest.“

Er zuckt mit den Schultern und lächelt traurig. „Wenn das der Preis ist, um mit dir zusammen sein zu können, nehme ich ihn gerne in Kauf.“

Ich schüttle entschieden den Kopf. „Nein. Das werde ich nicht zulassen. Wir finden auch so einen Weg, auch wenn das bedeutet, dass wir uns ein wenig zurückhalten müssen."

Ich erröte bei diesen Worten leicht, denn ich muss daran denken, wie weit wir bereits gegangen wären, wenn die Schatten uns nicht unterbrochen hätten.

„Na gut", erwidert Elay zögerlich. Er nimmt meine Hand und drückt einen Kuss darauf. „Ich bin einfach nur froh, dass du noch Gefühle für mich hast. Und nicht für Finn."

Er verzieht das Gesicht und in seinen Augen blitzt deutlich Eifersucht auf.

Sofort überkommt mich wieder Schuldbewusstsein, denn ich hatte nie vor, Finn nur als Ablenkung zu sehen. Ich schätze ihn sehr als Freund und habe mich vielmehr selbst damit belogen, dass zwischen uns mehr sein könnte.

Ich schlage die Augen nieder und frage mich, wie ich ihm sagen soll, dass Elay und ich es noch mal miteinander versuchen. Es führt leider kein Weg daran vorbei, Finn zu verletzen, denn ich möchte ehrlich zu ihm sein. Wenn ich schon ungewollt mit seinen Gefühlen spiele, muss ich auch den Mut dazu finden, ihm die Wahrheit zu sagen – und das so schonend wie möglich.

„Ich sollte nun nach Aideen sehen", sage ich leise und lasse es mir nicht nehmen, einen hauchzarten Kuss auf Elays Lippen zu drücken. In seinem Blick liegt die gleiche Liebe, die ich für ihn verspüre.

„Du bist eine gute Freundin", sagt er und streicht mir eine Strähne hinters Ohr. „Du wirst Aideen sicherlich trösten können."

Ich nicke knapp, auch wenn ich mir da nicht so sicher bin.

Widerstrebend stehe ich auf und entferne mich von Elay, auch wenn mein Körper sich danach sehnt, bei ihm zu bleiben. Mit einem breiten Lächeln schließe ich die Tür zum Treppenhaus hinter mir – und erstarre in der Bewegung. Denn aus dem Schatten löst sich eine allzu bekannte Gestalt.

„Finn", keuche ich.

Innerhalb eines Wimpernschlages wird mir bewusst, was es bedeutet, dass er hier ist: Er hat uns nachspioniert.

„Bist du überrascht, mich zu sehen?", fragt er mit kalter Stimme und blickt an mir vorbei zur Tür. „Du warst dort mit Elay, nicht wahr?"

Ich schlucke schwer und blicke zu Boden.

„Ist ja auch egal", winkt er mit einer verächtlichen Handbewegung ab. „Ich habe von Anfang an gespürt, dass ich dir nichts bedeute. Du hast mich bloß als Ablenkung benutzt."

„Das ist nicht wahr!", widerspreche ich, auch wenn er zumindest teilweise recht hat. Zwar bedeutet er mir viel, aber meine romantischen Gefühle waren nicht echt.

„Wie auch immer", sagt er mit leerer Stimme. „Was mich aber besonders wundert, ist, dass du anscheinend in die Geheimnisse der Darkwood Academy eingeweiht bist. Du hast mich die ganze Zeit belogen. Aber wofür? Solltest du mich dadurch unter Kontrolle halten?"

„Hör zu", beginne ich langsam und lege mir meine Worte genau zurecht. Ich mache einen Schritt auf ihn zu, woraufhin er sofort abweisend die Arme vor der

Brust verschränkt. „Du musst mir glauben, dass ich dich nur angelogen habe, um dich zu schützen. Aber in vielen Dingen habe ich die Wahrheit gesagt. Auf der Darkwood Academy geht viel Finsteres vor sich und ich weiß längst nicht alles. Ich konnte noch immer nicht herausfinden, was es mit *Magicae Noctis* auf sich hat, niemand möchte mir etwas darüber verraten.“

Ich hole tief Luft, während Finn mich bloß schweigend anblickt.

„Bitte sag irgendetwas“, flehe ich leise.

„Ich wüsste nicht, warum ich dir noch vertrauen sollte“, beginnt er und ich lasse mutlos die Schultern hängen.

Doch er ist noch nicht fertig. „Trotzdem glaube ich dir aus irgendeinem Grund. Bist du denn überhaupt noch daran interessiert, die Geheimnisse mit mir zusammen aufzudecken?“

„Ja, natürlich!“ Ich sehe ihn weiter flehend an und würde ihm am liebsten in die Arme fallen.

In seinen Augen ist deutlich zu sehen, dass er mir noch lange nicht verziehen hat, aber zumindest möchte er weiterhin mit mir zusammenarbeiten.

„Dann musst du mir aber alles haargenau berichten“, sagt er mit fester Stimme. „Was es mit diesem Geheimclub auf sich hat, seit wann du dabei bist und was du alles herausgefunden hast.“

„Ja. Ja, natürlich. Aber wir müssen es an einem Ort machen, wo uns niemand hören kann.“

Genaugenommen habe ich die ganze Zeit befürchtet, Elay könnte unser Gespräch unterbrechen. Sicherlich hätte das Finns Wut nur noch mehr angefacht. Aber zu meinem Glück scheint Elay es sich in den Clubräumen gemütlich gemacht zu haben – vermutlich mit einem Buch von Jane Austen. Bei diesem Gedanken muss ich verträumt lächeln.

„Dann komm mit", sagt Finn, der meinen Stimmungsumschwung wohl nicht bemerkt. „Ich kenne da einen Ort."

***

Erst als wir oben an die frische Luft treten, realisiere ich, dass die Dunkelheit bereits hereingebrochen ist.

„Wie hast du diesen Ort gefunden?", frage ich begeistert.

Wir befinden uns auf einer Art Terrasse auf dem Dach, verborgen hinter einem der Türmchen. Aus einigen der Fenster könnte man uns im Hellen sicherlich sehen, aber um diese Uhrzeit verschmelzen wir mit der Dunkelheit.

„Ich kenne beinahe jeden Winkel dieser Schule", gibt Finn zu. „Da ich keine Freunde habe, verbringe ich meine Freizeit teilweise damit, die Schule zu erkunden. Sie ist viel größer, als man auf dem ersten Blick glaubt, und heute musste ich feststellen, dass es sogar mehr Räume gibt, als ich dachte."

Seine Augen leuchten dabei eher begeistert als wütend, was mich zumindest ein wenig entspannt.

„Ja, du wärst überrascht, was sich noch alles hinter den Mauern der Schule verbirgt." Ich ringe mit den Worten, denn mir fällt einfach nichts ein, was ich sagen könnte, um Finns Vertrauen zurückzugewinnen.

Er blickt mich abwartend an und ahnt wohl, dass ich ihm nun etwas Wichtiges erzählen werde. Ich atme tief durch, ehe ich mit der Wahrheit herausrücke.

„Unter der Schule befindet sich eine Art Tunnel, in dem es Kerker gibt. Madeline wird dort gefangen gehalten – oder wurde es zumindest heute Morgen noch.“

Und dann erzähle ich ihm die ganze Geschichte. Wie Aideen und ich den Spuren im Schnee gefolgt sind und auf diese seltsame Siedlung gestoßen sind. Alles über die Erkundung des vermeintlichen Jagdhauses und unsere anschließende Flucht durch den Tunnel. Mit jedem meiner Sätze wird Finns Miene fassungsloser, aber er unterbricht mich nicht.

Erst als ich geendet habe, beginnt er mit rauer Stimme zu sprechen. „Als ich euch gefolgt bin, hätte ich niemals gedacht, dass es um so etwas Wichtiges geht. Ich habe mich wütend im Schatten versteckt, während ihr versucht habt, Madeline zu retten.“

„Du hast jedes Recht dazu, wütend zu sein“, stelle ich klar. „Ich habe dir meine Mitgliedschaft in dem Geheimclub verschwiegen. Es ist unverzeihlich, dass ich dich belogen habe. Aber es hat einen Grund, dass ich aufgenommen wurde, und den werde ich dir nun zeigen.“

Ich schlage die Augen nieder, denn ich bringe es nicht über mich, Finns Reaktion zu beobachten. Zögerlich strecke ich meine Hand aus, konzentriere mich und spüre dann das vertraute Kribbeln auf meiner Haut. Finn zieht scharf die Luft ein.

„Dann hatte ich also recht“, raunt er kaum hörbar. „Magie gibt es wirklich. Aber ich hätte nie gedacht, dass du sie beherrschst.“

Nun blicke ich doch auf, denn der ruhige Klang seiner Stimme lässt mich neuen Mut fassen. Das tanzende

Licht der Flamme spiegelt sich in Finns runden Brillengläsern und er lächelt beinahe schon verträumt. Ich habe damit gerechnet, dass er zornig ist und mich wie ein Monster behandelt, doch das Gegenteil scheint der Fall zu sein.

Irgendwann balle ich meine Hand zu einer Faust, sodass das Feuer erstickt wird.

„Ich habe es erst an Halloween erfahren. Dass ich Magie beherrsche, meine ich. Meine Eltern haben es mir mein ganzes Leben lang verschwiegen."

Finn nickt und sieht mich mitleidig an. „Ich kann mir vorstellen, dass es dein ganzes Leben durcheinandergebracht hat. Ich bin ehrlich gesagt erleichtert, dass du mich nicht von Anfang an belogen hast."

„Oh nein, das habe ich wirklich nicht", bestätige ich und lache freudlos auf. „Ich hatte absolut keine Ahnung davon, was auf der Darkwood Academy vor sich geht. Und als ich es dann doch herausfand, hat man mir sehr schnell klar gemacht, dass ich es bereuen würde, wenn ich es jemandem weitersage."

Finn blickt mich ernst an und ich kann aus seiner Miene lesen, dass er mich versteht. Es mag sein, dass er mir nicht vollständig verzeihen kann, aber ich habe das Gefühl, dass wir nun zumindest wieder auf der gleichen Seite sind.

Finn hebt seine Hand in meine Richtung, aber zieht sie dann wieder zurück. Er schließt für einen kurzen Moment die Augen, ehe er mit nüchterner Stimme sagt: „Also gibt es auf dieser Schule Menschen, die magisch begabte Schüler in Kerker stecken. Wir müssen der Sache unbedingt auf den Grund gehen. Vielleicht hat das Ganze sogar mit *Magicae Noctis* zu tun."

„Wir wissen nicht genau, ob die Übeltäter wirklich zur Schule gehören", erwidere ich halbherzig.

Doch noch während ich es ausspreche, wird mir klar, dass die Lehrer zumindest von der ganzen Sache wissen müssen. Ansonsten wäre Madelines Verschwinden längst aufgefallen.

Finn scheint zu merken, dass ich meine Worte bereits selbst infrage stelle, denn er widerspricht mir nicht. Er blickt mich bloß abwartend an.

„Ich wette, dass Mrs McArren mit diesen Leuten unter einer Decke steckt", sage ich schließlich finster. „Auch wenn sie manchmal nahbare Momente hat, habe ich das Gefühl, dass sie uns Schüler eigentlich hasst. Es würde ihr sicherlich Vergnügen bereiten, uns in so einem Kerker verrotten zu sehen."

Finn reibt sich nachdenklich über das Kinn und blickt an mir vorbei in die Ferne. „Ich weiß nicht. Sicherlich ist das nicht so einfach. Und es gibt garantiert einen anderen Grund für die Entführung von Schülern als reine Schadenfreude."

„Du hast recht", gebe ich zu und fange an, auf und ab zu wandern.

Mich beschleicht der Verdacht, dass noch mehr Personen in die Sache verwickelt sein könnten als ursprünglich gedacht. Mittlerweile habe ich sogar das Gefühl, dass auch ein paar der Geheimclubmitglieder nicht so ahnungslos sind, wie sie vorgeben – Tracy und Jules eingeschlossen.

Plötzlich fällt mir noch etwas ein. Damals im Schachzimmer hat Elay mehr oder weniger zugegeben, dass er weiß, worum es sich bei *Magicae Noctis* handelt. Ich reibe mir über die Arme, denn mir ist mit einem Mal eiskalt.

„Was ist los?“, fragt Finn alarmiert.

„Nichts“, lüge ich automatisch. „Mir ist bloß kalt. Mir fällt jetzt erst auf, dass ich keine Jacke dabeihabe.“

„Willst du meine haben?“, fragt er zögerlich, aber ich schüttle den Kopf.

„Es wird ohnehin Zeit reinzugehen. Ich brauche eine Weile, um meine Gedanken zu ordnen. Außerdem geht es Aideen nicht gut. Ich sollte mich wirklich um sie kümmern.“

„Okay. Dann lass uns reingehen. Treffen wir uns morgen um die gleiche Zeit in der Bibliothek?“

„Ja. Ja, natürlich.“

Ich hoffe, dass Finn den schuldbewussten Ton in meiner Stimme nicht wahrnimmt. Zwar habe ich nicht damit gelogen, dass ich mich um Aideen kümmern möchte, aber meine Gedanken kreisen gerade nur um Elay und Jules.

Könnten die Menschen, die mir am nächsten stehen, diejenigen mit den dunkelsten Geheimnissen sein?

KAPITEL 23

Wie befürchtet finde ich Aideen weinend in ihrem Bett. Zum Glück ist Ellie bereits bei ihr und tröstet sie, doch natürlich kann Aideen ihr nicht den wahren Grund für ihre Trauer nennen.

„Ich lasse euch beide mal allein", sagt Ellie beinahe schon erleichtert, als sie mich sieht. „Ich muss zu den Proben für die Weihnachtsaufführung."

Aideen nickt und vergräbt schniefend ihr Gesicht im Kissen. Ein wenig hilflos setze ich mich neben sie und streiche ihr über den Rücken.

„Wir werden Madeline finden. Wir haben heute alles in unserer Macht Stehende getan, um ihr zu helfen, deswegen darfst du dir keine Vorwürfe machen."

Aideen hebt ihr verweintes Gesicht. „Ich habe das Gefühl, dass ich die Einzige bin, die wirklich kapiert, in was für einer Situation wir uns befinden. Meine Freundin wurde in einem Kerker unter der Schule festgehalten und ist jetzt verschwunden! Klingeln da bei euch nicht die Alarmglocken?"

„Doch, natürlich. Ich kann an nichts anderes mehr denken", gebe ich zu. Dann atme ich tief durch, denn es wird Zeit, Aideen einzuweihen. „Ehrlich gesagt habe ich das Gefühl, dass einige der Geheimclubmitglieder Bescheid wissen, was da vor sich geht. Auch Elay und ... Jules."

Aideen setzt sich kerzengerade hin und blickt mich mit großen Augen an. Ihre Sorge um Madeline scheint mit einem Mal in den Hintergrund zur rücken.

„Dein eigener Bruder könnte wissen, was da vor sich geht? Hast du ihn schon zur Rede gestellt?"

Ich senke den Blick. „Ich habe es versucht. Aber er wird immer abweisender mir gegenüber. Trotzdem wird der nächste Schritt wohl sein, Elay oder Jules auszufragen. Vielleicht ist das unsere beste Chance, Madeline zu finden."

Aideen lässt bekümmert den Kopf hängen, als ich den Namen ihrer Freundin ausspreche, was mich nur noch entschlossener macht, das Geheimnis zu lüften.

„Weißt du was?", sage ich darum mit gespielter Heiterkeit. „Ich werde Elay noch heute Nacht zur Rede stellen. Wir dürfen keinen Tag mehr vergeuden."

Aideen schluchzt erneut und fällt mir dann dankbar um den Hals. Vielleicht kann ich es irgendwie schaffen, dass wir alle endlich unser Glück finden.

***

Ich sitze mit starrer Miene vor den Kamin, während das Licht der Flammen über mein Gesicht tanzt. Jeden Moment wird Elay zu mir ins Schachzimmer kommen und dieses Mal lasse ich mich nicht mit Ausreden abwimmeln.

Als ich seine Schritte hinter mir höre, muss ich mich nicht zu einem Lächeln zwingen, denn egal, was er mir gleich berichten wird, ich genieße jeden Moment in seiner Nähe.

„Du hältst es also keinen Abend mehr ohne mich aus?", fragt er schelmisch.

Ich habe ihm nach dem Abendessen einen Zettel zugesteckt, dass ich ihn zu sehr vermisse und ihn noch heute treffen möchte.

„Ja, so ist es wohl“, sage ich mit einem theatralischen Seufzen und lasse mich in seine Arme sinken. Ich beschränke mich jedoch darauf, ihm einen kurzen Kuss auf die Lippen zu hauchen, denn nun gibt es Wichtigeres zu tun, als rumzuknutschen.

Ich deute auf das Schaffell vor dem Kamin und wir lassen uns gemeinsam darauf sinken. Mit einem verträumten Blick in die Flammen lege ich meinen Kopf an Elays Schulter, um den letzten friedlichen Moment zu genießen. Denn im schlimmsten Fall wird unser Gespräch in einem Streit enden.

Schließlich habe ich mich so weit gesammelt, dass ich mich aufsetze und ihm ernst in die Augen schaue. „Ehrlich gesagt gibt es da noch einen anderen Grund, weshalb ich mich mit dir treffen wollte.“

Sofort verfinstert sich Elays Blick. Am liebsten würde ich einen Rückzieher machen, aber ich nehme meinen ganzen Mut zusammen und bleibe standhaft.

„Ich habe den Eindruck, dass du weißt, was in den Kerkern unter der Schule vor sich geht. Ebenso wie Jules und Tracy. Aber dir vertraue ich am meisten.“

Noch während ich den letzten Satz ausspreche, realisiere ich, dass er wahr ist. Ich vertraue Elay mehr als meinem eigenen Bruder. Elay scheint das jedoch nicht zu registrieren, sondern starrt finster in die Flammen.

Zunächst macht es den Eindruck, dass er nicht antworten wird, bis er endlich erklärt: „Ich habe dir schon mal gesagt, dass du dich da raushalten sollst. Es ist zu gefährlich.“

„Ich kann mich aber jetzt nicht mehr raushalten", entgegne ich heftig. „Meine Freundin wird gefangen gehalten und sie ist sicherlich nicht die Erste – oder die Letzte."

„Ich werde nicht zulassen, dass du dich in Gefahr bringst", fährt er mich an. „Die Geheimgesellschaft ist …"

Er stockt und schlägt sich entsetzt die Hand vor den Mund. Erst einen Wimpernschlag später wird mir klar, was er da gerade gesagt hat.

„Eine Geheimgesellschaft?", hauche ich wie erstarrt. Nach und nach setzen sich alle Puzzlestücke zusammen. „Trägt sie den Namen *Magicae Noctis*?"

Elay blickt mich nur wütend an, was für mich Antwort genug ist.

„Sind wir alle nur Versuchskaninchen? Führt diese Geheimorganisation an uns allen Experimente durch und opfert dafür die nichtmagischen Schüler?"

„Sharon …"

„Nein! Ich will jetzt auf der Stelle Antworten!"

Elay schließt bestürzt die Augen und wirkt mit einem Mal so, als wäre er ganz weit weg.

„Es ist wahr", sagt er schließlich mit gebrochener Stimme. „Das ist der Zweck der Darkwood Academy. Aber wenn wir mitmachen, wird uns nichts Schlimmes geschehen."

„Mitmachen?", rufe ich fassungslos. „Heißt das, wir sollen das Ganze einfach hinnehmen?"

Elay hebt hilflos die Schultern. „Sie tun nur denjenigen weh, die sich wehren."

Ich kann einfach nicht glauben, was er da gerade sagt. Es kommt mir so vor, als wäre er mit einem Mal ein völlig anderer Mensch.

„Ich kann das nicht", flüstere ich und rücke ein wenig von ihm ab.

Elay scheint zu begreifen, was er mit seinen Worten bewirkt hat. Er nimmt meine Hände und blickt mich eindringlich an.

„Diese Sache wird uns nicht wieder auseinanderbringen. Das lasse ich nicht zu. Bitte sag mir, was du von mir erwartest."

Ich merke, wie viel Überwindung ihn das kostet, wodurch ich ihm seine Worte umso höher anrechne. Aber noch weiß ich nicht, wie weit er für mich gehen würde.

„Ich möchte, dass du mir hilfst, eine Lösung zu finden, damit die Schüler der Darkwood Academy in Ruhe gelassen werden. Der erste Schritt ist, dass du mir wirklich *alles* erzählst, was du weißt."

Elay schluckt nervös und ringt sichtlich mit sich.

„Wenn ich das machen würde ... ich glaube, das würde für keinen von uns beiden gut enden. Sie haben ihre Augen und Ohren überall – sie würden es mit Sicherheit herausfinden."

„Und was würden sie dann tun?" Meine Stimme klingt lauter und aufgebrachter als beabsichtigt. „Uns töten?"

Elays Schweigen ist Antwort genug. Trotz des wärmenden Feuers breitet sich eine Gänsehaut auf meinem ganzen Körper aus.

„Sag mir wenigstens, wer der Anführer der ganzen Sache ist. Es ist Mrs McArren, habe ich recht?"

Zu meiner Überraschung wirkt Elay eher verlegen als ertappt. „Nein, sie ist nicht so übel, wie du denkst. Auch wenn sie oft sehr streng wirkt.“

Ich runzle die Stirn, denn etwas an seinem Ton macht mich stutzig. Er spricht jedoch weiter, ehe ich mehr darüber nachdenken kann.

„Ehrlich gesagt weiß ich nicht, wer das Oberhaupt ist. Allerdings sind sehr viele Angehörige dieser Schule darin verstrickt, egal ob Erwachsene oder Schüler.“

„Das habe ich mir fast schon gedacht“, sage ich trocken. „Aber diese Information bringt mich nicht wirklich weiter. Ich muss wissen, was die Ziele dieser Gesellschaft sind, wie weit sie mit ihren Forschungen gehen und wo sich ihre Räumlichkeiten befinden. Wobei ich vermute, dass sie hinter dieser unüberwindbaren Metalltür liegen.“ Mit einem Mal kommt mir ein schrecklicher Gedanke. „Wurde Madeline dorthin gebracht? Was werden sie mit ihr anstellen?“

Mir wird übel, wenn ich daran denke, dass ich Aideen möglicherweise noch mehr schlimme Nachrichten überbringen muss.

Elay reibt sich mit der Hand über das Gesicht und scheint mit meiner Flut an Fragen wieder überfordert zu sein.

„Hier ist es nicht sicher genug. Wir könnten belauscht und beobachtet werden. Schon das, was ich dir gesagt habe, bringt uns beide in große Gefahr.“

Ich schüttle frustriert den Kopf, denn so kommen wir nicht weiter. Je länger ich darüber nachdenke, desto logischer erscheint es mir, dass wir rund um die Uhr und überall bewacht werden. Mein Blick huscht durch das

Zimmer und sucht nach Anzeichen für diese Überwachung. Als eine Katze durch das Zimmer trottet und mich träge anblinzelt, muss ich schlucken. Doch ich wehre mich gegen den Gedanken, dass ich von meinen Lieblingstieren ausspioniert werden könnte.

Ich blicke überrascht auf, als Elay einen Bleistiftstummel und eine Packung Taschentücher aus seinem Rucksack holt. Er schreibt auf das Papier:

Wir müssen uns irgendwo außerhalb der Schule treffen. Komm morgen um Mitternacht auf die Schulwiese. Dann erzähle ich dir alles, was ich weiß.

Als er sich vergewissert hat, dass ich die Nachricht gelesen habe, knüllt er das Taschentuch zusammen und wirft es ins Feuer. Schweigend beobachten wir, wie es von den Flammen zerfressen wird.

„Es ist schon spät", sage ich irgendwann erschöpft. „Wir sollten schlafen gehen."

Ehe ich aufstehe, drücke ich noch mal Elays Hand und gebe ihm einen Kuss auf die Wange. Mir ist bewusst, wie viel er für mich riskiert, und auch wenn ich mich um seine Sicherheit sorge, weiß ich, dass ich das Richtige tue. Denn das Leben von sehr vielen Schülern hängt davon ab.

***

Der nächste Schultag zieht sich unglaublich zäh in die Länge.

In jeder Unterrichtsstunde kann ich nur daran denken, dass die Lehrer mit hoher Wahrscheinlichkeit von allem wissen. Oder noch schlimmer: dass sie selbst in diese furchtbaren Machenschaften verwickelt sind. Mr Glenn kam mir von Anfang an verdächtig vor, aber kann es wirklich sein, dass die verpeilte und tollpatschige Miss Duff eine dunkle Seite hat? Oder der schwächliche Mr Avery, der so alt wirkt, als ob er schon seit einem Jahrzehnt im Ruhestand sein sollte?

Gleichzeitig muss ich immer wieder an Elays Worte über Mrs McArren denken. Ich hätte schwören können, dass sie von allen Erwachsenen am tiefsten in der Sache drinhängt, und doch schien Elay sich sicher zu sein, dass sie harmloser ist, als sie scheint. Ich hoffe sehr, dass er mich bei unserer mitternächtlichen Verabredung aufklärt.

Vorher steht jedoch noch das Treffen mit Finn in der Bibliothek an. Jetzt, wo ich weiß, dass wir mit hoher Wahrscheinlichkeit überwacht werden, fühlen sich unsere Gespräche unglaublich riskant an.

Plötzlich kommt mir eine Idee, die Elay ganz und gar nicht gefallen wird: Ich nehme Finn einfach heute Nacht mit. Und wenn ich schon dabei bin, wird es sicherlich nicht schlimm sein, wenn mich auch Aideen begleitet.

Als endlich das erlösende Klingeln ertönt, das die letzte Stunde beendet, schrecke ich hoch. Auch wenn ich normalerweise gerne am Biologieunterricht teilnehme, habe ich dieses Mal keinen einzigen Augenblick aufgepasst.

Seufzend packe ich meine Sachen zusammen und hebe die getigerte Katze, die sich auf meinem Schoß zusammengerollt hat, auf den Boden. Dann schultere ich meine Tasche und mache mich auf direktem Weg auf zur Bibliothek.

Kurz davor stoße ich fast mit Henry zusammen. Ich lache erschrocken auf, doch er blickt mich schweigend und mit glasigen Augen an.

„Ist alles in Ordnung?", frage ich alarmiert.

Er schüttelt schniefend den Kopf und zupft nervös an seiner senfgelben Fliege. Ich stoße einen überraschten Laut aus, als er mich plötzlich fest umarmt. Sein schmaler Körper zittert, was mir sogleich große Sorgen bereitet.

„Henry, bitte sag mir, was los ist", sage ich und löse mich sanft von ihm.

„Ich kann es dir nicht verraten", erwidert er kaum hörbar und blickt dabei zu Boden.

„Du kannst mit mir über alles reden", stelle ich klar und blicke mich gleichzeitig verstohlen um, um herauszufinden, ob wir belauscht werden. Obwohl ich mir da leider zu keinem Zeitpunkt sicher sein kann.

„Ich wünschte, ich könnte es", sagt Henry mit rauer Stimme. „Aber es geht wirklich nicht. Ich muss jetzt gehen."

Es liegt eine solche Ernsthaftigkeit in seinen Worten, dass ich mir nun sicher bin, dass es um nichts Banales geht.

Mit gerunzelter Stirn blicke ich dem Jungen hinterher, bis ich mich endlich von meinen Gedanken losreiße und die Bibliothek betrete. Finn sitzt bereits dort und ist in sein Notizbuch vertieft.

Einen Moment lang bleibe ich in der Tür stehen, um ihn zu beobachten. Eigentlich ist er mit seinen wuscheligen, lockigen Haaren, der runden Brille und den stets etwas mitgenommen aussehenden Klamotten genau mein Typ. Auch wenn er meistens abweisend wirkt, merkt man beim näheren Kennenlernen, dass er ein guter Kerl ist. Ich habe unsere kurze Annäherung wirklich sehr genossen. Aber nun, da ich mich unwiderruflich in Elay verliebt habe, erscheint es mir unmöglich, echte Gefühle für Finn zu entwickeln.

„Willst du dich nicht endlich zu mir setzen?", fragt Finn, ohne aufzublicken.

Ertappt zucke ich zusammen und spüre, wie meine Wangen glühen. Mit schuldbewusster Miene gehe ich zu ihm und lasse mich auf einen Stuhl sinken.

„Meinst du, ich merke nicht, dass du mich beobachtest?", fragt er belustigt und blickt nun doch zu mir auf.

Erst jetzt fallen mir seine tiefen Augenringe auf, ebenso wie der besorgte Zug um seinen Mund, der selbst beim Lächeln nicht verschwindet.

„Ich habe nur nachgedacht", sage ich schnell, was zumindest nicht gelogen ist. „Es war nicht meine Absicht, dich anzustarren."

Zum Glück scheint Finn wieder voll in seine Notizen vertieft zu sein.

„Es gibt da ein paar Theorien, die ich zusammengetragen habe. Zunächst ist es aber wichtig, dass wir herausfinden, warum die Jugendlichen ihre magische Begabung erhalten haben. Haben sie es geerbt? Oder diese Kräfte nur durch Zufall erhalten?"

Er lacht verlegen auf. „In Filmen wäre sicherlich ein Komet oder so schuld. Auch wenn es unwahrscheinlich ist, sollten wir Naturphänomene als Grund nicht ausschließen."

Ich pruste los und muss an die Superheldencomics denken, die einige Schüler meines damaligen Literatur-Clubs gerne gelesen haben.

„Wahrscheinlich wurden wir auserwählt, um die Menschheit zu retten", scherze ich.

Zum Glück reden wir gerade über ein Thema, das für den Fall, dass wir abgehört werden, nicht riskant wäre. Außerdem ist es wirklich interessant, denn darüber, wo meine Magie herkommt, habe ich zuvor nicht viel nachgedacht.

„Zumindest hätte die Menschheit das dringend nötig", stellt Finn trocken fest.

Wir rätseln noch eine Weile herum und machen Scherze, auch wenn im Grunde jede unserer Theorien wahr sein könnte. Schließlich hätte ich es bis vor Kurzem nicht mal für möglich gehalten, dass Magie überhaupt existiert.

„Ich denke, wir drehen uns im Kreis", bemerke ich irgendwann. „Wahrscheinlich ist es gar nicht möglich, auf diesem Weg irgendetwas darüber herauszufinden, woher unsere Kräfte stammen. Wir sollten erst mal recherchieren."

Das sage ich jedoch nicht, weil ich wirklich daran glaube, irgendwo Informationen über Magie zu finden, sondern weil ich vor allem einen Weg finden muss, Finn von der Geheimorganisation zu berichten. Und das kann ich nicht in der Bibliothek.

Schließlich entscheide ich mich dazu, es wie Elay zu machen: Schweigend reiße ich eine Seite aus Finns Notizbuch und schreibe eine Nachricht darauf. Als er sie liest, weiten sich seine Augen und seine zuvor entspannte Haltung verschwindet. Er nickt ernst, woraufhin ich den Zettel in die Hand nehme und in Flammen aufgehen lasse.

Dann fange ich wieder ein banales Gespräch mit Finn an, so als wäre nichts gewesen. „Sicherlich gibt es hier in der Bibliothek ein paar Bücher über Magie, oder aber wir finden etwas im Internet. Denkst du, wir könnten irgendwie an einen Computer kommen?"

Finn blickt mich stumm an – ihm scheint es sichtlich schwerer zu fallen, so zu tun, als hätte ich nicht gerade geschrieben, dass wir vermutlich überwacht werden. Zudem habe ich ihn zu meinem nächtlichen Treffen mit Elay eingeladen.

Als ich ihm einen leichten Tritt gegen das Schienbein gebe, reißt er sich endlich zusammen.

„Ja … äh … das bekommen wir schon irgendwie hin. Ich kümmere mich darum. Du, mir fällt gerade ein, dass ich noch Unmengen an Hausaufgaben zu machen habe."

„Kein Problem", sage ich fröhlich. „Wir können ja morgen noch mal reden."

Finn nickt zerstreut, packt seine Sachen zusammen und verlässt dann fluchtartig die Bibliothek. Doch ich rechne fest damit, dass er heute um Mitternacht bei meinem Treffen mit Elay dabei sein wird.

Kapitel 24

Eine Viertelstunde vor Mitternacht schlagen Aideen und ich unsere Decken zurück. Wir haben uns am Abend bereits vollständig angezogen ins Bett gelegt, was Ellie zum Glück nicht bemerkt hat. Sie kam erst spät von ihrer Probe zurück und hat sich direkt schlafen gelegt.

Nun schlüpfen wir so leise wie möglich in unsere Winterstiefel, ziehen uns die dicken Jacken über und schleichen uns dann hinaus auf den Flur.

Als wir den Mädchenflügel verlassen, erschrecke ich zunächst, denn in der Dunkelheit steht eine regungslose Gestalt. Als sie sich zu uns umdreht, erkenne ich jedoch Finn.

„Du solltest doch in der Eingangshalle warten", zische ich und atme gleichzeitig erleichtert auf.

„Ich gehe immer auf Nummer sicher, um nicht in einen Hinterhalt zu geraten", erwidert er trocken.

Ich beschließe, nicht darauf einzugehen und die Kränkung herunterzuschlucken. In dieser Nacht ist für solche Nebensächlichkeiten keine Zeit.

Angespannt schleichen wir durch die dunkle Schule und zucken bei jedem Knacken der Dielen zusammen. Erst als wir den Haupteingang hinter uns gelassen haben, atmen wir auf, denn damit haben wir das Schwierigste geschafft. Zumindest hoffe ich das.

Mit eingezogenen Köpfen laufen wir zu der Wiese, denn auch wenn es hier draußen beinahe vollkommen finster ist, können wir es nicht ganz ausschließen, dass uns jemand von der Schule aus beobachtet. Als ich zurückblicke, stelle ich fest, dass ein paar wenige Fenster erhellt sind, aber dahinter keine Personen zu sehen sind.

Schließlich haben wir die Wiese, wo ich Elay treffen sollte, erreicht. Tatsächlich kommt eine dunkel gekleidete Gestalt auf uns zu, doch es macht mich nervös, dass ich keine Einzelheiten erkennen kann.

Bis eine wütende Stimme ertönt. „Sharon, was soll das? Du solltest allein kommen!"

„Es musste sein, dass ich Finn und Aideen mitnehme", erkläre ich im Flüsterton. „Aber wir sollten erst weitersprechen, wenn du uns an einen sicheren Ort geführt hast."

Elay murmelt etwas Unverständliches vor sich hin, aber erhebt zumindest keine Einwände mehr. Er geht mit langen Schritten in Richtung Wald, wodurch wir Schwierigkeiten haben, mit ihm mitzuhalten. Als ich mich zu Aideen und Finn umwende, kann ich statt ihrer Mimik nur das schwache Glitzern ihrer Augen wahrnehmen. Es ist Fluch und Segen zugleich, dass in dieser Nacht Neumond ist.

Als wir in den Wald eintauchen, wird augenblicklich auch das letzte Licht verschluckt, aber da man uns nun von der Schule aus nicht mehr sehen kann, traue ich mich, ein kleines Feuer zu entzünden. Elay wirft mir einen tadelnden Blick zu, der im flackernden Schein der Flamme beinahe grotesk wirkt, sagt aber nichts weiter. Seinem Schweigen nach zu urteilen ist er weiterhin verstimmt, weil ich Aideen und Finn mitgenommen habe – was ich ihm nicht mal übelnehmen kann.

Ich stoße ein erschrockenes Piepsen aus, als direkt über uns eine Eule schreit. Unwillkürlich klammere ich mich an Finns Arm, da er direkt neben mir geht, und bereue es direkt, als Elay sich zu uns umdreht.

„Du solltest leise sein", sagt er kühl und ich kann trotz des schwachen Lichts den finsteren Blick erkennen, den er auf Finn und mich wirft.

Schuldbewusst rücke ich ein Stück von Finn ab, woraufhin der leise schnauft. Am liebsten würde ich meiner Frustration Luft machen, denn ich habe das Gefühl, heute alles falsch zu machen.

„Hier müssen wir dem schmalen Pfad folgen", erklärt Elay schließlich sachlich und deutet neben uns ins Gestrüpp.

Erst jetzt erkenne ich, wo wir uns befinden: auf dem Weg zu der Lichtung, wo ich am Anfang meiner Schulzeit das Gespräch zwischen Mr Glenn und Elay belauscht habe und die ich beim Entdecken meiner Kräfte in Brand gesteckt habe.

Ich schlucke mein Unbehagen herunter und tauche als Erste in das Unterholz ein. Ich habe das Gefühl, dass ich meine Reaktion auf den Eulenschrei wieder gut machen muss, denn es soll niemand denken, dass ich Angst habe.

Aideen und Finn fluchen hinter mir, während Elay und ich die Dornen, die nach uns greifen, völlig ignorieren. Die Zeit, in der ich mir Sorgen um meine Kleidung gemacht habe, ist lange vorbei.

Als wir schließlich auf die Lichtung gelangen, stoße ich einen überraschten Laut aus. Die Hütte wurde wieder aufgebaut und ist in einem tadellosen Zustand. Sie hebt sich dunkel von dem reinen und unberührten Schnee ab.

„Und du bist dir sicher, dass wir dort nicht überwacht werden?", frage ich, als Elay neben mir steht.

„Sonst hätte ich euch nicht hierhergeführt, oder?", erwidert er säuerlich.

Diesmal beschließe ich, einfach seine Hand zu nehmen, auch wenn mich seine Reaktion möglicherweise verletzen wird. Doch als ich meine Finger mit seinen verschränke, versteift er sich zwar für einen Moment, aber zieht sie nicht zurück.

„Ich vertraue dir", flüstere ich kaum hörbar. Für einen kurzen Augenblick heben sich seine Mundwinkel.

Unser kurzer gemeinsamer Moment wird zerstört, als sich nun auch Finn und Aideen laut fluchend zu uns auf die Lichtung gesellen.

„Meine schöne neue Winterjacke", jammert meine Freundin und zupft sich hartnäckige Ranken vom Ärmel.

„Diese kleine Bude soll also der sicherste Ort zum Reden sein?", fragt Finn mit hochgezogenen Brauen.

Sofort wird Elays Miene wieder feindselig. „Wenn die Hütte nicht deinen Anforderungen entspricht, kannst du gerne wieder gehen. Ich werde dich jedenfalls nicht vermissen."

Finn schnaubt daraufhin nur und verzichtet auf eine Antwort.

Schweigend stapfen wir zu der Hütte und Elay zückt zu meiner Überraschung einen Schlüssel. Es braucht mehrere Versuche, bis er es endlich schafft, ihn im Schloss umzudrehen, und sich die Tür mit einem Quietschen öffnen lässt.

Überrascht stelle ich fest, dass die Hütte im Inneren weitaus größer ist, als es von außen den Anschein macht. Ich würde sogar fast sagen, dass es hier gemütlich ist. Auf dem Boden wurde ein dicker Teppich ausgelegt und in einer Ecke stehen drei Sessel und zwei Stühle.

„Setzt euch", sagt Elay knapp und lässt sich auf einem der Sessel nieder. „Ich komme wohl nicht drumherum, euch nun allen zu erzählen, was ich weiß."

Ich beiße mir schuldbewusst auf die Lippe, denn nun tut es mir doch leid, Elay in diese Lage gebracht zu haben. Ich bin ihm darum umso dankbarer, dass er dennoch beginnt zu erzählen.

„Ich habe sehr früh erfahren, was auf dieser Schule vor sich geht – schon bevor ich hier aufgenommen wurde. Gleichzeitig hat man mir immer nur einen Teil der Wahrheit erzählt, also erwartet nicht zu viel von diesem Gespräch."

Aideen und Finn beugen sich gespannt vor, während ich nervös an meinem Oberteil herumzupfe.

„Ich fange am besten mit dem Geheimclub der Schlüssel und seinem Zweck an."

Mir bleibt der Mund offen stehen, denn auch wenn ich vermutet habe, dass einige Mitglieder des Clubs über die Machenschaften Bescheid wissen, hätte ich nicht gedacht, dass das einen besonderen Grund hat. Auch wenn ich augenblicklich tausende Fragen habe, unterbreche ich Elay vorerst nicht.

„Wie ihr wisst, darf man dem Geheimclub nur beitreten, wenn man magisch begabt ist und die Kräfte gut im Griff hat. Die meisten, darunter auch Tracy, denken, dass das deshalb so gehandhabt wird, damit nur eine Art Elite Zugang zum Club hat. Ich bin einer der Wenigen, die den wahren Grund kennen.“

„Und der wäre?“, stößt Aideen atemlos hervor, als Elay eine dramatische Pause macht. Vielleicht fällt es ihm aber auch nur schwer, die Wahrheit auszusprechen.

„Wie ich Sharon schon berichtet habe, existiert eine geheime Gesellschaft namens *Magicae Noctis*. Sie dient dazu, Magie zu erforschen, und nur aus diesem Grund wurde die Darkwood Academy gegründet. Die Mitglieder vom Geheimclub der Schlüssel sind sozusagen das perfekte Versuchsmaterial, um alles über die ausgereifte Form der Magie zu erforschen.“

Als er unsere entsetzten Gesichter sieht, fügt er schnell hinzu, was ich bereits weiß: „Solange wir kooperieren, wird uns kein Leid angetan.“

„Wird *euch* kein Leid angetan“, ergänzt Finn mit finsterer Miene. „Wir nichtmagischen Schüler dienen doch bloß als Kanonenfutter.“

Elay presst schuldbewusst die Lippen zusammen und erwidert darauf nichts.

„Aber wo kommt die Magie her?“, stelle ich die Frage, die mich brennend interessiert. „Weshalb weiß der Rest der Welt anscheinend nichts von uns? Hat es Magie schon immer gegeben?“

„Das weiß ich ehrlich gesagt nicht“, gibt Elay zu. „Mir wurde, wie bereits erwähnt, nicht alles anvertraut. Nur so viel, wie ich wissen muss, um nicht in Schwierigkeiten zu geraten.“

„Und weshalb weißt ausgerechnet du so viel?“ Finns Stimme trieft vor Misstrauen und am liebsten würde ich ihm dafür einen bösen Blick verpassen. Aber seine Frage hat durchaus ihre Berechtigung, denn auch mich wundert es, dass Elay so gut informiert ist.

„Ich bin noch nicht bereit, euch das zu sagen“, erwidert er mit rauer Stimme und schluckt schwer. „Ich hoffe, das respektiert ihr.“

Dabei wirft er mir einen vielsagenden Blick zu, der mir deutlich macht, dass er nur schweigt, weil Finn und Aideen dabei sind.

„Das kann doch nicht wahr sein“, knurrt Finn und schüttelt frustriert den Kopf.

„Ich habe euch bereits viel mehr erzählt, als ihr eigentlich wissen dürftet“, verteidigt sich Elay wütend.

„Ich habe noch eine Frage“, mischt sich Aideen, die zuvor still zugehört hat, ein. „Wer ist Mitglied bei dieser Geheimgesellschaft? Vor wem müssen wir uns in Acht nehmen?“

Elay öffnet gerade den Mund, um zu antworten, als mit einem lauten Knall die Tür aufgestoßen wird. Noch ehe wir reagieren können, stürmen vier Personen mit schwarzen Masken in den Raum und versprühen irgendein stinkendes Sekret.

Hustend springen wir von unseren Sitzplätzen auf und ich stolpere instinktiv auf die Tür zu, doch die Gestalten stürzen sich sofort auf uns. Aideen und Finn werden mit eisernem Griff festgehalten, nur Elay und ich schaffen es auszuweichen. Am liebsten würde ich auf direktem Wege ins Freie laufen, doch ich kann meine Freunde, die sich erbittert und doch vergeblich wehren, nicht zurücklassen.

Also wirble ich herum, strecke meine Hände aus und sammle all meine Kräfte, um das Feuer heraufzubeschwören. Doch es passiert nichts. Mit einem Schrei versuche ich es erneut, doch da werde ich bereits umgeworfen und unsanft zu Boden gedrückt.

„Sharon, nein!", höre ich Elay rufen und dann heftig fluchen.

Ich muss nicht aufschauen, um zu wissen, dass nun auch er gefangen wurde. Ist er nur wegen mir geblieben? Er hätte definitiv die Chance gehabt, zu entkommen, und doch werden wir nun alle vier gefesselt und zu Boden gedrückt.

„Lasst uns in Ruhe!", schreie ich und strample wild. Tatsächlich spüre ich voller Befriedigung, dass einer meine Tritte gesessen hat.

„Verfluchte Göre", höre ich eine männliche Stimme, die mir allzu bekannt vorkommt.

„Mr Glenn", keuche ich und augenblicklich steigen mir Tränen in die Augen.

Ich fühle mich absolut ausgeliefert und erst jetzt wird mir bewusst, dass ich insgeheim gehofft habe, die Lehrer wären doch kein Teil dieser Geheimgesellschaft. Aber nun gibt es keinen Zweifel mehr.

„Bringt sie nach unten", befiehlt eine andere, diesmal weibliche Person.

Könnte diese eiskalte und berechnende Stimme tatsächlich zu Miss Duff gehören?

Nun verschleiern die Tränen vollkommen meine Sicht und laufen heiß meine Wange herunter. Ich kann auch Aideens haltloses Schluchzen hören. Mich überkommt mit einem Mal eine brennende Wut, und für einen kurzen Moment habe ich die Hoffnung, dass ich es doch noch schaffe, das Feuer heraufzubeschwören. Aber das vertraute Kribbeln auf meinen Handflächen bleibt aus. Ich vermute, dass das Sekret, das zuvor versprüht wurde, daran schuld ist.

Resigniert schließe ich die Lider, als ich mitgezogen werde – reiße meine Augen aber wieder auf, als ich direkt neben mir das Geräusch vom Öffnen einer Luke wahrnehme. Der Teppich wurde beiseite gerollt und eine Klappe freigelegt. Das ist also der Grund dafür, dass diese Hütte nicht überwacht wird: Sie gehört der Geheimgesellschaft und ist nicht als Aufenthaltsraum für die Schüler gedacht. Wahrscheinlich wurde sie auch deshalb so schnell wieder aufgebaut.

Plötzlich kommt mir ein schrecklicher Gedanke, für den ich mich sofort schäme: Könnte Elay das alles hier eingefädelt haben? Auch wenn sich alles in mir dagegen wehrt, das in Betracht zu ziehen, kann ich nicht leugnen, dass es plausibel klingt. Warum sonst sollte er uns ausgerechnet hierhergebracht haben?

Ich versuche verzweifelt, einen Blick auf Elay zu erhaschen, um in seinem Gesicht die Wahrheit zu sehen, doch er wurde bereits nach unten gebracht, ebenso wie Finn. Aideen ist noch immer dabei, sich mit aller Kraft zu wehren, auch wenn es hoffnungslos ist. Dann wird auch sie hinab in die Dunkelheit gezerrt.

Ich lasse mich völlig schlaff im Griff von Mr Glenn hängen. Auch wenn ich sein Gesicht noch immer nicht sehen kann, bin ich mir sicher, dass er es ist. Wie einen nassen Sack schleift er mich hinter sich her und dann eine Treppe hinab. Augenblicklich schlägt mir muffige Luft entgegen, die immer intensiver wird, je weiter wir hinabsteigen.

Irgendwann gelangen wir in einen schmalen Gang, dessen Mauern aussehen wie die im Tunnel. Wir bleiben in einer Sackgasse stehen und ich blinzle überrascht, als die Person, die Aideen umklammert, gegen die Wand drückt und sich daraufhin eine Öffnung vor uns auftut.

Als wir hindurchgeführt werden – ich habe mittlerweile beschlossen, selbst zu gehen – finden wir uns in dem bekannten Tunnel wieder. Hoffnungslos mache ich mich darauf gefasst, dass wir in die Zellen gesperrt werden.

Doch zu meiner Überraschung werden wir kurz darauf an ihnen vorbeigeführt – und bleiben vor der metallenen Tür stehen. Entsetzen breitet sich in mir aus, als Mr Glenn, der meinen Arm umklammert hält, seine freie Hand auf die Klinke legt.

„Der Tunnel ist nicht mehr sicher vor euch Schülern, also müssen wir euch woanders unterbringen", sagt er mit hämischer Stimme. Ich muss sein Gesicht nicht sehen, um zu wissen, dass er zufrieden lächelt.

Ich erwäge zu versuchen, mich von ihm loszureißen, doch mittlerweile habe ich eine weitere, schlimme Entdeckung gemacht: Alle vier Erwachsenen tragen Pistolen bei sich. Auch wenn ich nicht glaube, dass sie uns erschießen würden, kann ich mir da nicht sicher sein.

Also sehe ich nur tatenlos dabei zu, wie Mr Glenn die Tür öffnet. Ich rechne damit, dass wir erneut in eine Art Kerker gelangen, doch stattdessen wird die Sicht frei auf kaltes Neonlicht und klinisch weiße Wände. Ein beißender Geruch nach Desinfektionsmittel schlägt uns entgegen. Dieser Anblick beruhigt mich keinesfalls, sondern lässt meine Panik ins Unermessliche steigen. Alles in diesem Raum sieht danach aus, dass dort grausame Experimente durchgeführt werden.

„Hinein mit euch", ertönt die kühle Stimme von Miss Duff, woraufhin wir unsanft in den Raum gestoßen werden.

Ich werfe einen Blick zu Elay, um irgendeine Gefühlsregung bei ihm zu erkennen, doch sein Gesicht ist eine emotionslose Maske.

Dann lasse ich meine Augen durch den Raum streifen und mit jedem neuen Eindruck hämmert mein Herz stärker gegen meinen Brustkorb. Es gibt eine Liege, an der Fesseln angebracht sind, ein Tablett mit Skalpellen und anderen grausam aussehenden Instrumenten sowie ein riesiges Gerät, vom Aussehen her ähnlich einem MRT, von dem ich nicht wissen möchte, wozu es genutzt wird. Ich hoffe von ganzem Herzen, dass ich nicht gezwungen sein werde, es herauszufinden.

„Wie gut, dass wir noch weitere Zellen hier haben", sagt Miss Duff sachlich und zerrt Aideen zu einer weiteren Tür.

Als wir alle hindurchtreten, habe ich das Gefühl, mich in einem Tierzwinger zu befinden. Gitterkäfige in Menschengröße reihen sich dicht an dicht und in zwei von ihnen befinden sich zusammengekauerte Gestalten. Eine von ihnen ist Madeline.

„Madeline", wimmert Aideen und versucht erneut, sich aus Miss Duffs Griff zu lösen. Doch unsere zierliche und vermeintlich tollpatschige Lehrerin scheint viel stärker zu sein, als es den Eindruck macht.

„Sperrt sie ein", befiehlt sie unbeeindruckt und stößt meine Freundin in einen der Käfige.

Kurz darauf sitze auch ich hinter Gittern und habe kaum Platz, mich zu bewegen. In mir bahnt sich eine Panikattacke an, und um mich zu abzulenken, wende ich mich an Finn, der neben mir untergebracht wurde.

„Es tut mir so leid. Es war nicht meine Absicht, euch in Gefahr zu bringen."

„Ich lebe noch und das deute ich als gutes Zeichen", sagt er trocken. „Scheinbar tauge ich auch als nichtmagischer Mensch als Versuchskaninchen. Oder aber sie holen mich gleich, um mich zu beseitigen."

„Das werde ich nicht zulassen", erwidere ich mit zitternder Stimme, auch wenn ich nicht weiß, was ich dagegen tun könnte.

Ich trete mit voller Kraft gegen die eisernen Gitterstäbe, doch alles, was ich erreiche, ist ein blitzartiger Schmerz in meinem Fuß.

„Spar dir die Energie", höre ich Elay müde sagen. „Wenn wir Pech haben, müssen wir nun einiges aushalten."

Erneut blitzt die Frage in mir auf, ob er das hier geplant haben könnte. Aber das würde keinen Sinn ergeben, denn dann würde er wohl kaum ebenfalls hier festsitzen. In meiner Brust löst sich ein Knoten und ich kann zumindest ansatzweise so etwas wie Erleichterung spüren.

„Warst du schon mal hier?", frage ich.

Für meinen Geschmack zögert Elay einen kurzen Moment zu lang, ehe er antwortet. „Nein. Nur in den Tunneln."

Am liebsten würde ich weiter nachhaken, doch dafür fehlt mir in diesem Moment die Kraft.

„Aideen, wie geht es Madeline?", frage ich ein wenig lauter, damit sie mich hören kann. Elays Käfig trennt uns beide voneinander, sodass ich sie nicht gut sehen kann.

„Ich weiß es nicht", erwidert sie voller Verzweiflung. „Sie reagiert nicht auf mich und hat schreckliche Wunden im Gesicht."

„Atmet sie denn noch?" Die Frage kostet mich große Überwindung, aber sie muss sein.

Für eine Weile ist es so still, dass es beinahe schon ohrenbetäubend ist.

„Ja, sie atmet noch", ertönt dann jedoch Aideens erleichterte Stimme. „Allerdings sehr schwach. Wir müssen sie unbedingt so schnell wie möglich hier rausholen."

Ich verkneife mir die Antwort, dass ich mir nicht mal sicher bin, ob *wir* jemals wieder lebend hier rauskommen.

So verharren wir lange Zeit in betretenem Schweigen. Ich weiß, dass wir irgendetwas unternehmen müssen, dass wir uns nicht einfach unserem Schicksal ergeben dürfen.

Zunächst taste ich die Gittertür auf der Suche nach einem Schloss ab, das einer von uns vielleicht mit ein wenig Geschick öffnen könnte. Doch zu meiner Verwunderung kann ich nichts finden, nicht einmal ein kleines Schlüsselloch.

„Ich glaube, die Türen funktionieren elektronisch", meldet sich Finn zu Wort. „Als wir hineingesperrt wurden, habe ich ein surrendes Geräusch gehört."

„Vielleicht lässt sich die Elektronik irgendwie manipulieren", sage ich hoffnungsvoll und sehe mich nach einem Stromkasten oder Ähnlichem um. Doch die Wände um uns herum sind völlig nackt.

„Es muss doch irgendeinen Weg geben!", rufe ich verzweifelt.

„Ich befürchte, uns bleibt nur abzuwarten", erklingt Elays müde Stimme.

Er hat die Beine angezogen und sein Kinn auf die Knie gebettet. Er sieht aus, als hätte er sich bereits mit seinem Schicksal abgefunden.

Wir schrecken alle zusammen, als plötzlich die Tür geöffnet wird und eine fremde Frau mit weißem Kittel vor uns steht. Sie ist jung, hat blondes Haar und ein freundliches Gesicht. Sie mustert uns mit schiefgelegtem Kopf und lächelt, was mir angesichts der Situation völlig unpassend erscheint.

„Elay, deine Mutter hat mich gebeten, dich freizulassen." Sie lacht glockenhell auf und geht zu Elays Käfig. „Und natürlich wollen wir die Rektorin nicht warten lassen."

KAPITEL 25

Mit stummem Entsetzen beobachte ich, wie die Frau eine Fernbedienung zückt, einen grünen Knopf betätigt und sich Elays Käfigtür mit einem Klicken öffnet.

Doch das kümmert mich wenig, denn meine Gedanken kreisen nur um eines: Mrs McArren ist Elays Mutter. Er hat uns alle verraten.

Der winzige Funke Hoffnung, dass das alles ein Missverständnis ist, verschwindet, als ich in sein Gesicht blicke. In seiner Miene spiegeln sich Panik und Schuldbewusstsein wider.

„Du Verräter!", schreit Aideen und tritt gegen die Gitterstäbe.

Finn hingegen starrt Elay mit unverborgenem Hass an.

Ich spüre, wie Tränen in meinen Augen brennen und sich ein Schluchzen meine Kehle hochkämpft, während der Junge, von dem ich dachte, dass ich ihm etwas bedeute, durch die Tür verschwindet.

„Nein", wimmere ich, während mein Körper beginnt, unkontrolliert zu zittern. „Nein, das kann unmöglich wahr sein."

Finn greift zwischen die Gitterstäbe und tastet nach meiner Hand. „Du konntest das nicht ahnen. Er hat uns alle hinters Licht geführt."

„So ein Mistkerl!", flucht Aideen außer sich und wirft noch ein paar kreative Schimpfwörter hinterher. „Er hat uns alle verraten. Sicherlich war es von Anfang an sein Plan, uns in die Hütte zu locken, damit wir dort gefangengenommen werden können!"

Jedes ihrer Worte brennt sich tief in meine ohnehin verletzte Seele.

„Nein", sage ich beinahe lautlos. „Er wollte sich ursprünglich mit mir allein treffen. Er hatte es nur auf mich abgesehen. Ihr steckt nur meinetwegen in diesem Schlamassel."

„Unsinn", widerspricht Finn, kaum dass ich zu Ende gesprochen habe. „Die Einzigen, die daran schuld sind, sind Elay und diese grässliche Geheimgesellschaft. Was soll das Ganze eigentlich? Wollen die Frankensteins Monster erschaffen?"

Aideen schnaubt mit einer Mischung aus Belustigung und Verbitterung. Ein kleiner Teil von mir, der nicht von meiner Verzweiflung überrannt wurde, ist erleichtert, dass Aideen ihr Feuer wiedergefunden hat. Wenn schon ich nicht stark sein kann, dann wenigstens sie und Finn. Auch wenn ich mich dafür schäme, bin ich nun völlig unbrauchbar. Eigentlich sollte ich analytisch denken und überlegen, wie wir unser Wissen über die Fernbedienung nutzen können, um hier rauszukommen. Doch stattdessen kann ich nur an Elay denken.

***

Ich wache davon auf, dass eine Tür geöffnet wird. Für einen kurzen Augenblick denke ich, dass Aideen oder Ellie ins Bad gegangen sind und ich in meinem Bett liege.

Bis plötzlich die fröhliche Stimme der Frau im Laborkittel ertönt und ich realisiere, dass ich auf kaltem, hartem Boden liege.

„Zeit fürs Frühstück. Heute steht uns ein aufregender Tag bevor."

Benommen richte ich mich auf und beobachte, wie die Frau uns allen einen Teller mit trockenem Brot durch eine schmale Klappe reicht. Dann schiebt sie eine Wasserflasche hinterher, die ich hastig ergreife und mit gierigen Schlucken leere.

„Keine Sorge, wir kümmern uns gut um unsere Versuchsobjekte", verkündet die Frau.

Sie spricht das letzte Wort wie selbstverständlich aus, während es mir die Galle hochkommen lässt. *Versuchsobjekte.*

„Damit kommt ihr nicht durch!", schreit Aideen und wirft den Teller klappernd um. „Wir haben Familien, die sich sorgen werden, wenn sie nichts mehr von uns hören."

Die Frau lächelt mitleidig. Sie verzichtet auf eine Antwort und wendet sich ab.

Doch in diesem Moment greift Finn blitzschnell durch die Gitterstäbe und packt ihren Knöchel. Er reißt so heftig an ihrem Bein, dass sie mit einem überraschten Aufschrei zu Boden fällt. Wie in Trance beobachte ich, wie sie direkt neben meinem Käfig landet.

„Sharon, schnell!", ruft Finn und reißt mich damit in die Wirklichkeit zurück.

So schnell ich kann greife nun auch ich durch die Gitterstäbe, und noch während sich die Frau benommen aufrichten möchte, erreiche ich ihre Hosentasche. Triumphierend ziehe ich die Fernbedienung heraus und

zögere keinen Moment. Ich richte sie auf meine Käfigtür und drücke auf den grünen Knopf. Doch statt dem
befreienden Klicken passiert ... absolut nichts.

„Nein“, hauche ich entsetzt und drücke immer wieder
den Knopf.

Die Frau lacht höhnisch auf, während sie sich aufrap-
pelt. „Dachtet ihr wirklich, wir machen es euch so
leicht? Dieser Knopf funktioniert mit Fingerabdrucker-
kennung.“

Ich lasse die Fernbedienung los, sodass sie klappernd
zu Boden fällt.

„Behalte sie ruhig“, säuselt die Frau mit nun wieder
zuckersüßer Stimme. „Wir haben einige davon auf Vor-
rat.“ Mit diesen Worten verschwindet sie aus dem
Raum und lässt uns noch verzweifelter als zuvor zurück.

„Ich dachte echt, das ist unsere Chance“, sagt Finn mit
leerer Stimme und schlingt seine Arme um die Beine.

Ich drücke mich währenddessen in eine Ecke des Kä-
figs und fühle mich mehr denn je wie ein gefangenes
Tier. Wir werden hier verrotten, das weiß ich nun mit
Gewissheit. Oder noch schlimmer: Es werden grausame Experimente an uns durchgeführt werden. Mit einem Mal muss ich wieder an das hilflose Gefühl denken, als Dr. McAshton mich damals gegen meinen Willen untersucht hat. Ich befürchte, dass das hier noch
viel, viel schlimmer wird.

***

Gefühlt vergeht ein ganzer weiterer Tag. In dieser Zeit
ist die Frau im Laborkittel nur zweimal zu uns gekommen, um uns ein wenig Essen und Trinken zu bringen.

Meine Kehle ist mittlerweile völlig ausgedorrt, meine Hände zittern vor Schwäche und mein Kopf pocht unerträglich.

Als die Tür erneut geöffnet wird, registriere ich wie durch Nebel, dass es diesmal eine andere Person ist, die hereinkommt. Ich blinzle mehrmals, um den Schleier vor meinen Augen zu vertreiben, und setze mich dann ruckartig auf.

„Jules!", keuche ich atemlos und eine unbändige Erleichterung breitet sich in meinem zuvor noch tauben Körper aus. Er ist hier, um uns zu retten!

„Hey Sharon", sagt er mit einer Stimme, die irgendwie fremd klingt. So kalt, so emotionslos.

Ich werfe einen unsicheren Blick zu Finn neben mir. Er wirkt sehr skeptisch. Für einen kurzen Augenblick flackert Angst in mir auf, doch dann atme ich erleichtert auf, als mein Bruder eine Fernbedienung zückt.

Ich krieche zu der Käfigtür, als diese auch schon aufspringt. Mit einem heiseren Laut der Freude verlasse ich das beengende Gefängnis, erhebe mich schwerfällig und taumle zu Jules, um ihn zu umarmen.

„Wir hast du es geschafft, uns zu finden?", schluchze ich gegen seine Schulter. All die unterdrückten Tränen kommen nun hoch.

Doch dann fällt mir plötzlich etwas ein. Irritiert löse ich mich von meinem Bruder, um ihm ins Gesicht zu schauen.

„Jules … die Fernbedienungen reagieren nur auf den richtigen Fingerabdruck. Wie hast du es geschafft …"

„Es tut mir leid", unterbricht er mich. Diesmal flackert deutlich Schmerz in seiner Stimme auf. „Ich weiß nicht mehr, wie ich dich beschützen kann."

Als ich nach unten schaue erstarre ich vor Entsetzen, denn er hält eine Spritze in der Hand. In meinem Kopf schreit etwas, dass ich sofort flüchten muss, doch mein Körper reagiert nicht.

„Sharon, pass auf!", ruft Aideen, doch da ist es schon zu spät. Die Nadel versinkt in meinem Oberarm.

Ich kann meinen Blick nicht von Jules' Gesicht abwenden, von dieser starren Maske, die ihn wie einen Fremden aussehen lässt. Als die Welt um mich herum verschwimmt, spüre ich nur noch, wie ich in seine Arme sinke.

***

Ich wache von einem sirrenden Geräusch auf und öffne blinzelnd die Augen. Ich blicke geradewegs in gleißend helles Neonlicht.

Mit einem Mal kehrt der hämmernde Kopfschmerz zurück und ich möchte stöhnend meinen Arm heben, um mir an die Stirn zu fassen. Ich muss jedoch feststellen, dass meine Hände gefesselt sind. Sofort beschleunigt sich mein Atem und ich versuche mit aller Kraft freizukommen. Doch es ist zwecklos. Sogar meine Beine sind mit Gurten an der Liege befestigt.

„Jules", jammere ich, als mir wieder einfällt, was passiert ist. „Warum tust du mir das an?"

Mein Blick huscht suchend durch den Raum, aber mein Bruder ist nicht hier.

Die Wahrheit überschwemmt mich wie Eiswasser, ohne dass ich noch eine Chance habe, sie auszublenden. Jules, mein eigener Zwillingsbruder, ist Teil von *Magicae Noctis*. Ein Mitglied einer Organisation, die Teenager quält und sogar ihren Tod in Kauf nimmt. In meinem Hals bildet sich ein dicker Kloß, aber ich habe keine Kraft mehr, um zu weinen.

Mein Gedankenkarussell wird jäh unterbrochen, als die Tür zu den Tunneln geöffnet wird. Ich wappne mich innerlich – doch statt Jules erscheint die Person, mit der ich am allerwenigsten gerechnet habe.

„Henry", keuche ich. Ich hätte nicht gedacht, dass mein Schock noch größer werden könnte, und ich habe das Gefühl, jeden Moment den Verstand zu verlieren.

Mit hochgezogenen Schultern und gesenktem Blick betritt der Junge den Raum. Er bewegt sich wie ein geschlagenes Tier, was mich seltsamerweise beruhigt. Dann wird mir auch klar, warum: Er ist eindeutig nicht freiwillig hier. Anders als Jules hat er offensichtlich ein schlechtes Gewissen, denn er schafft es noch nicht mal, mich anzuschauen.

„Henry", beginne ich mit zitternder Stimme. „Warum bist du hier?"

Er zuckt zusammen und zieht den Kopf noch weiter ein. Augenblicklich verspüre ich Mitleid mit ihm, auch wenn ich nicht die geringste Ahnung habe, was für eine Rolle er bei alldem hier spielt.

„Sharon, bitte verzeih mir", flüstert er und blickt mich nun das erste Mal an. Seine Augen sind groß, gerötet und glasig.

„Was soll ich dir verzeihen?", frage ich mit einem unguten Gefühl. „Hör zu, Henry. Warum auch immer du hier bist, du musst das nicht tun. Du kannst mir helfen. Löse einfach meine Fesseln, dann werden wir gemeinsam aus dieser gottverdammten Schule flüchten."

Henry schüttelt schluchzend den Kopf. „Du verstehst das nicht. Ich habe keine andere Wahl. Sonst töten sie meine Eltern."

Sofort breitet sich eisige Kälte in mir aus und ich zwinge mich zu der unvermeidlichen Frage: „Dann sag mir, was du mir antun wirst. Bist du hier, um mich umzubringen?"

Zu meiner Überraschung schüttelt Henry jedoch empört den Kopf. „Nein, auf keinen Fall. Das könnten selbst *sie* nicht von mir verlangen. Du bist meine Freundin!"

Trotz meiner Niedergeschlagenheit muss ich lächeln.

Henry holt tief Luft, ehe er meine Frage beantwortet. „Auch ich habe magische Kräfte. Ich kann Erinnerungen verändern oder löschen."

In seinem Blick blitzt für einen kurzen Moment Stolz auf, ehe er tiefer Trauer weicht. „Ich musste meine Kräfte schon oft für *sie* benutzen. Nur deswegen lassen sie meine Eltern am Leben, und manchmal darf ich sie sogar besuchen."

Meine Gedanken rasen, denn nun wird mir einiges klar. Ich erinnere mich wieder daran, dass Finn sich plötzlich nicht mehr an jene Nacht erinnern konnte, in der er mich über alles aufklären wollte. Und an Tracy, die im Zusammenhang mit ihren Verwandlungen von starken Gedächtnislücken geplagt wurde. Nun bin ich mir sicher, dass es Henry gewesen ist. Er, das Werkzeug der Geheimgesellschaft, die ihn schamlos ausnutzt.

„Es ist absolut falsch, was sie dir antun", sage ich entschieden. „Wenn du nun auch meine Erinnerungen löschst, kann ich das verstehen. Aber bitte hör mir erst mal zu."

Der Junge blickt auf und in seinen großen kindlichen Augen erscheint Hoffnung. Ich muss nun genau aufpassen, was ich sage.

„Wenn du mir hilfst, hier rauszukommen, werde ich dich beschützen. Ich werde zusammen mit meinen Freunden versuchen, die Geheimgesellschaft zu Fall zu bringen, und dann können wir mit hoher Wahrscheinlichkeit auch deine Eltern retten."

Ich bin selbst überrascht über meine Worte, denn bisher war diese Idee nur ein kleiner Funken, tief in meinen Gedanken versteckt. Ein wenig nervös blicke ich mich um, denn es könnte natürlich sein, dass wir auch hier überwacht werden. Wenn das der Fall wäre, könnte ich den ganzen Plan ohnehin vergessen.

„Henry", sage ich eindringlich, als er nicht antwortet und verunsichert die Stirn runzelt. „Wirst du überwacht? Weshalb hat man dich allein hier rein gelassen?"

„Miss Duff und Mr Glenn sollten eigentlich mit hier drinnen sein", erwidert er, sichtlich irritiert von meiner Frage. „Aber die wollten zuerst draußen etwas besprechen, auch wenn sie das eigentlich nicht dürfen."

Ich nicke erleichtert, denn damit steigt meine Chance, dass unser Gespräch unter uns bleibt. Doch dass die beiden vor der Tür miteinander sprechen – ich hatte schon häufiger den Verdacht, dass sie eine heimliche Beziehung miteinander führen – bedeutet auch, dass ich mich beeilen muss.

„Also, Henry, du musst dich leider jetzt sofort entscheiden. Ich kann so tun, als hättest du mein Gedächtnis gelöscht und helfe dir dann im Geheimen dabei, aus den Fängen von *Magicae Noctis* zu entkommen. Wir werden alle frei sein."

„Aber was ist, wenn sie es merken und meine Eltern töten?", fragt er panisch.

Ich sehe ihm an, dass er durchaus in Betracht zieht mitzumachen. Ich muss nur ein klein wenig mehr Überzeugungsarbeit leisten.

„Ich werde sie davon überzeugen, dass ich mich an nichts erinnern kann, das verspreche ich. Außerdem werden sie nicht ihr wichtigstes Druckmittel gegen dich wegen eines einzigen Fehltritts vergeuden. Du gehörst zu ihren besten Waffen."

Henry atmet tief durch und nestelt an seiner weinroten Fliege. „Also gut, ich bin dabei. Ich vertraue dir. Wenn Miss Duff und Mr Glenn hier sind, werde ich eine unwichtige Erinnerung von dir löschen. Was du heute zum Frühstück gegessen hast oder so."

„Oh, das würde ich tatsächlich gerne vergessen", murmle ich.

Und dann wird auch schon die Tür geöffnet. Es ist an der Zeit, dass ich in meine Rolle schlüpfe.

„Lasst mich sofort gehen!", schreie ich und habe zum Glück keine Probleme damit, meine vorherige Verzweiflung wieder heraufzubeschwören. „Warum tut ihr uns das an? Und warum habt ihr Henry mitgebracht?"

Ich rüttle mit ganzer Kraft an meinen Fesseln und gebe mir alle Mühe, so zu wirken, als könnte ich nicht mehr klar denken.

„Oh, er hat dich noch nicht eingeweiht?", fragt Mr Glenn belustigt und klopft Henry beinahe väterlich auf die Schulter.

Der Junge zuckt zusammen und seine Unterlippe bebt. Am liebsten würde ich ihm aufmunternd zulächeln, doch das wäre zu verräterisch.

„Ich will es ihr nicht sagen", flüstert er kaum hörbar. „Kann ich es bitte einfach hinter mich bringen?"

Mr Glenn seufzt und schubst ihn in meine Richtung. „Dann los. Aber mach nicht wieder so ein Theater wie bei den letzten Malen."

Er zwinkert Miss Duff vielsagend zu, woraufhin sie mädchenhaft kichert. Bei diesem Geräusch wird mir sofort speiübel.

Als Henry den beiden den Rücken zugedreht hat und direkt vor mir steht, traut er sich, mir leicht zuzulächeln. Ich hingegen muss meine Rolle weiterhin überzeugend spielen.

„Lass mich in Ruhe!", schreie ich und werfe mich auf der Liege hin und her. Vielleicht sollte ich dem Theater-Club beitreten, falls ich das hier heil überstehe.

„Es tut mir leid", sagt Henry und legt mir dann die Hand auf die Stirn.

Ich versuche, mich ihm zu entwinden, es ihm gleichzeitig aber nicht zu schwer zu machen.

Dann werde ich jedoch mit einem Mal völlig gelähmt und sehe Bilder vor meinem inneren Auge vorbeiziehen: Wie die fremde Frau mir das trockene Brot bringt, das ich angewidert herunterwürge. Ich keuche auf, als plötzlich Lichtblitze herumschießen und die Szene sich langsam auflöst. Und dann ist da, wo die Erinnerung sein sollte, nur noch Schwärze.

Henry tritt von mir zurück und ich lasse meinen Kopf kraftlos zurücksinken.

„Gut gemacht", lobt Miss Duff ihn wie einen Hund, der ein Kunststück vollbracht hat. „Sharon, weißt du, weshalb du hier bist?"

Ich blinzle mehrmals und blicke mich in dem sterilen Raum um. Dabei rufe ich diese gähnende Leere in meinem Kopf hervor, die da ist, wenn ich versuche, mich an mein Frühstück zu erinnern.

„Ich ... weiß es nicht", stammle ich und hoffe, dass das die richtige Antwort ist.

Zu meiner Erleichterung wirken Miss Duff und Mr Glenn zufrieden.

„Du hast dir im Sportunterricht den Kopf gestoßen und wurdest hier behandelt. Aber nun ist alles wieder gut. Du musst bloß noch eine Spritze bekommen und dann bringen wir dich in dein Zimmer zurück."

Ich nicke benommen, auch wenn mein Herz bei dem Gedanken an die Spritze vor Panik rast. Man wird mich erneut betäuben, sodass ich keine Kontrolle mehr darüber habe, was um mich herum passiert.

Henry wirft mir einen raschen letzten Blick zu und tritt dann mit gesenktem Kopf neben Miss Duff. Ich habe jedoch nur noch Augen für Mr Glenn, der eine Spritze zückt und damit auf mich zukommt. Es benötigt meine ganze Selbstkontrolle, um weiter so zu tun, als wäre ich vollkommen neben der Spur.

Mit aller Kraft beiße ich meine Zähne zusammen, als sich die Nadel in meine Haut bohrt und sich wieder das schummrige Gefühl in meinem Kopf ausbreitet. Doch immerhin weiß ich diesmal, was auf mich wartet.

KAPITEL 26

Als ich das nächste Mal erwache, finde ich mich tatsächlich in meinem Bett wieder. Ohne Fesseln.

Ein erleichtertes Seufzen entweicht mir, auch wenn ich mich gleichzeitig grässlich fühle. Meine Freunde werden vermutlich immer noch gefangen gehalten und ich muss so tun, als würde ich glauben, ich hätte mir den Kopf gestoßen. Als ich darüber nachdenke, fällt mir auf, dass sich meine Stirn tatsächlich so anfühlt, und als ich sie betaste, spüre ich eine dicke Beule unter meinen Fingern. Es schaudert mich bei dem Gedanken, dass sie mir während meiner Bewusstlosigkeit zugefügt wurde.

„Sharon, du bist ja endlich wach", ertönt da Ellies Stimme.

Benommen drehe ich meinen Kopf zur Seite und werde sofort mit einem überwältigenden Hämmern gegen meine Stirn bestraft.

„Ellie", krächze ich und bin dankbar, ihr unschuldiges Gesicht zu sehen. „Wie lang war ich bewusstlos?"

Meine Freundin setzt sich neben mich und ergreift meine Hand. „Du hast fast einen ganzen Tag verschlafen. Gleich wird unser Frühstück gebracht." Sie reibt sich mit strahlenden Augen den Bauch. „Heute soll es Lebkuchen geben. Ein Traum."

Ich zwinge mich zu einem Lächeln, während meine Augen zu Aideens Bett wandern. Wie erwartet ist es leer.

„Wo haben sie Aideen hingebracht?", frage ich und hoffe, dass die Frage neutral genug formuliert war.

„Oh, kannst du dich nicht mehr erinnern?", fragt Ellie betroffen. „Sie hat es noch schlimmer erwischt als dich und sie wurde ins Krankenhaus gebracht."

Natürlich hat die Geheimgesellschaft sich eine gute Geschichte zurechtgelegt.

„Was ist denn genau passiert? Ich glaube, ich habe einen kompletten Filmriss."

Ellie presst bestürzt die Lippen zusammen, ehe sie antwortet. „Ihr wart im Wald spazieren, als ein dicker Ast auf euch gestürzt ist. Ihr habt Glück, dass ihr noch am Leben seid."

Fast lache ich laut auf, denn das klingt echt abgedroschen.

„Wie schrecklich", presse ich hervor. „Und was ist mit Finn?"

„Was soll mit Finn sein?", fragt Ellie und sieht mich stirnrunzelnd an.

„Ist er ... nicht verschwunden?", frage ich verunsichert.

„Ist mir noch nicht aufgefallen", sagt sie schulterzuckend. „Aber wie kommst du überhaupt darauf?"

Mir wird klar, dass Finn wohl zu unwichtig ist, als dass man sich eine spektakuläre Geschichte über ihn ausdenken müsste. Er hat außer mir keine Freunde, die sich um ihn sorgen. Wahrscheinlich stellt es niemand infrage, dass er plötzlich nicht mehr auftaucht, sodass die Geheimgesellschaft leichtes Spiel hat.

Gerade als ich Ellie weitere Fragen stellen möchte, wird die Tür geöffnet. Ich rechne damit, dass es das Frühstück ist, doch zu meinem Entsetzen ist es Mr Glenn, der im Rahmen steht.

„Sharon, wie schön, dass du wach bist“, sagt er mit einem falschen Lächeln. „Ich habe dir ein Medikament gegen die Schmerzen mitgebracht und möchte kurz mit dir über das Geschehene sprechen. Ellie, würdest du uns bitte einen Moment allein lassen?“

Sie nickt, und als sie das Zimmer verlassen hat, setzt sich Mr Glenn auf einen Stuhl neben meinem Bett, weiterhin mit diesem unerträglichen Lächeln auf den Lippen.

„Es ist schön, zu sehen, dass es dir wieder besser geht. Woran kannst du dich erinnern?“

Ich zögere, denn ich muss aufpassen, keine falsche Antwort zu geben. „An den Unfall selbst kann ich mich nicht erinnern.“

„Du und Aideen seid auf dem Weg zum Sportunterricht durch den Wald gegangen, als euch ein Ast getroffen hat.“

Ich nicke und muss mir ein Augenrollen verkneifen.

„Genau so fühlt es sich auch an“, erwidere ich mit einem Stöhnen und fasse mir an den Kopf.

„Deswegen habe ich dir Schmerztabletten mitgebracht“, sagt Mr Glenn gönnerhaft und legt ein Röhrchen auf meinen Nachttisch. „Danach wirst du dich sicherlich besser fühlen. Wenn du noch etwas brauchst, kannst du dich gerne bei mir melden.“

„Das ist nett von Ihnen.“ Ich zwinge mich zu einem dankbaren Lächeln, das er zufrieden erwidert. Scheinbar habe ich meine Rolle gut gespielt.

„Dann lasse ich dich mal in Ruhe. Natürlich musst du nicht am Unterricht teilnehmen, bis du vollkommen genesen bist. Übrigens wartet auf dem Flur ein junger Mann darauf, dich besuchen zu können.“

Er zwinkert mir verschwörerisch zu, und sofort überkommt mich Übelkeit. Es kommen nur zwei Jungen infrage, von denen ich beide auf keinen Fall sehen möchte: Elay und Jules.

„Wie schön, dann lassen Sie ihn gerne herein“, presse ich hervor, denn alles andere wäre verdächtig.

Als Mr Glenn aus dem Zimmer verschwindet und tatsächlich Elay eintritt, würde ich mich am liebsten unter der Decke verstecken oder ihn anschreien. Doch damit würde ich verraten, dass meine Erinnerung noch vorhanden ist.

Elay vergräbt unsicher die Hände in den Taschen seines Sweatshirts und setzt sich auf den gleichen Stuhl wie zuvor Mr Glenn.

„Hey“, sagt er etwas unbeholfen. „Es freut mich, dass es dir wieder besser geht.“

Ich weiß, dass ich ihm das Gefühl geben muss, dass ich mich freue, ihn zu sehen. Doch das erscheint mir beinahe unmöglich.

„Ich fühle mich immer noch sehr erschöpft“, sage ich und hoffe, dass das Erklärung genug für mein abweisendes Verhalten ist. „Der Schlag hat mich echt hart erwischt.“

Elay nickt und beißt sich auf die Lippe. „Die Lehrer sagen, dass du dich nicht mehr an viel erinnern kannst. Stimmt das?“

Er blickt mir geradewegs in die Augen. Ich versuche mit ganzer Kraft, ahnungslos zu wirken.

„Meine Erinnerungen sind ganz verschwommen", erkläre ich und fasse mir an meinen Kopf. „Aber ich weiß noch, dass ich mit Aideen durch den Wald gegangen bin. Mehr leider nicht."

Elay nickt und wirkt nachdenklich, auch wenn er sich sichtlich anstrengt, eine starre Miene aufzusetzen. Er greift nach meiner Hand, was mir einen eisigen Schauer über den Rücken jagt. Ich kann nicht leugnen, dass ich noch immer Liebe für ihn empfinde, aber das macht die ganze Situation umso schlimmer. Am liebsten würde ich meine Hand zurückziehen, doch ich zwinge mich dazu, sanft seine Finger zu drücken.

„Sharon, es gibt da ein paar Dinge, über die ich gerne mit dir sprechen möchte", sagt er dann zu meiner Überraschung. Damit kann er unmöglich die Geschehnisse meinen, die aus meinem Kopf gelöscht wurden. „Aber das geht leider nicht hier. Deswegen muss ich warten, bis du wieder auf den Beinen bist."

Mit einem Mal wirkt er todtraurig. „Es wird dir nicht gefallen, aber du hast ein Recht darauf, es zu erfahren."

Sein letzter Satz verunsichert mich noch mehr. Wieso sollte er die Sicherheit, die für ihn erschaffen wurde, aufgeben?

„In Ordnung", sage ich möglichst unbekümmert. „In ein paar Tagen bin ich bestimmt wieder fit."

Elay nickt angespannt und zieht dann seine Hand aus meiner. „So, ich muss jetzt los. Der Geheimclub der Schlüssel hat jetzt ein Treffen."

Ich horche auf, denn vielleicht ist das ein gutes Zeichen. Möglicherweise hat Tracy etwas von der Entführung mitbekommen und kümmert sich darum. Genauso gut könnte es allerdings sein, dass auch sie mit *Magicae Noctis* unter einer Decke steckt.

So oder so, ich muss herausfinden, worum es bei dem Treffen geht, auch wenn ich dafür meinen geschundenen Körper foltern muss.

„Dann viel Spaß", sage ich mit neutraler Stimme, denn natürlich werde ich versuchen, die Gruppe irgendwie aus dem Verborgenen heraus zu belauschen.

Sobald Elay den Raum verlassen hat, zücke ich Mr Glenns Schmerztabletten und werfe mit gleich zwei Stück ein. Dabei verspüre ich zwar eine gewisse Skepsis, aber ich rede mir ein, dass er keinen Grund mehr hat, mich zu vergiften.

Für etwa zehn Minuten erlaube ich mir, mich zurück auf das Kissen zu legen und die Augen zu schließen. Dann erhebe ich mich schwerfällig aus dem Bett – und wäre beinahe sofort zusammengeklappt. Nur mit Mühe kann ich mich an der Wand abstützen und den überwältigenden Schwindel unterdrücken. Da haben Mr Glenn und Miss Duff wirklich ganze Arbeit geleistet.

Ich taumle zum Kleiderschrank, schlüpfe in die erstbesten Sachen und mache mich dann auf den Weg zum Geheimgang. Verstohlen blicke ich mich um und hoffe, dass keine Nachzügler unterwegs sind, ehe ich den versteckten Hebel herunterdrücke und in die Dunkelheit eintauche. Bei jeder Stufe habe ich erneut das Gefühl, dass mein Kopf explodiert, aber ich kämpfe mich dennoch tapfer nach unten. Für Aideen, Finn und Madeline, deren einzige Hoffnung ich bin.

Als ich beinahe unten angekommen bin, verharre ich, denn ich kann Stimmen zu mir dringen hören.

„Ich frage mich, warum Tracy dieses Treffen einberufen hat", höre ich Leroys mir verhasste Stimme. „Hoffentlich müssen wir nicht wieder irgendjemanden retten. Wenn du mich fragst, ist Tracy eine schwache Anführerin. Zum Glück ist sie das letzte Jahr hier."

Dann höre ich, wie eine Tür geöffnet wird und anschließend vollkommende Ruhe einkehrt.

Ich zähle bis hundert, ehe ich mich endlich bis zur Tür der Clubräumlichkeiten traue. Zuerst probiere ich es damit, mein Ohr gegen das dicke Holz zu pressen, aber leider kann ich nicht einmal ein leises Murmeln hören.

Also bleibt mir nichts anderes übrig, als die Tür einen Spaltbreit zu öffnen. Zum Glück liegt zwischen Eingang und Hauptraum ein kurzer Flur, sodass das hoffentlich niemand mitbekommen wird. Wenn doch werde ich einfach versuchen, vollkommen verwirrt rüberzukommen und so tun, als wolle ich in meiner Benommenheit an dem Treffen teilnehmen.

Mit zitternden Händen drehe ich an dem goldenen Knauf und halte die Luft an, als ich die Tür langsam öffne. Ich rechne mit erstaunten Rufen, aber stattdessen kann ich ein Gespräch in einiger Entfernung vernehmen. Genau, wie ich es geplant habe.

„Ich weiß, dass es den meisten von euch nicht passt", sagt Tracy gerade. „Aber so kann es nicht weitergehen."

Diese Worte machen mir schon jetzt Hoffnung.

„Aber so läuft es nun mal auf dieser Schule", höre ich Jules' Stimme und sofort zieht sich mein Herz zusammen. Eisige Kälte breitet sich in meinem Körper aus und Tränen brennen in meinen Augen.

„Wir müssen das akzeptieren. Sonst könnte das böse für uns enden.“

„Das tut es doch jetzt schon“, ruft Tracy und ihre Stimme bebt vor Emotion. „Man hat uns versprochen, uns in Ruhe zu lassen, wenn wir kooperieren. Aber so fühlt sich das nicht an. Ich halte es nicht für einen Zufall, dass ich meine Magie in letzter Zeit nicht mehr unter Kontrolle habe und von Gedächtnislücken geplagt werde. Da steckt doch garantiert *Magicae Noctis* dahinter.“

„Ich gebe ihr da recht“, meldet sich zu meiner Überraschung Elay zu Wort. „Ich glaube nicht, dass sie ihr Versprechen halten. Was hatte es beispielweise mit dem Unfall meines Bruders auf sich? Er war Anführer des Geheimclubs und trotzdem ist er unter mysteriösen Umständen gestorben.“

„Er hatte seine Kräfte nicht im Griff“, widerspricht Jules, obwohl er Elays Bruder noch nicht mal selbst gekannt hat. In diesem Moment habe ich den überwältigenden Drang, meinem Zwilling an die Gurgel zu gehen.

„Diese Diskussion dreht sich schon jetzt im Kreis“, bemerkt Tracy frustriert. „Hat hier noch jemand etwas zu sagen? Findet ihr, wir sollten die Geheimgesellschaft weiterhin unterstützen? Denkt daran, dass mehrere unserer Mitschüler gegen ihren Willen gefangen gehalten werden.“

„Also, ich möchte in die Fußstapfen meiner Eltern treten, sobald ich die Schule beendet habe“, meldet sich Leroy mit überheblicher Stimme zu Wort. „*Magicae Noctis* wird mir zu großer Macht verhelfen, also werde ich es mir mit ihnen sicherlich nicht verscherzen.“

Wenn ich das gerade richtig verstehe, sind Leroys Eltern Mitglieder der Geheimgesellschaft und das bereitet mir großes Unbehagen. Wie viele unserer Mitschüler haben ebenfalls Familien, die in die dunklen Machenschaften verwickelt sind?

Mit einem Mal wird mir schwindelig und ich muss mich an der Wand abstützen, um nicht zusammenzubrechen. Mir ist ein schrecklicher Gedanke gekommen, den ich am liebsten sofort aus meinem Kopf verbannen möchte. Doch leider muss ich mir eingestehen, dass es Sinn ergeben würde – denn warum sonst könnte Jules schon nach kurzer Zeit auf der Schule in *Magicae Noctis* eingebunden sein?

Zitternd lasse ich mich die Wand hinabgleiten und schaffe es nicht mehr, dem Gespräch zu folgen. Meine Kopfschmerzen, die ich zwischenzeitlich erfolgreich verdrängen konnte, kehren mit einem Schlag zurück. Am liebsten würde ich sofort zurück zum Mädchenflügel taumeln und meine Eltern anrufen, damit ich meine Befürchtung wieder verwerfen kann.

Doch nun ist es erst mal wichtiger, der Diskussion zu folgen. Ich ignoriere meinen Schwindel und den unbändigen Schmerz, um mich vor den Türspalt zu hocken.

„Dann sind wir wenigstens schon zu viert“, sagt Tracy gerade und wirkt erleichtert. „Ist noch jemand von euch dabei, unseren Mitschülern zu helfen?“

„Ich werde das melden müssen“, blafft Jules und ich höre, wie ein Stuhl ruckartig nach hinten geschoben wird.

„Bitte tu das nicht“, sagt Tracy eindringlich. „Wir sind doch eigentlich auf derselben Seite. Am Ende wirst du ebenso ein Versuchsobjekt sein wie wir alle.“

„Das kann ich nicht zulassen“, schleudert Jules ihr Argument beiseite. „Ich gehe je...“

Doch weiter kommt er nicht, und kurz darauf höre ich meinen Bruder heftig fluchen. „Elay, ruf sofort deine Schatten zurück!“

Schockiert halte ich die Luft an und vor meinem inneren Auge erscheint das Bild, wie Elay Jules mit seinen Schatten fesselt. Doch da ist immer noch Leroy.

Gerade als ich in Betracht ziehe, hineinzustürmen, um den anderen zu helfen, höre ich Tracys triumphierende Stimme. „Du kannst nur einen von uns mit deiner Magie steuern. Und dann hast du das Messer entweder in der Brust oder dem Hals stecken. Also überlege es dir gut.“

Leroy antwortet mit wüsten Beschimpfungen, aber anscheinend ist er nicht mehr in der Lage, sich zu wehren.

„Mona, in meiner Tasche habe ich eine Packung mit den Anti-Magie-Tabletten“, sagt Tracy lässig. „Verabreiche sie doch bitte unseren beiden Freunden.“

Ich runzle überrascht die Stirn, denn anscheinend gab es keine weiteren Mitschüler, die Einwände erhoben haben. Allerdings habe ich auch den Eindruck, dass nur ein Teil der Clubmitglieder anwesend ist. In mir regt sich der Verdacht, dass nicht alle in die Machenschaften von *Magicae Noctis* eingeweiht sind – also gibt es in dem elitären Club eine eigene Elite.

Mit grimmiger Zufriedenheit lausche ich, wie sich Jules und Leroy dagegen wehren, die Tabletten verabreicht zu bekommen.

„Ihr werdet jetzt ganz entspannt", säuselt Mona und ich kann mir vorstellen, dass sie bösartig lächelt. Mit Sicherheit wendet sie ihre magischen Kräfte an und täuscht den beiden falsche Gefühle vor.

„Alles hier ist in bester Ordnung und ihr vertraut mir. Ja, so ist es gut, und jetzt öffnet den Mund." Sie kichert siegessicher und kurz darauf scheint sie ihr Vorhaben erledigt zu haben. Nun macht sie sich keine Mühe mehr, die Magie aufrechtzuerhalten.

„Du Miststück!", schreit Leroy, während Jules leise vor sich hin flucht.

Er scheint verstanden zu haben, dass er nun keine Möglichkeit mehr hat, aus dieser Situation zu entkommen. Ich hoffe, dass er daran denkt, wie er mir das gleiche angetan hat.

„Sehr gut, Mona", lobt Tracy ihre Freundin. „Und nun fesselt die beiden und sperrt sie in die Abstellkammer. Erst wenn wir unsere Mitschüler befreit haben, lassen wir sie wieder heraus."

Ich atme erleichtert auf und wende mich dann erschöpft von der Tür ab. Es ist nun an der Zeit, zurück auf mein Zimmer zu gehen, damit man mich nicht erwischt.

Als ich mich kurz darauf die Treppe hochschleppe, muss ich jedoch feststellen, dass ich nicht schnell genug war.

„Sharon, bist du das?", höre ich Elays fassungslose Stimme.

Ertappt drehe ich mich um. Er steht einige Stufen unter mir und blickt mich an, als wäre ich ein Geist.

„Ja, ich bin es", erwidere ich, weil mir nichts Besseres einfällt. Ich habe keine Ahnung, wie ich mich aus dieser Situation herauswinden soll, bis mir wieder meine zuvor zurechtgelegte Ausrede einfällt.

„Ich habe dich gesucht", sage ich mit einer Stimme, die mich verwirrt und teilnahmslos klingen lässt. Ich setze mich auf die Stufe und halte mir theatralisch den Kopf. „Du hast gesagt, dass du hier bist, aber als meine Schmerzen immer schlimmer wurden, bin ich umgekehrt."

Elay schweigt für einen Moment und mustert mich nachdenklich.

„Sharon, kann es sein, dass du mehr weißt, als du zugibst?" In seinen Augen blitzt eine Emotion auf, die ich im schwachen Licht nicht deuten kann.

Ich beginne, vor Nervosität zu schwitzen. Hat er meine List mit Henry durchschaut oder vermutet er bloß, dass ich das Gespräch belauscht habe? Ich beschließe, zunächst Zweiteres zuzugeben.

„Du hast recht. Ich habe euer Gespräch belauscht. Ihr habt meinen Bruder gefangengenommen." Ich achte darauf, meine Stimme vorwurfsvoll klingen zu lassen.

Elay mustert mich mit verengten Augen.

„Es war zum Besten für uns alle", sagt er schließlich gedehnt. Dann schüttelt er jedoch den Kopf und schnaubt. „Auch wenn wir uns noch nicht lange kennen, kann ich dich einschätzen. Du hast Mr Glenn und Miss Duff getäuscht, nicht wahr?"

Ich presse meine Lippen zusammen. Ehe ich eine schlaue Antwort geben kann, nickt Elay grimmig.

„Habe ich es doch geahnt. Das kommt davon, wenn man dich unterschätzt.“

Meine Gedanken rasen, ich weiß einfach nicht, wie ich mich nun richtig verhalten soll. Wenn ich Pech habe, liefert Elay mich auf direktem Weg an *Magicae Noctis* aus.

„Du gehörst zu ihnen“, sprudelt es schließlich aus mir heraus. Vermutlich hat es nun ohnehin keinen Zweck mehr, die Wahrheit zu leugnen, also kann ich mich ebenso gut mit Elay anlegen. „Mrs McArren ist deine Mutter! Sie ist die Anführerin von *Magicae Noctis*, habe ich recht?“

Er blickt verdutzt zu mir auf und öffnet den Mund, ohne etwas zu sagen.

„Du hast mich von Anfang an belogen“, fahre ich fort. Kurz muss ich mich an der Wand abstützen, da ich wieder von Schwindel erfasst werde. „Du hast mich glauben lassen, dass du mich magst. Warum hast du dich wirklich mit mir abgegeben? Solltest du mich kontrollieren und ausspionieren?“

Elay schnaubt fassungslos. „Du könntest kaum falscher liegen. Ich liebe dich, Sharon, warum kapierst du das nicht?“

Er atmet schwer, während in meinen Ohren das Blut rauscht. Das kann doch nur wieder ein Trick sein.

„Ich glaube dir nicht“, sage ich schwach und schlucke schwer.

Elay kommt mit schnellen Schritten die Stufen hinauf, bis er direkt vor mir steht. Sein Gesicht ist so nah, dass ich das leidenschaftliche Funkeln in seinen Augen sehen kann. Er ergreift meine Hand und haucht einen

Kuss darauf. Sofort zieht sich eine angenehme Gänsehaut meinen Arm hinauf.

„Es ist wahr. Ich liebe dich und das wird auch diese verdammte Geheimgesellschaft nicht ändern können. Ich habe die Nase voll davon, dass sie einen Keil zwischen uns treibt.“

„Mrs McArren ist deine Mutter“, wiederhole ich und es fühlt sich an, als würde ich diese Worte als Schutzschild verwenden.

Erst jetzt fällt mir auf, dass ich nie Elays Nachnamen erfahren habe. Elay McArren.

„Das ist ebenfalls wahr“, sagt er widerstrebend. „Und auch wenn du mir nicht glaubst: Sie ist ein guter Mensch. Sie weiß natürlich über alles Bescheid und ist dazu gezwungen mitzumachen, aber sie ist bloß eine Marionette von *Magicae Noctis*. Sonst hätte sie es niemals zugelassen, dass meinem Bruder etwas zustößt.“

Er senkt den Blick und atmet tief durch. „Jahrelang hat man mir erzählt, dass sein Tod ein Unfall war. Aber das kann ich jetzt nicht mehr glauben.“

„Du stehst also auf meiner Seite?“, frage ich vorsichtig, ohne es wirklich fassen zu können.

„Natürlich“, antwortet er heftig.

Wäre mir nicht so unerträglich schlecht, würde ich ihn wohl auf der Stelle küssen. Erst jetzt wird mir die Absurdität der Situation bewusst: Wir stehen hier, auf einer muffigen Treppe, und Elay hat mir gerade seine Liebe gestanden.

Unwillkürlich verzieht sich mein Mund zu einem breiten Grinsen. „Dann muss ich dir wohl glauben.“

Er lächelt erleichtert und gibt mir einen Kuss auf die Stirn. Vermutlich ist mir anzusehen, dass ich meinen Mageninhalt nur schwer bei mir behalten kann.

„Und was jetzt?", stelle ich die unausweichliche Frage, auch wenn ich dadurch diesen besonderen Moment zerstöre. „Wie gehen wir nun weiter vor?"

Elay blickt sich unbehaglich um, so als könnten auch hier Kameras oder Wanzen versteckt sein – was leider durchaus der Fall sein könnte.

Schließlich seufzt er resigniert. „Vermutlich werden wir ohnehin keinen Ort finden, wo wir sicher sind. Also gehe ich einfach mal das Risiko ein und erzähle es dir hier. Mit großer Wahrscheinlichkeit weiß *Magicae Noctis* ohnehin schon, was wir planen."

Er bedeutet mir, mich zu setzen, und tut es mir zwei Treppenstufen unter mir nach. Er blickt nachdenklich gegen die Steinwand, ehe er beginnt.

„Tracy möchte die ganze Sache endlich beenden. Sie wird immer stärker von *Magicae Noctis* kontrolliert und bangt allmählich um ihr Leben. Wenn du mich fragst, zurecht." Er lacht bitter auf. „Sie scheint ein interessantes Versuchsobjekt zu sein und das lassen sie sie spüren."

Ich merke, wie mein Inneres hart und kalt wird. „Und Jules ist daran beteiligt."

Ein Teil von mir hofft, dass Elay mir widerspricht, aber stattdessen blickt er mich mitleidig an.

„Ich weiß, wie du dich fühlst. Mein Vater hat auch sehr stark seine Finger im Spiel und zwingt meine Mutter, bei der ganzen Sache mitzumachen."

„Stimmt, Mr McArren ist dein Vater", sage ich schwach und lache hysterisch auf. Elay hat nun wirklich überhaupt nichts mit unserem spießigen, humorlosen Mathelehrer gemeinsam.

„Wie auch immer, wir schweifen ab", füge ich mit einem zerstreuten Räuspern hinzu.

„Du hast recht", lenkt Elay ein. „Jedenfalls möchte Tracy zuerst die Gefangenen retten und sich dann den Mitgliedern der Geheimgesellschaft gegenüberstellen. Sie ist gerade dabei, mit Mona die restlichen Dinge zu besprechen, ehe sie die anderen Mitglieder des Geheimclubs zusammentrommeln wollen, die noch nichts von *Magicae Noctis* wissen. Wenn sie sie eingeweiht haben, wird hoffentlich eine geschlossene Armee hinter uns stehen."

„Das ändert aber nichts daran, dass wir nicht in die Versuchsräume gelangen", sage ich schwach, auch wenn ich mich über Tracys Plan freue. Bisher hatte ich das Gefühl, mit Finn und Aideen die Einzige zu sein, die gegen diese finsteren Machenschaften ankämpft.

„Ich habe einen Plan", erklärt Elay ernst. „Darauf kannst du vertrauen."

Als ich diesen entschlossenen und leidenschaftlichen Blick in seinen Augen sehe, kann ich mich nicht mehr zurückhalten. Meiner Übelkeit und dem Schwindel zum Trotz beuge ich mich vor und hauche Elay einen zarten Kuss auf die Lippen.

Er blickt mich mit großen Augen an. „Nach dem, was passiert ist, habe ich nicht mehr gehofft, dass du uns noch eine Chance gibst."

„Was bleibt uns sonst noch in diesen finsteren Zeiten?", frage ich mit einem leichten Lächeln. „Das ist nicht der Zeitpunkt, um nachtragend zu sein, zumal das Ganze ein Missverständnis war. Vielleicht werden wir endlich zusammen sein können, wenn wir all das hier überstanden haben.“

„Das würde mir alles bedeuten“, erwidert Elay mir rauer Stimme. „Und ich werde alles dafür tun, dass es Wirklichkeit wird.“

Kapitel 27

Am nächsten Tag haben die Kopfschmerzen und der Schwindel zum Glück deutlich nachgelassen.

„Heute Nachmittag findet das finale Treffen statt, bei dem wir meinen Plan in die Tat umsetzen werden", erklärt Elay, während er mir sanft über die Haare streicht. Er liegt neben mir im Bett und ich habe meinen Kopf an seine Schulter gebettet.

„Ich kann dir nicht sagen, wo es sein wird. Wir treffen uns alle in den Clubräumen, dann führe ich euch hin."

„Hoffentlich endet es nicht wieder wie beim letzten Mal, als du uns zu einem sicheren Ort führen wolltest", sage ich halb scherzhaft und halb im Ernst.

Elay errötet leicht und weicht meinem Blick aus. „Ich habe ehrlich gesagt nicht gewusst, dass sich in dem Häuschen ein Tunnel befindet. Mr Glenn hat häufiger Schüler dorthin gebracht, um deren magischen Unfälle zu vertuschen, deswegen bin ich davon ausgegangen, dass wir dort nicht abgehört werden."

„Aber wie wurden wir überführt? Konnten sie uns in dem Tunnel hören?"

Schlagartig wird Elays Miene sehr ernst. „Jules hat mitbekommen, wie ich mich davongeschlichen habe. Zu dem Zeitpunkt habe ich nicht geahnt, wie eng er mit *Magicae Noctis* zusammenarbeitet. Ich bin davon ausgegangen, dass er die Sache ebenso skeptisch sieht wie die meisten von uns."

Ich beiße mir auf die Lippe und schließe für einen Moment die Augen. Dann war es also mein Zwillingsbruder, der uns in diese furchtbare Lage gebracht hat.

„Zumindest wissen wir jetzt, dass wir ihm nicht mehr vertrauen können", sage ich mit hohler Stimme und schlucke meinen Schmerz runter.

Ich habe meinen Bruder verloren, das ist mir längst bewusst.

***

Zusammen mit Elay gehe ich am Nachmittag zu den Clubräumen. Eine beinahe greifbare Ernsthaftigkeit liegt in der Luft, als sich nach und nach unsere Mitschüler einfinden.

Zu meiner Erleichterung sind die meisten der Clubmitglieder dabei – vielen von ihnen steht noch immer der Schock über die furchtbare Offenbarung über *Magicae Noctis* ins Gesicht geschrieben. Ein paar wenige wirken jedoch eisern entschlossen. Vielleicht haben sie schon lange geahnt, dass auf der Darkwood Academy etwas nicht mit rechten Dingen zugeht.

„Ich bin unglaublich froh, dass ihr alle gekommen seid", erhebt Tracy die Stimme, als die letzten Clubmitglieder eingetrudelt sind. Ich zähle, dass wir nun zu acht sind. „Ihr wisst bereits alle von unserem Vorhaben, aber heute geht es erst mal um die Feinheiten der Planung. Wir können Jules und Leroy nicht mehr lange unbemerkt gefangen halten, also müssen wir schnell handeln. Elay, du übernimmst jetzt die Führung."

Er nickt mit deutlicher Anspannung und tritt vor. „Bitte folgt mir gleich, ohne Fragen zu stellen. Ich erkläre euch alles, wenn der Zeitpunkt gekommen ist."

Ich mustere ihn skeptisch, denn ich werde aus seinen Worten einfach nicht schlau. Ich wünschte, er hätte mich vorher eingeweiht.

Die anderen nicken zögerlich und stehen auf, als Elay zum Ausgang geht. Wie eine schweigende Armee folgen wir ihm aus den Clubräumen hinaus – und die meisten von uns schnappen nach Luft, als er die Tunnel ansteuert.

„Die Mission findet erst später statt", zischt Tracy ihm leise zu. „Was hast du vor?"

„Das weiß ich. Vertrau mir einfach."

„Das fällt mir gerade ganz schön schwer", murrt sie, aber hakt tatsächlich nicht weiter nach.

Ich muss wieder daran denken, wie misstrauisch ich Elay noch vor einem Tag gegenübergestanden habe, und muss mich gerade mächtig anstrengen, um nicht wieder von diesem Gefühl eingeholt zu werden. Um irgendwie Kontakt mit ihm aufzubauen, greife ich nach seiner Hand und drücke sie fest. Seine warme Haut tröstet mich und lässt meine Zuversicht zurückkehren. Er wirft mir einen so liebevollen Blick zu, dass meine Knie weich werden.

Je weiter wir in den Tunnel vordringen, desto heftiger schlägt mein Herz gegen meine Brust.

Als wir schließlich an die Metalltür gelangen, habe ich kurz Hoffnung, dass Elay irgendwie einen Weg gefunden hat, um hineinzugelangen. Meine Freunde sind so nah und ich würde alles dafür tun, sie endlich retten zu können. Mittlerweile befinden sie sich schon mehrere Tage in Gefangenschaft und ich kann nur hoffen, dass sie alle noch am Leben sind. Vor allem um Madeline stand es sehr schlecht und es könnte sein, dass

Finn unwichtig genug war, dass sie ihn sofort beseitigt haben.

Leider führt Elay uns jedoch an der Tür vorbei, sodass ich gezwungen bin, das nun hoffnungslose Gefühl in meinem Inneren herunterzuschlucken. Auch an den Zellen bleiben wir nicht stehen und ich kann an den Gesichtern meiner Mitschüler ablesen, dass sie ebenso verwirrt sind wie ich.

Irgendwann bleibt Elay jedoch vor einer Wand stehen. Er drückt kräftig gegen einen Stein und wir alle atmen erschrocken ein, als sich die Wand verschiebt, so wie vor wenigen Tagen, als meine Freunde und ich gefangengenommen wurden. Doch auch wenn meine Orientierung nicht die beste ist, bin ich mir sicher, dass die Öffnung beim letzten Mal woanders war.

„Folgt mir", flüstert Elay und verschwindet dann in dem schmalen Gang.

Ich wechsle einen unsicheren Blick mit Tracy, ehe ich meine Angst verdränge und Elay ebenfalls folge. Ich weiß, dass ich in Betracht ziehen sollte, dass das hier eine Falle sein könnte. Und doch folge ich ihm weiterhin durch die Dunkelheit.

So wie bei anscheinend jedem dieser Geheimgänge tut sich schon bald eine Treppe vor uns auf. Elay blickt sich noch mal um und lässt den Blick über uns schweifen.

„Es ist nun besonders wichtig, dass ihr alle leise seid. Ich gehe vor, um zu schauen, ob die Luft rein ist. Dann komme ich euch holen. Sollte ich in zehn Minuten nicht zurück sein, kehrt so schnell wie möglich um."

Ich trete nervös von einem Fuß auf den anderen. Das klang gerade alles andere als vertrauenserweckend.

Meine Gefühle schwanken zwischen Misstrauen und Sorge um Elay, denn so wie er es dargestellt hat, handelt es sich hier um keinen sicheren Ort.

Dennoch beschränken wir uns alle darauf, ihm stumm zuzunicken und zu beobachten, wie er immer weiter hinaufsteigt, bis er aus unserem Sichtfeld verschwindet. Irgendwann hören wir das Öffnen einer Tür. Ein Lichtschein fällt bis auf die Stufen vor uns.

Und dann werden wir wieder in eine tiefe Stille gehüllt. Keiner von uns wagt es, auch nur einen Mucks von sich zu geben.

Immer wieder blicke ich nervös auf meine Armbanduhr und mit jeder Minute, die verstreicht, wächst meine Sorge. Drei Minuten. Fünf Minuten. Acht Minuten.

Gerade, als ich kurz davor bin, richtig panisch zu werden, öffnet sich die Tür endlich wieder und Schritte erklingen auf der Treppe. Kurz mache ich mir Sorgen, dass es sich um jemand anderen als Elay handelt, bis er endlich erscheint.

„Die Luft ist rein“, sagt er nun nicht mehr flüsternd und winkt uns mit sich.

Zögerlich folgen wir ihm die Treppe hinauf, bis wir vor einer geöffneten Tür stehen. Ich blinzle aufgrund der Helligkeit und erkenne erst Einzelheiten, als ich den Raum betrete. Es handelt sich eindeutig um ein Wohnzimmer, und ein sehr gemütliches noch dazu.

Mit geöffnetem Mund drehe ich mich um die eigene Achse und betrachte jedes Detail. Das graue Stoffsofa, den dicken flauschigen Teppich und den großen Kamin, auf dessen Sims mehrere Fotos stehen. Ich runzle die Stirn, als ich darauf zugehe, um sie näher zu betrachten.

„Das bist ja du!", rufe ich überrascht.

Auf den meisten Fotos ist Elay zu sehen. Als Baby auf dem Arm einer deutlich jüngeren Mrs McArren, als Kind beim Schlittenfahren und als Teenager, wie er an einem Grill steht und lachend in die Kamera blickt. Ein seltsames Gefühl macht sich in mir breit, denn das hier ist eine völlig neue Seite von Elay.

„Wir sind im Haus deiner Familie?", ruft Tracy und sieht aus, als würde sie ihm am liebsten an die Gurgel springen. „Und hier sollen wir sicher sein?"

„Um diese Uhrzeit haben sich alle Mitglieder der Geheimgesellschaft im Hauptgebäude dieses Dorfes versammelt", verteidigt sich Elay. „Hier können wir uns am sichersten sein, nicht überwacht zu werden. Außerdem hatte ich eine Idee, was meine Mutter betrifft."

Er weicht den teilweise entsetzten Blicken unserer Mitschüler aus. Viele von ihnen erfahren nun erst davon, dass Mrs McArren Elays Mutter ist.

„Und was für eine Idee ist das?", fragt Tracy scharf.

Trotz seiner Erklärung gefällt es ihr überhaupt nicht, dass Elay uns hergeführt hat, und ich kann ihr da nur zustimmen. Es könnte kaum einen Ort geben, an dem ich mich unsicherer fühlen würde, abgesehen von dem Versuchslabor, wo meine Freunde auf unsere Rettung warten. Doch für sie werde ich jedes Risiko eingehen.

„Also", beginnt Elay und holt tief Luft. „Meine Mutter hat Zutritt zu den Räumlichkeiten, in denen unsere Mitschüler festgehalten werden. Auch wenn ich nicht viel von den Gesprächen meiner Eltern mitbekommen habe, weiß ich, dass meine Mutter mit alldem nicht einverstanden ist. Ich denke, dass wir sie gemeinsam dazu bringen könnten, uns zu helfen."

Tracy schüttelt den Kopf und schnaubt. „Das ist verrückt. Mit ein wenig Pech wird sie uns alle ausliefern. Und was ist überhaupt mit deinem Vater? Wenn deine Mutter zurückkehrt, wird dein Vater ebenfalls dabei sein."

Elay schüttelt den Kopf und scheint erleichtert darüber zu sein, dass er eine Antwort parat hat. „Er gehört zum Obersten Rat von *Magicae Noctis* und bleibt länger bei den Sitzungen als meine Mutter."

Er wirft einen Blick auf die große goldene Wanduhr. „Sie wird in einer halben Stunde eintreffen, mein Vater erst eine Stunde später. Wir haben also noch etwas Zeit, um Genaueres zu besprechen."

„Das ist echt verrückt", murmelt Tracy, doch sie widerspricht ihm nicht.

Die verbleibende Zeit verbringen wir damit, unseren Plan weiter aufzubauen, bis er endlich so weit Gestalt annimmt, dass er uns allen realisierbar erscheint.

Zunächst läuft es darauf hinauf, dass wir uns noch mehr Zeit zum Planen nehmen, doch bald sind wir uns einig: Wir können nicht länger warten. Die Gefahr, dass die Geheimgesellschaft von unserem Plan erfährt, steigt mit jedem Tagen immens – vor allem wegen Jules und Leory, die wir in den Clubräumlichkeiten gefangen halten. Bei ihnen fällt es sicherlich auf, wenn sie längere Zeit nicht im Unterricht erscheinen.

Vermutlich weiß *Magicae Noctis* längst, dass wir etwas aushecken, aber sie kennen hoffentlich keine Einzelheiten. Mrs McArren könnte unser Ass im Ärmel sein – oder das Kartenhaus in sich zusammenfallen lassen.

Als wir uns endlich entschlossen haben, noch in dieser Nacht zuzuschlagen, blickt Elay mit angespanntem Gesicht zur Uhr. „Meine Mutter müsste jeden Moment kommen. Dann heißt es: Alles oder nichts. Ich würde vorschlagen, dass ihr euch noch mal kurz im Tunnel versteckt, damit sie nicht panisch wird und ich ihr die ganze Situation erklären kann. Dann könnt ihr kommen, um die restliche Überzeugungsarbeit zu übernehmen.“

„Und was machen wir, wenn sie doch Alarm schlagen will?“, fragt Tracy ernst. Ich bin froh, dass sie meine eigene Befürchtung ausspricht.

Elay seufzt. „Dann werden wir wohl oder übel das Gleiche mit ihr machen müssen wie mit Jules und Leroy.“

Tracy nickt mit grimmiger Miene und bedeutet uns dann, ihr zum Tunnel zu folgen.

„Ihr könnt die Tür einen kleinen Spalt aufmachen, um mitzuhören“, ruft Elay uns noch hinterher, ehe wir das Wohnzimmer hinter uns lassen.

Ich kann noch einen Blick auf sein nervöses Gesicht erhaschen, das alles andere als zuversichtlich wirkt, ehe Tracy die Tür schließt und nur noch ein schmaler heller Streifen zu sehen ist.

Es vergehen etwa fünf Minuten, ehe wir hören, dass jemand mit Stöckelschuhen ins Wohnzimmer tritt.

„Oh, Elay, du hast mich aber erschreckt“, ruft Mrs McArren und lacht heiter.

Ich ziehe überrascht die Augenbrauen hoch, denn von dieser Seite habe ich sie noch nie kennengelernt.

Vielleicht ist die kalte, berechnende Rektorin tatsächlich eine Maske, die sie für *Magicae Noctis* tragen muss.

„Mum, ich muss mit dir sprechen", sagt Elay ernst.

Die vertraute Anrede aus seinem Mund klingt sogar noch seltsamer als Mrs McArrens heitere Stimme. Diese schlägt nun jedoch in eine besorgte um.

„Was ist los? Hat es mit *ihnen* zu tun?"

Sie spricht dieses Wort mit solcher Bitterkeit aus, dass meine Zuversicht wächst. Vielleicht schlägt sie sich wirklich auf unsere Seite.

„Ja, das hat es", antwortet Elay. „Meine Freunde und ich sind es leid, wie Versuchsobjekte behandelt zu werden. Deswegen wollen wir *Magicae Noctis* stürzen."

Ich halte die Luft an, denn damit war er wirklich direkt.

Eine Weile herrscht bedrückendes Schweigen, ehe Mrs McArren schockiert das Wort ergreift: „Das geht nicht, Elay. Du weißt, dass sie uns dann vernichten. Spiel einfach weiter mit, dann wird dir sicherlich nichts Schlimmes passieren. Beim letzten Mal konnte ich sie auch daran hindern, dass sie dir etwas antun."

„Ja, aber wie lange noch?", fragt Elay finster. „Toni konntest du am Ende auch nicht mehr beschützen."

Ich zucke zusammen, als ich ein lautes Schluchzen höre. „Seit wann weißt du, dass es kein Unfall war?"

„In letzter Zeit ist mir so einiges klar geworden, auch wenn ich schon damals daran gezweifelt habe, dass es ein unglücklicher Zufall war."

„Ich habe mich damals gegen die Gesellschaft gewehrt", erklärt Mrs McArren mit gebrochener Stimme.

„Das war der Grund dafür, dass sie ihn für ihre Experimente missbraucht haben. Verstehst du nun, warum ich es auf keinen Fall erneut wagen kann?“

„Oh, diesmal ist aber etwas anders“, sagt Elay und ich kann hören, dass er trotz der furchtbaren Beichte seiner Mutter lächelt. „Ihr könnt jetzt rauskommen.“

Als hätte Tracy dieses Kommando erwartet, stößt sie die Tür auf. Gemeinsam stürmen wir ins Wohnzimmer und umringen Mrs McArren. Sie schreit überrascht auf und blickt jeden von uns einzeln an. An mir bleibt ihr Blick besonders lange haften.

„Ich hätte es mir denken müssen“, sagt sie kopfschüttelnd.

Auf ihren Lippen blitzt ein kurzes Lächeln auf. Dann wird sie jedoch schlagartig wieder ernst.

„Ich muss zugeben, dass ich euch dafür bewundere, was ihr erreichen wollt. Aber ich kann euch trotzdem nicht helfen. Ich kann das Risiko nicht eingehen, dass sie mir auch meinen zweiten Sohn nehmen.“

Dabei glitzern ihre Augen verdächtigt und wandern zu einem großen Foto an der Wand, auf dem Elay und sein Bruder abgebildet sind. Sie beide grinsen breit in die Kamera und halten gemeinsam einen riesigen Hecht in die Luft. Dem Alter nach zu urteilen kann es nicht lange vor Tonis Tod aufgenommen worden sein.

„Wir haben einen guten Plan“, sage ich eindringlich und ignoriere Tracy, die mir einen warnenden Blick zuwirft. „Wenn wir geschickt vorgehen, wird *Magicae Noctis* gar nicht erfahren, dass Sie involviert sind – wenn unser Vorhaben scheitert. Es sind nur Kleinigkeiten, die Sie für uns tun müssen.“

Das Gesicht unserer Rektorin wirkt noch immer zweifelnd, aber ich habe das Gefühl, dass ich sie beinahe so weit habe.

„Sehen sie uns doch mal an. Wir alle wollen leben. Erwachsen werden und eigene Kinder bekommen. Aber diese Möglichkeit nimmt uns die Geheimgesellschaft einfach weg."

„Nicht, wenn ihr kooperiert", erwidert Mrs McArren schwach.

Aber ich kann ihr ansehen, dass sie ebenso daran zweifelt wie ich. Wahrscheinlich bräuchte *Magicae Noctis* bloß eine kleine Ausrede, um jeden von uns für ihre Experimente zu nutzen. Bei Tracy haben sie es bereits getan und wollten es vertuschen, indem sie ihr Gedächtnis gelöscht haben.

„Wir haben jemanden auf unserer Seite, der der Schlüssel für die Beendigung der abscheulichen Machenschaften ist", versuche ich es weiter.

Mit dieser Person meine ich Henry, denn vielleicht sind seine Kräfte stark genug, um die Erinnerungen der leitenden Mitglieder von *Magicae Noctis* verändern zu können. Leider bin ich mir nicht vollkommen sicher, ob er das Risiko eingehen wird, uns zu helfen.

„Wenn Sie uns vertrauen, wird er dafür sorgen, dass uns nie wieder Leid zugefügt wird. Sie könnten weiterhin Rektorin sein – auf einer Schule, an der magisch Begabte in ihren Kräften unterrichtet und nicht misshandelt werden."

Mrs McArren seufzt und mir wird voller Triumph klar, dass ich sie beinahe überzeugt habe.

„Dann sag mir, wie ich euch helfen kann. Wenn es wirklich nicht zu gefährlich ist, werde ich das Risiko eingehen."

Ich werfe Elay einen erleichterten Blick zu, doch in seinen Augen liegt bloß Trauer. Er hat soeben erfahren, dass sein Bruder sterben musste, weil seine Mutter sich der Geheimgesellschaft entgegengestellt hat. Das muss ein großer Schock für ihn sein.

Nun meldet sich Tracy wieder zu Wort: „Wir müssten bloß in das Versuchslabor gelangen", erklärt sie. „Alles andere wird sich dann schon von allein ergeben."

Mrs McArren nickt wissend. „Ja, es ist für euch tatsächlich unmöglich, ohne Hilfe in diese Räumlichkeiten zu kommen. Bestimmt kann ich dafür sorgen, dass die Tür zum richtigen Zeitpunkt nicht komplett geschlossen ist."

„Würde es heute Nacht gehen?", frage ich hoffnungsvoll.

Die Brauen der Rektorin schnellen überrascht nach oben und ihre Brille rutscht noch tiefer die Nase herunter. Ich erkenne nun zum ersten Mal, dass Elay ihre grauen Augen und die schlanke, hochgewachsene Statur geerbt hat. Sein helles Haar hat er wohl eher von seinem Vater.

„Heute Nacht schon", stößt Mrs McArren hervor. „Seid ihr euch sicher, dass das nicht zu übereilt ist?"

„Das kommt ganz darauf an", erwidert Elay ernst. „Ist die Geheimgesellschaft schon dahintergekommen, dass wir etwas planen?"

Daraufhin blickt die Rektorin uns eine Weile stumm an.

„Sie weihen mich in vieles nicht ein", gibt sie schließlich zu. „Aber die Sitzungen, bei denen ich nicht anwesend war, sind in letzter Zeit länger geworden. Außerdem hat *Magicae Noctis* viele neue Mitglieder rekrutiert, die nun in dieser Siedlung leben. Also ja, ich denke, dass sie etwas ahnen und planen."

Sie seufzt und sagt widerstrebend: „Ihr habt wohl recht damit, es schon in dieser Nacht zu wagen."

„Also versprichst du, dass du uns hilfst?", fragt Elay hoffnungsvoll und wirft seiner Mutter einen Blick zu, der sie sicherlich dahinschmelzen lässt.

Es ist noch immer befremdlich, zu sehen, wie vertraut die beiden miteinander sind – aber dafür ist nun mein Misstrauen gegenüber Mrs McArren deutlich kleiner geworden. Tatsächlich empfinde ich sogar großen Respekt dafür, dass sie einst versucht hat, ihre Marionettenschnüre durchzuschneiden.

KAPITEL 28

Es fühlt sich falsch an, auf eine Mission aufzubrechen, bei der Aideen nicht dabei sein kann.

Komplett in Schwarz gekleidet schleiche ich um Punkt zwölf Uhr aus meinem Zimmer zu den Clubräumen. Unterwegs treffe ich Mona und Tracy, die so nervös aussehen, wie ich mich fühle.

Schweigend setzen wir uns schließlich auf das gemütliche Sofa und warten auf die anderen. Nach und nach trudeln sie ein, und als Elay als Letzter den Raum betritt, blickt er zuerst zu mir. Sein Lächeln ist so schön und traurig zugleich, dass mein Herz sofort zu rasen beginnt.

„So, seid ihr alle bereit?", fragt Tracy grimmig, woraufhin wir schweigend nicken. Wir wissen genau, dass diese Mission schlimmstenfalls unseren Tod bedeuten könnte.

Der Weg zur Metalltür fühlt sich an, als würden wir zur Schlachtbank geführt werden. Als wir an unser Ziel gelangen, habe ich für einen furchtbaren Moment die Befürchtung, dass Mrs McArren doch nicht hier war, um uns zu helfen, denn die Tür wirkt auf den ersten Blick fest verschlossen. Auch als Tracy die Türklinke herunterdrückt, tut sich nichts.

„Seht mal da", sagt dann jedoch John und deutet auf einen Gegenstand am Boden, der dort liegt, als hätte ihn jemand zufällig verloren.

Stirnrunzelnd hebe ich ihn auf und betrachte ihn im schwachen Licht der Fackeln. Es ist eine unscheinbare Metallplatte, die an einer Kette befestigt ist. Auch wenn sie eigentlich wie ein normales, eher langweiliges Schmuckstück aussieht, glaube ich nicht, dass sie ohne Grund hier liegt.

Sorgfältig suche ich jeden Zentimeter der Metalltür ab, wofür ich mein Feuer als zusätzliche Lichtquelle nutze.

„Seht mal da!", rufe ich aufgeregt, als ich unten rechts ein beinahe unsichtbares Rechteck finde. Meiner Einschätzung nach hat es genau die Größe des Metallplättchens.

Und tatsächlich: Als ich das Schmuckstück an die Stelle lege, wird es angezogen wie von einem Magneten und ich kann ein leises Klicken vernehmen.

„Versucht noch mal, die Tür zu öffnen", sage ich atemlos.

Wir alle erlauben uns ein leises Jubeln, als die Tür aufschwingt – doch verstummen sogleich wieder, als wir geradewegs in die Augen von Mr Glenn und Miss Duff blicken.

„Dachtet ihr wirklich, wir hätten euch nicht durchschaut?", fragt unsere Lehrerin mit einem widerlichen Grinsen, das eher wie ein Zähnefletschen wirkt.

Ich schrecke zurück, als beide das Spray zücken, das beim letzten Mal unsere magischen Kräfte blockiert hat. Außerdem tragen beide je eine Pistole bei sich.

Und dann geht plötzlich alles ganz schnell. Ich hebe die Hände, um uns zu verteidigen, wohl wissend, dass ich zu langsam sein werde. Doch gleichzeitig kann ich im Augenwinkel eine so rasante Bewegung ausmachen, dass ich nicht erkennen kann, worum es sich handelt. Bis plötzlich die lauten und entsetzlichen Schreie unserer Lehrer ertönen.

Ich keuche vor Grauen, als ich realisiere, was gerade passiert: Schatten haben sich um Miss Duff und Mr Glenn geschlungen und dem furchtbaren knackenden Geräusch nach zu urteilen sind sie gerade dabei, ihnen sämtliche Knochen zu brechen. Miss Duff versucht noch, die Pistole auf sich selbst zu richten, doch dann ertönt ein letztes, noch lauteres Knacken. Völlig schlaff sinkt ihr Körper im Griff des Schattens zusammen. Mr Glenn ist derweil blau angelaufen, versucht aber noch immer, gegen den Schatten anzukämpfen.

„Damit … werdet … ihr … nicht durchkommen", keucht er mit letzter Kraft. „Die anderen … sind … bereits alarmiert."

Dann verdrehen sich seine Augen und auch er haucht sein Leben aus.

Ich konnte die ganze Szene nur mit stillem Entsetzen verfolgen, völlig außerstande, mich zu rühren. Erst als die beiden Körper mit einem hässlichen Geräusch zu Boden fallen und die Schatten sich zurückziehen, kann ich mich dazu überwinden, mich zu Elay umzudrehen. Sein Atem geht unglaublich schnell und in seinen weit aufgerissenen Augen liegt der gleiche irre Glanz wie damals im Wald, als er mich angegriffen hat. Jedoch mit dem Unterschied, dass er diesmal mich und die anderen gerettet hat.

Also schlucke ich mein Entsetzen und die Furcht herunter, gehe zu ihm und nehme sein Gesicht in die

Hände. Er zuckt bei meiner sanften Berührung zusammen und scheint allmählich in die Wirklichkeit zurückzufinden.

Die anderen betreten derweil schweigend den Raum und werfen Elay im Vorbeigehen ängstliche Blicke zu.

„Du hast uns mit deinen Schatten gerettet", sage ich mit leiser, rauer Stimme.

Ich drücke ihm einen vorsichtigen Kuss auf die Lippen, auch wenn ich Sorge habe, damit zu weit zu gehen. Doch tatsächlich verschwindet nun auch das letzte bisschen Wahnsinn aus seinen Augen und macht dem Elay Platz, den ich liebe.

„Ich habe sie getötet", stellt er fassungslos fest und schluckt schwer.

Widerstrebend drehe ich mich zu den beiden übel zugerichteten Leichen um. Tracy ist gerade dabei, sie zu einem großen Schrank zu schleifen, wo sie sie vermutlich verstecken möchte.

Gerade will ich mich wieder abwenden, als mir plötzlich eine geniale Idee kommt.

„Die Fernbedienungen!", rufe ich mit leuchtenden Augen. „Haben Mr Glenn oder Miss Duff eine bei sich?"

Während die anderen eher verwirrt dreinschauen, wirkt Elay nun ebenso erleichtert wie ich. Er läuft zu unseren ehemaligen Lehrern und durchsucht ihre Laborkittel. Bei Mr Glenn hält er schließlich triumphierend die kleine Fernbedienung nach oben.

„Wofür ist die?", fragt Tracy mit einer hochgezogenen Augenbraue.

„Für die Käfige", erkläre ich aufgeregt. „Sie funktionieren nur mit dem Fingerabdruck des jeweiligen Besitzers." Ich verziehe das Gesicht. „Das bedeutet wohl, dass wir Mr Glenn entweder mitschleifen oder seinen Finger abschneiden müssen."

„Ich bin für Finger abschneiden", sagt Tracy trocken. „Mona, reich mir bitte die Knochensäge dort hinten."

Als sie das Gerät in ihrer Hand hält, kneift sie angewidert die Lippen zusammen. „Ich möchte gar nicht wissen, wofür die normalerweise benutzt wird."

Die meisten von uns wenden sich ab, als Tracy ihr makabres Werk vollbringt, aber ich bin mir sicher, dass keiner von uns jemals dieses Geräusch vergessen wird. Vermutlich wird ohnehin jeder Einzelne von den Vorkommnissen dieser Nacht ein Leben lang traumatisiert bleiben – vorausgesetzt, wir haben hiernach überhaupt noch ein Leben.

„Erledigt", verkündet Tracy und wirkt dabei so unbekümmert, dass ich beinahe bitter auflache.

Ich weiche zurück, als sie mir den abgeschnittenen Daumen reichen will.

„Erledige du das doch bitte", würge ich hervor und strecke ihr mit spitzen Fingern die Fernbedienung entgegen.

Schulterzuckend nimmt Tracy sie an sich. „Wo sind die Gefangenen denn untergebracht?"

Ich führe sie zu der Tür ohne Klinke, von der ich weiß, dass sich dahinter die Käfige befinden. Ich hoffe inständig, dass sich meine Freunde noch immer dort befinden und nicht wieder an einen neuen Ort gebracht worden sind.

Wir alle drängen uns um Tracy, als sie die Fernbedienung auf die Tür richtet und Mr Glenns Daumen auf die grüne Taste drückt. Tatsächlich öffnet sie sich mit einem leisen Klicken.

Im Inneren des Raumes ist es stockdunkel, sodass ich nichts erkennen kann. Ich halte unwillkürlich die Luft an, trete ein und betätige den Lichtschalter. Die Neonlampen erwachen flackernd zum Leben und ich muss kurz wegen der plötzlichen Helligkeit blinzeln.

„Sharon!", höre ich dann auch schon zwei vertraute Stimmen rufen.

Überwältigt vor Erleichterung knie ich mich vor die Käfige, in denen meine schwach aussehenden, aber eindeutig lebendigen Freunde hocken. Ihre Augen liegen tief in den Höhlen und die Lippen sind aufgesprungen, doch ihre Gesichter strahlen pure Freude aus.

Erneut ertönt ein Klicken und diesmal schwingen die Käfigtüren auf. Finn und Aideen taumeln hinaus und fallen mir gleichzeitig in die Arme. Überglücklich lache ich und lege meine Arme um die beiden, die mir unglaublich zerbrechlich vorkommen.

„Wir dürfen keine Zeit mehr verschwenden", drängt Tracy, nachdem sie uns einen kurzen Moment des Wiedersehens gegönnt hat. „Mr Glenn hat gesagt, dass die anderen Mitglieder von *Magicae Noctis* bereits auf dem Weg sind. Wir müssen uns vorbereiten."

Ich nicke und löse mich von meinen beiden Freunden. Dann fällt mir jedoch etwas ein.

„Was ist mit Madeline geschehen?", frage ich alarmiert an Aideen gerichtet.

Diese senkt tieftraurig den Blick und schließt die Augen. „Sie haben sie mitgenommen. Ich glaube, sie ist tot."

Sie schluchzt auf und vergräbt ihr vor Schwäche blasses Gesicht an meiner Schulter. Ich ignoriere Tracys warnenden Blick und nehme sie erneut in den Arm.

„Geht schon mal in Stellung", rufe ich den anderen zu, während ich Aideens Rücken tätschle. „Ich stoße gleich dazu."

Die anderen nicken stumm und gehen in den Versuchsraum, wo sie sich auf den Angriff von *Magicae Noctis* vorbereiten.

„Was habt ihr geplant?", fragt Finn, der sich gegen die Wand gelehnt hat. Seine Hände zittern und er kann sich nur mühsam auf den Beinen halten.

„Wir werden gegen die Geheimgesellschaft kämpfen. Auch wenn sie möglicherweise etwas gegen uns in der Hand haben, haben wir durch unsere magischen Fähigkeiten eine Chance gegen sie."

Finn nickt, auch wenn Zweifel in seinem Gesicht liegen. „Denkt ihr nicht, dass sie genau darauf vorbereitet sind? Ich kann mir nicht vorstellen, dass sie euch einfach so in die Arme laufen."

„Mr Glenn und Miss Duff haben wir bereits besiegt", erkläre ich und lasse dabei bewusst aus, dass es Elay gewesen ist. „Wenn wir schnell sind, können wir sie vielleicht überraschen und überrumpeln."

Nun löst sich Aideen schniefend aus meiner Umarmung. „Sie sind zu allem fähig, bitte denk daran. Sie hätten kein Problem damit, jeden einzelnen von uns zu töten, auch wenn ihnen dadurch ihre wertvollen Versuchsobjekte verloren gehen."

„Ich weiß", sage ich mit einem Seufzen. „Ich muss jetzt aber den anderen helfen. Vielleicht solltet ihr euch lieber hier drinnen verstecken, da ihr zu schwach zum Kämpfen seid."

„Kommt nicht in Frage!", ruft Aideen mit schriller Stimme. „Ich werde keine Sekunde länger als nötig in diesem Raum verbringen."

„Da stimme ich ihr zu", sagt Finn finster.

Als wir in das Versuchslabor gehen, erkenne ich mit grimmiger Genugtuung, dass unsere Mitschüler ganze Arbeit geleistet haben. Sie haben alle Schränke durchsucht und einige nützliche Dinge auf die Tische gelegt. Am meisten begeistern mich jedoch die Atemschutzmasken, die die meisten Clubmitglieder bereits aufgesetzt haben und die uns mit großer Wahrscheinlichkeit vor diesem Spray schützen, das unsere Magie blockiert.

Wir zucken alle zusammen, als wir vom Tunnel aus plötzlich Schritte hören, die eindeutig zu vielen Menschen gehören.

Schnell schließt Tracy die Tür und schiebt gemeinsam mit den anderen die Liege und mehrere Tische davor. Zwar werden wir sie damit nicht lange aufhalten können, aber sie werden zumindest ein wenig beschäftigt sein.

„Nehmt eure Positionen ein", zischt Tracy.

Diejenigen, die Kräfte besitzen, die man gut zur Verteidigung nutzen kann, gehen in die erste Reihe. Dazu gehören auch Elay und ich. Tracy verwandelt sich währenddessen in einen riesigen Bären. Dieser Anblick verursacht mir Gänsehaut, denn ich muss daran denken, wie diese langen Reißzähne Alishas Hals zerfetzt haben.

Mona und ein paar Mitschüler, die ihre Kräfte nicht gut zum Kämpfen benutzen können, bewaffnen sich derweil mit allem, was sie finden können. Auch Finn und Aideen gesellen sich zu ihnen.

Wir alle halten den Atem an, als wir ein Klicken hören, welches uns zeigt, dass die Tür entriegelt wurde. Als sie jedoch geöffnet werden soll, tut sich nur ein kleiner Spalt auf. Das Fluchen mehrerer Personen erklingt, doch dann folgt Totenstille.

Unsere Blicke schnellen zur Decke, als ein Zischen ertönt und im nächsten Moment ein Gas aus den Sprinklern strömt. Zunächst bin ich verwirrt, bis mir mit einem Mal klar wird, dass es das Medikament ist, das unsere Magie unterdrücken soll. Ein Glück, dass genug Atemmasken für uns alle da sind.

Ein paar von uns schreien auf, als plötzlich etwas Schweres gegen die Tür knallt und sie sich ein wenig weiter öffnet. Hastig lasse ich eine Flamme auf meiner Handfläche entstehen, um sicher zu sein, dass meine Magie noch funktioniert. Zu meiner Erleichterung gelingt es mir ohne Schwierigkeiten.

Wir alle weichen zurück, als erneut ein Knall ertönt. Die Tür steht nun kurz davor, komplett geöffnet zu werden. Natürlich könnten wir versuchen, die Tische gemeinsam dagegen zu drücken, doch damit würden wir bloß Energie verschwenden und das Unvermeidbare hinauszögern.

Stattdessen gehen wir nun alle in Kampfstellung – bereit, jeden einzelnen unserer Feinde niederzumetzeln.

Elay wirft mir einen letzten Blick zu, der alles Unausgesprochene sagt. Das lässt meine Entschlossenheit noch weiter wachsen, denn ich möchte endlich mit ihm zusammen sein.

Und dann passiert es: Ein letzter Knall ertönt und die Tür springt auf. Wir zögern keinen Augenblick, sondern lassen unsere magischen Kräfte sofort aus uns herausbrechen. Ich brülle meine ganze Wut hervor, während ein regelrechtes Flammeninferno aus meinen Händen strömt. Im Augenwinkel sehe ich, dass Elay seine Schattenarmee losgelassen hat, Tracy sich in Bärengestalt auf einen schreienden Mann stürzt und John, der Metall beeinflussen kann, einen Regen aus Skalpellen auf unsere Angreifer niederprasseln lässt. Ich beobachte, wie in Trance, wie mehrere Personen durch meine Magie in Flammen aufgehen und panisch zurück in den Tunnel laufen.

Immer wieder rücken neue Angreifer vor und erst jetzt wird mir klar, dass *Magicae Noctis* eine eigene Armee besitzt. Ich hatte angenommen, dass die Geheimgesellschaft bloß aus Wissenschaftlern besteht, aber offensichtlich haben sie mit einem Kampftrupp für Situationen wie heute vorgesorgt.

Auch wenn wir mit unseren magischen Kräften gut ausgerüstet sind, breitet sich allmählich Angst in mir aus. Egal, wie viele Menschen wir besiegen, es scheinen doppelt so viele nachzurücken.

Bald schon spüre ich, dass meine Kräfte nachlassen, und als ich einen Blick zu meinen kämpfenden Mitschülern werfe, stelle ich fest, dass es ihnen ähnlich geht. Tracys Prankenhiebe werden langsamer und auf Elays Stirn glänzen Schweißperlen. John fällt es immer schwerer, die Skalpelle, die in den Körpern unserer Angreifer stecken, zu sich zurückzuholen. Wir kommen immer mehr in Bedrängnis und irgendwann wird es Zeit, dass unsere nichtkämpfenden Mitschüler aufrücken. Mona stürzt sich mit ihren Fleischermessern auf eine Frau, die es soeben geschafft hat, Tracy an der

Schulter zu verletzen, während sie ihrer konzentrierten Miene nach zu urteilen gleichzeitig versucht, ihre Magie anzuwenden. Einen Moment später weicht die mittlerweile schwer verletzte Frau mit einem verträumten Gesicht zurück und schlendert wie selbstverständlich zum Tunnel, so als würde sie über eine Blumenwiese spazieren.

Sogar Finn und Aideen haben sich in den Kampf gestürzt und von ihrer Schwäche ist kaum noch etwas zu merken. Stattdessen sind ihnen der Zorn und die Entschlossenheit ins Gesicht geschrieben – nun haben sie endlich Gelegenheit, sich für das, was ihnen angetan wurde, zu rächen. Seite an Seite teilen sie Hiebe mit ihren Waffen aus und schaffen es tatsächlich, einen Mann so schwer zu verletzen, dass er flüchtet.

Währenddessen erschaffe ich immer wieder neue Feuerbälle, um sie auf meine Feinde zu schleudern. Ich zähle mittlerweile nicht mehr mit, wie vielen ich dadurch das Leben genommen habe. Ich fühle mich wie eine Soldatin auf dem Schlachtfeld, die nur noch zwei Dinge im Kopf hat: Kämpfen und Überleben.

Ich blinzle überrascht, als plötzlich keine neuen Angreifer mehr nachrücken. Die Letzten werden gerade von Tracy, Elay und Mona ausgeschaltet. Noch immer in Kampfstellung suche ich den ganzen Raum ab, ob sich irgendwo ein Feind versteckt haben könnte.

Dann schleiche ich vorsichtig zum Tunnel, um einen Blick hinauszuwerfen. Auch hier ist niemand zu sehen.

Im Laborraum ist mittlerweile eine Stille eingekehrt, die nach dem ohrenbetäubenden Kampfeslärm geradezu unangenehm ist. Sie wird bloß vom schweren Atmen meiner Mitschüler durchbrochen.

„Haben ... wir es geschafft?“, fragt Mona zögerlich. Sie stützt die verletzte Tracy, die sich gerade in ihre normale Gestalt zurückverwandelt hat.

„Sieht so aus“, antworte ich unsicher.

Irgendwie macht sich ein ungutes Gefühl in mir breit. Auch wenn wir alle völlig entkräftet sind, kam mir das zu leicht vor. Doch mit Sicherheit gibt es noch einige Mitglieder, die nicht mitgekämpft haben und um die wir uns noch kümmern müssen.

Meine Überlegungen werden jäh unterbrochen, als plötzlich ein seltsames Surren von der Decke und den Wänden ertönt. Entsetzt beobachte ich, wie sich viele kleine Löcher öffnen.

„In Deckung!“, schreie ich, doch da ist es schon zu spät.

Unzählige Pfeile schwirren durch die Luft und bohren sich schmerzhaft in unsere Haut.

Mein letzter Gedanke ist, dass *Magicae Noctis* uns doch einen Schritt voraus war.

KAPITEL 29

Ich werde von leisen Stimmen geweckt, die mir nur allzu vertraut sind. Glücklich lächle ich, denn ich muss mich zu Hause in meinem Bett befinden.

„Und du bist dir sicher, dass sie nicht zu viel abbekommen hat?", fragt meine Mutter besorgt.

„Die Pfeile wurden genau dosiert und mit Infrarot gesteuert", beruhigt sie mein Vater. „Mach dir keine Sorgen, ich habe genau darauf geachtet, dass nichts passieren kann."

Mein Lächeln verschwindet, denn das Gespräch meiner Eltern weckt allmählich die Erinnerung an das Geschehene. Ich reiße panisch die Augen auf und möchte mich ruckartig aufsetzen, doch etwas hält mich fest.

„Oh, unser Mädchen ist wach", sagt mein Vater heiter und kommt auf mich zugeeilt. Er trägt einen weißen Laborkittel und hält ein Klemmbrett in der Hand.

„Hallo, mein Schatz", sagt meine Mutter, die direkt neben mir steht, sanft. Sie streicht mir eine Haarsträhne aus der Stirn, doch ich ziehe den Kopf weg.

„Lasst mich in Ruhe!", schreie ich völlig außer mir und breche in Tränen aus. Das kann nicht wahr sein. Es ist sicher nur ein schrecklicher Traum. „Wie könnt ihr mir das bloß antun?", schluchze ich. „War ich nie mehr als ein Versuchsobjekt für euch?"

„Na, na, beruhig dich doch erst mal", sagt meine Mutter und tätschelt mir die gefesselte Hand. „Du bist unsere Tochter und wir lieben dich. Darum bist du auch hier und nicht bei den anderen. Wir sind übrigens sehr stolz darauf, wie du deine Kräfte gegen die Angreifer eingesetzt hast."

Mein Kopf schwirrt und allmählich wird mir klar, was ihre Worte zu bedeuten haben.

„Ihr seid … stolz?", würge ich hervor. Kann es sein, dass das alles so geplant gewesen ist?

Nun kann ich meine Tränen nicht mehr zurückhalten und beginne hemmungslos zu weinen.

„Warum tut ihr mir das an? Warum?", frage ich immer wieder, doch meine Eltern warten bloß schweigend, bis ich mich endlich beruhigt habe.

„Wir wollen, dass du ebenso wie dein Bruder ein Teil von *Magicae Noctis* wirst", offenbart mir meine Mutter schließlich lächelnd. „Lange Zeit waren wir uns unsicher, ob du dafür geeignet bist, aber auf der Darkwood Academy hast du bewiesen, was in dir steckt."

Mein Vater nickt zustimmend und legt meiner Mutter seine Hand auf die Schulter. „Es war eine gute Idee, dich glauben zu lassen, dass du die Jugendlichen am Strand umgebracht hast. Ohne dein schlechtes Gewissen hättest du dich sicherlich nicht so sehr ins Zeug gelegt."

Ich brauche einen Moment, um die Worte meiner Eltern zu begreifen. Widersprüchliche Gefühle machen sich in mir breit: tiefe Erleichterung und Entsetzen. Das alles ist bloß inszeniert gewesen.

„Wie?", ist das einzige Wort, das ich hervorpressen kann. Mittlerweile ist mir so speiübel geworden, dass ich das Gefühl habe, mich jeden Moment übergeben zu müssen.

„Es war von uns geplant, dass du die Tablette nicht nimmst. Und selbst wenn du auf meine Anweisung, sie zu nehmen, gehört hättest, hätte das Medikament keinen Wirkstoff gehabt. Es war an der Zeit, dass die Kräfte endlich aus dir herausbrechen. Wir haben gehofft, dass du ein richtiges Inferno entfachst, und waren etwas enttäuscht, als es bloß eine kleine Flamme war. Also haben wir ein wenig nachgeholfen."

Sie zuckt mit den Schultern, als wäre nichts weiter dabei, unzählige Schüler zu ermorden.

„Wie konntet ihr das nur tun?", hauche ich, ehe meine Stimme bricht.

Ich weiß nicht, was schlimmer ist: dass meine Eltern die Schüler kaltblütig getötet haben oder dass sie mich haben glauben lassen, dass ich es war. Abgesehen davon ist es jedoch ein befreiendes Gefühl, nicht das Blut meiner Mitschüler an meinen Händen kleben zu haben.

„Wir tun das alles bloß für die Wissenschaft", erklärt mein Vater stolz. „Dein Großvater hat *Magicae Noctis* einst gegründet und wir haben sein Erbe weitergeführt. So lange haben wir an der Magie geforscht und konnten nun endlich die ersten Ergebnisse erzielen. Wir werden *Magicae Noctis* neu erschaffen, mit dir und Jules an unserer Seite."

Nun siegt meine Verwirrung über mein Entsetzen, denn seine Worte ergeben überhaupt keinen Sinn.

„Was für Ergebnisse? Wofür forscht ihr und was meinst du damit, dass ihr *Magicae Noctis* neu erschaffen werdet?"

Während ich das frage, lasse ich meinen Blick verstohlen durch den Raum wandern. Vielleicht entdecke ich ja irgendetwas, das mir helfen könnte. Ich versteife mich jedoch, als ich in einer Ecke zwei Personen liegen sehe: Aideen und Finn. Beide scheinen betäubt zu sein, aber meine Freundin kommt allmählich zu sich.

„Oh, das erkläre ich dir sehr gerne", sagt mein Vater aufgeregt und scheint sich über mein Interesse zu freuen. „Wenn du mit uns zusammenarbeiten wirst, musst du ohnehin über alles Bescheid wissen."

Am liebsten würde ich ihn fragen, wie er auf die Idee kommt, dass ich sie bei ihren sadistischen Machenschaften unterstützen werde. Doch ich habe das Gefühl, dass das die falsche Strategie wäre.

„Zuerst erkläre ich dir, woher die Magie überhaupt stammt", sagt mein Vater.

Unter anderen Umständen würde ich mich vermutlich mehr darüber freuen, dass dieses Geheimnis endlich gelüftet wird.

„Vor vielen hundert Jahren war Magie zwar selten, aber auf der ganzen Welt verbreitet. Doch durch die Hexenverfolgung im Mittelalter wurde sie vollkommen ausgerottet. *Magicae Noctis* ist es jedoch gelungen, an das Erbgut von einstigen Hexen zu gelangen und es Embryonen einzupflanzen. Unser Ziel ist es, die herangezüchtete Magie zu extrahieren, damit wir Zugriff darauf erlangen."

Auf seinem Gesicht breitet sich ein Grinsen aus, während ich starr vor Entsetzen bin. „Und nun ist es uns zum ersten Mal gelungen. Also haben deine Mutter und ich beschlossen, euren kleinen Aufstand dafür zu nutzen, die Macht über *Magicae Noctis* komplett an uns zu reißen. Zwar haben wir die Gesellschaft auch zuvor geleitet, aber wir wollten unsere Fortschritte nicht mehr teilen. Wir sind jetzt sozusagen ein Familienunternehmen."

Er lacht über seinen eigenen Witz, doch mir steigen wieder die Tränen in die Augen.

„Ihr habt eure eigenen Kinder für eure Forschungszwecke missbraucht? Wir konntet ihr das bloß mit eurem Gewissen vereinbaren, unser Erbgut zu manipulieren?"

Nun ist es wieder meine Mutter, die sich zu Wort meldet. „Natürlich war es nicht immer leicht, mein Schatz. Aber es war mir eine Ehre, meinen Körper der Wissenschaft hinzugeben, und ich war stolz darauf, euch solch wunderbare Kräfte schenken zu können."

Ich habe das Gefühl, diese Frau vor mir nicht zu kennen. Es ist, als würde eine fremde Person das Gesicht meiner Mutter als Maske tragen.

„Und Jules hat das alles einfach so mitgemacht?", frage ich mit piepsiger Stimme. „Seit wann weiß er Bescheid?"

„Dein Bruder war schon immer aufmerksamer als du", sagt mein Vater mit einem entschuldigenden Lächeln. „Er hat uns mit vierzehn Jahren bei einem unserer wissenschaftlichen Gespräche belauscht, trotz all unserer Vorkehrungen. Anfangs war er ebenso skeptisch wie du und hat sich geweigert, bei unserer Sache mitzumachen. Aber irgendwann konnten wir ihn davon überzeugen, wie wundervoll unsere Arbeit ist. Allerdings ist er erst seit seinem Eintritt in die Darkwood Academy ein vollwertiges Mitglied der Geheimgesellschaft."

Ich hätte nicht gedacht, dass der Moment, in dem sich alle Puzzleteile zusammensetzen, so schmerzhaft wird. Ich habe das Gefühl, auf einen Schlag meine gesamte Familie verloren zu haben.

Ich werfe noch mal einen Blick zu Aideen und stelle fest, dass mittlerweile ihre Augenlider flattern. Sie könnte jeden Moment aufwachen, doch ich weiß nicht, ob das gut oder schlecht ist. Vermutlich ist sie nur so lange sicher, wie sie keine Gefahr darstellt.

Ich überlege fieberhaft, wie ich nun am besten vorgehen sollte. Mir kommt die Idee, einfach mitzuspielen und so zu tun, als würde ich bei allem mitmachen. Sobald ich ihr Vertrauen gewonnen habe, habe ich sicher die Chance, dem Ganzen ein Ende zu bereiten.

„Ich werde es versuchen", sage ich darum. Meine Stimme lasse ich gleichzeitig hoffnungsvoll und zögerlich klingen, was mir aufgrund meiner Panik mehr als nur schwerfällt.

„Das ist unsere Tochter", sagt mein Vater stolz und löst dann zu meiner Erleichterung meine Fesseln. „Allerdings benötigen wir einen Vertrauensbeweis. Wir wissen, wie schlau du bist, aber wir lassen uns von dir nicht hinters Licht führen."

Seine Augen funkeln kalt und wandern dann zu meinen Freunden. Aideen ist noch immer dabei, zu sich zu kommen. Ich spüre, wie all mein Blut aus meinem Gesicht weicht.

„Was meinst du?", krächze ich.

„Ich möchte, dass du sie an die Liege fesselst und mir assistierst, wenn ich ihre Magie extrahiere. Nur so kannst du beweisen, dass du gewillt bist, ein echtes Mitglied unserer Gesellschaft zu werden."

„Sie ist meine beste Freundin!", schleudere ich ihm entgegen. „Wie kannst du so etwas bloß von mir verlangen?"

Nun mischt sich meine Mutter wieder ein. Sie betrachtet mich mit einem nachsichtigen Blick, als hätte sie es mit einem aufmüpfigen Kind zu tun.

„Wir müssen alle Opfer bringen. Schau dir Jules an: Einige seiner Freunde mussten bei dem Feuer am Strand sterben. Er wusste davon, aber hat dennoch mitgemacht."

„Ich will mit ihm sprechen", verlange ich mit zittriger Stimme. „Wo ist er?"

Meine Mutter wirft meinem Vater einen vielsagenden Blick zu, woraufhin er zu der Tür zum Tunnel geht.

„Komm rein, Jules", ruft er.

Als mein Bruder zusammen mit Henry den Raum betritt, kann er mir nicht mal in die Augen schauen. Nun ist meine gesamte Familie im Raum versammelt und doch habe ich das Gefühl, mich unter Feinden zu befinden.

Ich kann es nicht mehr ertragen, in ihre Gesichter zu blicken, also konzentriere ich mich auf meine Freunde. Beinahe hätte ich einen überraschten Laut ausgestoßen, denn Aideen hat mittlerweile ihre Augen geöffnet und beobachtet die Szene angsterfüllt. Verstohlen blicke ich zu meiner Familie, doch sie haben es noch nicht bemerkt. Sie sind gerade mit Henry beschäftigt, der sich verzweifelt nach seinen Eltern erkundigt.

Ich nicke meiner Freundin kaum merklich zu und sie scheint tatsächlich zu verstehen. Sie schließt ihre Augen wieder und tut so, als wäre sie weiterhin bewusstlos. Das ist die einzige Chance, meine Familie irgendwie zu überlisten.

„Wenn du dieses Mal kooperierst, lassen wir deine Eltern frei", sagt mein Vater gerade und tätschelt Henrys Schulter. „Das Gedächtnis aller Versuchsobjekte muss ein wenig manipuliert werden. Wir können uns nicht um alle gleichzeitig kümmern, also müssen sie alles über ihren Widerstand vergessen."

„Ich weiß nicht, ob ich das bei so Vielen auf einmal schaffe", antwortet Henry mit piepsiger Stimme. „Schon wenn ich mich um kurze Erinnerungen von zwei Personen kümmere, falle ich in Ohnmacht."

Er ist den Tränen nah und ich würde ihn am liebsten in den Arm nehmen. Stattdessen lenke ich meine Aufmerksamkeit nun auf Jules, damit meine Familie damit aufhört, Henry unter Druck zu setzen.

„Du hast also bei alldem mitgemacht?", frage ich ihn kühl. „Und du warst in der Lage, unschuldige Menschen zu töten?"

In seinem Gesicht erscheint ein flehender Ausdruck und seine Augen huschen kurz zu unseren Eltern, ehe er antwortet.

„Ich muss zugeben, dass ich am Anfang ebenso skeptisch war wie du", erklärt er mit einem leichten Zittern in der Stimme. „Aber als Mum und Dad mir eröffnet haben, was wir alles erreichen können, haben sie mich überzeugt."

Mein Vater nickt stolz und richtet sich an mich. „Wir haben es bei unserem letzten Versuchsobjekt zum ersten Mal geschafft, die Magie ohne Schädigung zu extrahieren, zu vermehren und sie auf uns zu übertragen. Einen Moment, ich zeige dir die Fotos unseres ersten gelungenen Versuches."

Er blättert durch eine Akte, während meine Mutter ihn mit einem strahlenden Lächeln dabei beobachtet.

Doch meine Aufmerksamkeit hat sich auf Jules gerichtet. Verwirrt beobachte ich, wie er beiläufig auf meine Eltern zugeht – mit einer Spritze, die er hinter seinem Rücken versteckt. Ich kann meinem Bruder bloß fassungslos dabei zuschauen, denn nun weiß ich erst recht nicht mehr, was ich glauben soll. Wenn das nicht wieder irgendein Trick ist, ist er in Wirklichkeit auf meiner Seite.

Ich will gerade aufspringen, um ihm zu helfen, als mein Vater plötzlich blitzschnell seine Hand auf eine welke Topfpflanze richtet. Entsetzt sehe ich zu, wie sie rasant zu wachsen beginnt und sich um Jules schlingt. Ich weiß sofort, wem meine Eltern die Magie geklaut haben. Madeline.

„Denkst du wirklich, ich habe nicht bemerkt, wie du dir die Spritze genommen hast?", fragt mein Vater kühl, während sich Jules verzweifelt in seinen Fesseln windet. „Nun muss ich wohl euch beide ..."

Weiter kommt er nicht. Ein lauter und markerschütternder Schrei lässt uns alle zusammenfahren. Augenblicklich bekomme ich höllische Kopfschmerzen und muss mir die Hände auf die Ohren pressen.

Mein Blick huscht zu Aideen, die sich mühsam aufgerichtet hat. Ihr Gesicht ist eine furchterregende Grimasse, und sie sieht wieder einmal so aus, als wäre sie geradewegs einem Horrorfilm entstiegen. Doch anders als sonst ist sie diesmal hellwach. Ihr Mund ist weit aufgerissen und ihr Schrei nimmt kein Ende.

Meinen Eltern scheint dieser Laut noch viel mehr auszumachen als Henry, Jules und mir. Sie sind mit schmerzverzerrten Mienen auf den Boden gesunken und ich beobachte voller Grauen, dass ihnen Blut aus Nase, Ohren und Mund läuft. Aideen ist im Begriff, meine Eltern umzubringen. Ich bin starr vor Schreck und zunächst kann ich nichts tun, als dieses alptraumhafte Schauspiel zu beobachten.

Bis beide bewusstlos zur Seite kippen. In diesem Moment wird mir klar, dass ich handeln muss, wenn ich sie nicht verlieren will.

„Stopp!", rufe ich so laut ich kann.

Tatsächlich hört Aideen sofort auf zu schreien. Sie blinzelt und blickt mich dann mit tränenverschleiertem Blick an. „Sie haben Madeline getötet. Sie haben ihre Magie genommen!"

„Ich weiß", sage ich und nehme sie in den Arm. „Vermutlich haben sie es verdient, dass du Madeline rächst. Doch sie sind immer noch meine Familie."

Aideen nickt und löst sich schniefend von mir. „Du hast recht. Aber was wollen wir jetzt mit ihnen machen?"

Jules räuspert sich und deutet auf mehrere Spritzen, die auf einem Tablett bereitliegen. „Vielleicht sollten wir sie erst mal betäuben und dann weiterschauen."

Ich nicke erleichtert über diese Idee, denn wir brauchen viel Zeit für diese Entscheidung.

Als wir unseren Eltern die Betäubungsspritzen gesetzt haben, kommt auch Finn zu sich. Zu meiner Überraschung wirkt er sofort hellwach.

„Ich habe alles mitgehört, aber habe weiterhin so getan, als wäre ich bewusstlos", erklärt er. „Aideens Schrei hat mich allerdings noch mal kurz ausgeknockt."

Meine Freundin lächelt ihn entschuldigend an, ehe sie sich wieder an Jules und mich richtet. „Es tut mir leid, dass ihr diese schwere Entscheidung treffen müsst. Aber eines ist klar: Wir können eure Eltern nicht einfach wieder freilassen."

„Das weiß ich", erwidere ich traurig und betrachte eine Weile die Menschen, die mir mein Leben lang am nächsten standen. Ich kann sie unmöglich töten, aber andererseits weiß ich nicht, was ich für eine Wahl habe.

„Sie sind gefährlich", fügt nun auch Jules mit finsterem Blick hinzu. „Ich habe hautnah miterlebt, wozu sie fähig sind."

Er tritt nervös von einem Bein auf das andere und wirkt mit einem Mal verlegen. „Sharon ... es tut mir so unglaublich leid, wie ich mich verhalten habe. Aber ich hatte keine Wahl – es war der einzige Weg, wie ich dich beschützen konnte. Indem ich bei *Magicae Noctis* mitgemacht habe, konnte ich ihre Machenschaften zumindest ein wenig beeinflussen, auch wenn ich schlimme Dinge dafür tun musste."

Ich blicke ihn streng an. „Du wirst mir das ein anderes Mal noch etwas detaillierter erklären müssen. Aber nun bin ich erst mal froh, meinen Bruder wiederzuhaben."

Ich drücke ihn fest an mich, woraufhin er dramatisch ächzt. Ich würde diesen Moment so gerne genießen, doch nun steht zuerst die schwierigste Entscheidung meines Lebens an.

Während Jules und ich ratlos auf unsere bewusstlosen Eltern hinabblicken, meldet sich plötzlich Henry mit entschlossener Stimme zu Wort. „Ich ändere ihre Erinnerungen. Ich weiß, dass ich es schaffen kann."

Für einen kurzen Augenblick empfinde ich pure Freude, bis mir etwas einfällt. „Henry, du hast gesagt, dass es sehr kräftezehrend für dich war, bei zwei Personen kurze Erinnerungen zu löschen. Bei meinen Eltern müsstest du die Erinnerungen von sehr vielen Jahren manipulieren, was du bestimmt noch nie getestet hast. Ich kann nicht zulassen, dass du dich in Gefahr begibst."

„Aber ich will es für dich tun", widerspricht er so inbrünstig, dass ich lächeln muss. „Ich bin mir wirklich sicher, dass ich es schaffe!"

Ich weiß nicht, ob er sich bloß maßlos überschätzt oder die kindliche Naivität aus ihm spricht. So oder so, ich kann sein Angebot nicht annehmen.

„Das ist wirklich lieb von dir", sage ich traurig. „Doch wir werden eine andere Lösung finden müssen."

Henry wirkt enttäuscht, aber diskutiert zum Glück nicht weiter mit mir.

Dann horcht er plötzlich auf. „Habt ihr auch die Rufe aus dem Tunnel gehört? Ich glaube, da kommt noch jemand!"

Meine Freunde, Jules und ich tauschen einen beunruhigten Blick und gehen zur Tür, um in den Tunnel zu spähen.

„Ich kann nichts hören oder sehen", stelle ich erleichtert fest.

Doch plötzlich spüre ich einen kräftigen Stoß in meinem Rücken und werde ebenso wie Aideen, Jules und Finn aus dem Laborraum geschubst.

„Henry, nein!", schreie ich, doch da ist es schon zu spät. Die Tür fällt mit einem lauten Knall ins Schloss. Ich muss nicht lange nachdenken, um zu begreifen, was er damit bezwecken möchte.

„Er wird sich umbringen", keuche ich entsetzt.

Wie von Sinnen hämmere ich gegen die Tür und rufe immer wieder Henrys Namen.

„Hast du den Schlüssel zu Tür?", fragt mich Jules, nachdem er in seinen Hosentaschen gekramt hat. „Ich muss meinen verloren haben, als Dad mich angegriffen hat."

Hysterisch suche auch ich in meinen Taschen, doch kann das Plättchen an der Kette ebenfalls nicht finden. Meine Eltern haben es mir sicherlich abgenommen, als ich bewusstlos war.

„Wir müssen irgendetwas tun", schluchze ich.

„Ich suche Mrs McArren", sagt Finn mit zittriger Stimme und stürmt los, ohne eine Antwort abzuwarten.

„Hoffentlich lebt sie noch", sage ich mehr zu mir selbst und lehne völlig ausgelaugt meine Stirn gegen das kalte Metall der Tür. Es ist ein grauenhaftes Gefühl, nichts tun zu können, außer abzuwarten.

Nach viel zu langer Zeit hören wir endlich die eiligen Schritte mehrerer Personen durch den Tunnel hallen. Für einen kurzen Moment habe ich Angst, dass es sich um neue Angreifer handeln könnte, doch dann kann ich aufatmen. Es sind tatsächlich Finn und Mrs McArren, die auf uns zustürmen, dicht gefolgt von Elay und

Tracy. Ich bin so erleichtert, sie alle wohlbehalten zu sehen, dass ich für einen kurzen Augenblick die missliche Lage vergesse.

Schon im Lauf zückt unsere Rektorin den Schlüssel und verliert keine Zeit, ihn zu benutzen. Routiniert legt sie das Plättchen auf die vorgesehene Stelle, woraufhin sich die Tür endlich öffnen lässt.

Alle zusammen stürmen wir in das Labor und innerhalb eines Wimpernschlages habe ich die gesamte Lage überblickt. Meine Eltern liegen noch immer bewusstlos am Boden. Und Henry neben ihnen.

„Henry!", rufe ich entsetzt und laufe zu ihm. Ich gehe neben ihm in die Hocke und nehme seinen zierlichen Körper in den Arm. Er ist vollkommen schlaff und sein Gesicht viel zu blass.

„Henry, sag doch was", schluchze ich. „Bitte wach auf."

Ich atme überrascht und erleichtert auf, als sich seine Lider tatsächlich flatternd öffnen.

„Sharon", raunt er und lächelt. „Gleich bin ich bei meinen Eltern."

„Ja, wir werden deine Eltern retten und dann seid ihr wieder vereint", sage ich mit Tränen in den Augen.

„Nein, du verstehst nicht", widerspricht Henry und hustet. „Ich habe es in den Erinnerungen deines Vaters gesehen. Meine Eltern sind schon seit einigen Wochen tot. Sie haben mich angelogen, um mich auszunutzen."

Ich kann ihn für einen kurzen Moment bloß fassungslos anstarren. Meine Eltern sind tatsächlich skrupellose Monster.

„Aber warum sagst du dann, dass du gleich bei deinen Eltern bist?" Und dann dämmert es mir. „Nein, du wirst nicht sterben!“, schreie ich eine Spur zu laut und würde Henry am liebsten schütteln, damit er zur Vernunft kommt. „Du wirst überleben!“

Er schüttelt den Kopf und wirkt dabei so friedlich, dass es mir surreal vorkommt. „Ich habe meine ganze Kraft dafür verwendet, dass du deine Eltern zurückhaben kannst, wenn ich schon meine verloren habe. Ich möchte das so.“

Er umfasst meine Hand mit seiner und schließt weiterhin lächelnd die Augen. Seine Haut ist eiskalt.

„Nein, untersteh dich!“, schluchze ich und drücke ihn noch fester an mich. „Bitte, du darfst nicht sterben!“

Doch als sein Körper erneut schlaff wird, weiß ich, dass Henry recht hatte: Er ist nun mit seinen Eltern vereint.

Während mir heiße Tränen über das Gesicht laufen und ich unkontrolliert zittere, spüre ich, wie sich mehrere Personen um mich versammeln. Ich muss nicht aufblicken, um zu wissen, dass es Jules’ und Elays Hände sind, die auf meinen Schultern liegen.

Es kommt mir vor wie Stunden, bis ich mich genug beruhigt habe, um Henrys viel zu kleinen Körper vorsichtig abzulegen.

„Es ist nicht deine Schuld“, flüstert Elay und legt den Arm um mich.

Damit spricht er genau meine Sorge an, denn hätte ich nicht verhindert, dass meine Eltern getötet werden, würde Henry noch leben. Gleichzeitig weiß ich jedoch, dass Elay recht hat. Schluchzend nicke ich und wische mir die Tränen aus den Augen.

„Nun ist es aber an der Zeit, dir die positiven Neuigkeiten zu berichten“, sagt Mrs McArren sanft und hilft mir auf die Beine. Ihr Blick ist beinahe schon mütterlich. „Die Darkwood Academy untersteht nun allein meiner Leitung und wird einzig dafür genutzt werden, magisch begabte Schüler zu unterrichten. So, wie du es dir gewünscht hast."

Ich nicke erleichtert. Unter anderen Umständen würde ich vermutlich laut jubeln, doch ich fühle mich im Moment noch nicht mal zu einem Lächeln bereit.

„Von jetzt an wird alles gut", fügt Elay hinzu und zieht mich in eine liebevolle Umarmung. „Und das haben wir allein dir zu verdanken."

EPILOG

Aideen klatscht begeistert in die Hände, als Elay mithilfe seiner Schattenmagie den riesigen Weihnachtsbaum in der Eingangshalle schmückt. Alle Schüler haben sich versammelt, um dabei zuzuschauen, und in ihren Augen kann ich endlich wieder die Freude sehen, die lange erloschen war.

Drei Wochen sind seit dem alles entscheidenden und verlustreichen Kampf vergangen und nun, an Heiligabend, kehrt endlich so etwas wie Normalität zurück. Soweit ein Alltag mit Magie normal sein kann.

Auch wenn wir uns von vielen liebgewonnenen Personen verabschieden mussten, war es das Beste, dass die nichtmagischen Schüler die Darkwood Academy verlassen. Nur so kann ihre Sicherheit gewährleistet werden.

„Jetzt bin ich an der Reihe“, verkündet Tracy mit einem schiefen Grinsen.

In Windeseile verwandelt sie sich in einen prächtigen Adler, packt die dekorative Tannenbaumspitze in Form eines Sternes und trägt sie hinauf. Wir alle verfallen in tosenden Applaus, als der Baum endlich fertig geschmückt vor uns steht.

„Eine Sache fehlt aber noch“, stelle ich mit einem Lächeln fest. Ich richte meine Hände auf den Weihnachtsbaum und im nächsten Moment flackern alle Kerzen auf.

„Angeberin“, sagt Jules grinsend und macht eine lässige Bewegung mit dem Finger. Sofort werden die dunkelgrünen Nadeln von glitzerndem Frost überzogen.

Ein begeistertes Raunen geht durch die Schülerschar und eine Weile lassen wir diesen wundervollen Moment auf uns wirken.

Verträumt lege ich meinen Kopf auf Elays Schulter und genieße die Atmosphäre. Seit dem Kampf sind wir unzertrennlich und Elay schafft es mittlerweile immer besser, seine Magie zu beherrschen.

Ein paar der ehemaligen Schüler, die nicht von *Magicae Noctis* umgebracht wurden, sind auf die Darkwood Academy zurückgekehrt, um uns in unserer Magie zu unterrichten. Sie sind ebenso froh wie wir, dass die Machenschaften der Geheimgesellschaft endlich aufgedeckt und beendet wurden.

„Ich glaube, das wird das schönste Weihnachtsfest meines Lebens“, ruft Aideen entzückt hakt sich mit leuchtenden Augen bei mir ein.

Ich bin erleichtert, dass sie endlich ihre Fröhlichkeit zurückgewonnen hat, denn die letzten Wochen waren eine schlimme Zeit für sie. Neben Madeline hat sie auch noch ihre Eltern verloren, die ebenfalls Mitglieder von *Magicae Noctis* waren. Genau genommen hat jeder einzelne unserer magischen Mitschüler mindestens einen Teil der Familie verloren. Meine Eltern waren gründlich damit, alle Mitglieder der Geheimgesellschaft zu beseitigen, um die alleinige Macht an sich zu reißen.

Meine Eltern. Nach dem Weihnachtsfest werden Jules und ich zum ersten Mal in unser altes Leben zurückkehren und dann wird sich herausstellen, ob Henrys Magie wirklich gründlich genug war. Ich hoffe von ganzem Herzen, dass sein Opfer nicht umsonst war.

Wenn nicht, das habe ich mir geschworen, werde ich keine Gnade mehr walten lassen. Auf keinen Fall werde ich diesen wundervollen neu gewonnenen Frieden aufs Spiel setzen.

Es ist Mrs McArrens Stimme, die mich aus meinen düsteren Gedanken reißt. „Ich bin dir zu großem Dank verpflichtet. Wenn du nichts unternommen hättest, wäre die Darkwood Academy weiterhin ein finsterer Ort.“

Ich drehe mich um und lächle die Rektorin breit an. Auf ihrem Arm trägt sie eine dicke, einäugige Perserkatze.

„Eine Schule voller Katzen könnte niemals ein finsterer Ort sein“, sage ich voller Überzeugung. „Allerdings habe ich mich schon die ganze Zeit eine Sache gefragt: Wurden sie von *Magicae Noctis* als Spione eingesetzt?“

Mrs McArren lacht laut auf und schüttelt den Kopf. „Keine Sorge, Sharon. Es sind gewöhnliche Tiere. Ich bin bloß eine harmlose, verrückte Katzenlady.“

ENDE